珞珈语言文学学术丛书

主　任：赵世举　刘礼堂
副主任：尚永亮　陈国恩
委　员：（以姓氏笔画为序）
万献初　王兆鹏　吴天明　张　洁
张荣翼　陈文新　於可训　涂险峰

国家社会科学基金重大项目（12&ZD153）
教育部人社会科学研究一般项目（12YJA751032）
武汉大学自主科研项目（274026/26）

【珞珈语言文学学术丛书】

體：中国文论元关键词解诠

李建中 ◎ 著

中国社会科学出版社

图书在版编目（CIP）数据

體：中国文论元关键词解诠/李建中著 . —北京：中国社会科学出版社，2014.12

ISBN 978-7-5161-5207-2

Ⅰ.①體… Ⅱ.①李… Ⅲ.①中国文学—文学理论—关键词—研究 Ⅳ.①I206

中国版本图书馆 CIP 数据核字（2014）第 289658 号

出版人	赵剑英
责任编辑	李炳青
责任校对	闫 萃
责任印制	李寡寡

出　　版	中国社会科学出版社
社　　址	北京鼓楼西大街甲 158 号（邮编 100720）
网　　址	http://www.csspw.cn
	中文域名：中国社科网　010-64070619
发 行 部	010-84083685
门 市 部	010-84029450
经　　销	新华书店及其他书店

印刷装订	三河市君旺印务有限公司
版　　次	2014 年 12 月第 1 版
印　　次	2014 年 12 月第 1 次印刷

开　　本	880×1230　1/32
印　　张	11.75
插　　页	2
字　　数	293 千字
定　　价	39.00 元

凡购买中国社会科学出版社图书，如有质量问题请与本社联系调换
电话：010-64009791
版权所有　侵权必究

珞珈语言文学学术丛书

主　任：赵世举　刘礼堂
副主任：尚永亮　陈国恩
委　员：（以姓氏笔画为序）
万献初　王兆鹏　吴天明　张　洁
张荣翼　陈文新　於可训　涂险峰

国家社会科学基金重大项目（12&ZD153）
教育部人社会科学研究一般项目（12YJA751032）
武汉大学自主科研项目（274026/26）

【珞珈语言文学学术丛书】

體：中国文论
元关键词解诠

李建中 ◎ 著

中国社会科学出版社

图书在版编目（CIP）数据

體：中国文论元关键词解诠/李建中著.—北京：中国社会科学出版社，2014.12
ISBN 978-7-5161-5207-2

Ⅰ.①體… Ⅱ.①李… Ⅲ.①中国文学—文学理论—关键词—研究　Ⅳ.①I206

中国版本图书馆 CIP 数据核字（2014）第 289658 号

出 版 人	赵剑英
责任编辑	李炳青
责任校对	闫　萃
责任印制	李寡寡

出　　版	中国社会科学出版社
社　　址	北京鼓楼西大街甲 158 号（邮编 100720）
网　　址	http://www.csspw.cn
	中文域名：中国社科网　010-64070619
发 行 部	010-84083685
门 市 部	010-84029450
经　　销	新华书店及其他书店

印刷装订	三河市君旺印务有限公司
版　　次	2014 年 12 月第 1 版
印　　次	2014 年 12 月第 1 次印刷

开　　本	880×1230　1/32
印　　张	11.75
插　　页	2
字　　数	293 千字
定　　价	39.00 元

凡购买中国社会科学出版社图书，如有质量问题请与本社联系调换
电话：010-64009791
版权所有　侵权必究

目 录

第一编 尊"体"

第一章 文学是文体的艺术
——汉语文体学理论重构与韦勒克文体学思想 …………………………………… (3)
第二章 汉语文体学研究的现代西学背景
——基于文体与语言之关系的考察 ………… (22)
第三章 中国古代文体学的本体论价值 ………… (40)
第四章 中国文论:说什么与怎么说 ………… (52)
第五章 文学与批评:怎么说比说什么更重要 ………… (68)
第六章 批评文体的"第二形式" ………………… (79)
第七章 终日言,未尝言
——中国诗性文论语言观刍议 ………… (94)
第八章 道可道,如何道
——刘勰文体学思想的本原之"道"与言说之"道" ………………………………… (110)

第二编　破"体"

第九章　破体：中国文学批评的文体传统及演变
　　　　规律 …………………………………………（121）
第十章　古代文论批评文体的无体之体 ……………（143）
第十一章　汉语批评的文体自由 ……………………（161）
第十二章　"青春版"文论的破体而出
　　　　——以《文心雕龙》为个案 ………………（172）
第十三章　古典批评文体的现代复活
　　　　——以三位京派批评家为例 …………………（189）
第十四章　凡客的咆哮：新媒体时代的批评文体 ……（206）
第十五章　他人的主脑：张艺谋大片之文体学批判 ……（223）
第十六章　娱思（entertain an idea）的文体
　　　　——宇文所安批评文体的中国启示 ………（231）

第三编　原"体"

第十七章　中国古代文体学范畴的理论谱系 ………（243）
第十八章　从寄生到弥漫
　　　　——中国文论批评文体原生形态考察 ………（259）
第十九章　古代文论批评文体的文学性生成 ………（271）
第二十章　文备众体：中国古代文论的言说方式 ……（282）
第二十一章　中国古代文论的叙事性言说 …………（304）
第二十二章　刘勰"体乎经"的文体学意义 …………（320）

第二十三章　界域·声色·体势
　　——刘勰文论的文体学诠释 ………………（334）
第二十四章　龙学的困境
　　——由"文心雕龙文体论"论争引发的方法论
　　　反思 ……………………………………（348）
后记 ……………………………………………（368）

第一编

尊"体"

第一章

文学是文体的艺术
——汉语文体学理论重构与韦勒克文体学思想

汉语文体学的历史可追溯至《诗经》时代，《诗》之"六义"可视为最早的文体分类：风、雅、颂是诗歌体裁的二级分类，而赋、比、兴则是诗歌语体的修辞学分类。"盖自秦汉而下，文愈盛；文愈盛，故类愈增；类愈增，故体愈众；体愈众，故辩当愈严"①。可见后《诗经》时代，文体分类渐趋细密，文体意识渐趋成熟，文体学成果渐趋丰厚。进入20世纪，随着文学研究的"向外转"，现代中国文论家的理论重心移向文学的外部研究，而文体和文体学领域几乎成了荒芜的田地。这种状况一直到20世纪七八十年代才发生改变，其中一个重要原因是西方形式主义文论传入中国，中国文论开始"向内转"。

包括俄国形式主义、英美新批评以及从捷克到法国的语言结构主义在内的诸多西方文论派别，其文学理论之中均不同程度地包含文体学思想，或者说对文体问题及文学语言问题的重视是它

---

① （明）吴讷著，于北山校点；（明）徐师曾著，罗根泽校点：《文章辨体序说 文体明辨序说》，人民文学出版社1962年版，第78页。

们的共同点之一。而在西方诸多形式主义文论经典之中，较为集中地讨论文体和语言问题并对汉语文体学研究及理论重构产生较大影响的，是被誉为新批评里程碑的韦勒克的《文学理论》[①]。受俄国形式主义文论的影响，韦勒克反对传统的"内容/形式"二分法，主张以"材料（material）/结构（structure）"二分法取而代之：前者指尚未构成艺术品的素材，或者说是没有构成审美关系的因素，后者则指已经构成审美关系的因素或者叫作"符号和意义的多层结构"[②]。显然，韦勒克所说的"结构"，就文学作品来说也就是以语言为要素的文体结构。韦勒克又指出："语言的研究只有在服务于文学的目的时，只有当它研究语言的审美效果时，只有当它成为文体学（至少，这一术语的一个含义）时，才算得上文学的研究。"[③] 无论是西方诗学，还是中国文论，都十分重视文学之中的语言因素。就文学与语言的关系而言，汉语文体学并不只是关于分类和风格的理论，而是一整套关于文学史、文学批评和文学修辞的理论和方法，在这个意义上可以说文学是文体的艺术。现代语境下的汉语文体学理论重构，深受英美新批评代表人物韦勒克文体学思想的影响。此一影响以"文学是文体的艺术"为中心，依次在文体学的价值、文体学的方法以及文体学与修辞学之关系等不同层面展开。

[①] 《文学理论》为韦勒克与沃伦合著，看书名似乎是一本高校教材，或者说是一本面向文学爱好者的知识性或普及性读物。而实际上，这是一部纯粹的学术著作，是英美新批评的理论经典和代表作。《文学理论》问世的年代（1942年）正好是新批评的鼎盛期，因而，它又是对新批评的理论总结，是新批评的里程碑。

[②] ［美］韦勒克、沃伦：《文学理论》，刘象愚等译，生活·读书·新知三联书店1984年版，第14页。

[③] 同上书，第189页。

一　文体学的价值

"文学是语言的艺术"是一个中西文论都可以接受的命题，其根源是中西文论有着共同的语言学肇始：西方文论源于古希腊古罗马的修辞学，中国文论源于先秦五经的"辞尚体要"。而"文学是文体的艺术"，对汉语文体学而言，则既有秉承传统的一面，又有借石攻玉的一面。就后者而言，韦勒克的文体学思想成为汉语文体学理论重构的"他山之石"。文体学思想在韦勒克的文学理论体系中占有十分重要的地位。《文学理论》分四个部分，一、二两部分从语义学角度分析文学与非文学、文学研究与非文学研究的区别，其语义学方法和反个性化倾向，具有明显的新批评立场；而三、四两部分则分述文学的外部研究与内部研究，前者讨论"文学与……"而后者讨论"文学是……"显然后者是全书重点。关于"文学是……"韦勒克以文体结构之分层研究的方法，依次探讨文学作品的语音、语义、意象及隐喻、象征及"神话"诸层面，并最终指向文体分类的性质、文学作品的评价以及文学史的性质这些带根本性特征的文学理论问题。正是在对"文学作品之存在方式"或曰"文体之多层结构"的分析中，韦勒克阐释了文体学的一些基本问题，从而为文体学研究作出了卓越的理论贡献，为中国文论文体意识的复兴和汉语文体学的理论重构提供了重要的启示。

第一，真正的文学史是文体的演变史。

我们用什么来区分中国文学与外国文学或者区分俄国文学与美国文学？用语言。我们用什么来区分唐传奇与元杂剧或者区分四言诗与五言诗？用语言。所以，"真正的诗歌史是语言的变化史。诗歌正是从这种不断变化的语言中产生的",而且"每一件文学作品都只是一种特定语言中文字词汇的选择"。① 语言对于文学史的意义,也就是文体对于文学史的意义,语言研究对于文学研究的价值,也就是文体学研究对于文学研究的价值。因为所谓"语言的变化史"表现在文学作品中也就是文体(体裁、体貌和语体)的变化史。

俄国形式主义之前的西方近代文学批评,受科学主义思潮和实证主义哲学的影响,强调文学史与社会历史的关联,强调外部因素对文学史的决定性作用。比如,19世纪著名法国艺术理论家泰勒提出"三要素"说:决定文学艺术创作和发展的是"种族、环境和时代"。② 20世纪上半叶的中国文学研究,无论是文学史之书写还是作家作品之批评,均无一例外地强调时代背景,强调特定时代的社会政治对文学的影响。沿着这种思路所写出的文学史,实际上成了"文学与……"的关系史,或者说文学史成了政治史、社会史、思想史、阶级斗争史或者别的什么史的附庸。

当然,泰勒所说的种族、环境、时代以及其他的外部因素,均可能对文学和文学史的发展产生不同程度的影响,这也就是刘勰在《文心雕龙·时序》篇所说的"文变染乎世情,兴废系乎时序"③。因而,任何时代、环境和种族的文学研究都应该考察特定时空中的"时序"和"世情"。但是,"规略文统,宜宏大

---

① [美]韦勒克、沃伦:《文学理论》,刘象愚等译,生活·读书·新知三联书店1984年版,第186页。

② 参见伍蠡甫主编《西方文论选》下卷,上海译文出版社1979年版,第236—239页。

③ (梁)刘勰著,范文澜注:《文心雕龙注》下册,人民文学出版社1958年版,第675页。

体";何为"文统"之"大体"?"设文之体有常,变文之术无方"① 是也。在文学和文学史的通变过程之中,"文体""文术"与"时序""世情"具有同等重要的地位。韦勒克在阐释了贝特森和沃斯勒的文体学观点之后指出:

> 一个时期的文学史通过对当时语言背景所做的分析至少可以像通过政治的、社会的和宗教的倾向或者国土环境、气候状况所做的分析一样获得同样多的结论。②

因此,在文学史的研究之中,对文体、文术和文学语言的考察,与对种族、环境和时代的考察一样,有着重要的意义和价值。

中国文学史对不同历史时期的文学已形成一个约定俗成的表述:楚辞、汉赋、六朝骈文、唐诗、宋词、元曲、明清小说。这一组术语的构词模式是完全相同的:前一个表"时代"的词是修饰性定语,后一个表"文体"的词是主体或中心;或者这样说,由这一系列的术语所标示出来的文学史的变化,其核心内容不是朝代的更替而是文体的嬗变。由此可见,在文学史的发展历程中,文体的变化或更替才是问题的实质所在,真正的文学史是文体的演变史。正因为如此,焦循的《易余籥录》才会说"夫一代有一代之所胜",王国维的《宋元戏曲史》也才会说"凡一代有一代之文学"。

如何来区别此一时代与彼一时代之"文学"?如何来把握某

---

① (梁)刘勰著,范文澜注:《文心雕龙注》下册,人民文学出版社1958年版,第519页。
② [美]韦勒克、沃伦:《文学理论》,刘象愚等译,生活·读书·新知三联书店1984年版,第186页。

一个特定时代的文学之"所胜"？当然不是"朝代"，而只能是"文体"。整个先秦时期，不计五帝仅从禹夏算起也有两千余年：从三代到周赧王，从春秋到战国。在如此漫长的历史时期里，只有一种文体：四言诗。而四言诗（诗经）既非"一代之文学"，亦非"一代之所胜"。因此，在整个先秦时期，我们无法来标示或命名其中某一个特定时代的文学，因为这诸多的时代并没有专属于自己的文体。而某一个时代的文学史命名，如果没有文体的标示而只有朝代的区分（诸如"禹夏文学""西周文学"，或者"战国文学"等），则无异于一个漂浮的能指。从这个意义上说，如果没有文体的区分和标示，那么文学史的区分和标示将是不可能的，也是没有意义的。

第二，文体学研究能够界定文学作品的特质。

文学史的标识以文体为要，这是因为文学的标识以文体为要。因此，文学和文学史的研究，须以文体和文体学研究为要。而文体的根基是语言，因而文体学的研究落到实处是语言的研究。韦勒克指出：

> 如果没有一般语言学的全面的基础训练，文体学的探讨就不可能取得成功，因为文体学的核心内容之一正是将文学作品的语言与当时语言的一般用法相对照。①

考虑到语言学研究范围十分宽泛这一事实，故可以反过来说：语言学的研究，只有当它成为文体学研究时，才算得上文学研究。韦勒克所说的"将文学作品的语言与当时语言的一般用法相对

---

① [美]韦勒克、沃伦：《文学理论》，刘象愚等译，生活·读书·新知三联书店1984年版，第189页。

照"，亦即研究文学语言与非文学语言的区别，这还只是文体学研究的基本层面。按照俄国形式主义的观点，最为本质的研究，应该以文学性为核心，应该深入考察文学语言的陌生化。而正是因为文体以语言为根基，故只有文体学的研究方能界定文学作品的本质性特征，或者说，只有用文体学的方法才能把握文学作品的文学性。

文体学研究所关注的，是对象的纯文学的和审美的效用，并把它限制在一件或一组文学作品之中。而文体学研究所描述的，是这些文学作品的审美功能和意义。因而，文体学研究的中心议题是审美兴趣。从这一兴趣出发，"文体学研究一切能够获得某种特别表达力的语言手段"，因此"所有能够使语言获得强调和清晰的手段均可置于文体学的研究范围内：一切语言中，甚至最原始的语言中充满的隐喻；一切修辞手段；一切句法结构模式"。[1] 韦勒克接着指出，应该研究词汇学、词源学和音韵学。词汇学包括音、字、词、句以及与之相关的语言结构和修辞手法等；词源说包括文字在字形、字音和字义上的原始形态及其演变过程，音韵学包括文学语言的音乐性、节奏感和韵律之美。

汉语文体学经典十分关注语言层面的文体学研究，如刘勰《文心雕龙》，其《练字》《丽辞》《章句》《指瑕》诸篇，讨论字、词、句等词汇学问题；《声律》和《乐府》讨论音韵学问题，还有《比兴》《夸饰》和《隐秀》讨论语言修辞，《熔裁》和《附会》讨论语言结构。严格地说，《文心雕龙》上篇的"论文叙笔"并未以语言问题为核心，所以刘勰的"文体"（严格地说应该是"体裁"）研究，没有能够超出传统的"大文学"或

---

[1] ［美］韦勒克、沃伦：《文学理论》，刘象愚等译，生活·读书·新知三联书店1984年版，第191页。

"泛文学"模式;而下篇"割情析采"中的"析采"诸篇,大多以语言问题为中心或基点,所以能在一定程度上涉及文学作品的审美功能和艺术价值,也就是黄侃所说的"彦和泛论文章,而《神思》篇以下之文,乃专有所属"①。

为了更好地用文体学研究来界定文学作品的特质,韦勒克还特别强调文体学研究的独立性。② 如果研究者在使用文体学方法时,不是将这种方法真正用于对文学作品语言形式的分析,而是用来探究诸如文学作品的社会属性(如小说研究中的题材分类)、文学作品与历史事件的关系(如诗歌研究中的本事追溯),以及文学作品的政治隐喻(如《红楼梦》研究中的索隐派)等,那么,文体学研究就成了为非文学目的服务的工具,或者仅仅是文学研究的一种外围的或前期准备的工作。

二 文体学的方法

说"文学是文体的艺术",不仅有着本体论意义,更有着方法论价值。前者也就是本文第一节所讨论的文体学对不同时代文学史的标示和对文学作品特质的界定,后者则是强调文体批评和文体分析的方法对于文学及文学研究的意义。就后者而言,韦勒克尤其强调作为文学研究之方法的"文体学"(他称为"文体分析")对于文学研究的价值,《文学理论》在谈到"文体分析"的方法时指出:

---

① 黄侃:《文心雕龙札记》,华东师范大学出版社1996年版,第10页。
② [美]韦勒克、沃伦:《文学理论》,刘象愚等译,生活·读书·新知三联书店1984年版,第194页。

第一个方法就是对作品的语言作系统的分析,从一件作品的审美角度出发,把它的特征解释为"全部的意义",这样,文体就好像是一件或一组作品的具有个性的语言系统。①

"对作品的语言作系统的分析",这种文体学(文体分析)的方法在中国古代文论中屡见不鲜。如果说,钟嵘《诗品》的"溯流别""品高下"是对五言诗这类作品的语言作系统的分析;那么,与他同时代的刘勰《文心雕龙》,其从"释名彰义""选文定篇"到"剖情析采""锤字炼句",则是对所有作品的语言作系统的分析。到了南宋严羽《沧浪诗话》,则将诗歌的语言及语言系统的特征视为作品的"全部的意义",并细致探讨"一件或一组作品的具有个性的语言系统(即文体)"。

《沧浪诗话》的五章之中,专论"文体"的《诗体》一章篇幅最巨,内容最多;而严沧浪的辨体之术以语言分析为主。《诗体》章的语言分析大体上可分为三个层面。一是"语音"层面,其具体内容涉及诗歌创作的双声叠韵、四声八病、平仄协拗、叶韵多寡、首尾对音、上下联韵等。二是"语句"层面,从七言、六言、五言、四言、三言之句,到三句、两句、一句之歌;从古诗、近体、绝句、杂言,到吟、词、引、咏、曲、篇、唱、弄……其分层之微、别类之细,远胜过钟嵘和刘勰。三是"语体"层面,严羽分别从三个不同角度划分语体,一是"以人而论",如苏李体、曹刘体、徐庾体、沈宋体、王杨卢骆体等;二是"以时而论",如建安体、正始体、太康体、元嘉体、永明

---

① [美]韦勒克、沃伦:《文学理论》,刘象愚等译,生活·读书·新知三联书店1984年版,第193页。

体、齐梁体等；三是以作品诞生的特定场域而论，如柏梁体、玉台体、西昆体、香奁体、宫体，等等。

如果说文体分析的第一个方法是对作品的语言作系统性研究，那么第二个方法则是对作品的语言作个体性研究，也就是比较不同语言系统之间的差异性。刘勰《文心雕龙》的文体论，其基本方法是"论文叙笔，囿别区分"。有韵者文，无韵者笔："文"是一种语言系统，"笔"则是另一种语言系统。按照范文澜《文心雕龙注》的分类，"文"这一语言系统包括诗、骚、赋、乐府以及颂赞、诔碑、哀吊、祝盟、铭箴等；而"笔"这一语言系统则包括史传、论说以及诏策、檄移、封禅、章表、奏启、议对、书记等。① 刘勰文体论的语言研究，常用的方法之一，则是对不同语言系统之差异性的比较和分辨。如《辨骚》篇的基本方法，是辨析"骚体"语言与"经书体"语言的种种异同，最后总结出"同者有四""异者有四"。又如《明诗》篇，则是辨析四言诗与五言诗的种种区别，最后归结为"四言正体，则雅润为本；五言流调，则清丽居宗，华实异用，惟才所安"。②

就批评文体而言，魏晋南北朝的文学理论书写亦可分为"文"与"笔"两大类：陆机《文赋》、刘勰《文心雕龙》和裴子野《雕虫论》等，属于"有韵者文"；曹丕《典论》、钟嵘《诗品》、萧统《文选序》等，则属于"无韵者笔"。受其语言类型的影响，前者华丽、雕琢而多辩证，后者随意、通脱而更自然。若就整个中国文学批评史而论，则以诗论诗、以词论词、以

---

① （梁）刘勰著，范文澜注：《文心雕龙注》上册，人民文学出版社1958年版，第4—5页。

② 同上书，第45—67页。

骈体论诗文，等等，属于"文"这一语言系统；而诗话、词话、小说评点以及用书信、史传、序跋等文体写成的文学批评，则属于"笔"这一语言系统。虽说同为文学理论批评，但因其语言系统和语言方式的差异，则必然导致文学批评之风格特征和理论魅力的差异。

文体分析的第三个方法，是对"体貌"（文体风格）作从小到大的研究：先是某一部作品或某一位作家的风格，然后是一类文体或一组作家（文人集团）的风格，最后是一个时代或一个文学运动的风格。以严羽《沧浪诗话》为例，其《诗体》章所说的陶（渊明）体、谢（灵运）体、陈拾遗体、孟浩然体以及东坡体、山谷体等等，均属于某一位作家的风格。苏李体、曹刘体、王杨卢骆体等，则是一组作家的风格；而唐初体、盛唐体、晚唐体以及本朝体，则是一个时代的风格。严羽这种从小到大的文体分析，其着眼点依然是语言，其《诗评》章曰：

> 大历以前分明别是一副言语，晚唐分明别是一副言语，本朝诸公分明别是一副言语，如此见方许具一只眼。[①]

严羽说得很清楚，只有见出不同文体或风格在"言语"上的区别，才算是"具一只眼"。这也就是刘勰《文心雕龙·知音》篇所说的"见异唯知音耳"。

与上述第三个方法相对，文体分析的第四个方法是"类型分立"。关于这一点，韦勒克指出：

---

① （宋）严羽著，郭绍虞校释：《沧浪诗话校释》，人民文学出版社1983年版，第139页。

总的说来，我们的类型概念应该倾向形式主义一边，就是说，倾向于把胡底柏拉斯式八音节诗或十四行诗划为类型，而不是把政治小说或关于工厂工人的小说划为类型，因我们谈的是"文学的"种类，而不是那些同样可以运用到非文学上的题材分类法。①

这种偏向形式主义的"类型分立"，实际上是强调"体裁"层面而非"题材"层面的分类：前者的标准是语言形式，后者的标准则是叙事内容或者说是关乎文学与社会生活的关系。从这个意义上说，所谓"类型分立"也就是"类型"（即"文体"）之独立，也就是文体分类的依据只能是文学作品的语言特征而不是作品的内容如主题、题材等。

"类型分立"或"类型纯粹"（genre tranche）说，在西方是古已有之，其倾向是要求不同类型应各自独立，不得相混。这种西方古典主义的文论观点颇似中国古代文论狭义的尊体意识。"每一个艺术种类都有它自己的职责和它自己的快乐，诗何必要试着去变得'如画'或具有'音乐性'呢？而音乐又何必要去讲一个故事或描写一个场景呢？"②就中国古代文学的"类型分立"而言，词何必要写得像诗呢？而诗又何必要写得像玄学论文呢？当然，这种所谓"类型分立"或"类型纯粹"只能限定在语言形式的范围之内，而与作品所要表达的思想内容没有关系。或者这样说，我们在文学批评中使用文体分析的方法时，判断批评对象（作品）是否具有"类型分立"的特征，不是看作

---

① ［美］韦勒克、沃伦：《文学理论》，刘象愚等译，生活·读书·新知三联书店1984年版，第265页。
② 同上书，第267页。

品所表达的内容，而是看作品的语言形式。杜甫的《秋兴八首》抒写迁播流离之感，而《戏为六绝句》评骘庾信及四杰之诗，内容截然不同，但它们都是格律诗。何以鉴之？语言形式。

最后，文体分析还需要对原始类型与发达类型之间的关系进行研究。韦勒克引用俄国形式主义文论家什克洛夫斯基的观点，认为新艺术形式"只不过是把低等的（亚文学的）类型正式列入文学类型行列之中而已"①。韦勒克谈到了俄国文学家的一些例子，如普希金的抒情诗源于题赠诗，马雅可夫斯基的抒情诗源于报纸漫画栏中的滑稽诗。文学家如此，文体亦然。以小说为例，作为一种正式的文学类型，"小说"并不是从一开始就是"小说"，或者说，"小说"来源于一系列属于原始类型或亚文学类型的"非小说"或"前小说"，诸如神话、传说、传奇、寓言、故事、笑话、书信、日记、回忆录、小品文等等。

相对于"发达类型"而言，所谓"原始类型"更多的是指民间文学或口头文学。中国古代文学中的各种成熟的或正式的类型，大体上都经历了一个由民间到文坛、由（百姓）口头到（文人）案头的发展过程，诸如"诗三百"中的十五国风由民间歌谣而成儒家经典，汉乐府由民歌而成文人诗，宋词由勾栏歌肆而登大雅之堂，明清小说由话本、词话而成章回、文言。韦勒克对文体类型的"原始"与"发达"之分，虽然有某种对民间文学的歧视，但他所揭示的文学文体由"低"到"高"的"进化"规律，毕竟是符合中外文学史即文体演变史之事实的。

---

① ［美］韦勒克、沃伦：《文学理论》，刘象愚等译，生活·读书·新知三联书店1984年版，第269页。

三　文体学与修辞学

上述文体学的五种方法，其共同特征是语言分析，可见文体分析的方法，说到底是语言分析的方法，因而文体问题最为基本的层面是语言问题；考虑到语言问题的基本层面是词汇和修辞问题，因而也可以说文体问题的基本层面是词汇和修辞。韦勒克主张以词汇为中心来区分不同的文体，其中包括由词汇所构成的不同修辞手段和不同文学意象，同时也包括诸如词汇与词汇、词汇与语言系统、词汇与作者、词汇与外物等多种关系。[1] 就文学文体和批评文体的分析和研究而言，其基本面同样是词汇和修辞，因而文学批评领域的文体学与语言学领域的修辞学密切相关。

严羽《沧浪诗话·诗评》在分析唐代诗歌为何胜过宋代时，称"唐以诗取士，故多专门之学"[2]。严羽这里所说的"专门之学"，是指唐代诗学中大量的"诗式""诗格""诗法""诗体"一类的书。这类书是教人如何读诗如何写诗的，所以尤其注重诗歌的语言和修辞问题，也就是对诗歌作品进行文体学和修辞学的分析。我们读《沧浪诗话》，不难发现严羽也受到唐代"专门之学"的影响，其《诗体》《诗法》《诗评》以及《考证》诸章，大多是从对诗歌作品的修辞分析入手的。《沧浪诗话·诗法》称"辨家数如辨苍白，方可言诗"，后有小注"荆公评文章，先体

---

[1] ［美］韦勒克、沃伦：《文学理论》，刘象愚等译，生活·读书·新知三联书店1984年版，第221—226页，第191—193页。

[2] （宋）严羽著，郭绍虞校释：《沧浪诗话校释》，人民文学出版社1983年版，第147页。

制而后文之工拙"。① 可见"辨家数"实为"辨体制"。又《答出继叔临安吴景仙书》曰："仆于作诗不敢自负，至识则自谓有一日之长，于古今体制若辨苍素，甚者望而知之。"② 又可见严羽颇以"善辨体制"而自负。就《诗法》一章而言，严羽的"辨体制"大多与词汇和修辞相关。诸如写诗如何除俗字俗韵，如何除语忌语病，如何押韵用字，如何下字造语，如何对句结句，如何发端收拾，等等。此外，《诗辨》章谈到"其用工有三：曰起结、曰句法、曰字眼"③，皆与词汇修辞相关；又《答出继叔临安吴景仙书》自谓"《诗辨》雄浑悲壮之语，为得诗之体也"④，则将词汇修辞与文体风格相连。

严羽所标举的"雄浑"和"悲壮"（司空图《二十四诗品》题为"悲慨"），既是与诗歌词汇和修辞相关的文学风格，又是由特定词汇和修辞所构成的文学意象。韦勒克论及这种由词汇所构成的文学意象，将其共同性特征表述为"文学性和隐喻式思维"，将其个别性特征依次分列为潜沉的、基本的和扩张的三种类型。韦勒克指出：所谓"潜沉意象"，实为古典诗歌的意象，应该是以含蓄为主要特征。这类意象潜沉在全部视觉之下，它诉诸感官以具体的意象，但不作明确的投射和清楚的呈现。而莎士比亚是使用潜沉意象的大师。所谓"基本意象"，实为玄学派诗歌意象，这类作品将一些没有明显感情联想的、散文式的、抽象的或实用性的东西作为隐喻的表达工具。讨论这类意象时，韦勒克提到了邓恩的宗教诗。最后，所谓"扩张意象"，是指那些具

---

① （宋）严羽著，郭绍虞校释：《沧浪诗话校释》，人民文学出版社1983年版，第136页。
② 同上书，第252页。
③ 同上书，第8页。
④ 同上书，第252页。

有强烈的感情和有独创性的深思的意象，其修辞学特征是"比喻的各方面都给人的想象以广阔的余地，它们彼此强烈的限制、修饰"。韦勒克又提到莎士比亚的作品，称其形成了包容广大的哲学与宗教的隐喻。①

不同的文学意象，来自不同的修辞手法，来自不同的词汇组合。在谈到修辞手法时，韦勒克将那些与文体风格和意象相关的文学修辞分为两大类：强化式修辞手段和减弱式修辞手段。韦勒克指出，强化式修辞手段多为重复、累积、夸张、高潮，多与崇高的文体（或曰"雄浑文体"）联系在一起；而减弱式修辞手段多为省略、含蓄、简洁、低回，多与优美的文体联系在一起。②前者是扩张的，后者是潜沉的；前者是崇高的，后者是优美的；前者用的是加法甚至乘法，后者用的是减法甚至除法。

汉语文体学对风格和意象的分类或简或繁或粗或细，大体上都能够归于"强化式"和"减弱式"两大类。曹丕《典论·论文》以"气"论文体，称"文以气为主，气之清浊有体，不可力强而致"，清体与浊体，作为两种截然不同的文体风格，其修辞方式有"强化"与"减弱"之别。曹丕以建安七子为例讨论文体的清浊之别，关于"文之清体"，曹丕列举的例子："刘桢壮而不密。孔融体气高妙，有过人者；然不能持论，理不胜辞，以至乎杂以嘲戏。"又《与吴质书》说："孔璋章表殊健，微为繁富。公干有逸气，但未遒耳。其五言诗之善者，妙绝时人。元瑜书记翩翩，致足乐也。"③ 这一类作品，其"壮而不密"、"理

---

① ［美］韦勒克、沃伦：《文学理论》，刘象愚等译，生活·读书·新知三联书店1984年版，第221—224页。

② 同上书，第191页。

③ 郭绍虞主编：《中国历代文论选》第一册，上海古籍出版社1979年版，第158—165页。

不胜辞"、"书记翩翩"等强化式修辞方式，最终形成文体风格的"体气高妙"和"逸气"。关于"文之浊体"，《典论·论文》谈到"徐干时有齐气，应玚和而不壮"，《与吴质书》谈到"仲宣独自善于辞赋，惜其体弱，不足起其文"。而在这一类作品中，正是"和而不壮""不足起其文"的减弱式修辞方式，才形成文体风格的"体弱"，形式舒缓迂徐之"齐气"。

曹丕《典论·论文》是清浊二气，刘勰《文心雕龙·体性》篇则是总归八体。刘勰的"八体"之中，"显附者，辞直义畅，切理厌心者也；繁缛者，博喻酿采，炜烨枝派者也；壮丽者，高论宏裁，卓烁异采者也；新奇者，摈古竞今，危侧趣诡者也"，可见显附、繁缛、壮丽和新奇四体，用的是强化式修辞手段。而"远奥者，馥采典文，经理玄宗者也；精约者，核字省句，剖析毫厘者也"，① 又可见远奥和精约两体用的是减弱式修辞手段。这种差别我们在《体性》篇所举的例子中亦可看出。"长卿傲诞，故理侈而辞溢；子云沉寂，故志隐而味深"，"理侈辞溢"与"志隐味沉"，二者的修辞方式正好相对：一强化扩张，一减弱潜沉。可归入前者的还有"公干气褊，故言壮而情骇"和"叔夜俊侠，故兴高而采烈"，可归入后者则有"孟坚雅懿，故裁密而思靡；平子淹通，故虑周而藻密"。

《文心雕龙》的《夸饰》篇，可谓专论强化式修辞。作家为何要用"夸饰"？"神道难摹，精言不能追其极；形器易写，壮辞可得喻其真"。何为"壮辞"和"精言"？"是以言峻则嵩高极天，论狭则河不容舠，说多则子孙千亿，称少则民靡孑遗；襄

---

① （梁）刘勰著，范文澜注：《文心雕龙注》下册，人民文学出版社1958年版，第505页。

陵举滔天之目，倒戈立漂杵之论；辞虽已甚，其义无害也。"[1]这些极甚之辞，极壮之语，极精之言，作为修辞方式都是扩张的和强化的。而《隐秀》篇之"隐"，又可谓专论减弱式修辞。何为"隐"？在刘勰看来，"隐"的最大特征就是"潜"，所谓"伏采潜发"，所谓"珠玉潜水"，所谓"文隐深蔚，余味曲包"。"隐"作为一种修辞方式是潜沉的，所以才能"使玩之者无穷，味之者不厌矣"。《文心雕龙》的《比兴》篇称"比显而兴隐"，故"兴"也是潜沉式修辞方式，"环譬托讽""婉而成章"而多言外之意，也就是钟嵘《诗品序》所言："文已尽而意有余，兴也。"

司空图对诗歌文体风格和意象的分类多达 24 种，而这 24 种"体貌"亦可分为强化式与减弱式两大类别：属于前者的有雄浑、高古、劲健、绮丽、豪放、精神、清奇、悲慨、旷达诸品，属于后者的则有冲淡、纤秾、沉着、自然、含蓄、委曲、超诣诸品。我们的这种划分是双重意义上的：司空图所标举的这两大类诗歌体貌，它们的形成是源于或强化或减弱两类修辞手段，此其一；《二十四诗品》本身对这两类文体风格和意象的文学性体貌，所采用的修辞手段，分别是强化扩张与减弱潜沉。"具备万物，横绝太空。荒荒油云，寥寥长风"（《雄浑》）；"行神如空，行气如虹。巫峡千寻，走云连风"（《劲健》）；"天风浪浪，海山苍苍。真力弥满，万象在旁"（《豪放》）；"大风卷水，林木为摧。适苦欲死，招憩不来"（《悲慨》）……司空图的这些诗句，既是对韦勒克所说的那种"雄浑文体"之强化修辞的生动而形象的描述，而这些诗句本身的修辞方式亦是强化扩张的，是

---

[1] （梁）刘勰著，范文澜注：《文心雕龙注》下册，人民文学出版社 1958 年版，第 608 页。

雄健夸饰的。同样的道理，"素处以默，妙机其微。饮之太和，独鹤与飞"（《冲淡》）；"鸿雁不来，之子远行。所思不远，若为平生"（《沉着》），"幽人空山，过雨采苹。薄言情悟，悠悠天钧"（《自然》）；"不著一字，尽得风流。语不涉己，若不堪忧"（《含蓄》）……这一类诗句既是对秀美文体之减弱修辞的形象描述，其自身的修辞方式亦是减弱潜沉的，是含蓄沉着的。后来严羽《沧浪诗话》的文体分析，明显受到司空图《二十四诗品》的影响，他不仅和司空图一样用"品"说文体风格，而用于各品的命名也与《二十四诗品》大同小异。其《诗辨》章将所有的诗歌风格分为两大类："其大概有二，曰优游不迫、曰沉着痛快。"又说"诗之品有九：曰高、曰古、曰深、曰远、曰长、曰雄浑、曰飘逸、曰悲壮、曰凄婉。"其中"高""古"和"雄浑""悲壮"属于"沉着痛快"一类，而"深""远"和"飘逸""凄婉"属于"悠游不迫"一类。凡此种种均可见出：面向理论与实践的汉语文体学，与语言学领域的修辞学是密切相关的；因而，现代语境下的汉语文体学理论重构，需要自觉地借鉴修辞学的观念与方法。

（原载《学术研究》2013年第5期）

第二章

汉语文体学研究的现代西学背景
——基于文体与语言之关系的考察

  汉语文体学研究的三大分支（文艺学、语言学和文学史）[①]，不约而同地关注文体理论之中的语言问题，关注文体与语言之关系。究其根源，既是对自身文化及文学传统的赓续，也是对西方20世纪以来文学及语言学理论的借鉴。诚然，中西文体学理论有着各自的传统：在西方，是肇始于轴心期时代的古希腊古罗马的修辞学；在中国，同样是肇始于轴心期时代的孔儒的"慎辞"心态，和庄子"得意忘言"旗帜下的"三言"驰骋。但我们也要看到，现代语境下汉语文体学研究的发生、发展和演变，一方面秉承了自身的理论传统，另一方面与西方现代文化及文论的语言学转向有着密切的联系。不厘清汉语文体研究的现代西学背景，则难以把握文学及语言学理论的中外交汇和古今通变对汉语文体学之理论与实践的深刻制约及影响。
  就语言与文体的关系而论，语言既是构成文体的基本要素，

---

  ① 关于汉语文体学研究的三大分支，请参阅拙文《文体学研究的路径与前景》，《江海学刊》2011年第1期。

又是同一类文体发展变化的内在依据,还是新的文体取代旧的文体以及不同文体相互区别的主要标准。20世纪西方形式主义文论对中国文体意识和文体理论的影响,主要发生在语言层面,并表现为对语言以及与语言密切相关的文体和文体学问题的高度重视。从源头上考察,20世纪西方形式主义文论的孕育及诞生即以"语言"为其胎记:一个是1915年成立的,以雅可布逊(又译为雅克布逊或雅科布森)为领袖的莫斯科语言小组;另一个是1916年成立的,以什克洛夫斯基为代表人物的诗歌语言研究会。出现于20世纪初的以语言研究为中心的俄国形式主义文学批评流派,虽然在俄国国内只存活了十多年,但它作为西方现代形式主义批评的源头,不仅影响了20世纪三四十年代英美新批评的发展走向,还和新批评及语言结构主义一起,影响近30年来中国文论文体意识的复苏和成熟,影响汉语文体学研究的发展和繁荣。

一 语言表达激活思想

在中国古代,《尚书》的"诗言志"是文学理论的开山的纲领,稍后有《乐记》和《诗大序》的"(诗和乐)吟咏情性",再往后有陆机《文赋》的"诗缘情"。言志也好,缘情也罢,文学作品总是想着要表达什么,总是想着要怎么去表达。俄国形式主义理论家维克多·日尔蒙斯基《诗学的任务》将文学要素表述为"什么"与"怎么":

> 其实,艺术中这种"什么"与"怎么"的划分,只是一个约定的抽象。爱情、郁闷、痛苦的心灵搏斗、哲学思想

等等，在诗中不是自然而有，而是存在于它们在作品中借以表达的具体形式之中。因此，从一方面看，形式与内容（"怎么"与"什么"）的约定对立，在科学研究中总是融合于审美对象。在艺术中任何一种新内容都不可避免地表现为形式，因为，在艺术中不存在没有得到形式体现即没有给自己找到表达方式的内容。同理，任何形式上的变化都已是新内容的发掘，因为，既然根据定义来理解，形式是一定内容的表达程序，那么空洞的形式是不可思议的。[①]

人们习惯于将"诗"（文学）所言说的"志"或"情"称为"内容"，而所谓"内容"能够独立存在吗？不能。它们只能存在于"在作品中借以表达的具体形式之中"，因此，离开文学作品的语言形式去谈"内容"是不可能的。

日尔蒙斯基关于文学艺术作品之"什么"与"怎么"的划分，是很有价值的。文学创作的基本问题可表述为"说什么"与"怎么说"，或者表述为语言的言说对象与语言的言说方式。正是以"语言"为中心，日尔蒙斯基《诗学的任务》还谈到了文体的分类，将人们所使用的语言分为实用语、科学语、演说语和诗语，并指出"科学语是无形态语言"，而"诗语是按照艺术原则构成的。它的成分根据美学标准有机地组合，具有一定的艺术含义，服从于共同的艺术任务"。[②] 文学文体（诗语）与非文学文体（科学语）的根本区别在于语言，前者依据艺术原则并根据美学标准，而后者是无形态的。可见语言是文体构成的基本

[①] ［俄］什克洛夫斯基等：《俄国形式主义文论选》，方珊等译，生活·读书·新知三联书店 1989 年版，第 211 页。

[②] 同上书，第 210—211 页。

层面，因而也是文体划分的基本层面。

日尔蒙斯基在《论"形式化方法"问题》一文中，还提出"作为程序的艺术"的重要命题："艺术中的一切都仅仅是艺术程序，在艺术中除了程序的总和，实际上根本不存在别的东西。"① 论及"程序"在艺术中的特殊地位，日尔蒙斯基引用了俄国形式主义创始人雅可布逊的一句名言：

> 如果文学科学想要成为一门真正的科学，它就必须把"程序"看成是它唯一的"主角"。②

"程序"（device）这个词，亦可译为手段、方式、技巧、途径等等，比如，什克洛夫斯基的形式主义文论代表作《作为程序的艺术》，又被译为《作为手法的艺术》，还被译为《作为技巧的艺术》。关于"程序"的诸多译名，均可归于"形式"一类，而形式主义之所以称为形式主义，就在于它们将程序、手段、方式、技巧、途径等属于"形式"（亦即"怎么"）范畴的东西，看得比结局、目的、意图、思想、效果（亦即"什么"）更为重要，将文学的"怎么说"（言说方式）看得比"说什么"（言说对象）重要。此外，日尔蒙斯基讨论"程序"等"形式主义方法"，还引用了康德的美的公式："美是那种不依赖概念而令人愉快的东西"，并认为康德"在这句话中表达了形式主义学说关

---

① ［俄］什克洛夫斯基等：《俄国形式主义文论选》，方珊等译，生活·读书·新知三联书店1989年版，第360页。
② ［英］安纳·杰弗森、戴维·洛比等：《西方现代文学理论概述与比较》，陈昭全等译，湖南文艺出版社1986年版，第9页。

于艺术的看法"①，从而将形式主义的美学渊源追溯到德国古典美学。

俄国形式主义对"形式"的看重，是出于对文学研究之独立性的追求。文学研究（我们今天称之为"文艺学"或"文艺理论"）是一门独立的科学，是自足自立自成体系和自成格局的，它有自己独立的研究对象，即文学之所以为文学的"文学性"（落到实处就是文学语言的"陌生化"）。关于文学研究的独立性，俄国形式主义代表人物什克洛夫斯基也有一句名言："艺术永远独立于生活，它的颜色从不反映飘扬在城堡上空的旗帜的颜色。"② 什克洛夫斯基指出：由于艺术是独立的世界，因此"我的文学理论研究的是文学的内部规律"；文学发展的基本动因是形式，"新形式不是为了表达内容而出现的，它是为了取代已经丧失艺术性的旧形式而出现的"③。

什克洛夫斯基所说的艺术性，也就是文学性。文学性的根本问题是语言形式，俄国形式主义认为，只有陌生化的语言形式才能产生文学性。所以，文学的创新和发展，文学之不死生命的获得，最为关键之处就在于：不断地用新的语言形式取代旧的语言形式，用新的文体取代旧的文体。关于后一种"取代"，中国古代文论称之为"破体"。所谓"破体"，就是文学语言的陌生化，就是文学性之生成，就是文学形式之通变。佛克马《二十世纪文学理论》在评介俄国形式主义文论家特尼亚诺夫的文体理论

---

① ［俄］什克洛夫斯基等：《俄国形式主义文论选》，方珊等译，生活·读书·新知三联书店1989年版，第365页。

② ［俄］什克洛夫斯基：《文艺散文：沉思和分析》，苏联作家出版社1961年版，第5页。

③ ［俄］什克洛夫斯基：《关于散文理论》，苏联作家出版社1984年版，第8、24页。

时,也谈到了"破体"问题:"按照特尼亚洛夫的看法,既不能给文学,也不能给文裁下静止的定义。体裁是漂浮着的系统,在适当时候放弃某些技艺,吸取另一些技艺。正像我们大家都从文学史中看到的,体裁在某一时刻出现,会在不同的条件下消失……只有在跟传统的体裁对抗的情况下才能看到新体裁。他大胆地概括说,当一种体裁衰落时,便从文学领域的中心转入边缘地带,而新的文类现象则会从文学的落后地区涌现出来,取得其中心地位。"① 从根本上说,文学之所以为文学,或者说,文学语言陌生化的陶钧熔铸,需要破体,需要不断地用新的语言形式取代旧的语言形式。如果说,俄国形式主义的旗帜上没有任何政治城堡的颜色,但一定醒目地书写着两个大字:语言。

俄国形式主义文论对文学性(文学语言陌生化)的标举,对文学之独立性的追求,是对它之前的现实主义、浪漫主义和象征主义的反拨。在后者看来,思想和情感是最为重要的,语言只不过是用来表达思想和情感的工具。目的是最重要的,而工具是不重要的。但是,俄国形式主义文论认为,(语言)表达比思想和情感更为重要。鲍里斯·托马舍夫斯基《艺术语与实用语》提出"表达意向"这一概念,指出与实用语相比,艺术语"更加重视表达本身","这种对表达的高度重视被称为表达意向",甚至认为"表达在一定程度上具有本体价值":

不要以为,"表达意向"会有损于思想,会使我们只注意表达而忘记了思想。其实正相反,注意表达自身,更能活跃我们的思想,并迫使思想去思考所听到的东西。反之,那

---

① [荷兰]佛克马、易布思:《二十世纪文学理论》,林书武等译,生活·读书·新知三联书店1988年版,第27页。

些司空见惯的、呆板的话语形式,仿佛在麻痹着我们的注意力,无法唤起我们任何想象。①

这里的"表达"是一个名词,意即"表达意向"或"表达自身"(在后面两个词组中,"表达"作定语),也就是前述的"言说方式",亦即"怎么说"。表达者对"表达"的重视,可以活跃表达者的思想;而具有文学性(亦即陌生化)的表达,又可以激活读者的思想、激发读者的情感,最终产生良好的鉴赏效果。相反,那些机械呆板、司空见惯的表达,只会使人昏昏欲睡,让人味同嚼蜡。刘勰《文心雕龙·知音》篇将文学鉴赏的愉悦形容为"春台之熙众人,乐饵之止过客"。如果"春台"堆满瓦砾,"乐饵"是嘈杂的声响和馊了的饭菜,鉴赏者还会有丝毫的欣乐吗?鉴赏的效果,也就是作品的思想和情感的传达还能够如期完成吗?

由此可见,拙劣的语言表达可以毁坏或消灭思想和情感——这是从消极的层面考察表达与思想的关系。还有一种积极的"消灭"。以悲剧艺术为例。鲍里斯·埃亨巴乌姆《论悲剧和悲剧性》指出:"死在戏台上的主人公的最后一声叹息,在观众中唤起的便不再是眼泪,而是掌声……观众被请来接受'内容',而事实上,内容却被形式'消灭了'。"②按道理说,艺术作品中"死亡"这一内容,引出的鉴赏效果应该是"眼泪",但接受者却报以"掌声"。显然,观众的掌声不是对"死亡"这一具体内容的反应,而是对作品艺术形式的嘉奖。当"掌声"取

---

① [俄]什克洛夫斯基等:《俄国形式主义文论选》,方珊等译,生活·读书·新知三联书店1989年版,第83—84页。

② 同上书,第35页。

代"眼泪"时，艺术作品的"内容"即为"形式"所消灭。这也就是席勒在《论素朴的诗与感伤的诗》中所说的："艺术家的真正秘密在于用形式消灭内容。排斥内容和支配内容的艺术愈是成功，内容本身也就愈宏伟、诱人和动人；艺术家及其行为也就愈引人注目，或者说观众就愈为之倾倒。"而艺术形式（在文学作品中是语言形式）正是在对内容的消灭过程中，激活了思想和情感，征服了观众和读者。

二 文学是语言表达的完美形式

中国古代文论历来有"辨体"的传统，也就是分辨或辨析文体的传统，比如，刘勰《文心雕龙》的文体论辨析 33 种文体的区别，司空图《二十四诗品》辨析 24 种诗歌体貌的特征，严羽《沧浪诗话》专门有《诗体》一篇，在时代、地域、作家等不同层面分辨不同的文学之体。在某种意义上说，英美新批评（the New Criticism）的文学批评理论也是建立在"辨体"的基础之上的。新批评的理论奠基人约翰·克娄·兰色姆，在《诗歌：本体论札记》中，细致地分辨了"事物诗""柏拉图式的诗"和"玄学诗"三种诗体的区别及特征。[①] 与中国古代文论的"辨体"一样，兰色姆的"辨体"既发生在文学的内部，也发生在文学与非文学之间。

兰色姆将非文学文体称为散文（即科学文体），他在《纯属思考推理的文学批评》一文中，用"政府"打比方来说明文学

[①] 见赵毅衡编选《"新批评"文集》，中国社会科学出版社 1988 年版，第 46—71 页。

文体与科学文体的区别:

> 诗是一个民主政府,而散文作品——数学的,科学的,伦理学的,或者实用的和俗文的——是一个极权政府。民主政府的企图是要尽力有效地行使政府的职权,它受一种良心上的限制,那就是,它不想压制它的成员——公民,使他们不能自由发挥他们个人独立的性格。但是极权政府……把它的公民只看作是国家的机能部分,他们的存在,完全看他们对政府的总目的各自所作的贡献而定。①

兰色姆用这个比喻,是想说明在文体构成(即部分与整体之关系的问题)上,文学与非文学的区别。文学文体的各个部分(一节叙事或抒情,一个意象或意境,一句隐言或妙语等),既是整体的组成部分,同时也是有着独立生命和独特魅力的个体,犹如民主政府中的自由公民。而科学文体中的各个部分是没有独立价值的,犹如专制统治下的懦弱的任凭驱遣、任人宰割的子民。

需要进一步追问的是,为什么文学文体中的"部分"有着自己独立于"整体"的生命?问题的答案还是在"语言"。科学文体中的语言仅仅是说明总目的和完成总任务的工具,离开了"整体","个体"(语言)没有任何意义;文学文体的"个体"(语言)当然也要为整体服务(所谓言志或抒情),但文学是语言的艺术,是文体的艺术,语言本身,以及由语言所构成的体裁、体貌、体性、体势等等,有着自己独立的生命和价值。我们

---

① 见赵毅衡编选《"新批评"文集》,中国社会科学出版社1988年版,第95页。

看古今中外文学史上的各种体裁的作品，一首诗或许早被人淡忘，但其中的诗眼却千古流传；一出戏或许已无人知晓，但其中的一支曲子（唱词）或一段宾白却广为传诵；一部长篇小说或许无人能记得全部的故事或结构，但其中的某种性格、某种情景或某段对话却永远耳熟能详，甚至刻骨铭心……凡此种种，谁使之然？语言，文学语言。

兰色姆接着还用了一个"房子"的比喻。他说："一首诗有一个逻辑的框架（Structure），有它各部的肌质（Texture）。"根据兰色姆这段话的上下文，所谓"肌质"也可以理解为细部及细部的描写或修饰。在兰色姆看来，科学文体的肌质（细部描写）与其总的框架是不能分离的，而诗的特异性即在于肌质与构架的分离，而且肌质远比构架重要。"如果一个批评家对诗的肌质方面无话可说，那他就等于在以诗而论的诗方面无话可说，那他就只是把诗当作散文加以评论了。"[1] 新批评的文本细读，其实就是要读出作品的肌质，读出作品的肌质美在何处，妙在何方。

辨析文学文体与科学文体的区别，是新批评的一项重要工作。被称为"新批评之父"的瑞查兹也谈到科学文体与文学文体的区别，他说，与科学语言相比，"诗是语言表达的最完整的形式"，因为诗的语言并不需要科学意义上的规定性和单一性，而应该是多义的甚至是含混的。瑞查兹的学生燕卜荪发展了老师的学说，提出含混理论，写出《复义七型》。[2] 后来韦勒克和沃伦合写的《文学理论》，也强调文学语言的多义性、含混性和暗

---

[1] 赵毅衡编选：《"新批评"文集》，中国社会科学出版社1988年版，第98页。

[2] 同上书，第5页。

示性。

新批评的另一位重要理论家艾伦·退特，在《作为知识的文学》一文中着重讨论诗与科学（实际上是诗作为文学文体与散文作为科学文体）之间的差别。艾伦·退特讨论问题的方法是驳斥，——驳斥文论史上关于文学文体与科学文体之分别的种种谬误：比如，马休·阿诺德认为文学与科学的差别只不过是前者罩上美丽的语言外衣而能感动人而已；莫里斯认为诗歌文体与科学文体的区别只是语用学意义上的，前者使用句法面而后者使用语义面；柯尔律治认为这两种文体的区别在于科学追求真实而文学追求快感，等等。而退特认可了瑞恰兹后期的理论："诗是语言表达的最完整的形式。"关于诗之完整与科学之完整的区别，退特指出：

> （诗）在富有想象力的伟大作品中达到完整的状态，并不是实证主义科学所追求的那种实验完整的状态……科学的完整是一种抽象，包括了专门化了的方法之间的合作的完美的典型。没有一个人可以体验科学，或体验一门科学。因为《哈姆莱特》的完整不是实验所决定的状态，而是被体验到的状态。简而言之，那是一种神话式的状态。①

文学文体的完整性是体验的，是神话式的，这就回到了原始思维，回到了诗性智慧，回到了文学文体的诗性言说方式。

体验式和神话式的言说方式，常用的修辞手法是隐喻，因此"隐喻"是英美新批评的一个关键词。隐喻的主体分为喻衣（彼

---

① 赵毅衡编选：《"新批评"文集》，中国社会科学出版社1988年版，第155页。

类事物）与喻旨（此类事物），而隐喻的方式则是多种多样的：可以是单个词语，如"山脚""针眼""浪花"和"海笑"等等；也可以是一种文体，如寓言。就后者而言，《庄子·寓言》篇的"寓言十九"，也可以说是"隐喻十九"。新批评的两位核心人物维姆萨特与比尔兹利，认为文学作品是一个"比喻性的空间客体"，是一座"词语雕像"（相当于布鲁克斯所说的"精制的瓮"）。因此，批评家一头用"意图谬见"斩断作品与作者的联系，另一头用"感受谬见"斩断作品与读者的联系，然后专气致柔，用志不分，将所有的注意力集中于文本分析，也就是细读。新批评的文本细读理论虽然有诸多缺陷，但对文学隐喻乃至对文学语言和文本结构的高度重视，对于我们的文体和批评文体研究是有启迪作用的。俄国形式主义也讨论隐喻，比如鲍里斯·托马舍夫斯基《词义的变化（诗学语义学·转喻）》一文，专论隐喻中的一种：转喻。托马舍夫斯基指出："在转喻中，词的基本意义被破坏了，而通常正由于破坏了直义，才能感觉到该词的次要特征。"[①] 比如一首俄语诗歌中的两句："蜜蜂飞出蜡制的僧房，去寻觅田野的贡果"，对于蜜蜂而言，"僧房"和"贡果"都是"转喻"，都是对于"直义"（即"蜂房"和"花蜜"）的破坏，而正是这种"破坏"成就了诗歌语言的陌生化，因而成就了诗歌的文学性。在中国古代文学作品和中国古代文学批评经典中，充满了俄国形式主义和英美新批评所说的转喻、借喻和换喻。

新批评理论家从语义分析出发，将文学语言提升到了"本体论"的层次，并由此而自称"本体论批评家"。约翰·克

[①] ［俄］什克洛夫斯基等：《俄国形式主义文论选》，方珊等译，生活·读书·新知三联书店1989年版，第87—88页。

娄·兰色姆在一篇题为《征求本体论批评家》的文章中指出:"我认为,诗歌的特点是一种本体的格的问题。它所处理的是存在的条理,是客观事物的层次,这些东西是无法用科学论文来处理的……诗歌旨在恢复我们通过自己的感觉和记忆淡淡地了解的那个复杂难制的世界。就此而言,这个知识从根本上或本体上是特殊的知识。"又说:"从本体论角度看,(诗歌)它是要把比较复杂的世界及较为出人意外的世界带入人们的经验,从更多的方面来进行论述。"①

作为独特的形式主义文论流派,英美新批评于20世纪一二十年代在英国发端,30年代在美国形成,四五十年代在美国文学评论中取得主导地位,于第二次世界大战结束的1945年衰败于美国。20世纪上半叶,英美新批评对中国文论的影响是零星的、个别的(如对钱锺书的影响);直到20世纪八九十年代,新批评文论才对中国当代文学批评产生广泛而深刻的影响。"(新批评)它死了——死于自己的巨大成功",因为,"不论我们是否乐意承认,我们现在全部属于新批评派阵营,我们在阅读诗歌时,已经无力回避对诗中的含混性等质素的喜爱与赏识"。②新批评的"巨大成功",当然也包括它在20世纪中国文论界的成功。因为我们今天对文学语言及语言研究的重视,对文体及批评文体研究的重视,其中不乏新批评的理论影响。

---

① 赵毅衡编选:《"新批评"文集》,中国社会科学出版社1988年版,第74、78页。

② [美]兰鲍:《现代精神:19世纪与20世纪文学连续性论文集》,牛津大学出版社1971年版,第11页。

三 语言突出及其诗性功能

陆机作《文赋》，一上来就在"序言"中表达他的语言焦虑："恒患意不称物，文不逮意。"《文赋》正文中又以垂钓和射猎为喻，再说语言之痛苦："沉辞怫悦，若游鱼衔钩，而出重渊之深；浮藻联翩，若翰鸟缨缴，而坠曾云之峻。"而《文赋》的后半部分提纲挈领地分析"作文利害关键"，不厌其细地指责各种"文病"，其根本目的是要在如何"以文（言）逮意"的层面来消解语言焦虑。中国古代文学批评，从孔子"慎乎辞"，到王国维"著一字境界全出"，对语言问题的高度重视一以贯之。即便是老庄"知者不言""言不尽意"一路，只不过是从另一种角度来凸显语言。而西方20世纪上半叶的俄国形式主义、英美新批评和法国结构主义，这三家文论的一个共同特征就是对语言问题的高度重视。

前面提到过雅可布逊的莫斯科语言小组，作为俄国形式主义的创始人之一，雅可布逊还有他的语言小组，深受索绪尔语言学的影响。雅可布逊于20世纪20年代迁至布拉格，转向捷克结构主义，从而将俄国形式主义与布拉格学派和现代结构主义理论联系起来，成为由20世纪初俄国形式主义到20世纪六七十年代法国结构主义之间的一个重要中介。雅可布逊后来加入美国籍，成为俄裔美籍语言学家和文学理论家，他后期的理论有明显的索绪尔印记，如索绪尔对"言语"和"语言"的区分，对语言符号"能指"与"所指"的划分，尤其是对语言组合关系的两个向度的区分，均成为雅可布逊后期结构主义理论的重要元素。

我们先从索绪尔的语言组合关系理论说起。索绪尔将这两个关系表述为横组合关系与纵聚合关系：前者是句段关系，即一个句子在时间上的呈现，也就是句子中的字词按先后顺序一个挨一个地排列；后者是联想关系，它所包含的是一个句子中已经出现的词与尚未出现的词之间的共时关系。作为结构主义理论家，雅可布逊由索绪尔的"两个向度"引出对语言"诗性功能"的研究，他提出一个著名论点："诗性功能把对等原则从选择轴引向组合轴"①。雅可布逊认为，日常语言的使用中，言说者只须从选择轴（即纵向轴）中选取一个能够表意的词放入句段（即横向轴）中即可，也就是孔子说的"辞达而已"；而选择轴中，其他词语（即未被选入横向组合轴的）只在想象中展开。但是，在诗性语言的使用中，言说者为了达到最佳的艺术效果，常常将选择轴中大量的词同时引入句段，如诗歌中的排比对大量同义词或同声（同形）异义词的运用。

如果我们将雅可布逊的这种语言结构分析的方式由一个单句扩充为一个文本，则可在中国文化和文学典籍中找到更多的例证。比如，《周易》用许多象喻来说明一个道理，所谓"义虽不变，象可博取"（黄寿祺、张善文《周易译注》）；又比如，《庄子》讲"逍遥游"这个道理，一口气用了五个寓言："北冥有鱼""蜩与学鸠""汤之问棘""尧让天下于许由"和"肩吾问于连叔"②。如果仅仅是出于"达意"的目的，一个"象"或一个"寓言"就足够了；而《周易》和《庄子》为什么要同时用多个"象"和多个"寓言"呢？在雅可布逊看来，语言在结构中具有两种功能：一种是"传达功能"，"辞达而已"，能把意思

---

① ［美］罗曼·雅科布森：《结束语：语言学和诗学》，见塞比奥克编《语言文体论集》，麻省理工学院1960年版，第358页。

② 后面的三个也可视为"重言"，即借重古贤者之言。

说明白就行；另一种是"诗性功能"，即强调语言自身，或者说凸显语言自身所具备的诗性即文学性。将对等原则从选择轴引向组合轴，从根本上说，是把对语言自身（即诗性功能）的展示和强调，看得比语言的"传达功能"重要得多，也就是将"怎么说"看得比"说什么"重要得多。对"诗性功能"的看重与对"传达功能"的看轻，这两者又是互为因果的。说到底，这样做是要削减语言对于外部世界的指向性，而凸显语言自身的诗性魅力。因而，"突显语言"的结果，必然是对语言"诗性功能"的发挥。我们知道，中国古代批评家自觉选用文学文体来书写他们的文学理论和批评，之所以这样做，也有"突显语言"而发挥其"诗性功能"的用意。因为，如果仅仅是出于"达意"的目的，他们完全可以以"论（理论文体）"来论文，而无须以"诗（文学文体）"来论文了。

不过，雅可布逊对索绪尔"语言向度"的阐发，并不能完全解释中国古代的文学创作和批评。"诗性功能把对等原则从选择轴引向组合轴"适于散文体（如前举《周易》和《庄子》），而不适于诗体（尤其是格律诗）。中国古典诗歌中的格律诗，对每一句的字数有严格的规定，也就是对横向组合轴有严格的字数约定，作者根本不可能将纵向轴的对等原则引入横向轴，而只能在纵向轴的众多可能中选取其中的一种。当然，格律诗的这种选择不同于日常用语的选择。对于日常用语来说，选择的标准很简单：达意即可。而对于格律诗而言，选择的过程其实就是陌生化的过程，也就是诗性即文学性的生成过程。

就读者的这一方面而言，在诗人已经完成的诗句中，读者能够看到的只是横向的组合轴（即句段）；而纵向的聚合轴并未也不可能实际呈现，而只能存在于读者的想象和猜测之中。比如，陶渊明的诗"悠然见南山"，读者所能看到的只是也只能是"悠然见南山"这五个字的依次排列或曰横向组合;至于那个"见"字可以或可能用"看"或"望",或别的什么字,也就是陶渊明已用的"见"字与未用的那些字共同构成纵向的聚合轴,而这个"纵向轴"只在我们的想象之中。从语言层面说,格律诗的创作过程,说到底就是如何从纵向轴中选择最恰当最有表现力或者说最具陌生化的字或词安放于横向轴的过程。这个过程,就是中国古代文论常说的"推敲""琢磨""苦吟""冥思"的过程,也就刘勰所说的"练字"或"捶字"的过程。而纵向轴上的最佳选择,放在横向轴中就是刘勰《文心雕龙·练字》篇所说的"捶字坚而难移";这样的作家就成了被刘勰所推崇的"雕龙奭"了。因此,格律诗创作对纵向轴诸种可能的精选,也是对语言的凸显,对诗性功能的阐扬。

关于语言的"突出",捷克结构主义者穆卡洛夫斯基亦有精彩的论述。他指出,诗性的言说,总是要通过各种手段,"最大限度地突出话语","将言语自身的行为置于最突出的地方"①。受捷克结构主义的影响,后来法国结构主义,无论是列维-斯特劳斯"神话模式"研究,还是茨维坦·托多洛夫的"叙事语法"研究,所关注的都是作品的语言形式,所突出的都是文学结构作为"语言"的意义,所证明的都是优秀作品在语言和结构上的成功。当然,法国结构主义文论不同于它之前的英美新批评,因为前者并不局限于单个作品的机械而烦琐的细读,而是在一个整体结构系统中去认识文学作品("言语")的内涵,透过具体的个别的文学现象去把握文学内在的普遍的本质。

---

① [捷克]穆卡洛夫斯基:《标准语言和诗歌语言》,载伽文编《布拉格学派美学、文学结构主义与文体论文集》,华盛顿:乔治敦大学出版社1964年版,第43—44页。

结构主义从空间上经历了由索绪尔语言学到捷克结构主义,再到法国结构主义这样一个发展过程。其实早在俄国形式主义时期,结构问题就受到重视,如托马舍夫斯基在《诗学的定义》中指出:"诗学的任务是研究文学作品的结构方式。"[1] 就对结构的重视程度而言,结构主义可以视为"关于世界的一种思维方式"[2]。无论是对语言自身的凸显,还是对语言诗性功能的阐发,都需要在结构中确认,在结构中完成。笔者近日看了一个小品,男女演员依次用三种剧式(琼瑶言情剧、金庸武侠剧和《大长今》式的韩剧)来表达同一个剧情。这一对演员很好地把握了三种剧式在语言和结构上的差异,然后用夸张变形和调侃嘲讽的喜剧手法,指明了这三种剧式的缺陷。琼瑶言情剧,其对话是嗲声嗲气加上甜得发腻,其结构是无端的煽情加上无端的争吵,而这一切都是由叫喊式的台湾腔国语完成的。金庸武侠剧,其对白是武林流行套话和江湖专门术语的堆砌,其结构则是故弄玄虚的动作加上故弄玄虚的宾白。而《大长今》式的韩剧,其人物对话是喋喋不休、绵绵不绝,其语言结构是毫无必要的反复质疑和毫无必要的反复诘问。小品是语言类节目,更是一种语言艺术,而正是凭借语言突出,才使得这类节目具有一种特别的诗性功能。

(原载《社会科学》2013 年第 12 期;人大复印报刊资料《文艺理论》2014 年第 3 期)

---

[1] [俄] 什克洛夫斯基:《俄国形式主义文论选》,方珊等译,生活·读书·新知三联书店 1989 年版,第 76 页。

[2] [英] 特伦斯·霍克斯:《结构主义和符号学》,瞿铁鹏译,上海译文出版社 1987 年版,第 8 页。

第三章

中国古代文体学的本体论价值

　　近十年来，中国古代文体学研究在文体形态的分类和命名、文体批评和批评文体的古今通变、文体源流及功能与文化变迁之关系等领域，均有新的创获，诞生了一批有分量的学术成果。中国古代文体学一方面与汉语言文字学有着天然的内在关联，却又与西方隶属修辞学的文体学有着完全不同的传统。然而，既有的文体学研究，或者是文学史的分支，或者是语言学的附庸，或者是文艺学的旁系。文体学从来没有获得过独立的、本体论意义上的观照和体认。笔者认为，从根本上说，中国古代文体学并非文学史、语言学或文艺学的附庸，而是具有本体论价值并具有超文类、超时空的实践品质。中国古代文体学的本体论价值，以"體"为中心生成并展开。就其"生成"而言，由汉语词源学的"體"（生命本体论）、原始儒学的"体要"（语言本体论）以及先秦易学的"体"与"用"（实践本体论）整合而成；就其"展开"而言，则体现为"体貌""语体"和"体制"等多重结构和层面，并外化为"尊体""辨体"和"变体"等多种方法和应用。如何在语言学与文学的滥觞处追溯并昭明中国古代文体学的理论谱系和本体论价值，辨析中国古代文体理论在批评实践和文化审美中的应用，是既有的文体学研究的学术空白,因而也是本文理论探讨的意义之所在。

一 本乎"體"

从汉语词源学的层面清理中国古代文体学的理论谱系,不难发现其"以'體'为本"的历史的与逻辑的源起。[①] 中国古代文体学以"體"为本,其"源"有三,而这三大来源均具有某种程度的本体论内涵:第一,古汉语词源学的"體",意指人之身体的总属和风骨,因而是对生命本体的整体性呈现;第二,原始儒学的"体要",是对圣人及经典的语言功能的本质性揭示,因而是对语言本体的经典性陈述;第三,先秦易学的"体"与"用",是对《易》之卦体及其功能的界定,因而可视为《周易》对自身文体属性的本质性确认。徐复观《文心雕龙的文体论》指出:"《文心雕龙》,即我国的文体论。"[②] 而我们同样可以说:中国古代文体学,即中国古代文学理论。一时代有一时代之文体,中国古代文学的发展历史也就是文体崇替的历史;而中国古代文学理论也就是在对各个时代的各体文学的批评中建构出来的。因此,无论是从文学史演变的层面还是从文学理论建构的层面,我们都可以昭明古代文体学的本体论价值。而这一点也正是中国古代文体学区别于西方文体学及现代各种派别的文体学的根本特征之所在。

體,既是中国古代文体学也是整个中国古代文论的核心范畴。就古代文体学的本体论建构而言,"體"的关键性功能及价

---

① 李建中:《文体学研究的路径与前景》,《江海学刊》2011年第1期。
② 徐复观:《中国文学精神》,上海书店出版社2004年版,第118页。

值是双重的。第一,"源"也,起源也,肇始也。"體"首先是"文体"这个词的词根,然后是古代文体学诸多术语、概念和命题的词源。若对中国古代文体学的理论谱系"观澜而索源","振叶以寻根",其"源"其"根"便是一个"體"字。第二,"原"也,本原也,本体也。中国古代文体学的本体论之质,由生命本体、语言本体和实践本体整合而成。人为"三才"之一、天地之心,因而人之文既是对生命本体的彰显,也是对自然之道的昭明,而正是在生命本体("體")之彰显和天地之心("文")之昭明的过程中,中国古代文体学获得其本体论价值,此其一;《尚书》讲"辞尚体要",否则会"文体解散"[①],故文辞在"体要"中建构文体之本,而中国古代文论中诸多具有"体要"性质的文体概念和命题,是对古代文体学之本体论价值的语言学建构,此其二;"古来文章,以雕缛成体"[②],文章,作为文体的语言外观,是文体学本体论价值在文体创作和文体批评实践中的展开和应用,从而在理论与实践相结合的层面构成哲学意义上的"体"与"用",此其三。

由此可见,"體"所代表的生命本体,由"源"而"原",又由"源""原"而"元",实乃中国古代文体学理论的本源(原)之元。"言"能否"体要"而用之为"文(章)",最终取决于"體",取决于"體"所蕴含的主体意识和文体风骨。因为既是"源"又是"原",所以"體"成为文体学的"元"范畴,成为中国古代文体学之本体论建构的理论基元。正是在这个意义上,我们可以说,汉语言的"文体学",是以"體"为本的一整

[①] (梁)刘勰著,范文澜注:《文心雕龙注》下册,人民文学出版社1958年版,第726页。

[②] 同上书,第725页。

套文学观念和言说方式。分层而论，一是以"體、体要、体与用"为本体，二是以"体貌、语体、体制"为要素，三是以"尊体、辨体、变体"为功用。

建构中国古代文体学的本体论价值，其历史的和逻辑的出发点是"本乎'體'"，其基本思路是原体—昭体—辨体—变体。原体，追溯中国古代文体学的理论谱系。要揭示中国古代文体学的本体论价值，需要追溯其理论谱系，需要在汉语史和文学史的交叉处，并借助于中西比较的方法，追溯中国古代文体学"以'體'为根株、以'言'为主干、以'用'为华实"的理论谱系。昭体，昭明中国古代文体学之本体论价值。从各种类型的文体学理论谱系之比较出发考察中国古代文体学，不难发现其本体论特征：它并非文学理论的组成部分而是文学理论本身；换言之，它具有文学本体论性质。而这一本体论性质的生成和展开，就是本文所论述的本乎"體"、据乎"言"和用乎"文"。辨体，辨析古代文体理论在批评实践中的应用。如果说从"原体"到"昭体"是讲"理论"，那么从"辨体"到"变体"则是讲"应用"。具有本体论性质的中国古文体学，其实践性品质是全方位的：既是历史的，又是现实的；既是观念的，又是方法的；既是美育的，又是人文的。变体，在文体流变中考察中国古代文体学的人文蕴含和美学功用，为当下的文化创新与文化建设提供历史借鉴、思想资源和方法论宝库。

从"本乎'體'"出发，揭示中国古代文体学的本体论价值，既可以扩展古典文体学的阐释有效性，还可以建立文体理论与当下审美文化和日常生活的关联。既有的中国古代文体学研究着力于文体分类，将古典文体学的阐释有效性局限于体裁问题。如何在反思古典文体学理论与实践的前提下扩展其阐释有效性，关乎文体学研究对已有学术格局的突破，也关乎文体学研究思路的新创。此外，研究古典文体学的当下之用须面对一个语言与文学的难题：一代有一代之所胜，文体学的诸多研究对象在今天已不复存在，因而与之相关的部分文体观念及方法亦非今日之所胜。那么，古典文体学与当下审美文化及日常生活的关联何在？我们的回答是，中国古代文体学在自身漫长的演变过程中，积淀并凝炼出诸多具有超越性品质和功能的元素和代码，而这些元素已然"活"在过去并继续"活"在当下。这一点，本章将在"用乎'文'"一节中详论。

二 据乎"言"

刘勰《文心雕龙·原道》篇以"道"论"文"，从天地自然之"文"讲到人之"文"："仰观吐曜，俯察含章，高卑定位，故两仪既生矣。惟人参之，性灵所钟，是谓三才。为五行之秀，实天地之心，心生而言立，言立而文明，自然之道也。"天地万物均有各自的"文"，均以各自的"文"呈现（言说）自然之道；而作为"三才"之一、作为"天地之心"的"人"岂能没有自己的"文"？岂能不以"文"来呈现（言说）自然之道？所谓"夫以无识之物，郁然有采；有心之器，岂无文欤？"人之"文"既是对生命本体的彰显，也是对自然之道的昭明；而中国古代文体学的本体论价值，便在这"彰显"和"昭明"中获得。进入文明时代，人之文就是"言"，故"心生而言立，言立而文明"就成为"自然之道"，这个"自然之道"既是中国古代文学的本质，也是中国古代文体学的本质。就文学创作而论，据乎"言"，人才可能使"文"成"体"以明自然之道，亦才可能"辞尚体要"以成就自身的经典书写；就文学批评而论，据乎

"言",人方可能辨"体"而明"性",在对文学文体的"言辩"和"辨言"中,亦即在文体批评和文体实践中走向对文学本体的体悟。

具有本体论特质的"据乎'言'",在中国古代文体学乃至中国文学批评史上有着重要的地位。陆机作《文赋》,开篇即表达其语言焦虑,正文重述其语言痛苦并详叙祛病之良方。中国古代文学批评,从孔子的"慎乎辞",到刘勰的"言立而文明",到杜甫的"语不惊人死不休",到王国维的"著一字境界全出",对语言问题的高度重视一以贯之。即便是老庄"知者不言""言不尽意"一路,只不过是从另一种角度来凸显语言的重要性。事实上,老庄如何表达他们的这种语言观或文体观,除了"据乎'言'"别无他途。而且,就《庄子》的文本实际而言,其对"言"的推崇和依赖竟达到很高的程度。比如,《庄子》言说"逍遥游"的道理,就一口气讲了五个寓言。

如果仅仅是出于"达意"的目的,一个"寓言"也就足够了,《庄子》为什么要同时讲多个"寓言"呢?这里,我们可以借用西方形式主义文论的"语言突出及其诗性功能"作一点分析。俄国形式主义的创始人之一雅可布逊认为,"言"(语言)在结构中具有两种功能:一种是"传达功能",即孔子说的"辞达而已",能把意思说明白就行;另一种是"诗性功能",即强调语言自身,或者说凸显语言自身所具备的诗性,即文学性。而雅可布逊把对语言自身(即诗性功能)的展示和强调,看得比语言的"传达功能"重要得多,也就是将"怎么说"看得比"说什么"重要得多。[①] 捷克结构主义文论家穆卡洛夫斯基亦指

---

① [美]罗曼·雅科布森:《结束语:语言学和诗学》,载塞比奥克编《语言文体论集》,麻省理工学院1960年版,第358页。

出，诗性的言说，总是要通过各种手段，"最大限度地突出话语"，"将言语自身的行为置于最突出的地方"①。受捷克结构主义的影响，后来法国结构主义，无论是列维-斯特劳斯"神话模式"研究，还是茨维坦·托多洛夫的"叙事语法"研究，所关注的都是作品的语言形式，所突出的都是文学结构作为"语言"的意义，所证明的都是优秀作品在语言和结构上的成功。可见，从俄国形式主义到英美新批评，到后来的捷克结构主义和法国结构主义，这些西方文论流派的一个共同特征，就是对语言问题即"据乎'言'"的高度重视。

就中国文论而言，在上古汉语世界"人之文"对"道"的言说和显示中，儒家经典被认为是人文之精华、文体之楷模。因此，在中国古代文学理论的滥觞期，语言中心主义也就是经学中心主义，文体学的"据乎'言'"也就必然表现为"依乎'经'"，也就是刘勰最看重的依"经"而立义、依"经"而辨体。《文心雕龙·征圣》篇盛赞圣人文体为"精理为文，秀气成采。鉴悬日月，辞富山海"；《文心雕龙·宗经》篇则盛赞先秦儒家经典为后世各体文章的典范，所谓"情深""风清""事信""义贞""体约""文丽"，更为后世诸多文体的正宗，所谓"统其首""发其源""立其本"和"总其端"。按照刘勰《文心雕龙》的文体学思想，要依"经"立体，要依"经"辨体。非如此，我们无法获得文体分类及命名的历史根据和文本范式，因而也无法为文体学的各种元素诸如体制、体裁、体式、体貌、体性等制定规范，最终亦无法建立起文体辨析的批评标准和美学

---

① ［捷克］穆卡洛夫斯基：《标准语言和诗歌语言》，载伽文编《布拉格学派美学、文学结构主义与文体论文》，华盛顿：乔治敦大学出版社1964年版，第43—44页。

原则。

　　从根本上说，刘勰《文心雕龙》的"征圣"和"宗经"，看重的并非儒家圣人的政治理想和伦理道德，而是儒家圣人的文章和文体，"宗经"的旗帜下是"尊体"，尊圣人之体，尊经典之体。因此，《文心雕龙》文体论的依"经"立体和依"经"辨体，蕴含的并非"文以载道"或"文以明道"，而是"文的自觉"或曰"文体自觉"，是以"据乎'言'"为内质的尊"体"意识和贵"文"倾向。

三　用乎"文"

　　《文心雕龙》以"文之为德也"开篇，以"文果载心，余心有寄"终章，强调的是"文"的价值和功用。中国古代文体学，从"本乎'體'"的生命本体，到"据乎'言'"的语言本体，其最终价值的实现是"用乎'文'"。因而，"用乎'文'"不仅是中国古代文体学之本体论价值的实现保证，也是中国古代文体理论的实践品质之所在。

　　中国古代文体学"用乎'文'"的实践本体论，在其滥觞期表现为"体"与"用"的关系。顾尔行刻印徐师曾《文体明辨》，其序曰："文有体，亦有用"，主张"体欲其辨""用欲其神"，并引《周易》"拟议以成其变化"，称"得其变化，将神而明之，会而通之，体不诡用，用不离体"，徐师曾自序亦讲"文章必先体裁，而后可论工拙；苟失其体，吾何以观？"[①] 故顾

[①]（明）吴讷著，于北山校点；（明）徐师曾著，罗根泽校点：《文章辨体序说　文体明辨序说》，人民文学出版社1962年版，第75、78页。

尔行的"体""用"之论是对徐师曾文体观的阐发；但归根结底，还是对《周易》"体""用"观的赓续。《周易》的"体"与"用"有着两个层面的内涵，用朱熹《周易本义》的话说，一指"道之体用"，一指"卦爻之用"。而卦爻乃易之体，故"卦爻之用"亦即"《易》体之用"。

如果在更为广阔的意义上考察，"体"与"用"作为对文体功能的本质性确认，在整个先秦时期不仅见于易学，同时也见于诗（歌）学、（音）乐学甚至儒家的礼学。因此，可以将"体"与"用"视为中国早期"文学"（即"大文学"）文体的本体论自述。《文心雕龙·原道》篇说："心生而言立，言立而文明，自然之道也。"人有"體"（即"心生"），必然有"言"（即"言立"）；《文心雕龙·征圣》篇在引《尚书》"辞尚体要"之后指出："故知正言所以立辩，体要所以成辞"，而所谓言之"体要"说到底就是"体"之"用"。从人之"體"到人之"言"，从"言"之"体要"到"文（言）"之用，文体学的本体论价值由滥觞之处的生命本体、语言本体和实践本体整合而成。于是，我们可以沿着"本乎'體'、据乎'言'、用乎'文'"的路径，来建构并阐释中国古代文体学的本体论价值。

在中国古代文体学的本体论建构之中，作为"源"（"原"）的生命本体和作为"本"（"据"）的语言本体，必然要彰显为"文"。因此，中国古代文体学的本体论生成，在本乎"體"、据乎"言"之后，最终要用乎"文"。

《文心雕龙·原道》篇开篇便言："文之为德也大矣！"那意思是说：文章的来头大得很啊！可见"用乎'文'"是何等的重要！首先，就原道、征圣、宗经而言，"自然之道"的根本在于"人之文"，在于"心生言立""言立文明"。儒家经典"辞尚体要"的根本在于"五经之含文"，而"随仲尼而南行"的刘勰舍

"注经"而取"论文",是建立在对"文"之德(即功用)的深刻体察和领悟的基础之上的。其次,就中国古代文体论的历史价值及现实功用而言,"用乎'文'"可以最大限度地发掘出文体学的人文内涵和实践品质,从而有效地开拓出古代文体理论与古代批评实践之间,以及文体学理论和方法与现代文化和审美之间的通道,使文体学的本体论价值在文体创作和文体批评实践中得以充分展开。最后,仅就"辨体"即文体分类而言,从"用乎'文'"出发,就是从汉语文学的文体史实和语言真相出发,只有这样才可能摆脱西方文学"三分法"或"四分法"的文体分类套路,最终找到一种能够有效地解释汉语言文学史和批评史的"囿别区分"之标准和"擘肌分理"之方法。

中国古代文体学既是"理论"的,又是"古典"的,其"理论"形态具有何种实践品质?其"古典"形态具有何种现代意义?或者说,对中国古代文体学本体论价值的建构,其阐释有效性何在?本章对中国古代文体学的研究,前两节("原乎'體'"和"据乎'言'")着重于"理论",此一节("用乎'文'")则着重于"应用"。而所谓"应用"又可分为两个层面:一是在批评实践中的应用,二是在文化审美中的应用;就时序而言,前者偏重于古代(已然地应用于古代文化、文学及文论的文体学批评),后者偏重于当下(创造性地应用于当下审美文化的文体学阐释与高等学校人文学科的审美教育)。

中国古代文体理论从来就不是一种束之高阁的玄学形态,而是有着鲜明的实践品质。中国古代文体理论在长期的语言分析和文学批评实践中,形成了一整套系统的且行之有效的文体学方法。中国古代文体学的理论与方法,不仅应用于从声律、字句、篇章到修辞、风格、意境等各个层面的文本解读,还应用于文学史和文学理论研究中的文类别囿及命名、体貌辨味和品第,以及体性分辨、流派分野、时代分期等。中国古代文体理论在批评实践中的"应用",其总体性特征是"辨体",或曰"以'辨'为先",既是"言辩"或"辩说"之"辩",也是"分辨"或"判断"之"辨",具体包括"辨味"(风格批评)、"析辞"(修辞批评)和"晓变"(分类批评)。

论及中国古代文体理论的当下之用,我们必须面对一个语言与文学的事实:一代有一代之所胜,古典文体学的诸多研究对象在今天已不复存在,因而与之相关的部分文体观念及文体学方法亦非今日之所胜。那么,如何看待古代文体理论在当今社会中的功能和应用?中国古代文体学,其对象(各类文体)或已部分消亡,其理论(观念与方法)或已部分失效,但其基本元素或话语代码则具有某种超越文类和超越时空的价值。诸如"体性"和"风骨"的人文蕴含、"苟失其体,吾何以观"的美学功能、"气之清浊有体"的辨体观念、"各以韵语体貌之"的文学性诉求、"话中有话"的话语生成方式、"比显兴隐"的修辞学路径、"文体自由"中的文学解放思想等等,均与当下审美文化和日常生活有着密切关联。

"文变染乎世情,兴废系乎时序",中国古代文体及文体理论的缘起与流变,既受社会文化及日常生活变迁的影响,反过来又必然影响社会文化及日常生活。因而,具有本体论性质的中国古代文体学理论谱系,它的阐释有效性并不仅仅限于对文类崇替兴废的囿别区分,也不仅仅限于古代批评实践中的辨体明性,而是以其丰厚的人文内涵和多样性的美学功能,在当下的审美文化及日常生活中发挥着作用、产生着影响。在曲折而漫长的文体及文体观念的演变之中,在丰富而多元的文体理论建构与文体批评实践之中,中国古代文体学长期积淀并最终凝练出诸多文化元素和话语代码,这些元素和代码具有丰富而深厚的人文内涵,并具备恒长而多样性的美学功能，既超越文类又超越时空，从而与当代审美文化和日常生活产生关联。我们今天的研究，需要从古代文体演变与当代审美文化之关系的层面切入，考察中国古代文体理论在当代文化审美和日常生活中的广泛应用，从而将对中国古代文体学之"用乎'文'"的研究，由"文体批评"扩展到"审美文化"，由"古代"延伸到"当下"。这也是我们建构古代文体学之本体论价值的现实意义。

（原载《中南民族大学学报》2011年第4期）

第 四 章

中国文论:说什么与怎么说

一 "怎么说"的重要性

一个民族的文学理论批评,其言说的过程及其结果大体上含有两个层面的问题:"说什么"与"怎么说"。欧阳修《代人上王枢密求先集序书》:"言以载事,而文以饰言。事信言文,乃能表见于后世,《诗》《书》《易》《春秋》,皆善载事而尤文者,故其传尤远。""言以载事"而"事信"属于"说什么","文以饰言"而"言文"属于"怎么说"。

"说什么"与"怎么说"构成了全部的中国文学批评史,我们今天研究古代文论,理应同时关注这两个问题。古代文论说什么?古代文论说得太多了。仅就"创作发生"这一具体话题而言,古代文论就说了许许多多:孔子有"诗可以怨",屈原有"发愤以抒情",司马迁有"发愤著书",钟嵘有"感荡心灵",刘勰有"为情造文",韩愈有"不平则鸣",欧阳修有"穷而后工"……不唯创作发生,举凡文学创作以及整个文学理论批评,中国文论都有自己的"说什么"。

"中国文学批评史"(或曰"中国古代文论")这门学科,

自20世纪初诞生伊始,就一直格外关注"中国文论'说什么'"。从先秦诸子到清季学人,从《尚书·尧典》的"诗言志"到《人间词话》的"词以境界为最上",历朝历代的文论家和文论著述都说了些什么?他们所说的在今天还有没有(或能不能)用?这些问题是学界最为关心的。古代文论的"说什么"当然很重要,它直接构成中国文论的思想资源和理论传统。但是也应该看到,古代文论的"说什么"因其时代和思想的局限,有些内容在今天已失去作用和价值:或衍为空泛(如"文以载道"),或成为常识(如"物感心动"),或无处可用(如"四声八病"),或无话可说(如"章表书记")……

毋庸讳言,中国文论传统形态的"说什么",有的内容在今天已经失效或部分失效。比如儒家文论的"教化说",在由文学自身的边缘化所导致的文学伦理教化功能日趋弱化的今天,早已成无的放矢之论。又比如,泛文学语境下的尊体和辨体,随着诸多"文体"在文学史上的消失而使去了"尊"和"辨"的必要。还有,中国文论有着极其丰厚的抒情理论,而在当下这个叙事至上,尤其是图像叙事几成霸权的时代,抒情理论还有多大回旋余地或阐释空间?正是因为中国文论的"说什么"在当代文化生活中的部分失效,导致文论界的"失语"焦虑;而"失语"焦虑又催生出学界对中国文论"说什么"的过度研究,以至于将"说什么"(文论话语之建设)视为中国文论现代转换的关键。我们从20世纪80年代就开始讨论中国文论的现代转换,至今未见显著成效,个中缘由固然非常复杂,而笔者以为过分关注中国文论的"说什么",进而将其视为实现现代转换的唯一支点,是其中的一个重要原因。

学界对中国文论"说什么"的过分关注,还有着历史的原因。先秦儒家文化主张"言之有物""辞达而已",反对"巧言令色""以辞害志"。先秦儒家对理论言说的要求,重在"说什么"(说的内容是否符合礼教仁义),而非"怎么说"(有无技巧,有无修辞等)。这种思维方式甚至成了一种集体无意识,即便是非常重视"怎么说"的刘勰,在《文心雕龙》中仍然要程式化地谴责"采丽竞繁""言贵浮诡"。

20世纪以来的中国文论研究,对"说什么"的过分关注,直接影响了对"怎么说"的必要关注。关于"中国文论'说什么'"的研究,其界域之广博、论述之深邃、成果之丰厚,已经达到《文心雕龙·序志》篇所言"马郑诸儒,弘之以精;就有深解,未足立家"的程度。相比之下,对"中国文论'怎么说'"的研究,就显得"泛议文义,往往间出,并未能振叶以寻根,观澜而索源"。

二 "怎么说"之流变

若寻根溯源,则不难发现一件很有意味的事:古代文论的"怎么说"问题与古代文论是同时诞生的。先秦是古代文论的滥觞期,要研究"先秦文论",恐怕先得弄清"先秦文论'怎么说'"。郭绍虞、王文生主编的《中国历代文论选》(四卷本),"先秦"部分共选录八家:《尚书·尧典》《诗经》《论语》《墨子》《孟子》《商君书》《庄子》《荀子》。这八家或是文学作品,或是史书,或是子书。与后代文论(如《诗大序》《典论·论文》《文赋》《诗品》《文心雕龙》等)相比,先秦文论没有文学理论批评专著或专篇,因而也不能够独立成体、集中系统地讨论文学理论和文学批评问题。先秦文论怎么说?寄生地说,随意地说。所谓"寄生地说",是指先秦文论没有自己的理论批评文体，只能寄生于当时各种体式的文化典籍之中，在非文论的文体框架内议论文学理论和文学批评问题（如庄子"三言"中的文论阐释）。所谓"随意地说"，并非随心所欲或随随便便，而是指先秦文论的论者"随"自己或儒或墨或道或法的文化思想之"意"，旁及文论话题（如《论语》所录孔子师徒之"因事及诗"和"因诗及事"）。

先秦文论的寄生性与随意性，在"怎么说"的特定层面，从源头上铸成中国文论的诗性特征，形成后世文论文体样式的开放性与多元化，以及话语方式的审美性与艺术化。中国文论的言说，既然一开始就寄生于各种非文论文体，久而久之，文论言说就淡化了文体意识，或者说，文论言说可以在论者所青睐、所选择的任何一种文体的框架内展开。即便是在文体意识与文论意识均已成熟的魏晋南北朝时期，文论家依然根据自己的文体爱好而不是文论应有的文体要求，来选择文论言说的文体样式。比如陆机和刘勰，都有自觉的文论意识和辨体意识，陆机著有《辨亡论》，刘勰著有《灭惑论》；《文心雕龙》还辟有"论说篇"，释"论说"之名，敷"论说"之理，品历代"论说"之佳构。这两位深谙"论说"之道、擅长"论说"之体的文论家，在讨论文学理论问题时，却舍"论说"而取"骈""赋"。

陆机和刘勰的这种选择既非个别亦非偶然，它是文学自觉时代的文论家对文学理论批评之诗性言说的自觉体认。刘勰的《文心雕龙》，不仅在"论文叙笔"和"割情析采"时关注文学创作和文学理论"怎么说"，甚至在"征圣宗经"时亦不忘彰显圣人著经时"怎么说"。南北朝之后，唐宋诗论讲究诗格、诗法、诗式、诗体，如日僧遍照金刚《文镜秘府论》、皎然《诗式》，以及宋代梅圣俞、苏轼、欧阳修等人，均从刘勰的"怎说"理论中吸取了不少思想及方法。①

如果说，先秦文论是寄生地说，随意地说；那么六朝文论则是骈俪地说（如《文赋》《文心雕龙》），意象地说（如《诗品》）。唐宋以后，文论言说干脆采取了与文学（诗歌、笔记小说等）完全相同的文体和话言方式：抒情地说（如《二十四诗品》以及大量的论诗诗），叙事地说（如属于"说部"的诗话、词话、曲话、小说评点等）。

按照西方近现代学术"分科治学"的规则，文学是文学，批评是批评，文学不能是批评，正如批评不能是文学。但是，在中国古代文学理论的批评文本之中，"批评"可能是"文学的"或具有"文学性"；"文学"可能是"批评的"或具有"理论性"。前者如钟嵘《诗品》，自觉的批评意识和独到而深刻的批评见解，凭借极具文学性的文字出场，其想象之丰富、取譬之奇妙、性情之率真、语句之优美，完全可以当作文学性散文来读。后者如司空图《二十四诗品》，分明是 24 首四言诗，既有《诗经》四言的方正典雅，又有汉魏五言的自然清丽，还有晚唐七言的哀婉幽深，诗中有画，画中有诗。而司空图的"诗画"或"画诗"其实是在深刻而系统地言说着一个重要的文学理论问题：文学的风格和意境。

司空图《二十四诗品》说的是 24 种诗歌风格或意境，也是 24 种文论范畴。当司空图用"景、境、人、情"皆备的诗性叙事来表述他的诗学范畴时，实际上揭示了中国文论诗性言说的另一个重要特征：文论范畴的经验归纳性质。中国文论的理论体系，由历朝历代的诸多理论范畴所构成；而历朝历代的文论范

---

① 参见张少康等《文心雕龙研究史》，北京大学出版社 2001 年版，第 20—23、34—38 页。

畴,其形成有一个共通的特征:不是出于书斋的玄想,而是出于对经验的叙述或归纳。比如刘勰,对《文心雕龙》中的每一个理论范畴都要"释名彰义"。论"神思",则谓"古人云:形在江海之上,心存魏阙之下。神思之谓也"。论"风骨",则曰"辞之待骨,如体之树骸;情之含风,犹形之包气"。论"体势",则云:"圆者规体,其势也自转;方者矩形,其势也自安。文章体势,如斯而已。"不唯"神思""风骨""体势"这类创作论范畴,即便是"道"这种具有本体论和本源性的元范畴,刘勰对它的释名彰义也不是逻辑的、思辨的,而是经验描述的和归纳的。《文心雕龙》之原"道",大谈"日月叠璧""山川焕绮""云霞雕色""草木贲华"……"道"作为中国文论的元范畴无疑有着纯粹的形而上意味,但"道"这个字在古汉语中的原初释义却是实体性的。《说文》:"道,所行道也。"道就是道路,经验世界中实体性的"道"有着诸多特征或规定性,如道之两端,道之边限,道之走向,行道之方,等等。这些经验层面的义项,在历史时空中逐渐发生了由形而下向形而上的转变。由"道之两端"而有"本源""本体""终极"之义,由"道之边限"而有"准则""规范"之义,由"道之走向"而有"运行""规律"之义,由"行道之方"而有"技艺""技巧""技法"之义……凡此种种,从不同的层面构成"道"的丰富内涵。徐复观在谈到《庄子》之"道"时指出:"当庄子从观念上去描述他之所谓道,而我们也只从观念上去加以把握时,这道便是思辨的形而上的性格。但当庄子把它当作人生的体验而加以陈述,我们应对于这种人生体验而得到了悟时,这便是彻头彻尾的艺术精神。"[①] 因而可以说,中国文论由人生经验而归纳出的理论范畴,

---

[①] 徐复观:《中国艺术精神》,华东师范大学出版社2001年版,第30页。

是最具艺术精神的。

中国文论的"怎么说",不仅在文体样式、话语风格、范畴构成等方面表现出鲜明的诗性特征,而且以其言说的具象性、直觉性和整体性,揭示出中国文论在思维方式上的诗性特质。我们今天研究中国文论的"怎么说",首先,要从原始时代的诗性智慧,轴心期的诗性空间,原始儒、道的诗性精神以及汉语言的诗性生成之中,探求中国诗性文论的文化之源与文字之根;其次,要在言说方式、思维方式及生存方式等不同层面,阐释中国诗性文论的特征、成因及理论价值;最后,也是最重要的,是将古代文论的"怎么说",创造性地转换为当下文论的"怎么说",亦即从中国文论的诗性言说传统之中发掘并吸取具有现代价值的言说方式及思维方式。

三 "怎么说"之溯源

中国文论之关注"怎么说"有着悠久的传统,这一传统的文化根基是自先秦诸子以来的诗性思维方式和生存方式。我们看先秦诸子时期的中国文化典籍,无论是诗歌体的《道德经》还是寓言体的《庄子》,抑或对话体的《论语》和《孟子》,它们所言说的,是关于人类、自然、社会以及文化、文学、文论的理性思考;而它们所选择的言说方式以及支撑这种选择的思维方式却是诗性的。

以《庄子》为例。《庄子》的"寓言十九",其诗性言说既是文化的也是文论的。《庄子·寓言》有"寓言十九,重言十七,卮言日出,和以天倪"。《庄子·天下》有"以卮言为曼衍,以重言为真,以寓言为广"。何为"寓言"?《寓言》篇自谓:

"寓言十九，借外论之。亲父不为其子谋。亲父誉之，不若非其父者也；非吾罪也，人之罪也。"父之誉子，诚多不信，故须借外论之；直言其道，俗多不受，亦须借外论之。故郭象注曰："言出于己，俗多不受，故借外耳。"陆德明释文："寓，寄也。以人不信己，故托之他人。"① 相对于庄子欲明之"道"而言，庄子的"寓言"是"外"，是用以寄寓己意的他者（他人和他物）。道是不可说的，或者说是不可直说、不可己说的，必须"借外论之"，这个"外"就是寓言，就是虚构性或文学性言说。何为"重言"？借重先哲时贤之言也，属于庄子诗性言说中的对话部分。《人间世》《大宗师》借重仲尼与颜回的对话讨论"心斋""坐忘"，《知北游》借重老聃与孔子的对话讨论虚静等，均属《庄子》寓言中的"重言"部分。衡之于历史叙事的真实性标准，《庄子》诸多的重言（对话）完全不同于语孟的对话，前者依然属于庄子的诗性言说。当然，"重言"之中的老子、孔子、颜回等，都是真人，他们所讲的那些道理在庄子的思想体系中更是真谛，所以庄子要说"以重言为真"。这是一种虚构的真实，或者说是诗性的真实。

何为"卮言"？自然无心之言也，属于庄子诗性言说的曼衍风格。② 郭象注"卮言"曰："夫卮，满则倾，空则仰，非持故也。况之于言，因物随变，唯彼之从，故曰日出。日出，谓日新也，日新则尽其自然之分，自然之分尽则和也。"③ 因物随变，顺其自然，无心之言，新异日出，是为卮言。

---

① （清）郭庆藩著，王孝鱼点校：《庄子集释》第4册，中华书局1961年版，第947—948页。

② 参见陈鼓应《庄子今注今译》下册，中华书局1983年版，第728—729页。

③ （清）郭庆藩著，王孝鱼点校：《庄子集释》第4册，中华书局1961年版，第947页。

《庄子》三言，合而言之，是庄子诗性言说的总体特征；分而言之，"寓言"是对诗性言说的质的规定，"重言"是庄子寓言的对话方式，"卮言"则是庄子寓言的独特语言风格。庄子寓言的诗性言说方式及语言风格，与庄子寓言的思想内容一样，对后世文论的诗性言说产生了巨大的影响。

就整部《庄子》而言，"寓言十九，重言十七"的数字表述是准确的；但具体到《庄子》33篇中的某一篇，诗性言说（寓言、重言、卮言）的比例并没有这么大。比如内篇的《齐物论》，虽然也有寓言（如狙公赋芧，朝三暮四）、重言（如瞿鹊子问乎长梧子）和卮言（如"梦饮酒者，旦而哭泣；梦哭泣者，旦而田猎"）等诗性言说，但大部分篇幅（或者说主体部分），庄子是在思辨地说，逻辑地说，故《文心雕龙·论说》篇称"庄周《齐物》，以论为名"。《齐物论》中的"论"（哲理性言说），颇为著名的段落："大知闲闲，小知间间；大言炎炎，小言詹詹"，"物无非彼，物无非是"，"夫道未始有封，言未始有常"，"夫大道不称，大辩不言，大仁不仁，大廉不嗛，大勇不忮"，等等。不唯《齐物论》，《庄子》内篇的其他6篇亦可见哲理性言说。庄学界一般认为，《庄子》内篇是比较可靠的庄子作品。据此可以说，庄子是先秦诸子中具有很高思辨水准的哲学家，他完全有能力思辨地说、逻辑地说（就像他在《齐物论》中那样），完全可以用《天下》所说的"庄语"（庄重严正之语）来言说本身就具有形而上色彩的"道"。

然而，庄子更多地选择了寓言、重言和卮言，选择了"谬悠之说，荒唐之言，无端崖之辞"，选择了"以卮言为曼衍，以重言为真，以寓言为广"。一言以蔽之，选择了诗性言说。我们知道，庄子的语言观是一个深刻的悖论。《庄子·天道》篇"轮扁语斤"的寓言，不厌其细地申述"意之所随者（道）不可以言传"和"知者不言,言者不知"的道理;但是,庄子这位"知者"倘若真的"不言",他如何能将这个道理讲得清楚?他人及后人又如何能知晓这个道理?所以,主张"不言"的庄子又不得不言。关于庄子的这一悖论,后人有多种解释,却大多不能自圆其说。在此,我们试从庄子"三言"之诗性特征的角度略作辩说。

庄子论"道"是接着老子说的,故在"道不可道(说)"这一点上他与老子一脉相承。但是,庄子的"道"与老子的"道"又有很大的不同:老子将形而上之道落实到治国教民,以成"无为之治"和"不言之教";庄子则将形而上之道转化为心灵之道,通过"朝彻""见独""心斋""坐忘"以成"真人""至人"或"神人"。而庄子的所谓真人、至人、神人,不是一种生物性或社会性的存在,而是一种精神的或心灵的存在。说到底,庄子是在用《庄子》的三言(诗性言说),精心地建构一个心灵的世界。在庄子那里,语言对于"道"是无能为力的,而语言对于由"道"转化成的心灵世界却是大有可为的。

庄子欲将"道"转化为心灵世界,则须先作两个层面的超越:一是超越尘世,一是超越语言。"处昏上乱相之间"的庄子,无时无刻不在想超越这污秽混浊的尘世;"得意忘言"的庄子,无时无刻不在想超越这不能传意不能诣道的语言。超越尘世,超越语言,最终是要建构一个清洁虚静的心灵世界,建构一个可以安放自己灵魂的诗性世界。庄子借什么来超越尘世,超越语言?庄子又拿什么来建构心灵世界,建构诗性世界?语言。除了"语言",庄子似乎没有别的选择。庄子在物质世界(包括语言世界)之外所精心建构的,其实是一个语言的世界,一个诗性言说的世界。这就是庄子明知"知者不言",却又不得不言的最为深刻也是最为真实的原因。

徐复观在论及庄学精神与南朝山水画之关系时指出:"没有人会在活生生的人的对象中,真能发现一个可以安放自己生命中的世界。庄子所追求的,一切伟大艺术家所追求的,正是可以完全把自己安放进去的世界,因而使自己的人生、精神上的担负,得到解放。"① 同样是追求"可以完全把自己安放进去的世界",南朝的画家和画论家选择了最能体现庄学精神的山水画,而庄子选择了最具诗性特质的"三言"。徐复观说:"由庄学精神而来的绘画,可说到了山水画而始落了实。"② 我们同样可以说,由轴心期诗性智慧而来的中国文化的诗性言说,到庄子的"三言"而始落了实。唐志契《绘事微言》:"山水原是风流潇洒之事,与写草书行书相同,不是拘挛用功之物。"中国文化及文论的诗性言说,犹如绘画中的山水画和书法中的草书行书,"不是拘挛用功之物","原是风流潇洒之事",其最终目的是找到一个可以安放自己灵魂和生命的诗性世界。这个世界是在诗性言说中生成的,言说者凭借自己的言说建构了这个世界,因而能在这个世界中作逍遥之游,申齐物之论,养生命之主,全德充之符,宗大道之师……

庄子的哲学及文论同样包含"说什么"与"怎么说"问题。庄子说什么?说"道";而"道"又不可说,故庄子哲学的"说什么"反倒变得简单了,因为说什么也无济于"道",故"说什么"也就不是十分重要了。庄子怎么说?前面讲到,庄子有两套言说方式:思辨地说与诗性地说。《庄子》是哲学,理应思辨地说,庄子也完全能够思辨地说。但哲学家庄子却选择了"寓言十九",选择了诗性地说。庄子为什么会这样?这个问题很难

---

① 徐复观:《中国艺术精神》,华东师范大学出版社2001年版,第135页。
② 同上书,第153页。

也很重要,要回答这个问题必须研究庄子的"怎么说"。因而在庄子的哲学体系中,"怎么说"比"说什么"更为重要。

一位美国汉学家如此描述《庄子》的"怎么说":"大多数看似自相矛盾的段落、不依据前提的推理、看起来转弯抹角的或纯粹幽默的文学参考,包括运用或有目的地误用历史人物以及像孔子这样的哲学上的论敌作为对话者……"庄子为什么要这样说?论者指出:"目的都在于使读者的分析的习惯性思维方式沉默,并同时加强读者的直觉的或总体性的心力功能。在削弱和麻痹心灵的分析思考的习惯性思维方式的过程中,《庄子》展示了大量光辉灿烂的语言技艺和文学手法"[1],让分析性沉默,让诗性苏醒,这是庄子的"怎么说"所达到的艺术境界、所体现的艺术精神。而正是在这一点上,庄子的"怎么说"(而不是"说什么")给中国文论以深刻的启示和巨大的影响

四 "怎么说"之现代价值

中国文论的"怎么说",因其对中国文论之独特言说方式及思维方式的承载和表达,有着较强的超时空的生命力、实现现代转换的潜在活力以及针砭现代学术病症的疗救能力。

前面谈到,庄子明知"言"不能诣"道"却还是要言,其真实而深刻的用意是要用独具诗性魅力的"三言",建构起一个超越尘俗的精神世界以安顿自己疲惫的心灵。受庄子"怎么说"的影响,中国文论何尝不是如此?刘勰明明知道"论说"与

---

[1] [美]爱莲心:《向往心灵转化的庄子》,周炽成译,江苏人民出版社2004年版,第2页。

"骈体"的区别,对六朝文学的"俪采百字之偶"亦颇有微词,可是他偏偏选择偶俪繁缛的骈体文来阐释他的文学理论。为什么?"文果载心,余心有寄"!孤寂落寞的刘勰,要用他的美文,用他独特的诗性言说,建构一个可寄放心灵的"文"(语言)的世界。青年彦和如此,暮年表圣亦然。唐末司空图,这位耐辱居士、休休亭主,远离朝廷、远离尘世,用24首四言诗,用抒情、叙事、比兴、象征等艺术手法,在空山旷野之间栽种文论绿树,在衰世浊尘之外建构心灵家园。不唯彦和、表圣,中国几千年的文学理论批评史上,有多少文论家在用自己的诗性言说建构诗意的家园!

在这个被称为"高科技"或"技术化"的时代,中国文论的诗性家园恶乎在?"文变染乎世情",因"世情"之故,20世纪的中国文论大体上走了一条从政治化、哲学化到工具主义、理性主义的路径,诗性言说的理论传统基本上被中断。在20世纪西方文化的巨大阴影之中,中国文论的"说什么"与"怎么说"被立体地消融掉了。从"浪漫主义"到"现实主义",从"结构主义"到"解构主义",我们说的是别人的"说什么";从"精神分析"到"本文分析",从"细读"到"误读",我们用的是别人的"怎么说"。记得20世纪80年代,中国文论界热衷于引进西方自然科学的"怎么说",将系统论、信息论、控制论这些新方法"拉郎配"式地引进文学理论。结果怎么样呢?没几年便"尔曹身与名俱灭"了。我们并不是完全反对文学理论中的科学和逻辑的思维方式,而是反对那种科学化倾向,反对那种科学至上、逻辑唯一的态度(这种倾向或态度本身就是"非科学"的)。"文章本心术,万古无辙迹"(黄庭坚《寄晁元忠》),对文心的探幽索微,对文学的识深鉴奥,更多的是一种描述(describe)而非仅仅是规定(prescribe)。文学理论是诗性与逻辑性的统一，中国文论的现代性理应建立在它自己的诗性传统之上。

中国诗性文论的"怎么说"，依次包括言说方式、思维方式和生存方式三个层面。支撑中国诗性文论之言说方式的，是中国诗性文化所特有的思维方式和生存方式，陆机以赋论文，刘勰以骈文析文心雕文龙，杜甫以七绝论诗，司空图以四言描述诗歌风格和意境……既是对文论言说方式的自觉选择，更是对思维方式和生存方式的自觉选择，是深受中国诗性文化熏染的必然结果。对于中国文论诗性传统的形成而言，诗性文化是重要的精神根基和人文素养。且不说道家的自然与超迈、道教的神秘与浪漫、玄学的清虚与冲淡以及禅宗的般若与顿悟等等，本身就是典型的诗性文化，即便是以"事功"见长的儒家文化，其实也并不乏诗性特征。孔子忧道传道，热心救世，却也神往于沂浴之乐，醉心于韶乐之美。海德格尔曾不厌其细地解读荷尔德林的两句诗："人们建功立业，但诗意地栖居在大地上"[①]，借这两句诗来状写《论语》中的孔子也是颇能传其神的。在这样一种文化土壤中生长出来的文学理论，铸成其诗性内质便不足为奇了。

现代和后现代语境中的人们，也在"建功立业"，却并不能够"诗意地栖居"。文学这片本该是最富诗意的绿洲，却在遭受工具主义和功利主义的侵袭。刚刚摆脱"政治奴婢"之地位的文学和文学理论，一转身又去做了金钱的臣妾。文学批评的主体与对象，已沦为甲方与乙方，财迷迷，慌张张，没有了人格，更远离诗性。对于这种后工业时代的流行病，我们认为，中国文论的诗性传统无疑是一剂良药。21世纪的文学理论和批评，应该吸纳中国诗性文论"怎么说"的传统。在高科技时代，技术理

[①] [德] 海德格尔：《海德格尔诗学文集》，成穷、余虹、作虹译，华中师范大学出版社1992年版，第191—208页。

性或科学主义成为主宰性标准。表现在文学理论批评领域，则是非诗意的栖居和唯理性的思维，导致文论话语的艰涩、干涸和板滞。文学批评常常远离文学作品，在一个丢失了上下文的虚空之中，毫无目标地抛掷新术语新名词的炸弹。文学理论则是无视本民族的文化语境，热衷于为各种进口的"主义"或"流派"做着似是而非的诠释；或者似懂非懂地盯着外来的文论"蓝图"，随心所欲地搬动着本民族的文论"部件"而建构着沙滩上的理论"大厦"。这种"大厦"既缺乏内在的精神支撑（中国文论的"说什么"），更没有外观上的"好看"（中国文论的"怎么说"）。

当代中国，从事文学批评的学者大多集中在高等院校，由于对高校教师在职称评聘、业绩考核和学术奖惩等方面越来越严格的"数字化"管理，使得包括文学批评在内的学术研究成为一种越来越"规范化"或"模式化"的文字制作。在这样一种学术背景下，文学理论批评的"怎么说"，无论是文体样式、话语方式还是语言风格，均趋向单一、枯涩甚至冷漠。古代文论那种特有的灵性、兴趣和生命感受被丢弃，古代文论批评文体所特有的开放、多元和诗性言说的传统亦被中断。毋庸讳言，从事当代文学批评的人并不太关注中国古代文论；然而，就文学批评这一特定领域而言，我们是否做过这样的比较：一篇书信体的《报任安书》或《与元九书》胜过多少篇核心或权威期刊的论文？一部骈体文的《文心雕龙》或随感式的《沧浪诗话》又胜过多少部在国家级或省部级出版社出版的所谓巨著？在文学批评的研究及写作领域，我们需要吸纳古代文论的诗性传统，否则，我们的文学批评则难逃这样的结果：或者是西方学术新潮或旧论的"中国注释"，或者是各种学术报表中的"统计数字"，或者是毫无思想震撼力和学术生命力的"印刷符号"或"文字过客"。

百年回首，方知诗性传统之可贵，方知古代文论"怎么说"之值得研究。中国文论诗性传统在 20 世纪初的断裂，从一个特定的维度导致中国文论民族特色的丢失，导致中国文论与世界文论以及传统文论与现代文论的疏离。要在 21 世纪建设有中国特色的文学理论，可行性路径之一是清理、总结、承续诗性传统，并揭示这一传统的现代价值。创造性地承续已被中断近一个世纪的诗性传统，既能找到一条连接古代文论与现代文论的纽带，也能为建设有中国特色的文论寻求传统文化的资源和根基。

（原载《长江学术》2006 年第 1 期；人大复印报刊资料《文艺理论》2006 年第 6 期）

第 五 章

文学与批评：怎么说比说什么更重要

文学艺术作品和文学艺术批评，人们常常关注和感兴趣的是"说什么"（言说内容）。然而，拈出一些作品来分析，可以看出：成功与失败，关键在其"怎么说"（言说方式），"怎么说"起着决定性的作用。本章尝试以几部文学艺术创作和批评的文本为例，阐释"怎么说"其实比"说什么"更重要。

一 《我的名字叫红》："怎么说"凸显了"说什么"

2006年的诺贝尔文学奖颁给了土耳其作家奥尔罕·帕慕克，他的代表作《我的名字叫红》一时间在国际上大受欢迎。这部小说的主题（即"说什么"）其实很普通，说出来或许会让很多人没有兴趣，作者想表达的是：东西方之间所谓的"文化冲突"其实是没有必要的，是完全可以和谐统一的。作为主线的故事也很普通：一桩谋杀案和一场费尽心机的侦破。本书能够引人入胜的原因正如小说中的《我，撒旦》这一章所说，"重要的不是思想的内容，而是思想的形式。重要的不是一位细密画家画了什么,而是他的风格"。

《我的名字叫红》之所以享誉全球,是因为帕慕克故事的结构别具一格:首先,他设置了一个突兀的开头,"如今我已是一个死人,成了一具躺在井底的死尸。尽管我已经死了很久,心脏也早已停止了跳动,但除了那个卑鄙的凶手之外没人知道我发生了什么事"。这个开头,让人惊异无比,吸引人继续读下去;接着作者频繁变换叙事者(死人、黑、狗、凶手、姨父、谢库瑞、树、金币、红、撒旦……),故事中所有的存在物都站出来说话,包括活人和死人、男人和女人、植物和动物,甚至是各种颜色。被害者在一开始就滔滔不绝,妇人在夜里喃喃自语,老人在宝库里喋喋不休,甚至连细密画家画出来的一棵树、一条狗,都在愤愤不平。几乎没有任何连续的两章使用同一种声音。作者自己也说,"不同的人物以第一人称的方式说话非常有趣……这些独特的声音可以组成一曲丰富的乐曲,展现上百年前伊斯坦布尔日常生活的原貌"。

小说设置了很多悬念,其故事模式(谋杀、爱情、宫廷)与流行元素(案情推理、三角恋爱、宫廷秘史)的结合,令读者疑窦丛生,爱不释手。"帕慕克的小说技法融合东方的与西方的两种技艺,而且在两者之间游刃有余并具独创性……形式出色,措辞巧妙诙谐,有高潮迭起的情节……它以完整且具说服力手法传达情感"[迪克·戴维新(Dick Davis)《泰晤士报文学增刊》(Times Literary Supplement, UK)]。"珠玉般的诗文、引人入胜的旁征博引、纠结罗织的故事,让人不禁赞叹帕慕克拥有迷人的艺术天赋及邪灵般的智慧。"应该说,小说的"怎么说"令这部作品内容变得厚重、丰富又具有音乐性,用"怎么说"凸显了"说什么",让人愉悦的是阅读的过程本身。这篇小说的成功,在小说文体学和叙事学的层面论,是"怎么说"

的成功，是帕慕克的"怎么说"铸成作品独特的魅力和世界性的影响力。

二 《轻轻的呼吸》："怎么说"征服了"说什么"

《轻轻的呼吸》是一篇短篇小说，作者是俄国作家布宁，也是诺贝尔文学奖获得者。小说题目很有诗意，但小说的"说什么"其实是一个丑陋、阴暗、潮湿，让人难受的故事：俄罗斯外省的一个小镇上的少女奥丽雅短暂的堕落史。小说没有按照少女真实的生活顺序来写，而是将时空顺序完全打乱。开头和结尾，作者精心营造出悲哀伤感的氛围：荒凉的墓地，凄美的花圈，乍暖还寒的春天……女教师悼念这位死去的女学生，结尾的文字很美，极富诗意："轻轻的呼吸重又消散在世上，消散在这云天里，消散在料峭的春风里……"小说没有回避痛苦与丑陋，只是将其做了很好的处理，其中最让人无法接受的两件事：奥丽雅被老地主诱奸和拒绝军官求婚而被枪杀，小说写得很巧妙，用女孩和校长的谈话轻描淡写地叙述了被诱奸的过程，用一个充满状语的长句把"枪杀"两个字很不显眼地一带而过。就这样，最恐怖最阴暗的场景通过作者对语言的处理、淡化，让人几乎感觉不到暴力、丑陋、恐怖、邪恶。小说叙事用"轻轻的呼吸"做基调，漂亮的女孩，不幸的一生，在轻轻的呼吸中飘逝而过。这是典型的用"怎么说"去战胜"说什么"的例子。

文学是反映生活的，生活中有美也有丑，高尚与卑贱，正义与邪恶，纯净与肮脏，谁都不能回避，其实任何一部作品，不在于它写什么，关键在于"怎么写"。"材料本身越是不易克服，越是顽强，越是敌对，对于作者仿佛也就越是适用。作者把形式赋予这一材料……是为了克服这些特性，为了使可怕的东西用轻轻的呼吸的语言说话，为了使生活的混沌像料峭的春风那样飒飒地鸣响。""形式是在同内容作战，同它斗争，形式克服内容，形式和内容的这一辩证矛盾似乎正是我们的审美反应的真正心理学内涵。"（［俄］列·谢·维戈茨基：《艺术心理学》）用诗意的"怎么说"去克服丑陋的"说什么"，使可怕的东西在"轻轻的呼吸"中得到净化。艺术创作的过程，写小说的过程，其实就是为你所表达的内容找到一个最恰当的形式。

三 《无极》："怎么说"遮蔽了"说什么"

"怎么说"可以使作品成功，也可以让作品失败。电影《无极》就是一个失败的例子。导演陈凯歌是一个很会讲故事的人，他的《霸王别姬》拍得太完美了，无任何的花哨，无任何的技巧，老老实实讲故事，讲人物性格的冲突，把"说什么"（人性、爱情、友谊等）叙述得淋漓尽致，给观众极强的震撼力。相形之下，《无极》差到令人不敢相信是陈凯歌的作品。

"无极"在汉语中含义丰富：宇宙、天地、轮回、虚空、诺言、谎话、爱情、阴谋等等，《无极》这部电影以此为题，说明它很想呈现给观众以丰富的内容。剧中满神这个角色的作用就是出来告诉观众什么叫"无极"。但显然她没有说清楚，她也不知道自己在说什么，因为直到你把电影看完之后也还是不知道什么是"无极"。或者说，满神想说的东西太多了，什么都想说，诺言与谎言，阴谋与爱情，谋杀与复仇，宇宙与人间，童年与成人，等等。导演想借助满神把关于宇宙所涵盖的东西全都表达出来，这本身没有错，因为一部好的艺术作品就是应该具有丰富的内涵，问题在于陈凯歌没有找到一个最好的说话方式，他的失败是"怎么说"层面的失败。批评界评论《无极》，说"无极"就是无聊之极，无稽之谈，让观众失望之极……这些看似偏颇和过激的批评其实有合理内涵。

故事是电影最基本的东西，故事片应该叙事，而《无极》的叙事是个悖论。因为叙事都是具体的叙事，《无极》的叙事是空洞的，是"无极"式叙事。《无极》作为一个故事片，故事没讲清楚，让人看了之后觉得既无完整故事，亦无多大意思。而且人物的塑造，细节的选择，情节、性格设计等都是失败的。当然你不能说《无极》这个电影不知道"怎么说"，陈导太知道电影该"怎么说"了，他动用了大片所有该动用的东西，比如超强的明星阵容，巨大的投资，耀眼的服装，炫目的武打场面……把好莱坞所用的影片技巧都用上去了。但是，这一切不和《无极》叙事内容有机地结合起来，不仅不能使其成功，反倒严重破坏了它的效果。《无极》的失败，就失败在"怎么说"上，因为我们不知道它"说了什么"。由此得知，衡量"怎么说"的标准就在于它是否清楚地告诉了我们"说什么"。《无极》却用"怎么说"遮蔽了"说什么"。由此可知，"怎么说"很重要，它决定了"说什么"的成败。

四 《一个馒头引发的血案》："怎么说"彰扬了"说什么"

再来看看艺术评论的"怎么说"。《无极》出来后，骂声一片，有专业的，也有业余的，有网上的，也有网下的。笔者以为在所有的评论中，最成功的要数胡戈的《一个馒头引发的血案》。他自己说是看了《无极》后，非常难受，非常气愤，不吐不快。《一个馒头引发的血案》出来后，也有争议，有人说他是"恶搞"，这是因为之后蹩脚的模仿者和无聊的跟风者，把风气搞坏了，胡戈成了罪魁祸首。我们并不认为他是"恶搞"，"胡戈用小电影批评大电影的言说方式，实际上是中国古代文论'以诗论诗'的现代视频版"（李建中《中国古代文论批评文体的文学性生成》）。

不管是出于偶然还是必然，胡戈的艺术批评用了中国古代文论"以诗论诗"的方式。在中国古代，批评的文本、批评的话语方式，是采取和批评对象最相像，也就是采取和文学作品完全相同的方式，如在中国文学批评中有一种重要的文体叫作"论诗诗"，即"以诗论诗"。《诗经》里就有讨论诗歌理论的内容，最典型的是唐代，李白、杜甫、韩愈、柳宗元都写过"论诗诗"。胡戈其实就是用了这样的方式，他的批评对象是一部故事片，他的批评文本、批评方式也是一部故事片，而且很有意思的是，胡戈电影中的蒙太奇，用来组接电影的画面差不多都来自《无极》，只不过重新蒙太奇一番，戏仿而深刻。胡戈用电影的方式，把《无极》最荒谬、最失败的地方叙述出来了，其间没有下定论，没有判断，没有理性推理，全部是叙事，通过镜头的组接，使你看到《无极》的荒唐、荒谬。比如有个细节，无欢在童年时为了一个馒头而复仇，20年后当着仇人的面捏碎那个馒头，这就完全经不起推敲。情节可以虚构，细节不可以虚构，由此可以深刻透视出陈凯歌在"怎么说"方面的失败。胡戈精心选择了"馒头"这样一个道具，通过细节的重复、画面的粘贴、电视台"法制在线"的节目形式，把《无极》的荒诞推了出来。在关于《无极》的批评中，名不见经传的胡戈为什么比一些大批评家的平面文字还要出彩呢，那是因为他找到了一个批评《无极》的最好方式，用自己的"怎么说"成功彰显了他的"说什么"。

五 《二十四诗品》："怎么说"就是"说什么"

胡戈的艺术批评，采取的是与中国古代文论"以诗论诗"相同的方式。而晚唐文学批评家司空图的《二十四诗品》是"以诗论诗"的经典之作，它的成功在于"怎么说"就是"说什么"。

以诗的形式显示诗学规律的方法，本来就有其合理的一面。纪晓岚《四库总目提要》评价《二十四诗品》说："深解诗理……凡分二十四品，各以韵语十二句体貌之。"《二十四诗品》本身就是24首四言诗，虽然也写景、抒情、描写人物，也有意境，也押韵，但不是纯粹的诗歌，而是谈文学理论，即用24首四言诗去论证24种诗歌风格和意境，在这里"说什么"与"怎么说"统一了。《二十四诗品》这种批评方法对后世影响极为深远，清代杨廷芝说"表圣指事类形，罕譬而喻，寄兴无端，涉笔成趣；……别抒心得，以树一帜"（《〈二十四诗品〉浅解》）。孙联奎认为"得其意象，可与窥天地，可与论古今；掇其词华，可以润枯肠，可以医俗气"（孙联奎《诗品臆说·自序》）。

《二十四诗品》在有意无意间流露的风流自赏、绰约含蓄而又超然世外的情境中，塑造出能表达情绪的艺术形象，这些形象与作者所要阐述的理论融为一体，达到了完整和谐的境界。如《典雅》一品，白云、幽鸟、落花、飞瀑，写淡逸清寂之境象；赏雨茅屋、眠琴绿荫，写幽人佳士之形象。其中并无"典雅"一词，更无对"典雅"的界定，但读后即知何为"典雅"。而且这种知不是概念上的知,而是从诗境的、意境的、审美的角度感觉到的。"落花无言,人淡如菊"是阐释"典雅"最经典的语句,后人已无法超越。诗中的景、人、意境,只可意会不可言传。再如《冲淡》一品,叙一位冲漠无朕、平居淡素的幽人,恍惚于太和、惠风之中,悠游于独鹤、修篁之间。冲淡之境可遇而不可求,读者只能借助这若隐若现的诗性叙事,品味冲淡。以"境"论诗,"思"与"境"谐,"思"从"境"来。"境"由于"思"的融入而显示出前所未有的生命力,而"思"从"境"中透露出来,变得生动具体、意蕴深厚。其实,如果把题目换了它或许就是一首山水诗,但用了"典雅""冲淡"这样的标题,就成了文艺理论。这就是文论最高妙的境界:最好的"怎么说"就是"说什么"。

六 《庄子》:"怎么说"代表了"说什么"

若寻根溯源,先秦文论从源头开始就铸就了中国文艺批评的言说方式。例如《庄子》就将"说什么"化为"怎么说",《庄子》的成功是"怎么说"的成功。

魏晋时期,《庄子》流行,成为玄学清谈的主要内容。《庄子》这部书的魅力,就在于它天才地把"说什么"化为了"怎么说"。《庄子》想说什么?说"道"。但道家开山之祖老子已说过,"道可道,非常道",能说出来就不是"道"了。老子还说过"道"是没有味道、形状、声音和名字,叫无、大、太、有,叫什么都可以。老子之后,庄子也认为"道"是不可说的,他在很多寓言中都说过,语言是糟粕,言不尽意。于是对庄子来说,"说什么"并不重要,而"怎么说"就变得非常重要。所以他的全部智慧都用在"怎么说"上面了。《庄子》专门有《寓言》篇,后来研究者认为这是《庄子》一书的凡例,它告诉我们庄子是"怎么说"的。

《庄子》怎么说?用三言。"寓言十九,重言十七,卮言日出,和以天倪。""以卮言为曼衍,以重言为真,以寓言为广。"寓言是《庄子》的文体特征,一部《庄子》就是一部寓言集,重言是其对话特征,卮言是其语言风格。这样的言说方式会达到怎样的效果呢?卮言的效果是不拘一格,像泉水一样自然地流淌。如苏轼所云:"行于所当行,止于所不可不止。"重言是制造一种真实感,这种真实感不是历史的真实而是哲理的真实,"说什么"的真实,借助圣贤说出来便很有真理的分量。寓言的效果是让它传得更广泛一些,推广开来。庄子用三言的说话方式,使他的"说什么"达到很好的效果。"道"是不可说的,但庄子的"怎么说"(寓言或三言)就像奇妙的显影液,把"道"彰显出来。

《庄子·天地》篇有"象罔得玄珠"的寓言,说黄帝把玄珠(道)丢掉了,分别派智慧、感观、言辩去找,都没有找到,最后派象罔去找到了。象罔,象者形也,罔者无也,象罔即无形无迹无言无心之谓,亦即无象之大象,无形之形。老子说"道"是大音希声,大象无形,没有声音和形状的,但他没有解释。庄子用这个寓言就是对其进行了阐释,生动形象地说明凭世俗的智慧、感觉和语言都是得不了"道"的,只有靠无思虑的直觉或灵感式思维才能知"道"。而黄帝在赤水昆仑之间遗其玄珠,可见玄珠(道)在山水(自然)之中。庄子还借自己的寓言反复讲"神乎技"的道理,如《庖丁解牛》的"以神遇而不以目视,官知止而神欲行",《佝偻者承蜩》的"用志不分乃凝于神",即在把握"道"的时候,心灵要达到虚静的程度,把注意力都集中在一点上,即痴。庄子叙述驼背老人捕蝉,经过长期艰苦的训练,达到了"痴"的境界,最后捕蝉易如反掌,"犹掇之也"。《庄子》之所以成为一部奇书,在先秦诸子中最有魅力,就因为庄子找到了一种最佳的说话方式,把很难说的东西("说什么")变成了"怎么说",从而把说不清楚的"道"说得让人明白了。《庄子》是"怎么说"的典范之作,其"怎么说"代表了"说什么"。

当代作家莫言谈文学艺术的创作时说:"在今天写小说,写什么并不很重要,怎么写反而变得特别重要。"湖北的两位女作家,池莉和方芳,她们编的故事,大多是湖北人所熟悉的生活,如方方的小说《树树皆春色》就以武汉大学为背景,写了一个男学生与女博导之间的爱情故事。按道理我们高校的老师知道的素材比她多,但我们写不出来,为什么?我们不是不知道"写什么"而是不知道"怎么写",因为没有编故事的技巧。很多小说家都说过类似的话。其实,小说创作就是一个编故事的过程。编故事不是简单的瞎编,而是要用所有的艺术手法把这个故事说好。所以包括小说在内的叙事性文学作品,是用语言讲故事的艺术。在这个意义上说,包括小说家在内的文学家的存在,是一种语言的存在,文学家最为神圣的使命,是用语言为人类、为这个世界创造出精神的家园。

西方语言学转向,已不把语言当成一种工具,而是一种本体,其实,语言在说话,语言就是本体,语言"怎么说"就是"说什么"。对作家来讲,这点是至关重要的。与此相类似,任何一种艺术门类,形式都是很重要的。画家要懂得颜色,雕塑家要懂得线条,戏曲家要懂得唱念做打,电影艺术家要懂得蒙太奇。从这个意义上讲,"怎么说"对一部艺术作品来讲至关重要。文学批评、艺术批评与艺术创作一样,也存在一个"怎么说"的问题。我们今天的文学批评艺术批评之所以没有人看,就是因为批评家也不知道怎么去说。八股式的、教条式的、炒作式的,这样的艺术批评就没有生命力,因为它没有个体体验,没有诗性言说,没有对诸如文气、语感、修辞、声韵等话语方式(即"怎么说")的谙熟。而在这样的前提下,重新清理古代文论的话语方式对我们是有益的。

(与李小兰合著,原载《文艺争鸣》2008年第3期)

第六章

批评文体的"第二形式"

"第二形式"(亦即"形式之美之形式之美")是中国文论一个非常重要的理论命题,而学界关于"第二形式"理论的研究,存在着两个较为明显的缺陷:第一,未能对"第二形式"理论作出清晰的、有说服力的辨析和界定;第二,对"第二形式"理论的研究,仅限于"文学文体"而未能旁及"批评文体"。有鉴于此,本文首先辨析"第二形式"的理论内涵,并总归为四:"表之出之"之言说,"使笔使墨"之修辞,"神韵气味"之体貌,"愈增其美"之成效。然后将"第二形式"理论及方法用之于批评文体研究:既标举古代批评文体的"第二形式"之价值,亦揭示"第二形式"理论对于当下批评文体之创造、接受和研究的借鉴和启示意义

一 "第二形式"理论之辨析与界定

关于"第二形式"理论的界定和阐释,学界历来众说纷纭,莫衷一是。王国维《古雅之在美学上之位置》(以下简称《古雅》)将"第二形式"表述为"形式之美之形式之美也"。"第

一形式"为形式之美,而"第二形式"则为"第一形式"(即形式之美)的形式之美。我们认为,理解"第二形式"的关键,是要弄清楚在"第一形式"的基础上,"第二形式"增添了什么,而这"增添"的部分就是"第二形式"的特征或内涵。细绎并归纳王国维的论述,相对于"第一形式"而言,"第二形式"做了四件事:一是"表出之",二是"使笔使墨",三是有"神韵气味",四是"愈增其美"。现分述如下。

《古雅》指出:"艺术则必就自然中固有之某形式,或所自创造之新形式,而以第二形式表出之。即同一形式也,其表之也各不同。"这里说的"同一形式"即"第一形式",《古雅》又称为"材质"。王国维将"第一形式"(即"材质")分为两类:一类是"自然中固有之某形式",它们可以是自然中具有宏壮之质的高山大川、烈风雷雨,也可以是自然中寻常烦屑之景物如茅茨土阶;一类是文学艺术家"自创造之新形式",它们可以是伟大之宫室、悲惨之雕刻像、历史画、戏剧、小说等等,也可以具体到戏剧小说之主人翁及其境遇,或者绘画中之布局。这两类"材质"的共同特征是"足以唤起美感"。而王国维这里所说的"材质",大体相当于英美新批评理论家韦勒克所说的"材料"(material)①。文学艺术家将这些"材质"或"材料"(即"第一形式")"表出之",于是就有了"第二形式"。就其对"第一形式"的结构性表达而言,"第二形式"大体相当于韦勒克所说的与"材料"相对的"结构"(structure)②;而就其"表达"本身而言,"第二形式"则相当于俄国形式主义所说的种种具有文

---

① [美]韦勒克、沃伦:《文学理论》,刘象愚等译,生活·读书·新知三联书店1984年版,第14页。

② 同上。

学性意味的"技巧""手段"或"程序"。《古雅》以不同的文学艺术种类为例,强调"第二形式"对"第一形式"的表之出之:"同一曲也,而奏之者各异;同一雕刻绘画也,其真本与摹本大殊;诗歌亦然。"其中"同一曲也"云云,颇似曹丕之《典论·论文》"曲度虽均,节奏同检,至于引气不齐,巧拙有素"。音乐作品所固有的"曲度"和"节奏",属于第一形式;而不同艺术家(或声乐或器乐)的"引气不齐"和"巧拙有素",则是第二形式。在这里,"第一形式"或为自然之形式,或为艺术之形式;而"第二形式"则是对自然或艺术固有样式的言说亦即"表出之"。此其一。

《古雅》又说:"茅茨土阶,与夫自然中寻常琐屑之景物,以吾人之肉眼观之,举无足与于优美若宏壮之数,然一经艺术家(若绘画,若诗歌)之手,而遂觉有不可言之趣味。此等趣味,不自第一形式得之,而自第二形式得之,无疑也。"茅茨土阶等琐屑之景物,属于材质,属于第一形式;而经艺术家之手,或者说经过艺术家使笔使墨之后,则有了第二形式。就文艺作品而言,在叙事作品中,"戏曲小说之主人翁及其境遇,对文章之方面言之,则为材质;然对吾人之感情言之,则此等材质又为唤起美情之最适之形式"。在美术作品中,"绘画中之布置,属于第一形式;而使笔使墨,则属于第二形式。凡以笔墨见赏于吾人者,实赏其第二形式也"。在王国维看来,读者所欣赏的第二形式,实乃画家的使笔使墨,小说家的绘声绘色,诗人的咏情咏景……"第一形式"为作品之材质与布置,而"第二形式"则为作品之艺术修辞亦即"使笔使墨"。此其二。

关于读者对"第二形式"的品评,《古雅》又以艺术作品为例:"凡吾人所加于雕刻、书画之品评,曰'神'、曰'韵'、曰'气'、曰'味',皆就第二形式言之者多,而就第一形式言之者少。文学亦然,古雅之价值,大抵存于第二形式。"《古雅》还举了两组关于诗歌的例子:同写夜阑梦对,杜甫不同于晏几道;同写斯人憔悴,《诗经》不同于宋词。在这两组例子中,相同的是第一形式,不同的是第二形式:第一形式同为韵语俪辞,第二形式则有着或"温厚"或"刻露"的区别。前面所提到的音乐例子也是如此,一部音乐作品,其总谱(曲度和节奏)属第一形式,而不同音乐家对它的演奏(引气)则属第二形式。如被誉为20世纪华人音乐经典的小提琴协奏曲《梁山伯与祝英台》,不同的演奏家可以演绎出完全不同的艺术风格和效果。盛中国用一位中国男性的宏壮和阳刚来叙述这个古老而悲怨的故事,回肠荡气,悲怆高亢,惊心动魄;西崎崇子则用一位日本女性的温柔和细腻来重新处理这个在中国家喻户晓的爱情悲剧,徘徊低婉,悠扬哀伤,肝肠寸断。同一首曲子,由不同的小提琴演奏家演奏,会产生不同的艺术效果和美学风格。用王国维的话说,"第一形式"相同而"第二形式"各异。这也就是王国维为什么要说"第二形式"之创造乃后天之力,乃个性化和独创性之功。黄霖在分析"第一形式"与"第二形式"的区别时指出:"王国维的'第一形式',实质上近乎艺术的种类,乃至体裁";而"王国维所谓的'第二形式',就是指由每一艺术家在具体表现时的不同特点而在作品中呈现出的不同体性风貌"。[①] "第一形式"为作品之体裁,或者说在种类或样式方面的共同规定性,"第二形式"则为作品之不同的体性风貌亦即"神、韵、气、味"。此其三。

艺术家在形式美(主要是"第二形式")的创造过程中,表

[①] 黄霖:《中国文学批评通史·近代卷》,上海古籍出版社1996年版,第821页。

之出之,使笔使墨,形成因人而异的神韵气味,而最终使其作品愈增其美,也就是由前三项所造成的艺术效果,亦即以古雅为内涵的文学性;而第一形式是客观之美的宏壮与优美。就审美判断或审美实践而言,审美主体对宏壮与优美(即第一形式之美)的判断,是先天的、先验的,具有普遍性;而对古雅(即第二形式之美)的判断,则是"后天的也,经验的也",故其获得,"又非借修养之力不可","至论其实践之方面,则以古雅之能力,能由修养得之,故可为美育普及之津梁"。正是这个意义上,王国维《古雅》曰:"一切形式之美,又不可无他形式以表之,惟经过此第二之形式,斯美者愈增其美,而吾人之所谓古雅,即此第二种之形式……故古雅者,可谓之形式之美之形式之美也。"应该指出的是,王国维这里所说的"古雅"不同于作为中国古代文论之范畴的"古雅":后者专指"古朴典雅"这样一种美学风格和艺术境界,又可表述为"典雅""清雅"或"雅远";前者则是指代"第二形式",或者说是描述"第二形式"所具有的形式之美,是对"第二形式"的"美称",故前者较之后者有着更为宽泛的含义。"第一形式"是"形式之美",而"第二形式"乃"形式之美之形式之美"(美上加美)亦即"愈增其美"也。此其四。

二 "第二形式"之美在古代批评文体中的秀出

国内学界对"第二形式"理论的研究,多限于"文学文体",亦即主要讨论文学创作即文学文体的形式之美,而极少涉及文学批评即批评文体的形式之美。就后者而言,"第一形式"与"第二形式"之划分尤其是"第二形式"理论颇值得玩味。

在文学创作的形式之美当中，"第二形式"的价值是不言而喻的，文学作品若缺乏"第二形式"，就会失却独特的风格神韵和美学价值（亦即王国维所说的"古雅"）。那么，文学批评的"第二形式"呢？

文学批评历来有"说什么"与"怎么说"之分野，前者指批评思想，即言说内容；后者指批评文体，即言说方式。① 专就批评文体而言，也有"第一形式"与"第二形式"之分。依照"第二形式"理论，批评文体之材质、结构、布置、语言等共通性或普遍性体裁特征，可称为"第一形式"，而批评文体之言说方式（表出之）、语言修辞（使笔使墨）和风格体貌（神韵气味）等独特性或个别性形式美效果（愈增其美）则属于"第二形式"。

大体上说，中国古代文论的批评文体都是具有"第二形式"的；不仅具有"第二形式"，而且"第二形式"（即"形式之美之形式之美"）还有着充溢、丰富、绚丽、完备的特征。刘勰将自己的文论专著命名为《文心雕龙》。何为"文心"？"为文之用心也"；何为"雕龙"？"雕缛成体"也（《文心雕龙·序志》）。前者关涉文学（家）"说什么"，后者指向文学（家）的"怎么说"。文学（家）如何"雕龙"？刘勰的论述中，既涉及"第一形式"，如《事类》篇谈材质，《附会》篇谈结构，《熔裁》《总术》篇谈布置，《练字》《章句》《指瑕》篇谈语言，等等，亦涉及"第二形式"，如《神思》篇谈表出之，《比兴》《夸饰》篇谈使笔使墨，《体性》《风骨》《养气》篇谈神韵气味，《情采》《丽辞》《隐秀》篇谈愈增其美，等等。

---

① 关于文学批评"说什么"与"怎么说"之分野，参见李建中《中国文论：说什么与怎么说》，《长江学术》2006年第1期。

当然，刘勰以"雕龙"为中心的形式美论属于文学创作。但是，若考虑到下面两个因素，则可以说刘勰的形式美论与文学批评密切相关：一是刘勰"论文叙笔"的诸多文类之中，包含了批评文体（如《论说》《诸子》《史传》诸篇）；二是刘勰自觉地选择了用"骈体"这一文学文体来讨论文学理论问题，文学文体与批评文体在刘勰那里实际上是相通的，或者说是互用的。

不仅仅是刘勰。前刘勰时代，有司马迁、班固等用属于叙事文学的史传体书写文学理论和批评；后刘勰时代，则有李白、杜甫等用属于抒情文学的诗歌体书写文学理论和批评。纵观整个中国文学批评史，从《诗经》中的诗论片断，到王国维的《人间词话》，几乎所有的文学文体（诗、赋、词、曲、骈、散、说、话……），都被文论家用作批评文体。因此，古代批评文体的文学化，先天性地铸成批评文体的"第二形式"之美。

从理论上讲，不同时空中的批评家，其批评文本所具备的"第一形式"大体上是相似或相同的：材质或材料就是他们的批评对象即文学作品，结构、布置和语言均有共通的形式规范和文体要求。但论及"第二形式"，则会因人、因时、因地而异。同为魏晋南北朝文学理论批评，在不同批评家的批评文本之中，其"第二形式"是大异其趣的。曹丕朗畅通达、清正典雅的"论"，迥异于钟嵘情志深厚、秀隐兼备的"品"；陆机自出杼机、精巧细密的"赋"，有别于刘勰弥纶群言、笼圈条贯的"骈"；挚虞以人为纲的"志"，有别于萧统以体分类的"选"……这个时代的文学批评，其不同批评家的不同批评文本，通过"第一形式"所表现出来的文学思想，或许有公允与偏激之异，有系统与零散之别，但他们的"第二形式"却有着刘勰所说的"雕龙"之美，有着王国维所说的"古雅"之美。

即便是面对完全相同的批评对象（即"材质"），不同批评家笔下所呈现出的"第二形式"也有很大差异。以对建安文学（家）的批评为例。与七子同时的曹氏兄弟，其文学批评既知人知心、有情有义，又见仁见智、口无遮拦，给人一种当下性和现场感。稍后的刘勰和钟嵘，则有"体貌英逸，俊才云蒸"（《文心雕龙·时序》）之叹，有"彬彬之盛，大备于时"（《诗品·序》）之赞，使笔使墨间洋溢着"千载逢知音"的欣喜。到初唐的陈子昂，登幽州台而悲歌，序修竹篇而浩叹，其文论旗帜上大书"汉魏风骨"四字，借建安骨气横制颓波而大变天下文风，何等的英雄气和使命感！而到了盛唐李白，其论诗诗中（如《古风二首》《宣州谢朓楼饯别校书叔云》等）亦论及建安诗人，通脱大气，挥洒自如，别有一种旷放达观之情和明快灵动之美。面对完全相同的"材质"（批评对象），不同批评家的批评文本，其"使笔使墨"各异，其"神韵气味"有别，皆因其不同的"表出之"而有不同侧面和不同程度的"愈增其美"。

批评文体的"第二形式"不仅会因人、因时、因地而异，而且同一个时代乃至同一位批评家又会因体因性而异。前述建安文学批评，曹丕曾用两种不同的文体书写：一是论说体的《典论·论文》，二是书信体的《与吴质书》。《典论·论文》以"文人相轻"为"的"，以"七子文气"为"例"，以"文气说"为"核"，以"文人—文体—文气—文章"为"秩"，逻辑结构清晰有序，理论风格简洁质朴，完全符合刘勰所拟定的"伦理无爽""叙理成论"（《文心雕龙·论说》）的"论"体之标准，是颇为规范的论说体。《与吴质书》同样是以建安文人及作品为批评对象即"材质"，但因其以书信体"表出之"，故"使笔使墨"之时，于叙事中抒情，于抒情中叙事，最终酿成别一种"神韵气味"：其"徐、陈、应、刘，一时俱逝"之事，催人泪下；其"追思昔游，犹在心目"之情，感人肺腑。曹丕的两个批评文本，说的都是建安文人之文气，因表出有别，而各增其美：用曹丕自己的话说，前者为论之"宜理"，后者为情之"尚实"。可谓"能之者偏也，唯通才能备其体"(《典论·论文》)。

批评文体中不同的"第二形式"，还会营造出不同的语境，从而产生不同的美学效果。司马迁"发愤著书"的文论命题，同时出现在他的两个文本之中：《史记·太史公自序》和《报任少卿书》，前者的语境是"太史公曰"，后者的语境是"与友人书"。《史记》当然是史传体，但其中的"太史公曰"则是司马迁发表史学和文学之理论见解的"场域"，故可视为史传体中的"论说"语境。司马迁在排比历史上"发愤著书"之八个例子之前，有一句"退而深惟曰"，深惟者，深思也，可见"发愤著书"是深思之结果。而《报任少卿书》是与友人谈心，性情文字，冲口而出，无须像"太史公曰"那样"退而深惟"。同样的"发愤著书"，同样的八个例子，但《报任少卿书》"八例"前的"导句"与《太史公自序》完全不同。司马迁向朋友感叹："古者富贵而名摩灭，不可胜记，惟俶傥非常之人称焉。"联想到这封书信中司马迁痛说家史的悲怆，以及悲怆中所交织缠绕的自尊与自卑、期冀与绝望，读者便能悟出"发愤著书"说的情感内涵。如果说，《太史公自序》的"发愤著书"是以理服人，而《报任安书》中的"发愤著书"则是以情动人。而这两种不同的效果，分别来源于两个批评文本各具其美的"第二形式"。

王国维《古雅》说："一切之美，皆形式之美也。就美之自身言之，则一切优美皆存于形式之对称变化及调和。"中国古代文学理论的批评文体，既有相通的"形式之美"：材质是美的，结构是美的，语言是美的；更有着各自的"形式之美之形式之美"：语体修辞是美的，体貌体性是美的，比兴秀隐是美的，神情韵味是美的……而后者（即"第二形式"之美），缘其因时因人团体因性而异，而独具一种"古雅"之美。正因为此，中国古代的文学批评家才会"爱美以尊体"，才会挚爱"文"之美而推崇批评文体。也正是从"爱美以尊体"出发，古代批评家才会选择自己所擅长的文体来书写文学理论批评，也才会分外珍视自己所拥有的文体选择之自由。

三 "第二形式"理论对当下批评文体的启示

"第二形式"之美有一个重要的理论前提，即王国维《古雅》所说的"一切之美皆形式之美"。而"一切"之谓则表明"第二形式"不仅适用于文学创作与文学批评（如上一节所述），也适用于古代文学批评与当下文学批评。关于古代文学批评的"第二形式"之美已如前述；那么，当下文学批评有无"第二形式"之美？这是一个需要认真质疑并认真考量的问题。

若按其文体样式及发表方式分类，当下的批评文本大致可分为两类：一类是由学术期刊发表的论文和由出版社出版的论著；一类是各种非学术类报纸杂志所发表的评论文章。两类文本的质量不好妄加评骘；若仅就数量而言，无疑是前者多于后者：大量的文学批评文章都是发表于学术期刊，这既是现代学术"分科治学"的结果，也是学术制作（包括文学理论批评制作）"量化管理"的结果。在这样的前提下，我们可以说：当下批评文体主要是学术性的论说体。

依照"一切之美皆形式之美"的命题和理论，其"第一形式"是各类文本在材质、结构、布置和语言等方面相通的或共有的体裁特征，而"第二形式"则是不同的文本在"第一形式"基础上所新增的不同的形式美（即"愈增其美"）之效果：包括不同的"表出之"，不同的"使笔使墨"和不同的"神韵气味"。我们看当下批评文体的书写或制作，从材质（即批评对象）之确定到结构之搭建，从篇章布置的完成到语言文字的驱遣，都是要恪守统一的文体格式和书写规范的，亦即当下批评文体的"第一形式"是完全相同的。

那么，"第二形式"呢？

严格地说，现代学术背景和学术水平考核制度下的文学理论批评，其文体只有"第一形式"而没有"第二形式"。本文已详述"第二形式"的两大要素：一是在"第一形式"基础上所新增，二是因时、因人、因地、因体、因性而异。我们看不同级别（国家级或省部级）不同种类（各高校综合类或各社科院综合类）学术刊物上发表的文学理论批评论文，在"第一形式"（即统一的书写规范）的基础上，并没有增添属于作者自己的因而也是属于"第二形式"的东西。作者别无选择地"选择"论说体，因而就没有个性化"表出之"的可能，亦即没有选择论说体之外的多样化言说方式的自由。既然是"独尊一体"，那么作者也相应地丢失了"使笔使墨"的用武之地和"神韵气味"的营造机缘，因而想通过"第二形式"而"愈增其美"则只能是一种奢望。在现代学术量化管理下，庞大的学术机器生产出巨量的学术论文，就文学理论批评类的学术论文而言，无论其批评主体和批评对象有多大差异，而批评文体本身是千人一面、千篇一体的：袭用的是相同的文体样式（体制），驱遣的是相同的句型句式（语体），呈现的是相同的风格文气（体貌）。想当年刘勰搦笔和墨，以一己文心精雕文龙，与"近代之论文者"（《文心雕龙·序志》）相比是"各师成心，其异如面"

(《文心雕龙·体性》),创造出前无古人后无来者的鸿篇巨制。看今天学者们繁忙而机械的论文制作,在"第二形式"严重匮乏的语境中,"文心"何用又如何"用心"?如何"雕龙"又何须"雕龙"?

当然,论文体自有其特色,自有其优长,而且中国学术史上并不乏论文体之佳构。《文心雕龙·论说》篇"选文定篇"之时,就对庄子《齐物论》、王充《论衡》、嵇康《声无哀乐论》、钟会《才性四本论》这些与文学理论批评相关的论文体给予很高的评价。在现代学术语境下,在自然科学和社会科学等学科领域,以论文体为书写模式是完全必要的。而作为人文科学的文学理论和批评,因其学科的特殊性,故在使用论文体的同时,应该允许而且提倡作者选择自己所擅长的文体来书写文学思想和文学理论批评。

文学理论批评的"特殊性"何在?在于它的材质(批评对象)本身是具有"第二形式"的。而文学理论批评的重要任务之一,是如何"当行"如何"本色"(严羽《沧浪诗话·诗辨》)地呈现研究对象的"第二形式"之美。如果我们的文学理论批评书写缺乏"第二形式"(像当下大多数批评文体那样),则很难揭示甚至无法触及批评对象的"第二形式"。中国古代文论有"以诗论诗"的文体传统,有批评家甚至主张"诗必以诗人评之"[①]。"以诗论诗"以及"诗人评诗",从宽泛的或者隐喻的意义上说,如果不是"诗体"(具有文学性或诗性的各种文体)和"诗人"(具有文学才华和诗性情怀的批评家),则是没有办法甚至没有资格来论"诗"和评"诗"的。正如曹植

[①] (宋)刘克庄:《跋刘澜诗集》,《后村先生大全集》卷109,《四部丛刊》本。

所言："有南威之容，乃可以论于淑媛；有龙渊之利，乃可以议以断割。"① "南威之容"是"诗人"的才情体貌，"龙渊之利"是"诗体"的文体功能。

其实，即便是在现代学术体制的统驭或掌控之下，人们偶尔也能观赏到"南威之容"，也能感受到"龙渊之利"。前面谈到，当下批评文体除了发表在主流的、核心的期刊上的学术论文之外，还有发表于非学术刊物上的各体文章，如随笔、杂感、访谈、对话等等。后一类批评文体，因其缺乏统一的文体规范，作者反而能够获得一种文体自由，其"使笔使墨"自出杼机，其"神韵气味"自成其趣，最终因其"表出之"的个性化而能够"愈增其美"。比如，《读书》杂志和《南方周末》所刊发的一些文学理论批评文章，因缺少严格、统一的文体规范而幸免于"格式化"之难，从而获得"第二形式"之美。只是这类文章因其在主流学术标准和考核体制之外，所以常常为学术界所忽略。

还有一类更为学界忽略却更具有"第二形式"之美的批评文本：互联网文体。三年前，笔者曾谈到互联网上一个"以小电影批评大电影"的个案。② 这个批评文本（网络视频《一个馒头引发的血案》）很有趣：其"材质"（批评对象）是一部电影（故事片《无极》），其"结构""布置""语言"等"第一形式"也是电影或者说是电影语言。更有趣的是，这位批评者在使用电影语言时，其"表出之"采取了具有后现代意味的拼贴方式：用来组接视频的画面差不多都是来自电影《无极》，只不过重新蒙太奇一番。奇特的"使笔使墨"，营造出奇特的"神韵

---

① 六臣注：《文选》卷42，《四部丛刊》影宋本。
② 参见拙文《文学与批评：怎么说比说什么更重要——以几部经典作品为例》，《文艺争鸣》2008年第3期。

气味"：将幽默、反讽、调侃、批判融为一体。整个批评文本（小视频），并没有任何分析或判断，全部是电影语言，即画面叙事，批评者用自己独特的"表出之"，犀利而深刻地凸显了批评对象的种种悖谬，看上去隐晦含蓄，实际上一针见血，借用严羽《答出继叔临安吴景仙书》的话，是"说江西诗病，直取心肝刽子手"。能达到这种批评效果，应该说是"第二形式"的功劳。

上述网络视频的言说方式颇有点像中国古代文论的"以诗论诗"：批评文本与批评对象采取了完全相同的文体样式。无论是古典版的"以诗论诗"，还是现代网络版的"以（小）电影论（大）电影"，其批评文本的"第一形式"（材质、结构、布置、语言等），与批评对象是完全相同的。但是，两个文本（批评文本与它所要批评的文学文本）的性质、目的或宗旨又是完全不同的：文学文本或叙事或抒情，或塑造人物或营构意境；而批评文本则是或言诗或谈艺，或明理或立论。因此，当批评家选择了与批评对象相同或相似的文体样式（如"以诗论诗"）时，其批评文本的"第一形式"就自动取得了"第二形式"的功能。要用诗性的文学性的"第一形式"来实现理论的批评的目标，这一独特的"表出之"，就使得批评文体的"第一形式"本身成为独特的"使笔使墨"，并形成独特的"神韵气味"。比如《二十四诗品》，倘若我们视其为文学作品，则司空图这一组诗的"第二形式"与大多数写景抒情之作并无多大差别；而正因为这24首四言诗以"文学"之名行"批评"之实（也就是"以诗论诗"），所以才获得了独特的"第二形式"之美，成为中国古代文论的"诗眼画境"[①]。能够自然、自由地选择包括"诗体"在

---

① 参见李建中《古代文论的诗性空间》，湖北人民出版社2005年版，第116页。

内的各类文学文体来言说文学理论批评,这是古代批评文体"第二形式"完备的主要原因。明乎此,我们便不难理解当下的批评文体为何匮乏"第二形式"之美。

(与李小兰合著,原载《文学评论》2011年第5期;人大复印报刊资料《文艺理论》2012年第1期)

第七章

终日言,未尝言
——中国诗性文论语言观刍议

刘勰有云,"心生而言立,言立而文明",作为人类文明的创造者和表述者,人岂能无言?老子有云,"道可道,非常道",作为宇宙之本源和文明之至境,"道"岂是语言所能凑泊?明知不可言却不得不言,时时有言却时时推崇无言。这不仅是老庄,也是佛禅,甚至也是孔孟所面临的语言悖论。僧肇将般若义的语言观表述为"终日言,而未尝言也"。"终日言"与"未尝言","有言"与"无言",形成一种巨大的语言张力,中国诗性文论的语言观在此张力中生成。在儒家,是"慎乎辞"与"非文辞不为功"的连缀;在道家,是"忘言"与"与之言"的契合;在佛禅,则是"终日言"之后对"未尝言"的妙悟。

一 圣人复起,必从吾言矣

标题中的这句话,出自《孟子·公孙丑上》。公孙丑请教孟子有哪方面的专长,孟子答曰:"我知言,我善养吾浩然之气。"

在详细地解释了何为"知言"之后,孟子非常自信地说:"圣人复起,必从吾言矣。"当然,包括孟子"知言养气"在内的原始儒家文论有着明显的道德内涵和功利色彩,后人对此不乏微词;但我们认为,以孔孟为代表的儒家文论的语言观,其功利性(工具理性)之中包含着双重意义上的诗性智慧:"慎辞哉"与"告诸往而知来者"。

原始儒家的语言观建立在厚重的神圣感之上,用孔子的话说,是"慎辞哉!"孔儒之慎乎辞,源于两大文化心理:一是关于苍颉造字而鬼哭粟飞的神话记忆,二是关于一言可以兴邦或丧邦的文字崇拜。《文心雕龙·练字》篇在论及汉字的起源及功用时说:"苍颉造之,鬼哭粟飞;黄帝用之,官治民察。"彦和此语,正好道出原始儒家语言观之神圣感的内在缘由。《淮南子·本经训》有"昔者苍颉作书而天雨粟,鬼夜哭",足见苍颉所作之书(汉字)以及"苍颉作书"这一文化事件具有惊天地泣鬼神的威力。原始儒家之慎辞、知言乃至畏言,虽然其直接的心理动因是理性的、功利的,但其深潜的层面,或多或少积淀着华夏先民敬畏文字的集体无意识。

据《左传·襄公二十五年》记载,郑国大夫子产,因郑国对陈国采取军事行动而受到当时霸主晋国的质问。子产的应答措辞婉转却理直气壮,使晋国执政为之折服。孔子对此大加赞叹:

> 志有之:言以足志,文以足言。不言,谁知其志?言之无文,行而不远。晋为伯,郑入陈,非文辞不为功,慎辞哉!

可见"言"以及对"言"的修饰("文")之重要。"一言可以兴邦","一言而丧邦"(《论语·子路》),"片言可以折狱"

(《论语·颜渊》),"有一言而可以终身行之"(《论语·卫灵公》)……《论语》中的这些话讲的都是"慎乎辞"。儒家"三不朽","立言"居其一;孔儒"四教",以文为先;尼父诫子"不学诗无以言",其重《诗》缘于重"言"。

在孔子看来,诗歌也是"非文辞不为功"的;而孔子之删诗正诗,正是"慎辞"思想在诗歌批评中的具体表现。孔子之"慎辞",还表现在他与人谈诗时有"失言"之虑。何谓"失言"?《论语·卫灵公》:"子曰:'可与言而不与之言,失人;不可与言而与之言,失言。知者不失人,亦不失言。'"那么,如何判断对方是"可与言"还是"不可与言"呢?就对《诗经》的引用和讨论来讲,孔子的标准是看对方能否"告诸往而知来者"。《论语·学而》:

> 子贡曰:"贫而无谄,富而无骄,何如?"子曰:"可也;未若贫而乐,富而好礼者也。"子贡曰:"《诗》云:'如切如磋,如琢如磨。'其斯之谓与?"子曰:"赐也,始可与言诗已矣,告诸往而知来者。"

显然,孔子认为子贡是"可与言"的,原因就在于与他言诗之时,他能"告诸往而知来者"。按照杨伯峻先生的解释,这里的"往"指过去的、已知的;"来"则指未来的、未知的。[①]"如切如磋,如琢如磨"是既存的《诗经》中的名句,属于"往";而"贫"而如何,"富"而如何,则是一个尚无定论而需要探讨的问题,属于"来"。由"往"而知"来",由"诗"而明"事",这是孔子谈《诗》所常用的语言方式,如《八佾》

---

① 参见杨伯峻《论语译注》,中华书局1980年版,第10页。

由《诗·卫风·硕人》"巧笑倩兮,美目盼兮,素以为绚兮",而知"礼后于仁"。已知的、既存的"往",可以是《诗经》中的句子,也可以是口耳相传的民歌民谣。据《孟子·离娄上》,"有孺子歌曰:'沧浪之水清兮,可以濯我缨;沧浪之水浊兮,可以濯我足!'孔子曰:'小子听之,清斯濯缨,浊斯濯足矣,自取之也。'"在这里,孔子由水之清浊而明人之善恶,由濯缨濯足之别而隐喻取誉取咎之异。

细绎孔子的"告诸往而知来者",不难发现,其"往"多是《诗》之成句,其"来"多关乎完全的人格。孔儒文化有"比德"的人格诉求,而所谓"比德",实则是用"比兴"的话语方式言说理论问题。比兴是《诗经》常用的艺术手法,多用来抒情或叙事。而孔子之明理亦用比兴,或以物喻人(比),或以物起情(兴),其心理实质都是原始思维所特有的以己度物、物我同一,具有显明的诗性特征,从而在先秦这一理性的时代,部分地遗存了原始人类的"诗性智慧"。

孔子和孟子,对于儒家人格的关键词(如仁、义、礼、智、信等),很少下纯理性的"属加种差"式的定义,而更多地用比兴的方法来言说,"抽象的概念世界总有具体的事物与其相参照。例如有一个十分完美的'善'就必定有一个善人(尧、舜、禹等)作为象征"[①],说到"孝",就要涉及一系列"孝"的行为。儒家语言观的思维特征,是任何概念都黏附着一个具体事物,这种思维方式是中国古代宗法思想文化的衍生物。"宗法社会的一大特点是对现实人伦关系的注重,并以现实人伦情感作为维系社会的基础。此特点像一道文化天网阻拦着一个概念或一个

---

① 周春生:《直觉与东西方文化》,上海人民出版社2001年版,第1页。

命题演化为纯粹的思维存在世界。"① 这当然是从消极的角度谈比德或比兴。

从积极的方面看，孔儒语言方式的比兴，有着"起"之功能。何谓"起"？据杨伯峻注引孙楷弟的解释："凡人病因而愈谓之起，义有滞碍隐蔽，通达之，亦谓之起。"② 孔子与其门生所讨论的问题，未明之前属于"义有滞碍隐蔽"。欲"通达之"，则须先言他物，则须用比兴，也就是"告知往"。"往"者，或起情或取譬；"来"者，或明理或晓义。因而，比兴的过程也就是由"往"而知"来"、由《诗》而言理的过程，比兴的效果或功能也就是"起"。《论语》和《孟子》中的比兴，大多有消解滞蔽之功，有通达志意之用。

孔子中庸，故自谓"我于辞命，则不能也"（《孟子·公孙丑》）；孟子狂狷，故自谓"圣人复起，必从吾言矣"。其实，孔子和孟子都是"知言"而不"失言"的智者，都是既"慎辞"又"文言"的圣者。孔子说过"言之无文，行而不远"的话，故后人要将《易传》"文"乾坤两卦之"言"的功劳归之于他。而孟子之"知言"则是言之凿凿的，《公孙丑上》记孟子曰："诐辞知其所蔽，淫辞知其所陷，邪辞知其所离，遁辞知其所穷。"《论语·尧曰》："子曰：'不知言，无以知人也。'"孟子不仅"知言"，而且由"知言"而"知人"；不仅"知人"，而且由"知人"而"论世"。《孟子·尽心下》："言近而指远者，善言也；守约而施博者，善道也。君子之言也，不下带而道存焉。"孟子的"善言"与"善道"相通，故孟子的语言自信是有底气、有根基的。

---

① 周春生：《直觉与东西方文化》，上海人民出版社2001年版，第37页。
② 杨伯峻：《论语译注》，中华书局1980年版，26页。

孟子解诗论诗，主张"不以文害辞，不以辞害志"。孟子所说的"文"，可理解为文饰或修辞，是指包括比兴在内的诗性话语方式；而所谓"害"，则是阻碍，是遮蔽。诗性的言说，即以"文"的方式使"辞"通达于"志"，也就是"启"。这种清障去蔽的功能，对于《诗》之言志或《语》《孟》之论诗都是相同的。孔孟之后，中国古代的文论家不仅用作诗的方法（如比兴）来论诗，而且干脆就用诗来论诗，诗性传统于是不绝千古。

二　吾安得夫忘言之人而与之言哉

《庄子·外物》在取筌蹄之喻以明"得意而忘言"的道理之后，喟然叹曰："吾安得夫忘言之人而与之言哉！"庄子的感叹，道出原始道家语言观的一个深刻的悖论：既然主张"忘言"，又何必要与人言？既然找的是"忘言之人"，而"忘言之人"如何能言？"忘言"乃至"无言"之说确乎妙论，但如果固守并履践"忘言""无言"之说，此妙论又如何示于人、晓于世？庄子曾说过"在才与不才之间耳"的话，据此推论，如果庄子能听到我们的质疑，大概也会说"在言与不言之间耳"。

尽管儒、道两家的语言观有着极大的差异，但在"慎辞哉"这一点上，两家却有共通之处。《老子》十七章有"悠哉，其贵言"，二十三章有"希言自然"。老子主张宝重其言，主张罕言、寡言，岂非"慎辞哉"？老子不仅主张"慎辞"，更主张"无言"；无独有偶，孔子也有过"予欲无言"的时候。老子的"无言"和孔子的"欲无言"，在效法天地自然之性这一点上是相通的。孔子说"天何言哉"，老子说"大音希声"，儒、道两家的创始人都看到"天道无言"这一重要的自然规律，从而在"慎辞"乃至"无言"的层面实现了诗性交融。前面已提到,儒、道两家的创始人对"道"的言说,不约而同地采用了取物为喻的语言方式,从而又在隐喻和象征的层面实现了诗性交融。

但是,同样是取譬于物以明己道,儒、道两家的语言观却有着本质的区别。儒家认为自己的道是可以言传的,故孔子四处传道而不辞艰辛、四方授徒而诲人不倦;道家则认为自己的道是不能言传的,故《老子》开篇便言"道可道,非常道",庄子将"吾安得夫忘言之人而与之言哉"视为平生夙愿。"道",作为道家哲学的最高范畴,是任何言说都无法凑泊的。《庄子·天地篇》:

> 黄帝游乎赤水之北,登乎昆仑之丘而南望,还归遗其玄珠,使知索之而不得,使离朱索之而不得,使吃诟索之而不得也。乃使象罔,象罔得之。黄帝曰:"异哉!象罔乃可以得之乎?"

庄子"象罔得玄珠"的寓言,既隐喻"道"(玄珠)在天地自然之中(赤水昆仑之间),又明示言辩(吃诟)与知性(知及离朱)均不能得道,唯有象罔方能得道。"象罔"亦作"罔象",无形无迹无言无心之谓[①],亦即无象之大象(《老子》三十五章:"执大象,天下往";四十一章:"大象无形")。

孔孟的道以仁义为本,以人伦为常,是一种有言之在;而老庄的道以无为本,以无为征,是一种无言之在。只有从这一点出发,我们才能把握原始儒、道两家语言观的根本差异。作为"有言之在",儒家的道不仅可以言传,而且在一定意义上"言"

---

① 陈鼓应:《庄子今注今译》中册,中华书局1983年版,第303页。

本身就是"道",比如孔子强调"名正言顺"(《论语·子路》)关乎礼乐兴盛,孟子认为"君子之言"(《孟子·尽心下》)与道俱存。言与道之关系,在道家那里则变得非常复杂:既然道是"无言之在",是不可言传不可语达的,那么道如何向人显现,或者说主体要凭借什么进入道?

从语言论的角度论,原始道家所开出的至道之径有二:一是老子的"行不言之教",二是庄子的"得意而忘言"。《老子》二章:"圣人处无为之事,行无言之教。"有些英译的《道德经》将"无为"译为DO NOTHING,其实老子的"无为"并非DO NOTHING(不为),而是不妄为,不滥为,也就是要以"无为"(自然)的方式来"为",像自然万物那样"作而弗始,生而弗有,为而弗恃,功成而弗居",只有这样方能做到"无为而无不为"。据此上文推断,下文"无言"亦非"不言",而是不妄言,不滥言,不滥施政令,也就是要以"无言"(自然)的方式来"言",只有这样方能做到"言善信"、"善言无瑕谪"。《老子》五十六章有"知者不言,言者不知",八十一章有"善者不辩,辩者不善"。孔子欲无言却终不能无言;不仅未能无言,而且将能否"知言"、能否不"失言"视为"知(智)者"的标准。老子虽然反其道,将"不言""不辩"视为"知(智)者"的标准,但他自己同样是终不能"不言""不辩"。是故白居易有《读老子》一诗诘问"知者不言":"言者不知知者默,此语吾闻于老君。若道老君是知者,缘何自著五千文?"其实,《道德经》之言"道",不说"道"是什么,而说"道"不是什么,这就是以"无言"的方式在"言",也就是"言无言",因而也是"知者"之"言"。

黄庭坚《赠高子勉》:"妙在和光同尘,事须钩深入神。"顾易生指出:"深沉的凝神构思,是'知';而表现得浑成自然,不露辞锋与修饰痕迹,则是'不言'的微旨妙用。"①鲁直实际上是将老子的"知者无言"引入诗文批评,并窥到"知"与"无言"之间的辩证联系。此外,"无言"与"有言"之间亦存在着辩证关系,《老子》十一章排比三例(车毂、器皿、户牖)以喻"有之以为利,无之以为用",而中国古代诗论"强调诗歌的言外之意,有余韵、余味,即是'当其无而有"言"之用',当然不是说诗歌不需有语言"。②老子以"言无言"的方式进入哲学的最高境界,诗人亦以"言无言"的方式进入诗歌的最高境界。可见在"无言"这一点上,思与诗的最高境界是相通的。

老子之后,庄子不讲"无言"而讲"忘言"。在庄子看来,"忘言之人"并非"无言"之人。前者是熟谙庄子之"言"和庄子语言观的人,如《徐无鬼》中庄子所凭吊的好友惠施:"自夫子之死也,吾无以为质矣,吾无与言之矣。"质,对象、对手也,此处喻知言、知音、能与之言者。读《庄子》,我们能强烈地感受到庄子是能说善道之人;而庄子的"筌蹄之喻"又明确地告诉我们:无"言"则无由得"意",正如无筌、蹄则无由得鱼、兔。一部《庄子》,有寓言、重言、卮言,有荒唐之言、谬悠之说、无端崖之辞。先秦诸子之中,若论言之多、言之妙、言之奇、言之诡者,当首推庄子。

王国维的《屈子文学之精神》喟叹庄"言"之诗性魅力:"南人想象力之伟大丰富,胜于北人远甚。彼等巧于比类,而善于滑稽。故言大则有若北溟之鱼,语小则有若蜗角之国,语久则大椿冥灵,语短则蟪蛄朝菌;至于襄城之野,七圣皆迷;汾水之

---

① 王运熙、顾易生主编:《中国文学批评通史·先秦两汉卷》,上海古籍出版社1996年版,第162页。

② 同上书,第160页。

阳，四子独往，此种想象，决不能于北方文学中发现之。"庄子语言独特的诗性魅力，源于庄子的原始感觉和神话思维。维柯《新科学》称原始人类是世界童年时期的"崇高的诗人"①，他们的感觉，他们的智慧都是诗性的。泰勒《原始文化》也认为原始部族的智力状态与现代诗人自觉的虚构，"两者在思想之现实性的感觉中却是相同的，而这种感觉，可庆幸或不幸，现代教育试图如此有力地毁灭它"。② 泰勒所说的对"思想之现实性"的感觉，亦可理解为对"心理真实"的感觉，或者说是一种诗性的想象或虚构。这种感觉是原始的，也是现代的，是野性的，也是文明的，而《庄子》之"言"则是神话思维在文明时代所绽放出的奇葩。《庄子》一书的"神话"，不仅仅是一种叙述或话语方式，也不仅仅是关于世界的起源与人类命运的描述，从根本上说是一种原始意识形态，即虚幻的真实性。在这个意义上说，不仅"南海之帝为倏""黄帝游乎赤水之北""知北游于玄水之上"是神话，诸如"庖丁解牛""佝偻者承蜩""梓庆削木为镰"亦可视为神话。庄子作为文明时代的哲学家如果丢弃了原始感觉和神话思维，就不可能写出如此有魅力的"言"，更不可能如此出神入化地以"言"去逮住颇具原创性的深邃之"意"。

原始感觉和神话思维不仅赋予庄子语言以独特的诗性魅力，而且构成庄子言说方式的诗性隐喻。《庄子》中一个接一个的神话式的寓言，其实都是他的"意"之喻体。庄子的真意绝非浮现于寓言之表，而是深隐于寓言之外。因此，读《庄子》若执

---

① ［意］维柯：《新科学》，朱光潜译，人民文学出版社1986年版，第98页。
② ［英］爱德华·泰勒：《原始文化——神话、哲学、宗教、语言、艺术和习俗发展之研究》，连树声译，上海文艺出版社1992年版，第315页。

着或陶醉于庄子之言（喻体）而流连忘返，则可能丢失庄子之真意（本体）。明乎此，似可得庄子倡"得意忘言"之用心。为进入"无言之在"这一最高境界，庄子承续老子的"涤除玄览"和"致虚极，守静笃"，倡"心斋""坐忘"之说，从主体心理和心境的角度开出诣道之途。与此同时，庄子又创"得意忘言"之新论，为"文"对"无言之在"的进入提供了语言学思路。后来王弼作《周易略例》，以道释易，在庄子的"得意"与"忘言"之中锲入"得象而忘言"，从而将"言—象—意"融为一体。王弼之"明象"，上承三玄（老、庄、易）道论，下启意象、意境、境界之说，成为原始道家"自然之道"与古代文论"境界之美"的思想桥梁。虽然对意境（意象、境界）的释义至今还是见仁见智，但对境（象）与道（自然）之联系的理解却是无甚歧义的。文学家之取境犹如黄帝之索玄珠，最终凭借的是"象罔"而非"吃诟"。老庄的"道"在言语之外，文学的"境"亦在言语之外。境与道通，道家至道之思与方，直接开启了文学取境之思与方。道家文化的"道法自然"和"得意忘言"，将追求自然真境与言外至味的审美品质永久性地赋予古代文论，从而使得言说方式的诗意性和审美性成为中国古代文论数千年不变的标志性特征。

三　山路元无雨，空翠湿人衣

佛之三宝（佛、法、僧）构成佛教主体，而"佛"授"法"于"僧"则为佛之路径。但是，佛之"法"被视为最高的绝对的真实，任何相对的语言都是不能指称的。因此，佛教的语言观遭遇与老庄相同的悖论："法"（"道"）不可言却不得不言。释迦牟尼创教、传教时必定是有言的，否则佛典中那么多的"如是我闻"从何而来？而佛祖在灵山授法时的拈花示众与摩呵迦叶回应时的点头微笑，又确切是无言的。禅宗在东土的流播，从菩提达摩少林面壁到六祖慧能韶州讲法，走的是一条从"不立文字"到"不离文字"的路子。就南宗禅而言，顿悟之时无须言，言则断悟；顿悟之理则必须言，不言则理不明。在语言观的特定层面而论，一部漫长而宏大的佛教史，从印度到中国，正是在"言"与"不言"中徜徉的历史。

据《维摩诘经》，文殊师利率众佛弟子去维摩方丈问疾时，讨论到"不二法门"，维摩诘的答辩是沉默。"维摩之默"与"如是我闻"岂不是构成矛盾？而大乘中观学派中的"中道"观却成功地调和了二者的矛盾。《金刚经》立了27个主题，每一个主题都用肯定与否定相统一的公式。如说"佛说般若，即非般若，是名般若"。可见般若是一种非有非无的道理，是不可言说而又不得不言说的。[①] 僧肇的《般若无知论》将"般若"的这种言与无言之义讲得分外透彻：

> 经云：般若义者无名无说，非有非无，非实非虚，虚不失照，照不失虚。斯则无名之法，故非言所能言也。言虽不能言，然非言无以传。是以圣人终日言，而未尝言也。

维摩之默，是无声胜有声；僧肇之"终日言"，则是以有声蕴无声，用语言的外观涵泳无名之般若。

"佛"的本义是"悟"，释迦牟尼因悟而成佛。佛祖之后，大凡在佛史上留名的都有"悟"的故事。以禅宗为例，先有西

[①] 参见孙昌武《佛教与中国文学》，上海人民出版社1988年版，第342页。

天摩呵伽叶于佛祖拈花之时而领悟微妙至深的禅境，后有东土六祖慧能于弘忍命偈之际而创南宗顿教，此所谓"拈花之妙悟，非树之奇想"。《六祖坛经》又名"摩诃般若波罗蜜"，意即"将大智慧到彼岸"。其实，南宗禅的"彼岸"就是"此岸"，就是吾心之中的那一点真如本性，故慧能说："一切万法，尽在自身中，何不从于自心顿现真如本性。"① 一部《坛经》，讲的就是顿悟之理，言的就是一诣之感，所谓"非言无以畅一诣之感"（慧远《与隐士刘遗民等书》）。

六祖慧能于韶州大梵寺施法讲经是8世纪的事，五百年后，闽人严羽作《沧浪诗话》而以禅喻诗，用禅的话语方式品诗论诗，用禅文化的诗性精神浇灌中国文论的诗性。当然，在这五百年之间以及之前，佛教的语言观已经在影响着中国文论。如果说，陆机《文赋》的"课虚无以责有，叩寂寞而求音"，已在其文论中透露出玄、佛"无言"论之合流的消息；那么，刘勰《文心雕龙》赞叹"般若之绝境"，则彰显出般若语言观对这位僧佑高足的深刻影响。② 隋唐以降，随着佛教的中国化（尤其是南宗禅的创立），佛陀及禅那融合了"无言"与"有言"的语言观直接进入中国文论，使得中国文论的"言无言"同时受惠于道家与佛教，拥有了更为丰富的思想资源。

般若义的"终日言而未尝言"，表现在文论上则是对言外之意、意境之美的执着。以唐宋文论为例。本来，受老庄语言观的影响，唐宋文论有着重意境、重冲淡、重自然空灵和无言之美的艺术倾向，这一路的文论思想，由王昌龄"意境"、殷璠"兴

---

① （唐）慧能著，郭朋校释：《坛经校释》，中华书局1983年版，第58页。
② 关于佛学与刘勰文论的关系，参见拙文《试论〈文心雕龙〉的思想史价值》，载《文心雕龙研究》第4辑，北京大学出版社1999年版。

象"、皎然"取境"、司空图"韵味"、苏轼"空静"绵延而成。到南宋严羽以禅喻诗,将禅宗的"参"与"悟"引入诗论,标举"熟参""妙悟"并创"兴趣""入神""别材别趣"诸说,既是对这自然冲淡一路文论的总结,亦是在这自然冲淡中融入佛禅的"言无言"。中国文化及文论史上,严羽可以说是第一次自觉地用禅宗的思维及话语方式品诗论诗,并且在自己的批评实践中成功地借鉴并融入了禅宗"言无言"以及"言而无言"的语言观。

严羽的"诗道亦在妙悟"取自"禅道惟在妙悟",而禅宗的妙悟(南顿北渐)则是承续了东晋竺道生的"大顿悟"。[①] 据慧达《肇论疏》,道生大顿悟既讲"理不可分,悟语极照。以不二之悟,符不分之理",也讲"悟不自生,必借信渐。用信伏惑,悟以断结"。前者指必须一次性地全面把握真如本性,悟理之时便是成佛之时,这显然是后来南宗禅的思想来源;后者则明示顿悟并不排斥渐修,必须以"信"(闻解)去"伏惑"并最终"断结"(了悟),这又是后来北宗禅的思想来源。严羽诗论兼综顿渐,对禅宗文化的吸纳重其思想及方法之精髓,既无部派之见亦略其细枝末节。

严羽通禅于诗,其论兼及鉴赏与创作。无论学诗抑或作诗,都有一个"参"与"悟"的问题。就"参"而言,禅有大小乘之别,诗有汉魏晋盛唐与大历以往之分;就"悟"而论,在禅是第二义(声闻辟支果)与第一义(具正法眼)相随,在诗则是一知半解(浅)与透彻玲珑(深)相形。学诗与作诗,皆须从最上乘参起,才可能有第一义之悟。诗歌鉴赏的第一义之悟,

---

① 关于禅宗妙悟与道生大顿悟的关系,请参见曾祖荫《中国佛教与美学》,华中师范大学出版社1991年版,第114—117页。

源于对上乘之作的遍参、熟参与活参。学诗者对前人佳构既要转益多师又要烂熟于心,若无"读书破万卷"之"参",何来"下笔如有神"之"悟"?而所谓"活参",则是将禅宗"参活句不参死句"的思维及话语方式引入诗歌鉴赏。禅宗公案多为直觉、感悟式对话,问者深藏机锋,答者奇显妙悟,以一种"问非求答,答非诣问"的超语言方式,直奔惯常的、逻辑的语言所无法企及的思维层面,最终使对话者"惑"落而"悟"起。熟参,即是艺术鉴赏和批评中的感悟方法,而古代文论中大量的诗词曲话及小说评点等,都可以说是熟参之结果。

诗歌创作的第一义之悟,则为别材别趣,它与"读书穷理"既相关又有别。作诗之悟非凭空而起,也有赖于对前人作品的遍参、熟参和活参,所以诗人要多读书、多穷理。但诗歌的最佳境界,有如禅宗的真如本性,不在彼岸而在此岸,不在外物而在吾心,是由吾心之兴发所产生的一种情趣,其不可言喻、不可凑泊,恰似沧浪所言的"空中之音,相中之色,水中之月,镜中之象"。禅境是"羚羊挂角,无迹可求",诗境是"透彻玲珑,不可凑泊",禅与诗均怀有"言无言"的诗性冲动,却都要恪守"勿说破"的话语规则。正是在语言论的层面,严羽找到了禅与诗的相通之处。

禅与诗所要达到的最高境界既是相通的,禅与诗的言说方式亦是相似的。禅宗的偈语本身就是诗,禅宗的灯录更是充满了诗性的智慧与情趣:

> 问:"如何是佛祖西来意?"师曰:"井底寒蟾,天中明月。"
>
> 僧问:"如何是西来意?"师曰:"冬月深林雨,三春平地风。"

问:"如何是大道根源?"师曰:"云兴当午夜,石虎叫连宵。"

僧问:"如何是佛法大意?"师曰:"春来草自青。"①

所问关乎佛法禅道,所答却徜徉于草茂林深、流连于月明风清。王摩诘诗曰:"山路元无雨,空翠湿人衣",在一片湿漉漉的意境中,你会神奇般地返回宇宙万物的真际。那是禅之般若,那是道之自然,那是诗之至境,那是生命之本真……

(原载《郧阳师范高等专科学校学报》2005 年第 2 期)

---

① (宋)普济:《五灯会元》,苏渊雷点校,中华书局 1984 年版,中册第 310 页,下册第 874—875、928 页。

第 八 章

道可道,如何道
——刘勰文体学思想的本原之"道"与言说之"道"

老子有云,"道可道,非常道",意即道之可道者,非恒常之至道也。然而,在刘勰对文学思想的表述中,这句话被赋予了全新的含义——道可以被言说,但是必须采用非同寻常的言说方式。因此,刘勰意义上的"道可道,非常道"可以转而表述为"道可道,如何道"。前一个"道"系指刘勰文学思想的本原与本源,即儒、道、释三家思想文化,后两个"道"则指刘勰文学思想的言说方式。那么,刘勰是如何"道"出其文学思想所本所原之"道"的?刘勰文学思想的言说方式对当今之书写文学思想又有着怎样的启示?

一 自然之隐喻

刘勰于《文心雕龙》开篇,便做出了这样的二分:"道"与"道之文"(简称"文")。"道"是"文"的终极本原,"文"

是"道"的显现与表征。天地、人，以至乎"傍及万品，动植皆文"①，宇宙万物都以自己独特的方式呈示着"道"的在场。因此在刘勰这里，形而上之道一层一层地向下显现为形而下之器（即"物"），也就是老子所说的，"道"生"万物"，"道"乃"惚兮恍兮，其中有象；恍兮惚兮，其中有物"。所以，"形立则章成矣，声发则文生矣"，"心生而言立，言立而文明"乃是自然而然的，亦即天地、人、万物这三者那种由"道"而"文"的显现过程及其内在机制，都是自然之道。

按照刘勰之说，"人之文"乃是"道之文"的一种，亦即人要通过人的"言"或"辞"来明道。而在论证人之文的某些规定性及其存在的合理性时，刘勰总将人的世界与自然的世界进行比拟。"夫以无识之物，郁然有采，有心之器，其无文欤？"则是以自然世界之文推理出人之文的必然性，正如他用"体植必两"来论证"辞动有配"，用"造化赋形，支体必双"来论证俪辞的合理性。

这种论证的可行性和有效性就在于，刘勰有一种道家式的、自然而然式的世界感受，亦即认为人本身就是自然的一部分，并且在本质上和自然一样是自然而然的。刘勰将他这种观察、理解和把握世界的方式，转变成了他表述文学思想、建构文学理论以及呈现文学批评的方式。因此，刘勰把自然之美和人文之美相比较，"林籁结响，调如竽瑟；泉石激韵，和若球锽"，二者最终合二为一，以各不相同的方式达到了某种共同的、自然而然的和谐；刘勰也认为人的世界是向自然的世界的创造性复归，人以某种独有的方式返回自然而然的境界，是以

---

① 本章所引《文心雕龙》，均见（梁）刘勰著，范文澜注《文心雕龙注》，人民文学出版社 1958 年版。下不另注。

"云霞雕色,有逾画工之妙,草木贲华,无待锦匠之奇:夫岂外饰,盖自然耳"。这便是刘勰所说的"自然之道",它无须加以论证,或者说,刘勰是通过自然之道自身的方式使自然之道得到论证的。也正是在这个意义上,天地、人乃至万物都被关联起来,三者得以进行相互比拟,并共同成为"道之文"。

因此,"自然之道"在两个向度上拥有自身的内涵:它使潜隐之"道"到外显之"文"的呈现,天地之文、人之文、万物之文三者之间的相互比拟,及其整个过程自然而然的状态,都得到了论证,并通过一种诗意的隐喻,展示了刘勰那种道家式的、自然而然的世界感受。在这种世界感受中,人的世界与自然世界的相合,宇宙万物全都被联系在一起,并表现为某种本质规定性上的一致与和谐,表现为世界图景模式在各个层面的同构与相应。所以,具体到文学的领域中,文学的本原——"道之文",以及文学美之所在——自然而然,都在刘勰道家式的世界感受中被推理、揭示出来,并最终被印证;它们唯有存在于与刘勰整体性地感受世界相协调的言说方式中时,才变得不证自明、不言而喻,因为这种世界感受正是刘勰认识文学本原以及文学之美的全部前提,而其言说的过程只要呈现出刘勰的世界感受,便呈现出了刘勰文学思想的道家内涵。

所以刘勰在《文心雕龙》的终章作了极富道家色彩的"赞曰":"生也有涯,无涯惟智。逐物实难,凭性良易。傲岸泉石,咀嚼文义。"这里,"生也有涯,无涯惟智"取典于庄子,《庄子·养生主》中说:"吾生也有涯,而知也无涯,以有涯随无涯,殆矣。"因此刘勰认为"逐物实难,凭性良易",须顺应自然之道。"傲岸泉石"则隐喻了刘勰的评价立场,象征着刘勰的处世姿态。

二　梦之解析

虽然刘勰采用道家的方式论证了"人之文"存在的必然性与合理性，但是"人之文"本身的内涵在刘勰那里却是儒家式的，换言之，刘勰实际上是在以"道"证"儒"。

刘勰于《原道》篇中用很大的篇幅着意描述了"人之文"的历史，然而可以看出，他笔下的人文史，实际上就是儒家意义上的先秦文化史，他对原本凌乱甚至断裂的人文史所进行的取舍与整合，完全被统摄在儒家理想之下。这种取舍与整合，表明了刘勰的价值取向和评价态度，为他的溯源行为赋予了极为浓重的儒家色彩。正是在这个意义上，刘勰将儒家经典视为"人文"的理想形态，也将其看作文章的典范。刘勰的这种文学价值观的理论依据，在他对人文史的叙述中已经被完整地呈现出来了。

刘勰还在长怀序志时提到了自己的两个梦：

> 予生七龄，乃梦彩云若锦，则攀而采之。齿在逾立，则尝夜梦执丹漆之礼器，随仲尼而南行。旦而寤，乃怡然而喜，大哉！圣人之难见哉！乃小子之垂梦欤！自生人以来，未有如夫子者也。(《文心雕龙·序志》)

写梦并不是刘勰的创举，孔子就曾于晚年自叹"甚矣吾衰也！久矣吾不复梦见周公！"(《论语·述而》)，不同的是，刘勰是在以一种肯定性的方式说梦，而孔子则是在用否定性的方式说梦——可以推测出孔子之前是常常梦见周公的。这里，梦成了圣人与圣人之间进行沟通并赋予文化传承使命的特殊方式，所以孔子自信"文王既没,文不在兹乎?"(《论语·子罕》)刘勰写梦不仅表现为对梦的认知与反思,更视梦为孔子将降大任于己,因此这两个梦隐喻着刘勰对文化身份的自我确认,象征了刘勰的儒家理想,即追随孔子,弘扬儒家文化。

在表述文学思想的专著中嵌入写梦,正是想通过梦把儒家理想和"论文"联系起来,并确立"论文"的准的与文章的典范。因此,"文章之用,实经典枝条",唯有以"执丹漆之礼器随仲尼而南行"之梦为背景,才能获得准确的理解与把握,并揭示了"论文"是怎样与经典进而与刘勰的儒家理想联系起来的。刘勰的"论文"因此在其时间维度上获得了三个指向:圣人及其经典指向过去,"去圣久远,文体解散"以及近代之论文者"不述先哲之诰,无益后生之虑"指向现在,而将曾经的典范用于补救文章时弊则指向未来与理想,也就是要以"《周书》论辞,贵乎体要,尼父陈训,恶乎异端,辞训之奥,宜体于要"作为标准与原则。

那么,为什么要"文师周孔"?无论天地还是万物,作为"道之文"只能外显"道";但人在此基础上还能"仰观""俯察"天地万物之文,所谓"心生而言立,言立而文明",指的正是人用"言"来使天地万物之文"明",亦即人能够通过外显的"文"把握潜隐的"道",令"文"存在的依据变得明晰;而唯有圣人能"因文而明道",也就是说圣人通过"言"或曰"辞"或曰"文"(狭义的人之文),不仅显现"道"的存在,把握"道"的意义,还能使"道"敞开,并使其得到创造性的保存。就这样的向上层层推进,直至圣人存在的本质规定性完全凸显,既是刘勰意义上的先秦文明史的必然结论,也赋予了刘勰配置历史行为的深层依据及其合理性。因此,刘勰的"道沿圣以垂文,圣因文以明道",不仅巧妙地解决了儒道两家之间甚至仅仅儒家内部就已存在的语言观的吊诡，论证了道可以道及道的方式，还将儒家意义上的圣人与经典放置在了一个唯一能与"道"直接沟通的地位；而"垂文""明道"全过程的神秘性与完整性，刘勰也不再用道家的自然之道而是用儒家的"神理"来论证，所谓"谁其尸之？亦神理而已"，这种概念上的换用行为，诠释了儒家之道的内在意义。

三　体之构建

　　刘勰的文学思想最终通过某种深藏而稳定的因素被组织和结构起来，这种因素便是刘勰文学理论中的佛学与玄学内涵。

　　《周易·系辞上》曰："大衍之数五十，其用四十有九。"相应的，《文心雕龙》篇总五十，以彰大衍之数，其为文用者，唯四十九篇耳，而长怀序志，以驭群篇，乃无用之大用也。可以看出，刘勰将算卦时使用蓍草的方法创造性地转变成了配置篇章的方式；他以《序志》作为某种"太一"，通过将其"遁去"的方式来达到对"道"的复归；他把"遁去的太一"的某种神秘性，化作了文学思想表述过程的完整性与系统性的根本保证。因此，《周易》的思想，不仅存在于刘勰探讨具体文学命题时对《周易》的追溯与引证中，还存在于《文心雕龙》的篇章结构中。

　　与《周易》相比，佛学思想在《文心雕龙》中则几乎没有具体、直接出场。唯有在思维方式、逻辑方式以及结构方式的层面上，作为时代的思想背景以及作为主体的刘勰的思想背景的佛学，才能被折射出来。至于刘勰为什么没有将佛学思想直接运用于文学思想的阐释，并不是本文所要讨论的问题，我们关心的只是刘勰表述文学思想时化用佛学思想并将其作为文学思想的佛家内涵，是怎样做到不着一字却尽得风流的。

刘勰在《序志》篇中描述了《文心雕龙》的整体结构：50篇分为上下各25篇，前五篇为"文之枢纽"，是总论，接下来20篇"论文叙笔"，属文体论，再以24篇"剖情析采"，属创作鉴赏论，最后长怀序志，以驭群篇。仅仅从外在来看，结构已谨严，若从内在来看，则每一个部分实际上都含有三个关键词。整个总论都统一在"道、圣、文"之中，刘勰用"道沿圣以垂文，圣因文而明道"将三者的关系表述得清晰明朗；文体论的关键词是"文、笔、杂"，从《明诗》到《哀吊》是有韵之"文"，从《史传》到《书记》是无韵之"笔"，中间两篇《谐隐》和《杂文》是"杂"；创作论可以用"物、情、言"来概括，"情"是就创作主体而言的，从"物"到"情"是文学创作的发生与内化阶段，即"神与物游"，而从"情"到"言"则是文学创作的表达与外化阶段，即从"形之于心"到"形之于口""形之于手"；鉴赏论可以用"时序、知音、才性"来归纳，文学史、鉴赏、作家这三个因素缺一不可。因此《文心雕龙》形成了一个协调平衡、内部相互呼应的有机统一体，这个系统恰恰与刘勰的佛学世界同构，是后者通过潜隐的层面在文学理论领域的投射，《文心雕龙》逻辑之清晰，组织之谨严，正是刘勰长期研读佛学、思维受到严格训练的结果。所以佛学之道作为刘勰文学思想的内涵之一，并不是以具体的术语、范畴、命题或思想的方式出现的，而是在《文心雕龙》的整体架构中得到揭示。

佛教中还有"带数释"的方法，如三宝、四谛、五乘佛法、六道轮回、七如来、八苦、九住心、十法界、十二分教等等，都是用数字加名词形成法数，以表示教义戒律以及对宇宙世界的认知与划分。刘勰阅读并整理过大量佛典,他在《文心雕龙》中也将带数释作为对文学理论进行归纳总结和条分缕析的方法,如《体性》篇中的"八体",《知音》篇中的"六观",《熔裁》篇中的"三准",《丽辞》篇中的"四对",等等。① 这种方法如同俯瞰纷繁的世界时,世界在数字的组织之下所清晰呈现的图示,原本纯粹而抽象的数字被赋予了分析与解释世界的功能,成为世界据以敞开的中介。这种方法也与刘勰所使用的骈文相契合,如《体性》篇云:

若总其归途,则数穷八体:一曰典雅,二曰远奥,三曰精约,四曰显附,五曰繁缛,六曰壮丽,七曰新奇,八曰轻靡。

"八体"概念的提出是规则的排比,对概念的释义严格采用"……者……也"的句式,如"典雅者,熔式经诰,方轨儒门者也;远奥者,馥采典文,经理玄宗者也……"字字相对,句句衔接,有序而工整。最后的对比与总结将"八体"配为辩证的四对:"故雅与奇反,奥与显殊,繁与约舛,壮与轻乖",精细朗畅,条贯毕见。带数释与骈文的结合,使范畴的提出、定义、举例、总结变成了一个完整的系统,使原本多义、混乱、无序的世界,呈现为条分缕析、规则有序而且便于把握的图示。正是在这个呈现图示的过程中,佛学精细谨严、体大虑周的特质被演绎出来,也正是在这个意义上,佛家之道得到了展开与呈示。

---

① 关于《文心雕龙》的"带数释"与佛教之关系,请参见饶宗颐《澄心论萃》,上海文艺出版社1996年版,第171—172页;还可参见[日]兴膳宏《〈文心雕龙〉论文集》,彭恩华编译,齐鲁书社1984年版,第36页。

四 结语

儒、道、释三家精髓的综合,是刘勰文学思想的立足点,它保证了作为处在具体文化中的具体个人的刘勰与作为文学理论家的刘勰的统一性、完整性和特殊性。刘勰揭示这个立足点,并不依赖对术语、范畴、话语等的显在引用,而是在言说方式的层面上作了独特的处理,以非常之"道"使其文学思想的本体无遮蔽地敞开。

作为主体的文学理论与批评家,要能感受到自己是个创造者,其主观性才能获得特殊的客观化,其所书写的文学思想才具有文化价值上的创造性。这个主体应当将自己作为其言说方式的一个基本因素,因而能在言说的过程中发现自身,并鲜明地感觉到自己的创造积极性。

而今所书写的文学思想,由于工具理性或科学主义所导致的言说方式的格式化,既缺乏个体独有的、不可重复的生命体验,亦无灵动鲜活的话语,更不可能像刘勰那样,用诗意的隐喻,或是象征性的梦境,抑或意味深长的赞语,来言说文学思想的本原与深层内涵。在这样的背景之下,探讨刘勰文学思想的言说方式,无疑具有紧迫而深刻的现实意义。

(与李立合著,原载《中国文化研究》2010年秋之卷)

第二编

破"体"

第 九 章

破体：中国文学批评的文体传统及演变规律

"破体"本是书法用语，指不同于正体书写的新创，唐张怀瓘《书断》云："王献之变右军行书，号曰破体书。"唐戴叔伦《怀素上人草书歌》有"始从破体变风姿"。本章借用"破体"一语描述中国文学批评的文体嬗变，其间有两个层面的含义：刘勰说"设文之体有常"，特定的言说内容须安放于相应的言说方式（体裁、语体、风格等）之中，但古往今来的中国文论家却"破"这个"常"，有意无意地将理论内容安放于文学文体，此其一；一时代有一时代之批评文体，此一时代之新文体是对彼一时代之旧文体的"破"，此其二。同为"破体"，前者为共时性，后者为历时性，其共时性特征是批评文体的文学性生成，其历时性特征则是在承继文学性语体和体貌的大前提下变革其体制。中国文学批评之"破体"，意在不断变更文体形态以寻求最佳言说方式，两者整体性形成中国文论批评文体的嬗变规律。

一 无体的时代：从寄生到弥漫

郭绍虞、王文生主编的《中国历代文论选》（四卷本），"先秦"部分共选录八家：《尚书·尧典》《诗经》《论语》《墨子》《孟子》《商君书》《庄子》《荀子》。就文体而论，这八家或者是文学作品，或者是史书，或者是子书，并无批评文体。所以张少康指出："孔子以前，严格来说还没有什么正式的文学理论批评。"① 与后世文学批评相比，先秦时期的文学批评缺乏独立生存的形态，它须寄生于经典文本之中以求立足之地。这是一种没有文体的文体形态，如果从批评文体的角度给它命名，则可称为"寄生体"。寄生体是一种无体之体，是先秦文论的主流形态。

先秦寄生体又可分为两种类型，一种是词语、句子寄生，文本中进行文学批评的数量不仅少，而且没有展开充分的论述，体制很短，往往只是以词汇或句子一笔带过，显得即兴、随意，吉光片羽，弥足珍贵。另一种是弥漫型寄生，即随着批评意识的增强，寄生在文化文本中的文学批评的数量不仅增多，而且还采用对话体、寓言体、论说体等形态进行了较充分的论述，并且在文学批评中广泛运用比喻、象征、排比、对比、反复等修辞手法增强理论说服力，弥漫型文学批评试图从寄生体中破体而出，从而获取自己独立的生命和地位。

先秦文学批评首先寄生于文学作品即风骚之中，《诗经》中具有文学批评内涵的诗句，往往采用卒章显其志的方式，明快简洁，直奔主旨，如《魏风·葛屦》"维是褊心，是以为刺"，《小雅·四月》"君子作歌，维以告哀"，等等。和《诗经》类似，《楚辞》的部分篇章也以诗歌的形式来表达诗论见解，如《九章·惜诵》"惜诵以致愍兮，发愤以抒情"，而"发愤以抒情"这句诗直接启迪后来司马迁的"发愤著书"说。在体例上，《楚辞》的结尾往往以"乱曰"来揭示全篇旨意，如《抽思》乱曰

---

① 张少康：《中国文学理论批评史教程》，北京大学出版社1999年版，第3页。

有"道思作颂,聊以自救兮"。对屈原推崇备至的司马迁和刘勰,在各自的文学批评中便借鉴了这种卒章"乱曰"的方式,如《史记》每篇结尾有"太史公曰",《文心雕龙》每篇最后有"赞曰"。寄生在《诗经》《楚辞》中的诗骚体文学批评以诗体的形式言说诗歌理论,从而成为中国文学批评文体中以诗论诗之雏形。

先秦史书《尚书》《左传》等以载言叙事的方式记录历史,其中一些篇章也记录了历史人物的文学批评观点。作为中国古代文论开山纲领的"诗言志"便寄生于《尚书·尧典》中,寄生于舜对夔所说的一番关于音乐的话语之中。《左传·襄公二十九年》中的"季札观乐",是流传至今的孔子论《诗》以前的最完整的文艺批评,季札的诗歌和音乐评论是一段非常精彩的文艺理论短札。值得一提的是季札的文艺点评很推崇中和之美,他用"忧而不困"赞美《邶》《鄘》《卫》,用"思而不惧"赞美《王》,用"乐而不淫"赞美《豳》等,这种批评方法对后世儒家文论影响很大。由于上述批评寄生在叙事体的史书中,因此这些批评话语不可避免地带上了历史叙事的话语特征,显得简练含蓄,辞约义丰,"睹一事于句中,反三隅于字外",从而成为中国文学批评的叙事性言说之滥觞。

先秦文学批评不仅寄生于诗骚体和史传体中,还寄生于子书体中。先秦诸子之中,《老子》本身就是一篇诗化的哲理散文,故寄生其间的文学批评在文体上也显示出诗性色彩,如"大音希声,大象无形""致虚极,守静笃""信言不美,美言不信"等,对仗工整,句式简洁,节奏明快,音韵和谐,读起来朗朗上口,兼有诗歌与音乐的美感。而寄生于《论语》中的孔子的文学思想,其言说方式亦不乏诗性,孔子的文学批评话语,广泛地使用对偶、对比、排比、比喻等修辞手法,言近旨远,辞约义丰。与《论语》相比,《孟子》的文学批评言说更具有思辨性,在形态上已经有一定的展开,如对"以意逆志"、"知人论世"和"知言养气"的论述。

在世界各民族的早期文化之中,文学批评大多经历过"寄生体"这样一种文体形态,比如,柏拉图的《文艺对话录》实际上也是将他的文学理论和批评寄生在"对话体"这一文学文体之中。按照文学理论批评的发展规律,随着批评活动的频繁和批评意识的自觉,批评的文体形态亦逐渐独立。古代西方的文学理论批评就是如此发展的,比如在柏拉图之后,亚里士多德的《诗学》无论体裁、语体、风格,都是严格意义上的文学理论文体,而且,亚氏的理论文体成为西方文学理论和批评的经典样式和传统形态,历经几千年而无所改变。然而,古代中国的文学理论和批评,在文体形态上却走出一条与西方完全不同的道路:在文体模糊的前提下,由消极被动的"寄生"或"共存"走向积极主动的"弥漫"或"生长"。先秦文论,以一种无文体的形态,以一种"语录"或"要言"的形式,寄生于文化典籍的诸种文体之中。随着批评活动的增多和批评意识的增强,文学批评欲从寄生状态中走出,向外作弥漫性生长,试图获取自己独立的生命和地位。当然,所谓"独立"并不是说文学批评已有专属于自己的文体。

如果说《老子》和《论语》的只言片语,是先秦文论言说中最为典型的词语寄生;那么《孟子》的思辨性展开,则已经是由"寄生"向"弥漫"的过渡;而到了《庄子》和《荀子》,其文学批评言说便有了明显的弥漫性特征。《庄子·寓言》篇自称"寓言十九,重言十七,卮言日出,和以天倪",而庄子的"三言"则是《庄子》批评文体的三大要素:寓言是体制即体裁,重言是语体即对话体,卮言是体貌即文体风格。如庄子对

"言不尽意"的论述，就是在"轮扁语斤"的寓言中完整地展开的，而这个寓言中同时包括了重言（轮扁与王的对话）和卮言（庄子的借题发挥）。据此可以说，庄子的文学批评是弥漫于《庄子》的"三言"之中。弥漫也好，寄生也罢，庄子的文学批评言说，与老子以及儒家的孔子、孟子一样，都具有鲜明的文学性特征，方东树《昭昧詹言》："大约太白诗与庄子文同妙，意接而词不接，发想无端，如天上白云卷舒灭现，无有定形。"①弥漫于庄子三言中的文学批评，如行云流水，即自然流畅，又摇曳多姿。

先秦儒家文论中，《荀子》的文学批评言说，其思辨性远胜过《孟子》。荀子常常是据题抒论，论点突出，论证充分，组织严密，逻辑性强，不但有明确的观点，而且能用概括性的标题点明主旨，如《非相》篇对"辩"的论述和《乐论》篇对"乐"的讨论，均是先开宗明义提出观点，由浅入深，反复推详，步步展开，环环相扣，首尾贯通，一气呵成，大大超越了《论语》、《孟子》那样的语录或对话连缀的论说方式，形成了严谨的论辩说理的体制。在语言上，有意追求散文语言的音乐美、节奏感以及语句整齐、匀称等形式美，使用大量排比和骈偶，长短相间，错落有致，抑扬顿挫，潇洒自如，铿锵入耳，雄健有力。

二 借体的时代：史传与序跋

大体上说，整个先秦时期并无独立成体的文学批评，而这种

---

① 方东树著，汪绍楹校点：《昭昧詹言》，人民文学出版社1961年版，第249页。

"无体"状况到了两汉有所改观,因为两汉文论中有了《诗大序》、《楚辞章句序》以及《史记》和《汉书》中的《屈原传》这类相对独立的文学批评文本。如果说先秦文学批评是"无体",那么两汉文学批评则是"借体",即借助于既有的文体(如序跋体和史传体)出场。郭绍虞、王文生主编《中国历代文论选》(四卷本),"两汉"部分选录六家(共九篇),其中史书体两家(共三篇),子书体两家(共四篇),还剩下的两篇属于传注体(即为经书作传注)。仅从文体的外观(外部形态即体裁)上看,两汉文论似乎仍然处于先秦时期那种寄生和弥漫状态;但包裹于外观之中的言说内容、方式及风格,较之先秦文论却有了较大的不同。这种不同又分两种情况:一是在他者的文体框架内生长壮大,二是变他者的文体为自己的文体。

与先秦的批评文体相比较,两汉文学批评的言说,已不再是诗骚和语孟式的词语寄生,也不仅仅是由寄生而弥漫的庄子三言和荀子论辩,而是能够用相当长的篇幅,比较集中地讨论一个或几个文学批评问题。两汉文论开始独立而非寄生地、集中而非片断地、自觉而非随意地言说文学批评。比如《史记》的《太史公自序》和《屈原传》,前者是在回顾文化发展历史以及叙述自身坎坷经历的基础上提出著名的"发愤著书说",后者则是对诗人屈原从人品到文品的全面总结和评价,这两个文本所表达的文学思想及批评实践,因其深刻和完整而对后世产生了极大的影响。又如王充《论衡》中的《艺增》和《超奇》两篇,虽然不是专门谈文学问题,但前者比较集中地讨论了《诗经》中的夸张和修饰,后者则着重讨论文人(作家)才性的心理构成及品评标准,是可以分别当作"创作论"和"作家论"来读的。司马迁和王充,一位是史学家,一位是哲学家,但他们已经有丰富的文学批评实践和成熟的文学理论思考,因此才能分别借助史传体和子书体集中而系统地言说自己的文论思想。

两汉文论中的《毛诗序》和《楚辞章句序》属于序传体,与前述史传体和子书体一样,它们也不是纯粹的文学批评文体。序传体的使命是为经书作传注。汉儒传经,或重名物训诂、文字笺疏,或重微言引申、义理阐发,他们为《诗经》所作的传,孕育出中国古代文学批评的重要文体"序传体",其中最具代表性的是"毛诗序"。一方面,毛诗反映的文学主张符合儒家思想,阐述了诗歌的特征、内容、分类、表现方法和社会作用等,是先秦儒家诗论的总结;另一方面,毛诗的体例呈现出一种不同于先秦文学批评仅以只言片语存在于各类典籍之中的体式,其大序、小序以及对作品之字词句的注释与《诗经》原文构成完整的统一体。毛传之批评《诗经》,虽然是借用汉代经学已有的"序传体",但毛诗序的批评文本中实际上已经包孕后世几种主要的文学批评文体:序、诗话、评点。"序"自不必说;将作为批评总纲的大序与具体批评实践的小序集结在一起,就是一篇颇为有形的"诗话";而这种集前有总评、篇前有小评的样式,已经具备后来"(小说)评点"的雏形。由此可见,毛诗序的批评思想和文体结构,不仅自成一体,而且有很强的弥漫性和生长力,表明中国文论的批评文体已经由先秦的"无体"走向汉代的"借体"。

三 丽辞的时代:批评文体的文学性生成

魏晋南北朝是中国文学批评史上最为辉煌的时代,也是批评文体之文学化最为彻底的时代,因为此时期最具代表性的文论巨著《文心雕龙》和创作论专篇《文赋》,干脆采取了纯粹的文学样式：骈文和赋。值得注意的是，陆机著有《辨亡论》，刘勰著有《灭惑论》；《文心雕龙》还辟有"论说篇"，释"论说"之名，敷"论说"之理，品历代"论说"之佳构。这两位深谙"论说"之道、擅长"论说"之体的文论家，在讨论文学理论问题时，却舍"论说"而取"骈"、"赋"。陆机和刘勰的这种选择既非个别亦非偶然，它是文学自觉时代的文论家对批评文体文学化的自觉体认。

体裁与体貌是"体"的两个侧面。中国古代文论批评文体的文学化，与语言风格的美文化密切相关，当文论家自觉选择用文学化文体来言说文学理论时，他们实际上也选择了对语言风格美文化的追求。刘勰一旦选择用"骈文"来结撰《文心雕龙》，他同时也就选择了用"丽辞"来展开他的文论思想。在刘勰看来，骈俪并非人为而是自然，所谓"造化赋形，支体必双；神理用焉，事不孤立。夫心生文辞，运裁百虑，高下相须，自然成对"（《文心雕龙·丽辞》）。由此引申开去，又可见"骈偶"并非仅仅是一种文体，而是与造化同形与自然同性的道之文。道之文亦即美之文，因而骈偶又是一种最能体现中国古典文学形式之美的语言形态，它把汉语言"高下相须，自然成对"的形式特征以一种特定的文章体式加以表现，它是汉语言之自然本性的诗意化舒张。

骈偶是自然的，更是文学的，它是区别文学语言与非文学语言的重要标志。《文镜秘府论》"北卷""论对属"："在于文章，皆须对属；其不对者，止得一处二处有之。若以不对为常，则非复文章（若常不对，则与俗之言无异）。"[①] 刘勰创造性地使用骈

---

① ［日］弘法大师原撰，王利器校注：《文镜秘府论校注》，中国社会科学出版社1983年版，第491页。

第九章 破体：中国文学批评的文体传统及演变规律

偶，论"神思"则谓"登山则情满于山，观海则意溢于海"，说"风骨"则曰"若风骨乏采，则鸷集翰林；采乏风骨，则雉窜文囿"，谈"物色"则云"一叶且或迎意，虫声有足引心；况清风与明月同夜，白日与春林共朝哉！"这是文论，又是美文，是用美文织成的文论，是用文论充盈着的美文。骈体这种文体除了它的辩证功能，还有修辞功能：它可以将汉语言的美张扬到极致。刘勰以丽辞论文，选骈语作自己批评文体，上承陆机以赋论文，下启唐人以诗论诗，开拓并弘扬了中国古代批评文体的文学性传统。

中国古代文论最常见的批评文体是诗话，虽然"诗话"之名始见于北宋，但诗话的源头却在魏晋南北朝：一是钟嵘《诗品》，二是刘义庆《世说新语》。《诗品》之品评对象（诗人诗作）与品评方法（溯流别、第高下、直寻、味诗、意象品点等），均开后世诗话之先河；而《世说新语》以及刘孝标之注引中随处可见的诗人轶事、诗坛掌故、诗文赏析之类，若将之另辑成集，就已是典型的"诗话"了。有论者称，六朝之后的诗话"继承钟嵘《诗品》的论诗方法，接过笔记小说的体制，形成了以谈诗论艺为主要内容的笔记体批评样式"[1]，是颇有见地的。历代诗话的文体源头是六朝笔记小说，故诗话这一批评文体的"血缘"是文学的而非理论的。

古代批评文体大体上包括三个大的层面：体制或体式（体裁），体势或语势（语体），体貌或体性（风格）。[2] 详观《文心

---

[1] 赖力行：《中国古代文学批评学》，华中师范大学出版社1991年版，第227页。

[2] 参见童庆炳《文体与文体的创造》，云南人民出版社1994年版，第10—39页。

雕龙》的文体论，可见出刘勰之论文叙笔、囿别区分，是既辨其体制，也察其体势，亦明其体貌。刘勰所论及的三十多种文体，其中大部分（如公文类的诏策章奏、哲学类的论说辞序、历史军事类的纪传铭檄，等等）不属于"文学"，或者说在体制（体裁）层面不能归之于"文学"。但是，在这些非文学文本中，其语体和体貌却并不缺乏文学性。① 或者说，刘勰以他自己对"文"的释名彰义，经由"原始表末"和"选文定篇"，最终"敷理举统"地揭示出诸多非文学文本的文学性。《文心雕龙·序志》篇有"详观近代之论文者多矣"，刘勰所详观的"近代"乃是鲁迅所言"曹丕的一个时代"，所臧否的十位"论文者"皆为魏晋文人。深谙魏晋文学及文论之精髓的刘勰，并不缺乏那个时代所特有的对"文学"的自觉。刘勰正是从魏晋文学和文论中秉承了"文学"的眼光和胸襟，才可能从诸多非文学文本（包括批评文本）之中读出文学性。如果说魏晋是文学的自觉和独立，那么南北朝则是文学性的弥漫和统治——而后者正是刘勰将非文学文本纳入文学批评视域的主要原因。

乔纳森·卡勒认为哲学一类的理论文本也可能具有文学性，"哲学被设想为一种获得文学效果的写作。这并不是说对哲学文本的评注不必要，而是说对这些文本也必须从修辞的角度进行阅读和对此作语境分析，正如我们在阅读文学作品时惯常所做的那样，因此，文学性成分已进入了理论"。② 刘勰以一己之文心精雕文龙，剖情析采，摛风裁兴，对包括批评文体在内的各种文体

---

① 反过来说，某些在文类上属于"文学"的文本，也可能不具备文学性，如"文革"中那些高大全、假大空的"文学"制作。

② 余虹、杨恒达主编：《问题》，中央编译出版社2003年版，第126—127页。

第九章　破体：中国文学批评的文体传统及演变规律　※　131

进行精细的修辞学和文章学研究。因而，我们同样可以说，当刘勰用阅读文学的方法阅读诸如论、议、说、传、注、赞、评、叙、引、序、辞等批评文体时，文学性成分就已经进入刘勰的文学理论。至此，胎孕于先秦文化典籍的中国古代文论批评文体的文学性，到了刘勰的一个时代已臻于成熟。在中国文学批评史的框架内考察，古代文论批评文体的文学性生成，无论是理论建构还是批评实践，应该说是在魏晋南北朝那个丽辞的时代完成的。

　　当然，这一时期也有以"论"名篇的批评文体，如曹丕《典论·论文》和挚虞《文章流别论》。但前者基本上是一篇散文，而后者的所谓"论"，"大概是原附于《集》，又摘出别行"①。倒是宋代李清照那篇很短的《词论》更像一篇论文，不过这类论文在唐宋并不多见。我们看唐宋两代的文论家，大多承续了刘勰和陆机的传统，如韩愈、柳宗元和苏轼，用"论"去讨论政治社会问题，却用文学文体来讨论文学问题。韩有《师说》、《讳辨》，柳有《封建论》，苏有《留侯论》，但他们的文论篇什却大多是书信体、序跋体和赠序体，或者干脆就是诗体，如韩愈的《调张籍》、《荐士》、《醉赠张秘书》等。

　　值得强调的是，魏晋南北朝文论家以丽辞论文，彰显出一种自觉的"破体"意识，并且彰显出批评家的文体自由。前面说到，这个时代的批评家已具备成熟的文体观念，已有文学文体与批评文体的区分，汉魏之际，曹丕论文体，说"书论宜理"、"诗赋欲丽"，或诗或赋是他的文学文体，而"典论"则是他的

----

①　郭绍虞主编：《中国历代文论选》第一册，上海古籍出版社1979年版，第193页。

批评文体。南朝萧梁，昭明太子编《文选》将"诗"与"文"分得清清楚楚。丽辞时代的文论家明知文各有体，为什么还要用文学文体来书写他的理论著作？他们不愿意放弃自己所拥有的文体自由。

所谓"文体自由"是指文学理论批评家可以选择任何一种文体来书写自己的文学理论和批评。关于这一问题，本书第十一章将作专题讨论；这里要指出的是：就魏晋南北朝时期的批评文体而言，这种"文体自由"对于批评家的理论构建、学术创新和风格形成起着至关重要的作用。

四　境与意的时代：诗人言诗

唐宋时期的批评文体，除了前代已经具备的史传体、序跋体、书信体、辞赋体、骈俪体之外，最为流行也是最具有时代特征的，在唐代是论诗诗，在宋代是诗话。

中国是诗的国度，唐代是诗的王朝，唐人以"诗"这一文体来说诗论诗，则是真正的"文变染乎世情"。以诗论诗始于李白和杜甫，继之者为白居易、韩愈诸人。杜诗中谈艺论文的颇多，最为著名的自然是《戏为六绝句》和《解闷五首》，还有讲"文章千古事，得失寸心知"的《偶题》和赞叹"白也诗无敌，飘然思不群"的《春日忆李白》等。白居易作为新乐府运动的倡导者，其主要文学主张既见于《与元九书》，亦见于论诗诗，后者如《读张籍古乐府》称"风雅比兴外，未尝著空文"，又如《寄唐生》称："惟歌生民病，愿得天子知。"韩愈的论诗诗，数量多，诗语奇，如《调张籍》用一系列奇崛的比喻来状写李、杜诗风的弘阔和雄怪，读来惊心动魄。

第九章 破体：中国文学批评的文体传统及演变规律

以诗论诗，"一经杜、韩倡导，就为论诗开创了一种新的形式"[①]。而唐代文论家用这种"新的形式"，不仅一般性地品评诗人诗作、泛议诗意诗境，还集中地、系统地专论某一个较为重要的诗歌理论问题，如司空图《二十四诗品》，用24首四言诗，论述二十四种诗歌风格和意境。《四库全书总目提要》称："是书深解诗理，凡分二十四品……各以韵语十二句体貌之。所列诸体毕备，不主一格。""体貌"一词，深得表圣品诗之旨。本来，讨论诗歌的艺术风格，完全可以采"论说"之体遣"叙理"之辞而研精众品，但司空图取四言之体用体貌之方，用诗的文体诗的语言"体貌"诗歌的艺术风格和美学意境。《二十四诗品》对后世的影响是深刻而久长的，而他在中国文学批评史上的独特地位，很大程度上是由其文体的文学化所铸成。

论诗诗在两宋辽金继续盛行，如吴可、陆游、王若虚、元好问等，都有论诗诗。不过，宋代的批评文体中真正蔚为大观的不是论诗诗而是诗话。何文焕《历代诗话》所辑宋人之作，从欧阳修到严羽，共有15种之多。《六一诗话》为历代诗话之创体，欧阳修开章明义，自云"居士退居汝阴，而集以资闲谈也"，这就为后来的诗话定了一个轻松随意的文体基调。章学诚对此颇为不满，称诗话之作是"人尽可能"、"惟意所欲"而"不能名家"[②]。郭绍虞却不同意章说，他在为《清诗话》所作的"前言"中写道："由形式言，则'惟意所欲'，'人尽可能'，似为论诗开了个方便法门；而由内容言，则在轻松平凡的形式中正可看出作者的学

[①] 郭绍虞主编：《中国历代文论选》第二册，上海古籍出版社1979年版，第132页。

[②] （清）章学诚著，叶瑛校注：《文史通义校注》上册，中华书局1985年版，第560页。

殖与见解，那么可深可浅，又何尝不可以名家呢？"① 郭绍虞所陈述的诗话的长处，也正是批评文体之文学化的长处。

今存宋人编辑的诗话总集，最为著名的有阮阅《诗话总龟》、胡仔《苕溪渔隐丛话》和魏庆之《诗人玉屑》，"玉屑"与"总龟"，形象地道出这三部诗话片断性与整体性相契合的"丛话"特色。《诗话总龟》以类编排，沿袭《世说新语》分门旧例；《苕溪渔隐丛话》以人为纲，习染钟嵘《诗品》品藻遗风；《诗人玉屑》则兼采二体：前十一卷次之以"类"，后十卷第之以"人"。《总龟》以材料见长，引书一百多种，"遗篇旧事，采摭颇详"②，广收诸家，排比异说，录事录诗，兼收并蓄；《丛话》"取元祐以来诸公诗话，及史传小说所载事实，可以发明诗句，及增益见闻者，纂为一集"③，依次评点自"国风"至"本朝"（南宋）诸多诗人，尤为推重开元之李杜、元祐之苏黄，其中关于杜甫、苏轼的篇幅超过全书的四分之一；《玉屑》"用辑录体的形式，编录了两宋诸家论诗的短札和谈片，也可以说是宋人诗话的集成性选编"④，研精诗理诗法在前，识鉴古今人物于后。可见三部诗话形散而神聚，语碎而意全，其体势体貌的共同特征为片断之连缀、玉屑之总龟。

论诗诗和诗话，作为文学性批评文体，本身就有一种境与意相谐和的美。加上论诗诗和诗话的作者多为诗人，其意境之创造正是他们所擅长的。司空图首先是一位诗人，因为他的文论专篇

---

① （清）王夫之等撰：《清诗话》上册，上海古籍出版社1963年版，第2页。

② （宋）阮阅编，周本淳校点：《诗话总龟》前集，人民文学出版社1987年版，第3页。

③ （宋）胡仔纂集，廖德明校点：《苕溪渔隐丛话》前集，人民文学出版社1962年版，第1页。

④ （宋）魏庆之编：《诗人玉屑》上册，上海古籍出版社1978年版，第1页。

第九章　破体：中国文学批评的文体传统及演变规律　　135

《二十四诗品》是一组四言诗，在清虚淡雅的诗句中，蕴含着所评对象的意境和风格之美。如"冲淡"一品中的"犹之惠风，荏苒在衣"，典出陶渊明《归去来兮辞》"风飘飘而吹衣"。陶诗是冲淡的，陶潜的冲淡风格体现在他所营构的诸多意象之中；司空图取陶诗"风之在衣"之象来体貌"冲淡"之品，既有语言风格之美，又有典故意象化之妙。这种美文化、诗意化的言说方式，较之纯理论、纯思辨的言说，更能传冲淡之神，也更能使读者明冲淡之味。又如"缜密"一品有"水流花开，清露未晞"，这是取《诗经》"蒹葭萋萋，白露未晞"之境体貌"缜密"之品，是以水之流续、露之未干点出缜密之风格，是不露声色地将自己的文论思想含蕴在前人的意象之中。

含蕴本来是文学作品的语言风格，而唐宋文论家将含蕴创造性地运用于文学批评，形成像《二十四诗品》这样境与意谐的诗学文本。其实，在司空图之前，钟嵘《诗品》已经用意象评点的方式来品味五言诗了。《诗品》的品第用语中很少有抽象性的概念化的语言，随处可见的是出神入化的比喻，是言近旨远的比兴，是趣味盎然的佚事，是如诗如画的美文。如卷上评谢灵运诗"譬犹青松之拔灌木，白玉之映尘沙"；卷中称"范（云）诗清便宛转，如流风回雪。丘（迟）诗点缀映媚，似落花依草"；卷下评江氏兄弟，"（祜）诗猗猗清润，弟祀，明靡可怀"。钟嵘品评诗歌，还将其诗学思想含蕴在佚闻趣事之中，如"康乐寐对惠连"之神述灵感，"文通梦失彩笔"之妙言才性。

古代文论的批评文体，在美文化的语言风格中，既有偶俪之秀，亦有含蕴之隐；而除了或隐或秀之美，还有奇崛神怪之美。前面提到韩愈的论诗诗，惯用惊人的比喻和突兀的语言，如《调张籍》以"刺手拔鲸牙"喻诗语雄怪，以"举瓢酌天浆"喻诗笔高洁；又如《醉赠张秘书》谓己作"险语破鬼胆，高词媲皇坟"。并非韩愈故作险奇言,这与他的文学主张相关。《送孟东野序》:"大凡物不得其平则鸣……人之于言亦然,有不得已者而后言,其歌也有思,其哭也有怀。"韩愈的文论是为情造文,其文学思想之尖锐,必然酿成语言风格之奇崛。

诗人言诗,将诗意化生存视为对个体生存方式的人格承担。司空图用四言诗写成的《二十四诗品》,如诗如画地描绘出二十四种诗歌意境和风格,比如《典雅》:"玉壶买春,赏雨茅屋。坐中佳士,左右修竹。白云初晴,幽鸟相逐。眠琴绿阴,上有飞瀑。落花无言,人淡如菊。书之岁华,其曰可读。"这是诗的风格,也是人的风度和人格,我们分明看见一位有"典雅"之风的"佳士",赏雨于竹林茅屋而品酒以玉壶,横琴于飞瀑之下而目送幽鸟落花。"落花无言"是佳士的心境,"人淡如菊"是佳士的人品。司空图为我们展示的这幅"人境双清"的图画,是"典雅"之诗风的人格化,因而也是"典雅"之士的人格写照。意境的人格化与人格的意境化,诗意般地铸成"佳士"的生存环境、生存方式和人格气象。甚至可以说,24种诗风就是24种意境、24种人格形象、24种个性化的生存,如《高古》中"手把芙蓉"的"畸人",《自然》中"过雨采苹"的"幽人",《沉著》中的"脱巾独步"之客,《豪放》中的"真力弥满"之士……司空图论诗,最讲究"韵外之致"、"味外之旨"。笔者以为,对于古代文论家来说,诗歌韵味之外的致永之旨趣,就是个体诗意化的生存。

五 文备众体的时代:天地间竟有此等文字

宋人赵彦卫《云麓漫钞》称唐传奇"文备众体,可以见史才、诗笔、议论"①；宋人真德秀《文章正宗》将文体分为辞令、议论、叙事、诗赋，明人彭时称"天下之文，诚无出此四者，可谓备且精矣"②。赵彦卫之"文备众体"与真德秀之"备且精矣"，既是古代文学又是古代文论的重要特征。中国古代文学发展到元明清时代进入总结期，无论是文学创作还是文学批评都可谓"文备众体"：文体博采百家之长，兼综众体之优。形形色色的批评文体秉承议论、诗笔（诗赋）和史才（叙事），既逻辑地说，又诗意地说和叙事地说，从而形成诗性与逻辑性、片断性与整体性以及抒情性与叙事性相生相济的言说方式。明代出现了两部著名的文体学专著：吴讷的《文章辨体》和徐师曾的《文体明辨》，前者认为"文辞以体制为先"，后者指出："夫文章之有体裁，犹宫室之有制度，器皿之有法式也。"③此外，许学夷《诗源辨体》亦强调"别其体，斯得其趣"。④文体特征之辨，成为明代文人经常提及的话题。

元明清是小说和戏曲的时代，故其批评文体，除了诗话之外，又新起小说戏曲评点。之所以谓其"新"，是因为它所批评的对象（小说戏曲）是新兴的文学样式；但小说戏曲评点作为一种批评文体，其实是对前代诸种批评文体的综合。文学批评发展到明清两代，多种批评体式有互相融合的趋势，如选评体中常常有选编者自己或托人所作的序跋，如《唐诗品汇》；选编者或后人会对选本中的诗词进行即兴评论，又与随笔式的诗话相仿，

---

① （宋）赵彦卫，傅根清点校：《云麓漫钞》，中华书局1996年版，第135页。
② （明）吴讷著，于北山校点；（明）徐师曾著，罗根泽校点：《文章辨体序说 文体明辨序说》，人民文学出版社1962年版，第7页。
③ 同上书，第7、71页。
④ 吴文治主编：《明诗话全编》第6册，江苏古籍出版社1979年版，第629页。

如《诗归》；在书信中就文学理论观点进行辩论，把论辩体和书信体结合起来，如李梦阳与何景明。小说戏曲评点则以一种新的批评体式把这种综合提升到了一个更高的层次。

与诗文评相比，小说戏曲评点具有自己的特色：从评点形式上来说，增加了回评、论赞、读法等新的形式；从评点的词汇和名目来说，比诗文评点丰富，出现了"埋伏"、"悬念"、"机变之法"等新的说法；从评点语言来说，比诗文评生动活泼。总之，小说戏曲评点综合了前代诸种批评文体的特色，"评点小说戏曲者，一般前有总评（或总序），后有各章回（折）之分评，这颇似诗歌批评中的大小序；小说戏曲评点有即兴而作的眉批、侧批、夹批、读法、述语、发凡等等，这又与随笔式的诗话相仿。就其批评功能而言，小说评点与前代的序跋体、诗话体更有共通之处：既有鸟瞰亦有细读，既实现了作者与读者的沟通亦申发了品评者独到的艺术感受"[①]。综合各种批评文体，再与小说戏曲这种新的文学样式结合，就出现了独具特色的小说戏曲评点。如果说诗话是批评文体（文论）中的"小说"；小说评点，则是文学文体（小说）中的"诗话"。叙事性文体的种种言说方式，在小说（包括戏曲）评点中都有体现。以清代小说戏曲理论为例，蒋士铨《香祖楼自序》用对话体，凌廷堪《论曲绝句三十二首》用诗歌体，金圣叹《读第五才子书法》用诗话体，等等。

明清的小说评点的语言风格有奇崛之美。我们读李贽、金圣叹等人评点小说的奇文妙语，仿佛是在听豪侠之士的嬉笑怒骂。李贽《忠义水浒传序》以"愤书"解《水浒》，骂"宋室不竞，冠履倒施，大贤处下，不肖处上"，感叹施、罗二公"虽生元

[①] 李建中：《古代文论的诗性空间》，湖北人民出版社2005年版，第98页。

日，实愤宋事"。① 第二十三回回评赞叹《水浒》文字之奇，性格描写是写什么像什么："何物文人，有此肺腑，有此手眼！若令天地间无此等文字，天地亦寂寞了。"② 我想，用李贽的这段话来评点李贽的小说评点，是再合适不过的了。当你被李生或李和尚那些愤怒而真诚、犀利而机智、果断而诙谐的点评所吸引、所打动时，你不得不由衷地感叹：天地间竟有此等文字！

同评《水浒》，同为奇崛，李卓吾是愤懑之奇，金圣叹则是谐狂之奇。圣叹评《水浒传》的人物描写，谲曰："写淫妇居然淫妇，写偷儿居然偷儿，则又何也？噫嘻。吾知之矣。"③ 又，第九回回评喟叹："耐庵此篇独能于一幅之中寒热间作，写雪便其寒彻骨，写火便其热召面……寒时寒杀读者，热时热杀读者，真是一卷疟疾文字，为艺林之绝奇也。"④ 创出"疟疾文字"这类怪诞之语的金圣叹小说评点，亦可称为批评文本之绝奇也。

金圣叹的《水浒》评点是中国文学批评史上颇为精彩的文论叙事，其《水浒传序三》自谓："吾独欲略其形迹，伸其神理。"何为"形迹"？圣叹自释："如必欲苛其形迹，则夫十五国风，淫污居半；春秋所书，弑夺十九。"⑤ 何为"神理"？圣叹强调："普天下之书，诚欲藏之名山，传之后人。即无有不精严

---

① 陈曦钟、侯忠义、鲁玉川辑校：《水浒传会评本》上册，北京大学出版社1981年版，第28页。
② 同上书，第470页。
③ 陈曦钟、侯忠义、鲁玉川辑校：《水浒传会评本》下册，北京大学出版社1981年版，第1018页。
④ 陈曦钟、侯忠义、鲁玉川辑校：《水浒传会评本》上册，北京大学出版社1981年版，第205页。
⑤ 同上书，第11页。

者。何谓之精严？字有字法，句有句法，章有章法，部有部法是也。"① 由此可见，就文学叙事而言，"形迹"指"说什么"，"神理"指"怎么说"。金圣叹之评点《水浒》，其理论兴趣显然是在后者：他不关心《水浒》说了些什么，而关心《水浒》是用什么方式说的，亦即小说的叙事方法及技巧。金圣叹的小说戏曲评点，多用叙事手法。《读第六才子书西厢记法》叙述如何"与美人并坐读之，验其缠绵多情"，如何"与道人对坐读之，叹其解脱无方"。②《水浒传序三》自述儿时读书经历，诗四书如何"意惛如也"，读水浒如何爱不释手以至于"无晨无夜不在怀抱者"。我们阅读金圣叹的评点文字，看其波谲云诡，跌宕起伏，既有思想的创获，又有文学的怡乐。这种阅读享受，是那些与叙事绝缘的纯理论文字所无法给予的。

明清两代，既有以史才（叙事）与议论见长的小说评点，更有兼具诗笔、议论和史才的诗话。明清诗话繁盛，"至清代而登峰造极。清人诗话约有三四百种，不特数量远较前代繁富，而评述之精当亦超越前人"③。明清诗话之中，不仅出现了诸多理论体系完备、影响较大的著作，其论诗内容也逐渐丰富，由初出时只限于记事以资闲谈，到全面系统论述诗歌流派，格律句法、风格特点、流变渊源、批评鉴赏、考订讹误等，"巨细精粗，无所不包"④。此时的诗话之体，已不再是随笔小品和士大夫"绪

---

① 陈曦钟、侯忠义、鲁玉川辑校：《水浒传会评本》上册，北京大学出版社1981年版，第10页。

② （清）金圣叹著，艾舒仁编次，冉苒校点：《金圣叹文集》，巴蜀书社1997年版，第350页。

③ 郭绍虞编选，富寿荪校点：《清诗话续编》上册，上海古籍出版社1983年版，第1页。

④ 郭绍虞：《中国文学批评史》，台北文史哲出版社1988年版，第374页。

余"的点缀之作，而是趋于理论化、系统化和专门化，其典型代表如王夫之《姜斋诗话》、叶燮《原诗》、袁枚《随园诗话》、赵翼《瓯北诗话》等。此外，清代诗话的繁荣与鼎盛还体现在一批辑录成集的诗话丛编的出现上，如何文焕《历代诗话》等，系统盘点了历代诗学成果。清诗话大多有明确的论诗宗旨，如王士禛《渔洋诗话》提出"神韵说"，沈德潜《说诗晬语》提倡"格调说"，袁枚《随园诗话》标举"性灵说"，翁方纲《石洲诗话》提出"肌理说"等。

词话也是诗话的一种。词话始于北宋，至清代而大盛。清代词学中兴，词人辈出、词派纷呈、词的创作与批评皆极度活跃，盛况空前。今人唐圭璋《词话丛编》集历代词话之大成，原版共收录词话60多种，其中清代词话就占40多种。这些词话内容包括词体源流演变、词人佚闻趣事、词作声韵格律和情志意境等，蕴含十分丰富的文论思想。

明清诗话词话，还是前面讨论的小说评点，不仅将史才、议论和诗笔熔为一炉，而且使抒情与叙事相得益彰。钱谦益列诸贤之诗，作《列朝诗集小传》，自谓："使后之观者，有百年世事之悲，不独论诗而已。"[①] 文论家们在叙事中明理，也在叙事中抒情，其事可悲，其情可哀，其理可信。这一类于诗性叙事中出场的文论思想，在它们以理服人之前，已经先行地以情动人了。"文备众体"的明清文论，其言说方式的独特魅力，在于其诗性与逻辑性、片断性与整体性，以及叙事性与抒情性的统一。

近代文论受西学影响，批评文体以"论"（论文和论著）为主，但它们的价值却并不比传统的文学化的批评文体（如诗话词话小说戏曲评点）高。以王国维为例。笔者在一篇文章中曾

---

① （清）钱谦益：《列朝诗集小传》，上海古籍出版社1983年版，第1页。

称王国维为中国文学批评史上"但丁式"的人物,他的《红楼梦评论》和《人间词话》,既是传统文论的终结,又是现代文论的肇始。[①] 就文体样式而言,《红楼梦评论》是标准的论著体,而《人间词话》则是典型的文学化文体。衡其对后世的影响和生命力之久长,《人间词话》却胜过《红楼梦评论》。个中缘由固然很复杂,但"体"之因素不容忽略。

人们常说"理论是灰色的,只有生命之树常青"。所谓理论的"灰色"常常缘于言说方式的艰涩或晦涩。"文备众体"的中国古代文论的言说方式,正好可以疗救纯科学纯理论言说的灰色病症,从而赋予理论以生命之绿。古代文论的诗性言说是天地间的别一种文字,其鲜活、灵动、谐趣、自然,其真实与虚构、寄寓与象征、重言与卮言的相生相济,构成此等文字恒久的学理生命和不可抗拒的诗性魅力。现代学术对理论体系的过分偏爱和对工具理性的过分倚重,常常导致一种学术八股。因此,认真清理和总结古代文论批评文体的"破体"规律,创造性地转换古代文论言说方式的诗性传统,对于打破学术八股,对于重建全球化时代中国文论的诗性魅力,是一件很有意义也很值得尝试的事情。

(原载《襄樊学院学报》2007年第3期)

[①] 李建中:《王国维的人格悲剧与人格理论》,《中南民族学院学报》2000年第1期。

第十章

古代文论批评文体的无体之体

文学研究的一项基础性工作就是《文心雕龙·序志》篇所说的"论文叙笔,囿别区分",也就是文体分类研究。若细分,则有文学文体分类与批评文体分类:前者已有不少成果问世[1],后者则鲜有学者涉猎[2]。笔者曾就批评文体的分类研究作一些尝试,发现很难确立一种能有效地适用于各个时代的分类标准和方法,若勉强分类则连排他性、同一性和穷尽性这些基本的分类学原则也难以执行。山穷水尽之时,忽生柳暗花明之思:中国古代文论批评文体的分类研究是否可能?难以分类的古代文论批评文体是否是一种"无体之体"?这种"无体之体"如何生成如何演变如何(或者能否)对当下文学批评书写产生影响?

---

[1] 这方面的代表作有褚斌杰《中国古代文体概论》(北京大学出版社1998年版)、吴承学《中国古代文体形态研究》(中山大学出版社2002年版)和郭英德《中国古代文体学论稿》(北京大学出版社2005年版)。

[2] 蒋原伦、潘凯雄:《历史描述与逻辑演绎——文学批评文体论》(云南人民出版社1994年版)将批评文体分为"隐喻型"、"演绎型"、"总龟型"和"对话型"四类,着眼于话语方式,与文体类别并无多大关联。

一　古代文论批评文体生成的三个阶段

刘勰对文学文体"囿别区分"的四项基本原则,第一项就是"原始以表末"。文学文体的原始是"诗"与"赋",若作二级分类则名目众多,如《昭明文选》诗分23类,赋分15类。那么,批评文体的原始是什么?《四库全书总目》卷一九五《诗文评类一》序云:"建安、黄初,体裁渐备,故论文之说出焉,《典论》其首也。"① 诗文评是严格意义上的文学批评,依四库馆臣之见,魏文《典论》之"论"体当为批评文体之首。但这里有两个问题:一是魏文《典论》已佚,据《全三国文》卷九所辑佚文,可知《典论》不仅止于"论文",而几乎囊括了《文心雕龙·论说》篇所列举的"论"体之四大条流:陈政、释经、辨史和诠文。二是"论"体并不始于魏文,早在周秦诸子之中已有"庄周《齐物》,以论为名"(《文心雕龙·论说》)。简言之,魏文《典论》既非"论"体之首,其《论文》亦非批评文体之始。

有学者指出:"特定的文体源自于人们特定的行为方式,人们同一种行为方式的反复出现,便伴生着同一种文本方式的反复出现,亦即伴随着同一种文体的反复写作,以适用特定的社会需要。"② 笔者以为,关于行为方式与文本方式之伴生关系的概括,可能适于文学文体却并不适于批评文体。先秦诸子时代,从舜帝命夔典乐到季札鲁国观乐,从孔子删诗用诗到孟子解诗说诗,从

---

① (清)永瑢:《四库全书总目》下册,中华书局1965年影印本,第1779页。
② 郭英德:《中国古代文体学论稿》,北京大学出版社2005年版,第202页。

第十章　古代文论批评文体的无体之体

墨子非乐到荀子论乐，文学艺术批评这类行为方式反复出现，但这些行为方式并非伴生着相应的文本方式。或者说，舜帝、季札以及孔、墨、孟、荀诸子的文学批评行为和思想观念，并不是以文学批评的文本方式出现，而是分别寄生于非批评文本之中。①郭绍虞、王文生主编《中国历代文论选》，先秦时期共选八家，若依据我国传统的四部分类法，则两家归于"经"（《尚书》和《诗经》），六家归于"子"（《论语》、《墨子》、《孟子》、《商君书》、《庄子》和《荀子》）；若依据现代的文史哲三分法，则《诗经》为文学类，《尚书》为史学类，语、孟、庄、荀等属于哲学类。

整个先秦时期，论及文学文体，南方有"骚"，北方有"诗"；论及批评文体则南北皆无，若强曰之或可称为"寄生体"：先秦文学理论批评以片断的话语方式寄生于非批评文体之中。以《孟子》为例。《孟子》并非文学批评文体，而是哲学类之中的论辩体，或者说是子书类之中的对话体。但《孟子》七篇，篇篇都有解诗说诗的内容，篇篇都有文学批评。孟子关于《诗经》批评的思想和理论，寄生于哲学之论辩体或子书之对话体之中。比如关于文学批评和鉴赏，《万章》上有"以意逆志"之论，《万章》下有"知人论世"之说：前者是在讨论舜的忠孝问题时提及，后者则是在阐发善士交友的层级问题时慨言。孟子之论诗恰如孔子之用诗：《学而》有"如切如磋"之议，《八佾》有"绘事后素"之叹，二者的语境都不是诗学批评而是礼乐教化。据此可知，先秦批评文体的"寄生"亦为"随意"：诸子的文学批评思想"随"其哲学—文化之"意"出场，诸子的

---

① 关于先秦文论批评文体的寄生性特征，可参见李建中、阎霞《从寄生到弥漫——中国文论批评文体原生形态考察》，《华中师范大学学报》2004年第5期。

文学批评言说寄生于哲学类文体之中：对于先秦批评文体而言，前者彰显文化色彩，后者标示"无体"特质。

一般认为，出现于汉代的《毛诗序》是中国文学批评的第一个专篇。的确，与先秦批评文体相比，《毛诗序》既非"寄生"，又非"随意"，而是篇体独立，意旨集中，围绕《诗经》批评，提出以"风教"为中心的儒家文学理论观念。那么，能否据此断定中国文学批评的"无体"时代到汉代就结束了呢？《毛诗序》的文体是"序"，序体本源于经史，于经是敷赞其意，于史是自述其情，故刘知几《史通》论"序"，称其功能是"先叙其意"、"曲得其情"，称其特征是"文兼史体，状若子书"。[1] 郭绍虞《中国历代文论选》两汉部分除《毛诗序》外还选有《史记·太史公自序》、《论衡·自纪》和《楚辞章句序》。这四篇序，所序（叙）之对象或主体依次分属于经史子集四部，所叙之内容既有文学也有历史和哲学。可见"序"这一文体是很难归类的，无论是依据传统的经史子集四部，还是现代的文史哲三门，都很难确定"序"属于哪一部、哪一门。

序不是文学批评文体，至少不专属于文学批评文体。上述两汉文论中几篇著名的"序"均可称之为"借用"：借用已经存在甚至较为流行的非批评文体来言说文学理论批评。就批评文体而言，两汉的"借用"与先秦的"寄生"一样，依然是无体；但是，两汉的"借用"已不同于先秦的"寄生"：两汉文论开始独立而非寄生地、集中而非片断地、自觉而非随意地言说文学批评。两汉文论不仅借用源出于经史的"序"体，还借用历史文类的史传体和史志体。司马迁《史记》的《屈原贾生列传》和

---

[1] （唐）刘知几著，黄寿成校点：《史通·序例》，辽宁教育出版社1997年版，第25页。

《司马相如传》，围绕三位作家的文学创作（创作经历、创作心理、作品选录及评点等）展开，且篇末的"太史公曰"则为司马迁文学批评思想的直接呈现。班固《汉书》之言说文学批评，除了继承司马迁"史传体"传统列有《司马迁传》、《司马相如传》和《扬雄传》，还新增了"史志体"如《艺文志》和《礼乐志》。此外，王充《论衡》之言说文学批评，虽然也有先秦子书式的寄生和随意，但也有比较集中而专门的论述，如《艺增》之论艺术夸张和《超奇》之论创作主体，此二篇均可视为两汉文学批评对子书体的借用。这种借用的方式，从两汉延续到魏晋南北朝乃至隋唐，其中最为著名的是陆机用赋体"得为文之用心"，刘勰用骈体析文心雕文龙，李杜韩柳等大诗人用诗体品诗论文。"赋"和"诗"是典型的文学文体，"骈"则既可以是文学文体又可以是用于各种文体之写作的语体。

六朝以降，古代文论批评文体除了借用之外，又出现一种新的方式：仿制，即仿其体制而变其文辞。李白、杜甫刚开写论诗诗时，还是借用"诗"这种文学文体来言说文学批评，由于李杜在诗坛的地位，也由于"以诗论诗"这一批评方式的新颖独到、言简意深且便利快捷，故仿制者众。仅以唐宋两代的著名诗人为例，唐代有韩愈、柳宗元、白居易、元稹、杜牧、李商隐等，宋代有欧阳修、王安石、苏轼、陈与义、陆游、杨万里等。今人郭绍虞、钱仲联、王遽常汇集唐至清末的论诗诗，编成《万首论诗绝句》。

唐末司空图的《二十四诗品》也是以诗论诗，不同之处：它不是五言、七言绝句，而是四言组诗；它不是即兴的零散的作家作品之品评，而是系统的整体的风格意境之体貌。表圣《诗品》因其批评文体及方式的独特性，故问世之后仿制者众。《诗品》的历代仿制者之中，最为著名的当推清代袁枚的《续诗品》,袁枚称司空图的《诗品》"只标妙境,未写苦心",故要写若干首续之。袁枚前后,仿《诗品》者代不乏人,郭绍虞《诗品集解》附录部分专辟《演补》一门,"辑录本于《诗品》而衍述之作",依次为顾翰《补诗品》,曾纪泽《演司空表圣诗品二十四首》,马荣祖《文颂》,许奉恩《文品》,魏谦升《二十四赋品》,郭𪊧《词品》,杨夔生《续词品》。① 这些仿制之作,所品对象或文或赋或词,而所品之方法与司空图一样:同是四言组诗,同是以两个字作子目。如果说,袁枚的续作写创作之苦心,尚有些微新意;那么袁枚之后的仿制者,通过模仿袁枚来模仿司空图,是模仿之模仿。郭𪊧《词品·序》自谓"以其途较隘,止得表圣之半"②,虽是谦辞,却也是大实话。叠床架屋,能得原作之半就已经很不错了。这也就是顾炎武《日知录》卷十九所说:"效《楚辞》者,必不如《楚辞》;效《七发》者,必不如《七发》。"③

当然,在批评文体的仿制者中,也有踵事增华、后来居上的。唐代孟棨的《本事诗》,虽然只有短短的七题,但旁采故实,既为后来说诗者知人论世、以意逆志提供了第一手资料,又为后来写诗者提供了鲜活的素材和生动的启示,故此种批评方式为后世所仿制:南宋计有功有《唐诗纪事》81卷,清人厉鹗有《宋诗纪事》100卷,清末陈田有《明诗纪事》187卷,业师钱仲联先生的《清诗纪事》卷帙更巨。同样是以诗系事,阐明诗之本事,后来的各朝诗纪事,无论是资料之翔实、伦次之精当以

---

① 参见郭绍虞《诗品集解 续诗品注》,人民文学出版社1963年版,第81—141页。
② 郭绍虞:《诗品集解 续诗品注》,人民文学出版社1963年版,第134页。
③ (清)顾炎武著,黄汝成集释:《日知录集释》中册,上海古籍出版社2006年版,第1098页。

及读者检索之便利,都是胜过孟棨《本事诗》的。本事诗始于唐,诗话则始于宋,继刘攽《中山诗话》、欧阳修《六一诗话》之后,仿制者同样是代不乏人。历代诗话中虽然也有模拟之制,但更有秀拔之作,如宋代《石林诗话》、《沧浪诗话》,明代《怀麓堂诗话》、《艺苑卮言》,清代《姜斋诗话》、《原诗》等。

二 古代文论批评文体与文、史、哲的互渗

我们说中国古代文论批评文体是"无体之体",并非说古代文学理论批评没有自己的文体。《四库全书总目》所标举的五例诗文评著作,实为古代文论常见的批评文体:"(刘)勰穷文体之源流,而评其工拙;(钟)嵘第作品之甲乙,而溯厥师承。为例各殊。至皎然《诗式》,备陈法律;孟棨《本事诗》,旁采故实;刘攽《中山诗话》、欧阳修《六一诗话》,又体兼说部。后所论著,不出此五例中矣。"[1] 这五例若辨其文体则有"论"与"说"两类:勰著为论;后四种皆为诗话[2],而诗话"体兼说部",其源头在笔记小说,与《四库全书》子部的"小说家"同类。由此可见,即便是最典型的批评文体,实质上与哲学类的论体和文学类的说部有着密切的关联。前述古代文论批评文体的发生及演变,周秦之"寄生"已经使其先天性地具有无体无界之特性,而两汉以降之"借用"和隋唐以降之"仿制",又使其逐

---

[1] (清)永瑢:《四库全书总目》下册,中华书局1965年影印本,第1779页。
[2] 钟嵘《诗品》、皎然《诗式》、刘攽《中山诗话》和欧阳修《六一诗话》均收入清人何文焕辑《历代诗话》,孟棨《本事诗》收入近人丁福保辑《历代诗话续编》。

渐秉有文学之诗性、历史之叙事性和哲学之论辩性。比如《戏为六绝句》、《史记·屈原贾生列传》和《论衡·超奇》均为批评史名篇，属批评文体；但它们又是文、史、哲名篇，依次属于文学类之诗体、史学类之传记体和哲学类之论体。或者这样说，这三例批评文体分别与文、史、哲三大类的子文体发生了互渗关系，这也是古代文论批评文体"无体之体"的重要表征。就"文体"一词的广义诠释而言，它除了指称体裁（体制），还可以指称表达方式（体式、语体）和风格（体貌、体性），而批评文体在"体式"和"体貌"这两大层面，从文、史、哲三大类的诸多子文体中获取了丰富的资源和营养。

　　古代文论批评文体在先秦的"寄生"，其母体主要是经书和子书，而经书和子书大体上属于哲学文本，故批评文体从寄生中获取了哲学文本的论辩性和言意观。先秦是百家争鸣的时代，每一家都希望自己能"鸣"而惊人，"鸣"而醒世，"岂好辩哉，不得已也"是辩者的自白，"圣人复起，必从吾言矣"是辩者的自信。这种自白和自信，我们在后周秦时代的批评文本中能经常见到。不说严沧浪的"真取心肝刽子手"[1]，也不说李卓吾的"更说什么《六经》更说什么《语》《孟》乎"[2]，仅以魏晋南北朝为例：曹丕《典论·论文》高扬"经国大业，不朽盛事"，曹植《与杨修书》盛赞"南威之容，龙渊之利"，钟嵘《诗品序》斥责沈约声律"伤其真美"，刘勰《文心雕龙·序志》批评近代论文者"无益无生之虑"……何等自信，又何等坦诚！后世批评文体的这种体性和体貌，是从先秦之寄生中得来的。

---

[1] （宋）严羽著，郭绍虞校释：《沧浪诗话校释》，人民文学出版社1961年版，第251页。

[2] （明）李贽：《焚书 续焚书》，中华书局1974年版，第277页。

先秦百家要鸣而惊人，光靠自信是不够的，还要借助独特的且行之有效的语言方式，这就使得诸子各家很看重言意关系，如孔子讲辞达而已，孟子讲以意逆志，周易讲立象尽意，左传讲文辞立功……周秦诸子的言意观中，对后世批评文体影响最大的还是庄子的"得意忘言"和"言不尽意"。《庄子·寓言》有"终身言，未尝言"，未尝言不是不说，而是说了等于没有说。庄子说道，而道不可说，对于"道"而言，庄子所有的"言"都是白说，都是不言。而正是这种"白说"，铸成庄子文体的语言魅力。庄子的"三言"均有"不言"内涵：寓言是"借外论之"，是博喻之言，故"外"言而"内"不言，喻体（寓言）言而本体（道）不言；重言是借重他人之言言之，他人言而己（论者）不言；卮言是无心之言，自然之言，自然言而心不言。不言之言是无体之体在语言方式上的表现，受庄子不言之言的影响，中国古代文论批评文体多采用比兴、意象、隐喻等语言方式，如陆机《文赋》论应感（创作灵感），刘勰《文心雕龙》论神思（艺术想象），司空图《二十四诗品》论体貌（艺术风格），用的是一系列的比兴和隐喻，这就好比《庄子·逍遥游》的寓言套寓言、隐喻接隐喻。

古代文论批评文体在两汉所"借用"的最先是史书体，故批评文体从借用中率先获取历史文本的叙事性。《史记》为二十四史之首，亦为古代文论叙事之先，批评文体中一个常见的文类（文学家传记）就是从《史记》开始的。司马迁先是在对屈原"忧愁幽思而作《离骚》"之创作过程的叙述中，揭示出"人穷则反（返）本"、"劳苦倦极、疾痛惨怛则呼天、呼父母"的艺术心理学规律；继之在"幽于缧绁，身毁不用"的悲剧性自述中，喊出一个震撼千古的口号："发愤著书"！在某种意义上说，正是因为"发愤著书"在叙事中出场，它才会有如此强烈的震撼力和如此恒久的生命力。后来沈约著名的声律论和白居易著名的新乐府纲领也是在叙事的语境中出场的。而继唐人孟棨《本事诗》之后的历朝历代的"诗纪事",以诗系事,以事(史)明诗,更是历史叙事对批评文体的影响。刘知几《史通·叙事》有"以文叙事"之说,道出在"叙事"这一点上"文史不分"的传统。"史"之叙事必借助于"文",而"文"之批评和理论又常寄生于"史"。"史"的叙事者,同时也是"文"(文学和文论)的叙事者,如司马迁、班固、沈约、刘知己、欧阳修、司马光、冯梦龙、顾炎武、黄宗羲、王夫之、章学诚等。他们或者在自己的史书中讨论文学理论问题,或者在史书之外另有文学理论的专门著述,或者其著作兼有史学(理论)与文学(理论)的双重性质。

中国古代的历史叙事大体上可以分为两大类型:实录与说话。前者是正史是宏大叙事,后者则是对历史的民间性或私人性讲述。正史关乎人伦教化、经世致用,最看重"信史"精神,故正史叙事的良史之才、信史之德,施之于文论叙事,便铸成古代文论批评文体的用世品质、批判精神,以及尚简、尚质的语言风格。说话(讲史和野史)则须"拍案惊奇"、"传奇贵幻",可以是为了警世喻世醒世,也可以是为了闲适于文游憩于艺。而正是在"闲适"或"游憩"这一点上,"说话"类的历史叙事对古代文论的叙事产生了更大的影响。欧阳修撰《新五代史》和《新唐书》,虽说是以私家的身份修改正史,但仍然属于经世致用的宏大叙事;而当他晚年"退居汝阴",在琴、棋、书、醇之间集诗话"以资闲谈"时,六一居士秉承的是"说话"类的私人性叙事传统。欧阳修之后,司马光也同样兼营"实录"与"说话"两类叙事:前者有《资治通鉴》,后者有《温公续诗话》。司马光《温公续诗话》开章便言:"诗话尚有遗者,欧阳公文章名声虽不可及，然记事一也，故敢续书之。"[1] 官修正史是记事，私修正史也是记事；实录是记事，说话也是记事。司马光的"记事一也"，既道出两类历史叙事的共同之处，也道出历史叙事与文论叙事的互通互渗。就后者而论，我们还可以举出明万历年间的王世贞和李贽：王世贞《弇州山人四部稿》属杂史类，而其中的《艺苑卮言》则是文论名篇；而李贽的文学思想则既可见之于以"文"为主的《焚书》，亦可见之于以"史"为要的《藏书》。

古代文论批评文体在隋唐之后被仿制得最多的是论诗诗和诗话，前者是诗体，后者是笔记小说体，均属于文学文体；而在此之前，古代文学理论批评所借用的文体除了"史"外更有"文"。因此，古代文论批评文体在借用仿制的过程之中获取了文学文本的诗性或文学性。诗性言说是古代文论批评文体最为本质的特征，前述取之于历史文本的叙事性和取之于哲学文本的言意观及论辩性均可纳入诗性言说这一特质之中：叙事也是文学作品常用的手法，言外之意也是文学家的追求，而论辩之中的对话体也是一种文学文体。当然，在中国文学批评史上，自觉地用文学性语体撰写文学理论专著，刘勰为第一人。刘勰有成熟的文体意识，他清楚地知道文与笔异区，诗与论别囿，可是他自觉而成熟地选择了用骈文这一纯粹的文学性语体来讨论文学批评和文学理论问题。刘勰的这一选择具有里程碑意义，因为他开创了中国文学批评史的一个伟大而悠久的传统：诗性言说。体制（体裁）的文学性，体式（表达方式）的隐喻性，体貌（风格）的审美性，三者共同构成《文心雕龙》也是整个中国古代文论批评文体的诗性特征。

---

[1] （清）何文焕辑：《历代诗话》上册，中华书局1981年版，第274页。

隋唐以降，最常见的批评文体是论诗诗和诗话。唐人以诗论诗，批评文本与批评对象采取了完全相同的文体样式，文学批评诗性地说，意象地说，诗中有画，论中亦有画，于是论成了诗，批评文本弥漫着文学性，文学性统治着批评文本。这种文学性成分对批评文体的弥漫和统治，我们从后来的诗话中亦能鲜明地感受到。"诗话"之名虽始见于北宋，诗话之源却在六朝：历代诗话的文体源头是六朝笔记小说，故诗话这一批评文体秉有纯正的文学性"血缘"。《世说新语》是志人小说，而书中随处可见的诗人轶事、诗坛掌故、诗文赏析之类，若将之另辑成集，就已是典型的"诗话"了。《世说新语》叙事的简洁、灵动、传神等特征，在六朝之后大量诗话体（包括词话、曲话和小说评点等）批评文本中我们都能见到。《四库全书总目提要》称胡仔的《苕溪渔隐丛话》"琐闻轶句则或附录之，或类聚之"，又称阮阅的《诗话总龟》"多录杂事，颇近小说"。今人校点《诗话总龟》，谓是书"多采小说家言"，而且说"如从事说部的辑佚工作，《诗话总龟》应该算是可供开掘的宝藏"①。就文体样式及其话语方式的文学性而言，诗话是完全可当作小说来欣赏和研究的。古代文论这种文学性一直保存并生长着，直到清末民初，像王国维的《人间词话》从体制到体貌，完好无损地保持了古代文论批评文体的文学性；《红楼梦评论》虽说已具备现代学术文体的雏形，但其中的语体（如第一章"此犹积阴弥月，而旭日杲杲也"一段文字）并不乏文学味道，或者说是古典文学性在现代批评文本中的遗留或涵泳。

---

①　周本淳校点：《诗话总龟·前言》，人民文学出版社1998年版，第4页。

三 "无体之体"与当下文学批评的文体病症

按照现代学术分科治学、分体撰文的规范,文、史、哲三大类已是门户森严,而"文"之中的文学创作与文学理论批评也是区囿判然:创作有诗歌、小说、散文、戏剧文学四体,理论批评基本上是格式规范的学术论文和专著。就批评文体而言,若用现代文体模式去审阅,中国古代文论的批评文本没有一篇一部是合乎规范的。论体制(体裁),从哲学类的论、说、议、对到史学类的传、赞、志、表,从文学类的诗、词、赋、话到实用类的序跋、书信、碑诔,几乎每一种文体都可以用来书写文学批评;论语体(语言模式),有骈有散,有文有笔;论体格(修辞格调),有比有兴,有秀有隐;论体貌(风格),有俗有雅,有正有奇;论体式(表现方式),有抒情有叙事,有议论有评点……中国古代文论批评文体几乎是无体不用,无体不有。博采众体,包括众体,涵泳众体,融通众体,这便是古代文论批评文体的无体之体。

与古代文论的"无体"相反,现代文论是有体的:就大的门类而言,现代文论的书写可分为两大类:学院批评与传媒批评。若作第二级分类,则学院批评主要是学术论文与学术专著,而媒体批评主要是报道与评论,实际上是一些篇幅短小的、不怎么规范的学术论文。因此,我们今天常见的批评文体不外乎两种:文章与专著。而这仅有的两种又常常相互关联、相互缠绕:专著是文章的集合,文章是专著的分解。体裁的单一还不是问题的要害,连最应该具有个性化特征的体貌(风格)和体式(语言表达方式)同样是单一的。一样的文体框架,一样的段落层次，一样的句型句式，一样的语格语调，一样的体性体貌。古代文论批评文体"无体之体"的传统被中断，古代文论所特有的生命感悟和诗性言说被丢弃，剩下的是批评文体的格式化，是言说方式的枯涩和单一。

钱钟书《谈艺录》论"文体递变"，引宋人林光朝（字谦之）《艾轩集》辨韩柳文体之别：

> 林谦之光朝《艾轩集》卷五《读韩柳苏黄集》一篇，比喻尤确。其言曰："韩柳之别犹作室。子厚则先量自家四至所到，不敢略侵别人田地。退之则惟意之所指，横斜曲直，只要自家屋子饱满，不问田地四至，或在我与别人也。"即余前所谓侵入扩充之说。子厚与退之以古文齐名，而柳诗婉约琢敛，不使虚字，不肆笔舌，未尝如退之以文为诗。艾轩真语妙天下者。[①]

柳宗元恪守文体格式，"不敢略侵别人田地"；韩愈则敢于打破不同文体之间的区囿或界域，"惟意之所指"。钱钟书这里的"侵入扩充之说"，实则是褒扬韩愈的以文为诗；而本文前述古代文论批评文体对诗、赋等文学文体的借用，可称之以诗为文，是别一种意义上的"侵入扩充"。从更为宽泛的意义上说，中国古代的文学理论家，如果没有这种"侵入扩充"的才胆识力，就不会有古代文论批评文体的无体之体。而中国当下的文学批评书写，缺乏的正是文体层面上的"侵入扩充"。同样是文学批评的写作，司马迁用传记体，刘勰用骈体，白居易用书信体，严羽用诗话体……依现代人的眼光，上述诸文本都不合规范，都

---

① 钱钟书：《谈艺录》，中华书局1984年版，第34页。

是"侵入扩充",严格来说不是(学术)论文或专著。然而,我们是否做过这样的设想:在司马迁、刘勰或者白居易、严羽的时代,如果文论家都按统一的文体模式书写文学批评,还会有真正意义上的文学批评吗?

当下文学理论批评书写的格式化还不是问题的关键,格式化只是症状,要害是工具化。前者是因,后者是果,因为只有被格式化的东西才能成为工具,用起来既方便又实惠。笔者所说的"工具"有两层含义:一是作为论证西方批评理论的工具,一是作为兑换利益的工具。20世纪以来,中国文学理论批评的传统基本上被中断,从批评观念到批评方法,从入思方式到书写方式,中国文论基本上是奉行"拿来主义":欧美的、苏俄的、日本的……中国文论既丢失了自己的理论话语,又丢失了自己的批评文体,走上了一条失"语"失"体"的双失之路。20世纪80年代以来,从萨特到萨义德,从现代到后现代,从结构到解构,各种版本各种主义的西方文化和文学思潮席卷着中国文论,将中国文论工具化,将中国文论变成论证西方理论的工具。中国文论,无论是丰厚的传统还是丰富的现实,无论是复杂的理论还是生动的实践,在体式单一的批评文本中,其功能和价值也是单一的:即异域理论的本土证据。我们看古代文论之中也有异域文化的影响,比如刘勰和严羽都是深受佛教影响的,但在刘勰那里,佛教是一种思维方式;在严羽那里,佛教是一种言说方式。而中国古代文学理论批评的书写,从来没有沦为佛教的工具;相反,佛教成为可供中国古代文论所借鉴的思维方式及言说方式。

工具化的批评文体,对外是去论证别人的理论,对内则是要实现自己的利益。就后者而言,批评文本的写作是为了兑换:兑换学位,兑换职称,兑换项目,兑换奖励,兑换红包,兑换一切可以兑换的东西。刘勰《文心雕龙·情采》篇主张"为情造文",反对"为文造情"。古代文论的批评文体是一种文学性书写,也是为情造文。我们以书信体为例,如司马迁《报任安书》、曹丕《与吴质书》、曹植《与杨修书》、白居易《与元九书》、韩愈《答李翊书》、柳宗元《答韦中立论师道书》,等等,都是批评史上的名篇。这些书信体的文学批评,为情造文,情真意切,以情动人,理在情中。古代文论中也有"为文造情"的,即便如此,至少还有文采在;而为利写作,情无,文亦无。理论写作当然有功利性或实用性的一面,但对文学批评来说,更多的、更本质的应该是文学性和审美性。在现代社会工具理性的统治下,批评文本的文学性消退了。因此,在批评文体的层面,我们尤其需要吸纳古代文论的诗性传统,需要用古代文论批评文体的"无体之体"疗治当下文学批评的文体病症。

文学理论批评是一种创造性劳动,而批评文本作为创造的结果,理应有自己独立的生命和独特的魅力。格式化已经是对其生命和魅力的戕贼和阉割,工具化则是对生命的窒息,最终的结果是导致批评文体的平面化。批评文体的"体"字,古汉语写为"體",本义为身体、生命之总属。[①] 当"体"之原始义延伸至文学理论批评时,其相关术语如体性、体貌、体格、体势等,无一不彰显出生命感和个性化。《文心雕龙》论"体",既讲"风清骨峻"之生命感,又讲"才性异区"之独创性。古代文论即便是在比喻的意义上讲"体",也是有生命意味的。《池北偶谈》卷十八引林光朝《艾轩集》将苏轼与黄庭坚作品的体貌之别,

---

[①]《说文·骨部》:"体,总十二属也。从骨,豊声。"段玉裁注称"十二属"为身体的十二个部分,即顶、面、颐、肩、脊、尻、肱、臂、手、股、胫、足。见(汉)许慎撰,(清)段玉裁注《说文解字注》,上海古籍出版社1981年版,第166页。

第十章 古代文论批评文体的无体之体

比喻为丈夫与女子之接客："譬如丈夫见客，大踏步便出去，若女子便有许多妆裹，此坡谷之别也。"一个是豪放旷达，一个是犹抱琵琶。[①] 这一段批评文字，其语体、语式灌注着生机和灵气，涵泳着个性和神韵；而它所评论的对象（苏、黄）更是各有其灵性、各有其神韵的。

中国文论批评文体之演变的总体趋向，是由古代的"无体"走向了现当代的"有体"；但古代文学理论批评"无体之体"的影响，至少在20世纪还有流风余韵：比如鲁迅杂文批评的卓吾体貌，周作人小品文批评的晚明韵味，钱钟书谈艺管锥的诗话体制，朱自清的"经典常谈"，宗白华的"美学散步"，李健吾的"印象批评"，李长之的"传记体批评"，沈从文的那些可与《边城》和《湘行散记》相媲美的评论文字等，均在不同程度上承续了古代文论"无体之体"的文体传统。庄子将自己的文章称为"无端涯之辞"，柳中元《答韦中立论师道书》告诫后学"参之庄、老而肆其端"。端者，边界也。庄子的文体没有边界，正如庄子的思想没有边界。可见批评文体不仅仅是一个言说方式的问题，它直接影响言说内容，影响批评思想的创生和传播。

认真清理中国文学批评"无体之体"的文体传统并揭示其演变规律，对于"破"当下文学理论批评写作的格式代、工具化、平面化之弊，对于针砭当下流行的种种文体病症，有着重要的理论价值和实践意义。而这一个工作最先可以在两个端点同时展开：一是在探求古代文论批评文体的文化之源与文字之根的基础上重塑"體"之生命尊严感和个体独创性，二是考察中国古典批评文体在现代文学批评中的"复活"或"再生"。两端归于

[①] 钱钟书：《谈艺录》，中华书局1984年版，第34页。

一致：将传统形态的"怎么说"转化为现代形态的"怎么说"，从而在批评文体的层面率先实现古代文论的现代转换。

（原载《文学评论》2009年第2期）

第十一章

汉语批评的文体自由

何为"文体自由"？批评家可以选择任何一种文体来书写自己的文学理论和批评。仅以魏晋南北朝为例，同样是一流的批评家，同样是经典的批评文本，曹丕《典论·论文》用论说体，曹植《与杨德祖书》用书信体，陆机《文赋》用辞赋体，刘勰《文心雕龙》用骈俪体，钟嵘《诗品》用诗话体，萧统《文选序》用序跋体……翻一翻郭绍虞主编的《中国历代文论选》四卷本，从《尚书·尧典》到《人间词话》，汉语言书写所能用到的文体，哪一种哪一类没有被古代文论家用作文学批评文体？

古代批评家的文体自由是如何获得的？文体自由对于文学批评的意义何在？文体自由在现当代文学批评中遭遇何种命运？这种命运给予我们何种启示？这些，正是本章要探讨的。

一 "文体自由"的获得

朱光潜在评价维柯《新科学》的"历史方法"时指出："事

物的本质应从事物产生的原因和发展的过程来研究。"① 在某种意义上说，事物的起源影响甚至决定事物的本质及其特征，"文体自由"作为中国古代文论批评文体的本质性特征，它的产生或获取，是由批评文体在其滥觞期的"寄生"和"外借"形态所决定的。

先秦文论没有自己的批评文体，其文学批评只能以只言片语的方式寄生于经、史、子、集之中。"诗言志"是中国文论开山的纲领，它寄生于《尚书》之《尧典》；"季札观乐"是对"诗言志"的极好的说明或展开，它记载于《左传》之襄公二十九年；原始儒、道的文艺思想，则分别散见于《论语》、《孟子》、《荀子》与《老子》、《庄子》等；《诗经》的一些篇什中亦有文学思想，而且采取的是被后人称为"以诗论诗"的方式。我们知道，《尚书》是五经之一，《左传》是史书之首，语孟老庄是子书，《诗经》是中国文学史上第一部诗歌总集，可见先秦经、史、子、集中皆有对文学批评和文学思想的言说；或者反过来说，先秦文学批评皆寄生于"他者"（经、史、子、集这些非批评文体）之中。经史子集是传统的分类方法，若依照现代的分类方法，则先秦文论言说所寄生的文体可谓多多：诗歌体、对话体、语录体、寓言体、史传体、议论体，等等。

汉代文论的研究对象主要是《诗经》和《楚辞》，故汉代文学批评的代表作是《毛诗序》、郑玄《诗谱序》、班固《离骚序》、王逸《楚辞章句序》等。就文本的外观和内质而论，这些"序"均可独立成体，而且是专门讨论文学批评和文学理论问题，已经不属于先秦式的寄生性言说。但是，"序"这个文体在

---

① 朱光潜：《西方美学史》上卷，人民文学出版社1979年版，第332页。

汉代是经学和史学的附庸①：诗之序是《诗经》的传注，骚之序则是依经立论；而与文学批评相关的《史记·太史公自序》以及《史记》、《汉书》中志、传之类的短序，则是汉代史籍的组成部分。因此，从文体分类的角度来考察，"序"这种文体是汉代文学批评从"经部"和"史部"那里借来，或者说是汉代文学批评的"外借"式言说。需要指出的是，即便是在"序"这种外借文体中，亦有"寄生"成分，如前述《太史公自序》并非独立完整而是片断式的文学批评，其他如扬雄《法言序》、王充《论衡·自纪篇》等子书的序亦属此类。由此可见，"寄生"和"外借"成为先秦两汉文论之批评文体的主要形态或方式。

中国古代文论，在其滥觞期"文体寄生"和"文体外借"的过程之中，逐渐形成了汉语批评的文体自由；或者可以这样说，因为滥觞期的文学批评书写所寄生的母体所外借的对象可以是任何一种文体，故此特征从源头和根基上赋予古代批评家以文体自由。从事诗文评写作的批评家，一旦获得这种"文体自由"便爱不释手，即便是到了文体意识日趋成熟、文体分类日趋精细的时代，批评家们仍然不肯放弃自己的文体自由。

汉魏之际，曹丕作《典论·论文》，既从体制（体裁）层面区分"诗赋"与"书论"，又从体貌（风格）层面区分文学性之"丽"与论辩性之"理"。西晋陆机作《文赋》，因"体有万殊"、"为体也屡迁"而将文体一分为十，并指明各体"殊"在何处"迁"往何方，比如"诗缘情而绮靡"，"论精微而朗畅"，他自己就有"缘情"的《赴洛道中行》和"精微"的《辨亡论》。稍后，挚虞《文章流变》和李充《翰林论》的文体分类均

---

① 褚斌杰先生认为，"序的正式出现大约由汉代开始"，见褚斌杰《中国古代文体概论》，北京大学出版社1990年版，第390页。

有十多种。到了刘勰《文心雕龙》，用后来《四库总目提要》的话说，干脆就是"穷文体之源流，而评其工拙"。刘勰的文体分类依次有三个层面：首先，将所有的文体划为"文"与"笔"两大类；其次，在文类与笔类之下再分为总共33种文体；最后，在每一种文体之下又分为若干子目。比如"论"体，向上，它属于无韵之笔；向下，它依据其功能的不同又可分为陈政、释经、辨史、诠文四条流，其中"诠文"之"论"大体上属于我们今天所说的文学理论和文学批评。

深谙文体理论的魏晋南北朝文论家，本应按照他们所制定的分类原则来使用不同的文体，诗赋归诗赋，书论归书论：有韵之诗赋用之于创作，无韵之书论用之于批评。但事实并非完全如此。如果说曹丕的《典论·论文》用的是无韵之"论"体，而陆机的《文赋》和刘勰的《文心雕龙》用的则是有韵之"赋"体和"骈"体。较之曹丕，陆机和刘勰有着更自觉的文体意识和更细密的文体分类，可是陆、刘二人在文体的使用及实践之中并不贯彻他们自己制定的文体规则和理论。为何如此？一个比较合理的解释是，受早期文论"寄生"和"借用"的影响，批评家不愿意放弃自己已经获得的"文体自由"。

依照《四库全书》的分类，集部中的诗文评是严格意义上的批评文体，而《四库总目提要》诗文评部分所标举的范例所辑录的文本大部分是诗话。[①] 尽管诗话体成为六朝之后批评文体的大宗或主流，但历朝历代的批评家仍然拥有自己的文体自由，诗体、赋体、骈体、书信体、史传体、史志体、序跋体、选注体、评点体……批评家仍然可以选择任何一种文体来书写自己的

---

① 参见（清）永瑢《四库全书总目》下册，中华书局1965年影印本，第1779页。

文学理论和批评,直到清末民初,比如王国维。受西方文化和文论的影响,王国维已开始用论著体来写《红楼梦评论》。但与此同时,他仍然可以用本土的也是传统的诗话体来写《人间词话》。这一年是1908年。由此可见,即便是在那样一个人人谈西学的文化语境中,在那样一个西方文化呈强势的时代,王国维仍然不肯放弃他的文体自由。

二 "文体自由"的价值

古代批评家为什么不愿意放弃他们的"文体自由"?因为文体自由对于文学批评有着重要的价值,这种价值体现在批评家的理论构建、学术创新和风格形成等诸多方面。

前面谈到,刘勰的那个时代,文体理论已经成熟,包括刘勰在内的批评家已经具备自觉的文体分类意识,《文心雕龙》已经将文学性的乐府诗赋与理论性的诸子论说区分得清清楚楚。可是刘勰却偏偏选择用文学性的骈体来撰写他的理论性著作。为什么?刘勰看出他那个时代批评家的"各照隅隙"、"密而不周"之病,看出那个时代文学理论的"碎乱"、"疏略"之弊。年轻的刘勰立志遍照衢路,弥纶群言。要实现这一目标,骈体应该是最好的选择。《说文》曰"骈,驾二马也",段注"骈之引申,凡二物并曰骈"。[①] 故作为语体的"骈",以偶俪及对句为主要特征:上下相须,左右相随,正反相合,前后相续,事不孤立,理更不孤立。一位文论家,要想建构宏大的体系就不能"东面而

[①] (汉)许慎撰,(清)段玉裁注:《说文解字注》,上海古籍出版社1981年版,第465页。

望,不见西墙",要想实施精深的理论分析就必须笼圈条贯、擘肌分理——骈体恰好能做到这一点。以"辨"为中心、以"对句"为语言形式的骈体成全了刘勰,帮助刘勰"骈"出范畴术语的对立统一,"骈"出文学思想的体大虑精,"骈"出《文心雕龙》辩证而缜密的文论体系。

如果说,刘勰选择骈体是为了他"体大虑深"的理论建构;那么,与刘勰同时代的钟嵘选择诗话体则是为了标新立异。钟嵘与刘勰大不一样:刘勰是正统的是建构的,钟嵘是反叛的是解构的;刘勰要唯务折衷,钟嵘要标新立异。钟嵘的心里装满各种各样的怪念头:沈约的声律说伤了诗歌的真美;有滋有味的诗都是不用典故的;比兴用得太多读起来就不顺畅;曹操的诗歌只能列为下品……钟嵘又是有才藻有个性有真义有深情的,"非陈诗何以展其义?非长歌何以骋其情"?所以他要选择能诗能歌能散能骈能笑能哭能褒能贬的诗话体。诗话体不仅安放了钟嵘的怪念头,驰骋了钟嵘的新思想,而且铸成了钟嵘独特的批评风格。《四库总目提要》说诗话"体兼说部"[①],其源头在笔记小说,与子部的"小说家"同类。用庄子的话说,"小说"者,其于"大道"远矣,故无须明道载道,亦无须美刺教化,这样的文体有更大的自由空间,因而也更容易出新。与此相类似的还有书信体,尤其是写给至亲好友的书信,既不用小心翼翼地拿捏分寸,更不用端着架子讲大道理。亲友之间,什么话不能说?什么话不敢说?胆子一大,真话就出来了;真话一出口,新意也就跟着出来了。比如,曹丕《与吴质书》的"观古今文人,类不护细行",曹植《与杨德祖书》的"南威之容"、"龙渊之利",韩愈《答李翊书》的"气盛言宜",以及白居易《与元九书》的新乐

---

① (清)永瑢:《四库全书总目》下册,中华书局1965年影印本,第1779页。

府理论等，都是颇有新意的。

汉语批评的文体自由，说到底是批评家思想表达和人格诉求的自由。因此，从批评主体的角度论，文体自由的获取和拥有，有利于批评风格的形成。18世纪法国文论家布封那句著名的"风格即人"（Le style c'est l'homme），其实也可以翻译为"文体即人"。批评家和他所选用的文体，沿隐至显、因内符外地形成批评风格，而古代批评家对文体的自由选择，其主体性缘由是要找一件最合身的思想服饰，是要揿一个最独特的语言指纹。叔本华说文体是"精神的相貌"[1]，《四库总目提要》则将文体称之为"体貌"[2]。特定的文体有特定的体貌，从中可见出特定的风格。论诗诗典雅而清丽，论文赋精巧而细密，诗话词话鲜活而闲适，小说评点灵动而犀利，史传序跋事信而理切，书信日录情深而意长。比如，同为唐代的文论经典，陈子昂《修竹篇序》扬其清刚，杜甫《戏为六绝句》含其雅润，皎然《诗式》体约而不芜，白居易《与元九书》情深而不诡。又比如，同为小说评点，李贽评《水浒》愤怒而真率，金圣叹评《水浒》诙谐而细密，毛宗岗评《三国演义》雄辩而尖锐，张竹坡评《金瓶梅》通俗而流畅……这些评点文字的独特风格和魅力，借用李贽的话说，"若令天地间无此等文字，天地亦寂寞了。"[3] 刘永济说："《文心》一书，即彦和之文学作品矣。"[4] 古代批评家文体各异的文论著述，也就是他们风格各异的文学作品，后人在阅读中可

---

[1] 日文《世界文学辞典》，第1056页，转引自徐复观《中国文学精神》，上海书店出版社2004年版，第144页。

[2] （清）永瑢：《四库全书总目》下册，中华书局1965年影印本，第1781页。

[3] 陈曦钟、侯忠义、鲁玉川辑校：《水浒传会评本》上册，北京大学出版社1981年版，第470页。

[4] 刘永济：《文心雕龙校释·前言》，中华书局1962年版，第2页。

以同时获得理论之浸润与审美之愉悦,而这正是今天的批评文本所匮乏的。

三 "文体自由"的丢弃与守望

20世纪中国文化(包括文学理论和批评)大势,虽然有"西方化"与"中国化"之争,但基本趋向是前者而非后者。就汉语批评而言,不仅"说什么"(言说思想)层面的命题、概念和范畴以西学为准的,而且"怎么说"(言说方式)层面的体制、语体和体貌同样是以西学为圭臬。文学文体的分类,基本上是西方文论"四分法"(诗歌、小说、散文和戏曲文学)的天下;而批评文体的分类,因其类别单一根本就用不着分类。① 在西学东渐的百年进程中,汉语批评逐渐丢弃了自己的文体自由。

我们知道,无论是"文学理论"(或曰"文艺学")还是"中国古代文论"(或曰"中国文学批评史")的学科化和科(课)程化,都是"现代性事件",都是20世纪西方学术制度东渐的产物。西学百年,汉语批评对强势话语的顺应和对自身传统的中断,在形成学术制作和传播之现代化的同时,也导致了文学批评书写的格式化。现代批评家尽管在研究对象、学术兴趣、知识结构、思维方式、气质类型、语言特性等方面有着不同程度的差异,但他们大体上都会选择相同的文体——论文(著)体——来从事文学理论和批评的写作。就文体样式(体

---

① 整个20世纪,中国文论界鲜有"批评文体"之研究者,个中缘由,除了对"形式主义"恶谥的恐惧,还与批评文体的单一化有直接关系。

制）而言，古典批评是"文备众体"，现代批评是"一体独尊"；就汉语修辞（语体）而言，古典批评是"文学性"弥漫，现代批评是"哲学化"统驭；就批评风格（体貌）而言，古典批评是"其异如面"，现代批评是"众体同貌"。虽然论文（著）体有它的长处（如层次清楚、格式规范、便于发表、便于评奖等），但如果所有的批评家（专业或业余，年长或年轻，女性或男性，理性或诗性）都在往相同的文体格式里填充思想时，思想就可能被格式化，理论创造就可能沦为理论制作。

20世纪以来，当大多数批评家自觉不自觉地放弃"文体自由"时，仍然有"文体自由"的守望者。如果说，对"文体自由"的放弃导致了批评文体的格式化；那么，对"文体自由"的守望，则成就了批评文体的现代经典。以钱钟书的文学批评为例，他既用当时通行的论文体（如《七缀集》以及《人生边上的边上》的部分论文），也用古代流行的选注体和序跋体（如《宋诗选注》及序），而堪称现代批评经典的则是集诗话体、评点体、笔记体于一身的《谈艺录》和《管锥编》。钱钟书自称《七缀集》所选录的是"几篇半中不西、半洋不古的研究文章"[①]，虽说是谦辞，却也道出作者在选择批评文体时的那种不拘中西、不屑古今的自由心态。

现代批评家对文体自由的守望，依次表现在体制、语体和体貌三个层面。就体制论，有王国维的词话体批评、李长之的传记体批评、钱钟书的谈艺管锥体批评等；就语体论，有周作人的学术美文、朱光潜说理而深于取象、李健吾的鉴赏式、感悟式批评等；就体貌论，有鲁迅的建安风骨和卓吾体貌、宗白

[①] 钱钟书：《七缀集·序》，上海古籍出版社1985年版，第2页。

华的诗画一体和散步风格、沈从文的抽象抒情和印象复述等。站在21世纪的低谷,仰望20世纪的文学批评的巅峰,完全可以得出如下结论:但凡能够称为20世纪文学批评大师的人,都无一例外地守护着自己的"文体自由"。由此亦可见出,汉语批评的文体自由有着何等顽强的生命力和何等巨大的影响力。

钱钟书将古代批评家的文体自由喻为"侵入扩充",《谈艺录》论及"文体递变"时引宋人林光朝(字谦之)《艾轩集》,称"韩柳之别犹作室":柳子厚"不敢略侵别人田地"而韩退之则敢于"侵入扩充",打破不同文体之间的区囿或界域,"惟意之所指",在诗与文这两类文体之间自由出入。[①] 韩愈的诗歌创作是"以文为诗",而他的批评文体书写(如论诗诗)则是"以诗为文",是别一种意义上的"侵入扩充"。从更为宽泛的意义上说,古代批评家如果没有"侵入扩充"的才胆识力,汉语批评也就不会形成"文体自由"的传统。而20世纪以来真正创造出现代批评经典的文论家,他们有一个共同的特征:没有放弃汉语批评的文体自由。同样是文学批评的写作,朱光潜用书信体,李长之用传记体,钱钟书用诗话体,李健吾用随笔体,沈从文用散文体,宗白华用散步体……颇为吊诡的是,上述诸文本均不符合现代学术规范,均非严格意义上的(学术)论文或专著,均有不同程度的"侵入扩充"。然而,上述诸文本却是真正意义上的现代批评经典。同处21世纪学术大跃进之中的文学批评的作者和读者们不知有没有想过:那些发表于权威或核心刊物的文体规范的论文,那些出版于国家级或省部级出版社的文体规范的论著,有几篇(部)能逃脱覆瓿的命运?当成千上万的批评家都

[①] 参见钱钟书《谈艺录》,中华书局1984年版,第34页。

按照统一的模式生产批评文体时，还会有真正意义上的文学批评吗？

（原载《江汉论坛》2009年第8期；人大复印报刊资料《中国古代、近代文学研究》2010年第1期）

第十二章

"青春版"文论的破体而出
——以《文心雕龙》为个案

白先勇的青春版《牡丹亭》在内地高校巡回演出,引起极大轰动。何为青春版《牡丹亭》?对永恒爱恋的唯美言说。这正是当下所缺乏的,因而构成对现实的批判性回应。同样的道理,何为青春版《文心雕龙》?对"文"(文学和文论)之永恒价值的美的言说。这也是当下所缺乏的,因而也构成对现实的批判性回应。《文心雕龙》的解读史,其实就是青春版不断被创生的历史。20世纪"龙"坛,从黄侃《文心雕龙札记》到刘永济《文心雕龙校释》,从王元化《文心雕龙创作论》到张少康《文心雕龙新探》,尽管观点各异,内容有别,但入思方式却有相通之处:重新解读刘勰对文论价值的美的言说,以回应解读者所面临的时代问题。在这个意义上可以说,龙学领域的成功之作,就是《文心雕龙》青春版之创生。

21世纪,我们如何创生青春版《文心雕龙》?这不仅是当今龙学界,而且是中国文论界的使命。本章依次在青春徘徊、为文用心和雕龙有术三个层面重新解读刘勰文论的破体而出,以激活《文心雕龙》的当代之用。青年刘勰内化外来佛学以建构本土文论之体系,归本、体要以救治风末气衰之时弊。《文心雕龙》用骈体论文,用比兴释名,用秀句弘义,美文与青春共在,理思与诗性同体。《文心雕龙》之青春版,青春的文心青春的(文)体,以其旺盛的生命力和鲜活的话语方式,必将使当代中国文论"泰山遍雨,河润千里"。

一 青春徘徊

刘勰"齿在逾立"始作《文心雕龙》,此时的刘勰徘徊于十字路口,这个十字路口四个方向分别为文、儒、道、佛。创生青春版《文心雕龙》,先须明了并理解刘勰的青春徘徊,《文心雕龙》的首句是"文之为德也大矣",末句是"文果载心,余心有寄"。前者强调"文"的永恒性,后者强调"文"对于个体的意义。《梁书》本传说:"勰早孤,笃志好学。家贫不婚娶,依沙门僧佑,与之居住积十余年。"这十余年,青年刘勰并未燔发为僧,而是生活于一个"文"的世界。对于"笃志好学"的刘勰来说,"文"既是一种文化诉求,又是一种精神寄托。在上定林寺的晨钟暮鼓、青灯古卷之中,刘勰以他青春的文心"按辔文雅之场,环络藻绘之府"。杨师明照先生曾这样描绘刘勰在定林寺的习文生活:

> 舍人依居僧祐后,必"纵意渔猎",为后来"弥纶群言"之巨著"积学储宝"。于继续攻读经史群籍外,研阅释典,谅亦焚膏继晷,不遗余力。[①]

---

① 杨明照:《文心雕龙校注拾遗》,上海古籍出版社1982年版,第393页。

刘勰所习之文，既有佛教典籍，更有经史群籍，当然也包括大量的文学作品和文学理论著述。刘勰写作《文心雕龙》大约花了四年多时间，四年五万余言，这种写作速度在学术大跃进的今天只能算是蜗牛级了。刘勰写《文心雕龙》虽然也有功名之求（后面将要谈到），但更多的是文化理想之践行，文士心灵之安顿。往弘阔的层面说，刘勰是要构建一幢"文"的广厦以笼圈条贯，以弥纶群言；往深潜的层面说，刘勰是要营造一座精神家园以怊怅述情，以长怀叙志。刘勰如果生活在我们这个数字化管理的时代，大概连副教授也评不上，因为五万多字的《文心雕龙》不够一部专著的量化标准。也许刘勰不会在意，因为从根本上说，他的"文"不是为了求名，而是为了寄心，不是为了逐利，而是为了圆梦。

刘勰有两个梦：少年之梦和青年之梦。《文心雕龙·序志》篇：

> 予生七龄，乃梦彩云若锦，则攀而采之。齿在逾立，则尝夜梦执丹漆之礼器，随仲尼而南行。旦而寤，乃怡然而喜，大哉！圣人之难见哉，乃小子之垂梦欤！[①]

第一个梦是少年刘勰对如锦前程的憧憬。"彩云"喻指什么？前程或理想是什么？语焉不详。于是需要第二个梦即"青年之梦"。第二个梦是对第一个梦的诠释：刘勰的人生理想是追随孔子以履践儒家事业。儒家讲三不朽，落到实处是立功和立

---

① 本章所引《文心雕龙》，均据（梁）刘勰著，范文澜注《文心雕龙注》，人民文学出版社1961年版。下不另注。

言。青年刘勰尚无仕宦之可能，故立功无望；立言则有两种方式：一是注经，二是论文。刘勰生活在后经学时代，"马郑诸儒，弘之已精，就有深解，未足立家"，所以刘勰选择用"论文"来圆他的青年之梦。

当然，刘勰"立言"的目的是"立功"。南朝以文史取仕，刘勰期冀着用一部《文心雕龙》来敲开官场的大门。所以才有后来的"干（沈约）于车前，状若货鬻者"。这一年，刘勰已届不惑。《梁书》本传有刘勰的任职简历：

> 天监初，起家奉朝请。中军临川王宏引兼记室，迁车骑仓曹参军。出为太末令，政有清绩。除仁威南康王记室，兼东宫通事舍人……迁步兵校尉，兼舍人如故。

职务名目虽多，却都是低品级。"奉朝请"，《宋书·百官志下》称"奉朝会请召而已"，近于虚衔；"记室"者，秘书也；"仓曹参军"，车骑仓库的管理员；"太末令"大概算一个正式的官职，但太末是出了名的贫困县，白居易诗"是岁江南旱，衢州人食人"说的就是太末；"通事舍人"掌管文书之进呈，亦非要职，但因为在东宫，故成为刘勰诸多官位中最有面子的一项，后人因此也以刘舍人相称。

从这个任职简历可以看出，刘勰的仕途并不通畅，更无大的升迁，仕宦三十余载，用冯衍《显志》的话说，是"久栖迟于小官，不得抒其所怀"。若以成败论，刘勰并未实现他的儒家人生理想和现实追求。他既没有攀采到若锦之彩云，也没有能够跟着孔子抵达一个光明的前程。"而立"之前的那两个梦，永远只是两个梦而已。

常说入世的儒家出世的道家，但刘勰在未入世之前已经有道家情怀和道家精神。《序志》篇赞曰：

> 生也有涯，无涯惟知。逐物实难，凭性良易。傲岸泉石，咀嚼文义。文果载心，余心有寄。

起首两句，语出《庄子·养生主》："吾生也有涯，而知也无涯，以有涯随无涯，殆矣；已而为知者，殆而已矣。"刘勰用的是庄子的原意，意谓顺随自然天性，不可强作妄为，这是老庄思想的核心。"傲岸"是道家超凡脱俗、独立不改的人格姿态，"泉石"则是道家远离浮华名利的清虚幽静之地，二者合起来，构成了"典型环境中的典型人物"，这就是道家"隐者"的人格特征。相对于后来出仕为宦的刘勰来说，此时在上定林寺"咀嚼文义"的刘勰是一位隐士。

道家文化给予刘勰的，不仅是"凭性良易"的心态和"傲岸泉石"的人格，还有"耿介于《程器》"的批判精神。耿介，愤慨也，青年刘勰借《程器》篇抒写不平之气。《程器》篇先列举文士德行之疵，但接着说"文既有之，武亦宜然。古之将相，疵咎实多"。可是，"将相以位隆特达，文人以职卑多诮，此江河所以腾涌，涓流所以寸折者也"。后来鲁迅称之为"东方恶习"。这是一位出身庶族的青年才俊，一位才高而位卑的文学理论家对门阀制度的愤慨。

刘勰的人生可以说始于沙门而终于沙门，只是青年刘勰依沙门僧祐时并未笃志奉佛，而是在"文"与"儒"，在"道"与"佛"之间徘徊。大约在刘勰57岁那年，僧祐去世，梁武帝诏令刘勰重返定林寺完成僧祐未竟之事，然后再出来做官。事情很快做完了，刘勰却主动请求出家，在皇帝尚未批准之前刘勰已先燔鬓发以自誓，变服为僧，改名慧地。上定林景物依旧，而此时的刘勰已完全不同于当年：既非夜梦仲尼的儒家信徒，亦非傲岸泉石的道家隐士，也不是剖情析采的文坛高手，而是皈依佛门的僧人慧地。

刘勰的青春徘徊给予我们的启示是多元的。在佛学极盛的南朝，刘勰却笃信儒学，以追随儒家圣人、弘扬儒家文化为人生理想和现实追求，这已是青年刘勰文化思想的高远之处。而宗经征圣的刘勰并不排斥道家经典和老庄精神，早在仕宦之前已具备道家文化的价值取向和人格诉求，并将儒、道两家思想统一于他的《文心雕龙》，这更是青年刘勰文化思想的融通之处。刘勰由"立言"而"立功"，虽"政有清绩"却升迁无望，在饱经卑职微吏的煎熬之后，终于斩断尘念，皈依佛门。刘勰的暮年选择看似与其青春徘徊相互冲突，却是在更为深潜的层次上对青春徘徊的延展。身心俱隐，这是真的隐士；穷后遁迹，这是真的独善；而在僧人慧地将灵魂托付沙门之前，文论家刘勰已将外来佛学的思维方式和分析方法内化于他的《文心雕龙》。

刘勰重返上定林寺，不到一年便悄然逝去。刘勰是天才的理论家，但理论不是他那个时代的职业，因而无法镌成他的丰碑；刘勰有很好的为宦之才，却只能在太末县令与通事舍人之间游走……如今，刘勰告别人世已有1500多年。1500多年之后，人们真正记住的，不是小小的"太末县令"或者稍有面子的"通事舍人"，也不是"慧地"的法号，而是《文心雕龙》！

二　为文用心

说到刘勰的"为文用心"，龙学界一般会讨论《文心雕龙》的创作论、批评论、作家论、文体论，等等；而创生青春版

《文心雕龙》，最要紧的是要考量刘勰在回应他那个时代的现实问题时是如何用心的，也就是要考量刘勰如何用一己之文心去解决时代之难题。

那么，什么是刘勰所处时代的问题？刘勰所处时代的问题与我们今天的时代问题有何关联？刘勰回应时代问题的"为文用心"对我们今天有何启示？这些都是《文心雕龙》青春版之创生者必须回答的。

上一节讲刘勰的"青春徘徊"，说到青年刘勰身居沙门却志在儒学，而仕宦之先已有道家追求。儒、道是本土文化，佛学是外来宗教，如何处理外来佛学与本土儒、道之关系，不仅是刘勰的个人问题，首先是他所面临的时代问题。杜牧的两句诗，"南朝四百八十寺，多少楼台烟雨中"，道出南朝佛家文化之盛；而梁武帝由信佛走向佞佛，由舍身为佛到以身殉佛，则是佛教征服中国的典型个案。在佛教文化的冲击下，本土儒家文化的主体地位受到极大的挑战和威胁。佛家文化渐趋强盛，而本土儒家文化相形趋弱，这便是刘勰那个时代的佛华冲突问题。

刘勰自幼有儒家理想，虽然不得不入上定林寺以解决个人的生存及发展问题，但人生理想及现实追求却是指向本土儒家而非外来佛教，这一点对于青年刘勰来说是难能可贵的。因为刘勰不仅生活在佛学很盛的南朝，而且更为重要的是他的小环境（上定林寺）和日常工作（僧祐助手）都是纯粹佛教的。刘勰在上定林寺写作《文心雕龙》的时候，已经是一位造诣颇高的佛学理论家，但《文心雕龙》并没有宣扬佛教思想，也基本上未使用佛学话语。从中我们不难读出刘勰的为文之苦心：他的文学理论，其要旨是弘扬本土儒、道文化，是在佛华冲突之中重建本土文化的主导或正宗地位。

面对外来佛学对本土文化的冲击，刘勰的阐释策略是宗经、征圣：宗本土儒学之经，征本土儒家之圣。按理说，深谙佛学的刘勰在写作《文心雕龙》之时，免不了要使用佛学话语；或者用今天某些文论家的说法，离开了外来佛学话语，刘勰就不会说话，就可能失语。但是，文学理论家刘勰没有失语：从体系到范畴，从命题到术语，刘勰的《文心雕龙》是对本土文论的精辟总结和深度阐释。

但是，始于沙门而终于沙门的刘勰又怎么可能不受外来佛学影响？范文澜、饶宗颐、曹道衡、兴膳宏等著名龙学家，先后从不同角度探讨过《文心雕龙》与佛学的内在关联。兴膳宏指出：

> 由于《文心雕龙》在中国的文学理论作品中具有无与伦比、独一无二的体系性，这可以视为暗示了中国传统文明在受到异质文明培育时其精神世界的广袤性。①

就体系之周严、逻辑之明晰、理论之圆通而论，《文心雕龙》在中国古代文论的诸多经典文本中的确是独一无二的。于是，问题出来了：与刘勰同时代和在刘勰之前（或之后）的文论家，为什么在"体系性"这一点上达不到刘勰的高度？笔者认为，一个较为合理的解释应该是，很少有哪一位文论家能像刘勰那样在一个纯粹的佛学环境中浸淫十多年，因而他们受异质文明培育的程度及其精神世界的广袤性均无法与刘勰相比。在某种意义上说，是外来佛学的影响成全了《文心雕龙》的体系性。

在佛华冲突的文化背景下，刘勰以弘扬本土文化为己任，以儒、道思想作文学的本原、本体之论；同时又内化外来佛学的系

---

① ［日］兴膳宏：《〈文心雕龙〉与〈出三藏记集〉》，彭恩华编译：《兴膳宏〈文心雕龙〉论文集》，齐鲁书社1984年版，第13页。

统思维及分析理论,从而铸成《文心雕龙》的体系性特征。文学理论家刘勰对他那个时代的问题所作出的理论应对,给我们这个时代的启示是深刻而多元的。就文化及文论的中外冲突而言,我们这个时代的问题是什么?借用王师先霈教授的话说,是"全球化时代,在西方强势文化的挤压下,发展中国家的知识分子由于自身的文化借贷和文化入超而产生心理焦虑"①,而这种心理焦虑又必然地导致文化取向的失衡:时而中国化,时而西方化;时而去中国化,时而去西方化……

刘勰时代的佛华冲突,与当今时代的中西冲突,其性质和程度都没有太大的区别;但是,刘勰的心态与当今文论家的心态却大不相同。我们读《文心雕龙》,看不出刘勰有丝毫的焦虑。刘勰没有佛学化,因为他的文论本体是本土的;刘勰也没有去佛学化,因为他的文论体系是深受佛学影响的。始于佛门而终于佛门的刘勰不可能不受佛学的影响,在他写作《文心雕龙》之前,佛学已经潜入他的思维深处。与5世纪的青年刘勰一样,21世纪的中国文论家,从价值观念到思维方式,从批评意识到批评文体,均无可逃遁地受到西方文化及文论的影响和潜浸。青年刘勰没有因此而焦虑,我们为何焦虑?青年刘勰没有因此而失语,我们为何失语?笔者以为原因有二:主心骨和宽容度。坚定的儒家文化信念和丰厚的经典文化素养铸成刘勰的文化主心骨,而对外来佛学的广博研习和悉心体悟极大地拓展了刘勰的文化宽容度。

刘勰的时代除了佛华冲突,还有古今冲突。《文心雕龙》不仅在《通变》和《时序》篇之中总括性地讨论古今问题,而且在论文叙笔、割情析采之时处处不忘"原始以表末"。《时序》

---

① 王先霈:《近三十年来文艺学家的中国古代文论研究》,《华中师范大学学报》2007年第5期。

篇泛论古今流变,礼节性地称赞"皇齐驭宝",并给齐代的三个皇帝一个太子以溢美之词;但是,一旦涉及具体的、实质性的文学理论问题,刘勰对他那个"皇齐"充满着批判意识。就古今冲突而言,刘勰的时代问题是什么?"今才颖之士,刻意学文,多略汉篇,师范宋集,虽古今备阅,然近附而远疏矣";往深处说,则是"从质及讹,弥近弥淡","竞今疏古,风味(末)气衰"(《文心雕龙·通变》),是"去圣久远,文体解散",是"离本弥盛,将遂讹滥"(《文心雕龙·序志》)。

基于上述体认,刘勰解决古今问题的基本思路是回到先秦文化元典。在刘勰看来,以五经为代表的先秦元典,是"群言之祖",是"文章奥府",是后来一切文学的"本"和"根"。而后世文学之所以"风末气衰"以至于"流弊不还",是因为背离了这个本和根。所以刘勰提出"正末归本"、"征圣立言"(《文心雕龙·宗经》)。在先秦文化元典中,刘勰尤其看重《尚书·毕命》的"辞尚体要,弗惟好异",他在《征圣》、《宗经》、《序志》诸篇中多次提到"体要",将"体要"视为疗救宋齐文学讹滥的良方。

在古今流变层面考察我们这个时代的文学理论,其问题同样是"竞今疏古";而与刘勰时代略为不同的是,今人所竞之"今"其实不是自己的"今"而是别人的"今",中国本土虽有"汉篇"为今人"多略"却没有"宋集"供文论家"师范",中国的文论家只能师范西方现代文化及文论,在"竞(西之)今"之时必"疏(中之)古"。因此,青年刘勰"归本"和"体要"的为文之用心,同样适用于疗救21世纪中国文论之时弊。笔者曾尝试将刘勰"依经立论"的归本、体要思路用之于古代文论研究:依《道德经》"反(返)者道之动"而回到人类共有的诗性智慧,探求中国古代文论的诗性之源;依《南华经》"寓言十九，重言十七，卮言日新，和以天倪"而研究庄子言说方式对后世文学批评的影响，剖析中国古代批评文体的特征及成因。这两项研究已获得学界好评并产生了较大的社会反响。

常说"他山之石，可以攻玉"，而我们的问题是对"他山之石"投之以太多的热情和精力，而冷落、疏远了"本土之玉"，或者将"本土之玉"仅仅视之为博物馆橱窗内无生命的标本或展品。《文心雕龙·原道》篇谈到先秦元典时，用了"符采复隐，精义坚深"的隐喻，"符采"为玉之横纹，而"坚深"为玉之质地；此外，《原道》篇"金声玉振"，《征圣》篇"秀气成采"，《宗经》篇"性灵熔匠"等，均可视为"玉"之喻。可见在刘勰心目中，先秦文化经典是中国文论最为宝贵的本土之玉；而青年刘勰所要做的，就是将先秦文化的本土之玉，精心打磨成中国文论的通灵宝玉，并有效地疗治他那个"皇齐"的文学病症。无论刘勰，还是当代中国的文论家，一旦坐拥中国传统文化之玉山，则既不会焦虑也不会失语。由此亦可见出，刘勰在佛华冲突和古今通变这两个层面的"为文用心"，正好是我们这个时代的文论家所缺乏的，因为也是《文心雕龙》的"青春"之所在。

三 雕龙有术

就文学理论的创建而言，刘勰"为文"是用心的，用心回应并解决他那个时代的佛华冲突和古今通变问题；就文学理论的表达而言，刘勰"雕龙"是有术的：用骈体论文，用比兴释名，用秀句彰义，其独特的言说方式不仅出色表达了他的"为文用心"，而且直接彰显了《文心雕龙》的青春魅力。如果说，刘勰的"文心"有一种鲜明的时代感和强烈的使命感;那么,刘勰的"雕龙"则为时代感和使命感的实现提供了一条充满青春活力和理论张力的有效途径。

讨论《文心雕龙》的言说方式,首先要回答的问题是,刘勰为什么用骈体论文?骈体对于刘勰文学思想的表达是有利还是有弊?美国汉学家宇文所安指出《文心雕龙》中有两个角色:"其中一个角色我们把他叫做'刘勰',一个有着自己的信念、教育背景和常识的人物;另一个角色是骈体文的修辞,我将称之为'话语机器',它根据自己的规则和要求生产话语。"① 虽然宇文所安对骈体这个"话语机器"颇有微词,但他还是睿智地指出:

> 在《文心雕龙》话语机器的中心,是"辨"……它和亚里斯多德式话语十分相似:同样植根于自然逻辑之中,而其论辩程序的确就是一个思想的形式,而不仅仅是思想的表达。②

骈体的语言形式是对句:上下相须,左右相随,正反相合,前后相续,事不孤立,理更不孤立。说"神思",既要讲"枢机方通",又要讲"关键将塞";说"通变",既要讲"有常之体",又要讲"无方之数";说"情采",既讲"文附质",又讲"质待文";说"心物",既讲"(心)随物宛转",又讲"(物)与心徘徊"……你既然使用骈体,你就不得不"辨",不得不通

---

① [美]宇文所安:《他山的石头记》,田晓菲译,江苏人民出版社2006年版,第98页。

② 同上书,第104页。

过辨析或论辩而走向思辨或辩证。《文心雕龙·序志》篇自谓"擘肌分理,惟务折衷",刘勰这种辩证的思维方式和语话方式,与他所使用的骈体是直接相关的。在某种意义上说,是骈体成全了刘勰,成全了《文心雕龙》;骈体这部话语机器帮助刘勰"骈"出范畴术语的对立统一,"骈"出文学思想的体大虑精,"骈"出《文心雕龙》的辩证和体系。"骈"出《文心雕龙》的伟大和不朽。

骈体论文不仅成全了刘勰对文学思想的辩证表达,而且使得这种表达充满诗性或文学性。骈文这种语体,看似人为,实则自然。《文心雕龙·丽辞》篇一上来就说"造化赋形,支体必双;神理为用,事不孤立",可见骈四俪六的"必双"是源于自然造化,是"自然成对"。《丽辞》篇末尾的"赞曰"又说:"体植必两,辞动有配。左提右挈,精味兼载。炳烁联华,镜静含态。玉润双流,如彼珩珮。"刘勰所列举的花开并蒂、佩玉双悬、对镜成双,等等,都是自然或生活中的对称美,而骈文就是把这种自然和生活的美对象化、文本化,可见对句之美也是自然之美。而且这种对句之美在先秦典籍中已能见到,如《尚书》有"罪疑惟轻,功疑惟重"和"满招损,谦受益",刘勰慨叹:"岂营丽辞,率然对尔"。此外,刘勰以骈体论文,还彰显了一种自觉的"破体"意识。刘勰的时代,批评家已具备成熟的文体观念,已有文学文体与批评文体的区分,曹丕论文体,说"书论宜理"、"诗赋欲丽",或诗或赋是他的文学文体,而"典论"则是他的批评文体。《文心雕龙》有《论说》篇,专门讨论"论说"体的文体规范和写作要求。刘勰明知文各有体,为什么还要用文学文体来书写他的理论著作?因为骈体这种文学文体除了它的辩证功能,还有修辞功能:它可以将汉语言的美张扬到极致。刘勰以骈体论文,上承陆机以赋论文，下启唐人以诗论诗，开创了中国古代批评文体的文学性传统。

刘勰理论言说的基本原则之一是"释名以彰义"，刘勰的释名是比兴式，刘勰的彰义是秀句式。刘勰以骈体论文，其文学性言说则具体表现为"比兴释名"和"秀句彰义"。《文心雕龙·比兴》篇讲"拟容取心"，通过比拟容貌来摄取心魂，通过描绘形象来把握真谛。刘勰的"拟容取心"可概括为三类。第一类是叙事式起兴，如《神思》开篇的"形在江海之上，心存魏阙之下，神思之谓也"，就是用《庄子·让王》之事，是用叙事的方式给"神思"下定义，亦即叙事性地界定"神思"形在此而神在彼的特征。第二类是对偶式比喻，如《情采》篇讲情感与文采的关系，用了一连串的比喻：

夫水性虚而沦漪结，木体实而花萼振，文附质也。虎豹无文，则鞟同犬羊；犀兕有皮，而色资丹漆，质待文也。

还有"夫铅黛所以饰容，而盼倩生于淑姿"等，都是形象而工整的对偶式比喻。第三类是系列化隐喻，比如《风骨》篇用"三禽"构成一个隐喻系列：

夫翚翟备色，而翾翥百步，肌丰而力沉也；鹰隼乏采，而翰飞戾天，骨劲而气猛也。文章才力，有似于此。若风骨乏采，则鸷集翰林；采乏风骨，则雉窜文囿；唯藻耀而高翔，固文笔之鸣凤也。

其中翚翟隐喻采乏风骨，鹰隼隐喻风骨乏采，鸣凤隐喻风清骨峻。我们若读懂了刘勰的系列隐喻，也就读懂了"风骨"的内涵及其与文采的关系，也就不会牵强而笨拙地去论证风与骨是否分别代表内容与形式或形式与内容了。

《文心雕龙》有《隐秀》篇，其中"秀"有两层含义：一是用作名词，指篇中的秀句，也可称为佳句、警句、格言、诗眼、绝响、独拔语等；二是用作动词（颇似英语的SHOW），指一种秀出或显附的言说方式，与"含蓄"相对。后者是过程，前者是结果，只有敢于并善于"秀"（所谓"语不惊人死不休"），才可能写出"秀句"。刘勰以秀句彰义，故《文心雕龙》秀句盈篇。《文心雕龙》的秀句既自然奔放又简洁明了，脍炙人口，千古流传。仅以《时序》篇为例，说《诗经》有"幽厉昏而板荡怒，平王微而黍离哀"，说建安风骨有"志深而笔长，梗概而多气"，说东晋玄言诗有"柱下之旨归，漆园之义疏"……

刘勰的秀句有自然之美，也就是《隐秀》篇讲的"自然会妙"，反之则会"雕削取巧，虽美非秀"。《文心雕龙》的很多秀句都是脱口而出，既无典故更无雕琢。如《辨骚》篇"不有屈原，岂见《离骚》"、《情采》篇"情往似赠，兴来如答"、《知音》篇"东向而望，不见西墙"、《序志》篇"文果载心，余心有寄"，等等，都是大白话，大实话。刘勰的秀句更有简洁之美。《隐秀》篇说"秀以卓绝为巧"，而卓绝须以简洁为基础。如《明诗》篇的"嵇志清峻，阮旨遥深"，就是因简洁而卓绝。刘勰之后，无论何人谈嵇康、阮籍，都无法避开也无法超过这两句话。又如《物色》篇写自然景物对人心的感召，用凝练的语言将四季风貌"秀"出：

是以献岁发春，悦豫之情畅；滔滔孟夏，郁陶之心凝。天高气清，阴沉之志远；霰雪无垠，矜肃之虑深。

刘勰的秀句还有隐喻之美，秀中含喻，喻中秀美，如《征圣》篇的"鉴悬日月，辞富山海。百龄影徂，千载心在"，《宗经》篇的"泰山遍雨，河润千里"等，都是非常经典、独拔的隐喻式秀句。刘勰的秀句润泽后世，如梁元帝萧绎、唐太宗李世民都大段征引刘勰的秀句。在文学批评界，刘勰秀句的影响就更大了。比如司空图《二十四诗品》，几乎就是秀句之集锦，《含蓄》品的"不着一字，尽得风流"，《典雅》品的"落花无言，人淡如菊"，都是绝妙的秀句，隐、秀、喻三位一体，成了中国文论的诗眼画境。古代文论中的隐喻式秀句有一种跨越时空的魅力，若用于我们今天的文学批评必有点铁成金之妙。

《文心雕龙》的"雕龙"方式对我们今天的文学理论批评有着重要的启迪意义。当下的文学批评书写，从思维方式到话语方式基本上是西化的：单一的论文（著）体批评取代了千姿百态的杂体批评，单一的哲理式言说取代了其异如面的文学性言说。源自西方的现代学术制度能否催生出优秀的学术成果，这是一个值得讨论的问题。置身"数字化＋格式化＋工具化"的学术生态，遥想刘勰的青春徘徊、为文用心和雕龙有术，不得不喟叹古典《文心雕龙》的青春魅力。青年刘勰在上定林寺的文化持守和吸纳，在"皇齐"年间的怊怅和耿介，在5世纪末文坛的诗性言说，对于21世纪中国文论的建设和书写有着非常重要的启迪意义和学理价值。

有一句化妆品的广告词说：今年二十，明年十八。如果我们能够真正理解刘勰的青春徘徊，能够勘透青年刘勰如何以"为文用心"和"雕龙有术"去回应并解决他那个时代的问题，能够打通时空隧道以找到刘勰那个时代与我们这个时代的内在关联，能够借鉴并转换刘勰的思维方式和话语方式来有效地应对和解决我们自己的时代问题，那么我们就能够理直气壮地说：《文心雕龙》，今年二十，明年十八。

（原载《中州学刊》2011年第1期）

第十三章

古典批评文体的现代复活
——以三位京派批评家为例

笔者曾在一篇文章中将王国维称为中国文学批评史上的"但丁式"人物：他先是用《红楼梦评论》开启现代文论，随后用《人间词话》终结古代文论。①现在看来，所谓"终结"、"开启"之说有笼统乃至简单之弊。王国维之后（20世纪以来）的中国文学批评，虽然在文学思想、批评意识、理论术语乃至著述体例等方面，具有明显的现代西学特征，但是，就批评文体的三大层面（体裁、语体和风格）而言，现代中国的文学批评书写或隐或显地葆有古典体貌、体制和韵味。且不说鲁迅杂文批评的卓吾体貌、钱钟书谈艺管锥的诗话体制以及周作人小品文批评的晚明韵味，单就20世纪三四十年代京派批评家的理论实践而言，就有着显明的回归传统的倾向：如朱自清的"经典常谈"，宗白华的"美学散步"，还有沈从文那些可与《边城》和《湘行散记》相媲美的评论文字，均不同程度地承续了中国古代文论

---

① 参见拙文《王国维的人格悲剧与人格理论》，《中南民族学院学报》2000年第1期。

诗性言说的文体传统。本章以李长之、沈从文、李健吾这三位京派批评家 20 世纪三四十年代的批评实践为个案，探讨中国古代文论的批评文体能否以及如何"活"在现代，"活"在当下，以期在批评文体的特定层面为古代文论的现代转换提供经典性文本和可行性路径。

一 李长之的"传记式批评"

李长之（1910—1978），初名李长植，山东利津人，毕业于清华大学哲学系，是著名的诗人、翻译家和学者，在文学批评领域造诣尤深。李长之的文学批评有自己独特的言说方式，那就是"传记式批评"。李长之先后对十多位古今作家作传记批评，他这方面的代表作有《孔子的故事》《司马迁之人格与风格》、《陶渊明传论》《道教徒的诗人李白及其痛苦》《韩愈》《鲁迅批判》等。

李长之为什么要提倡并实践"传记式批评"？他的理论动机是出于对中国传统文学批评的不满。李长之有一篇题为《中国文学理论不发达之故》的文章，专门挑传统文论的毛病，他说古代文论一个最大的毛病，就是文论家缺乏著述的习惯、兴趣和方法：

> 在过去，中国人缺乏著述的习惯，缺乏著述的兴趣，缺乏著述的方法。假若冯浩不把他对于李商隐的研究填入小注里去，他可写一部很好的李商隐评传，恐怕不让于毕尔绍夫斯基的歌德传吧。假若金圣叹不把他的欣赏分割到"批"里去，他可写一部好好的批评论文集，谁敢说他的书不能写

第十三章 古典批评文体的现代复活

的像培煨的《文艺复兴》?这都关系著述的方法。①

显然,这里的所谓"著述"并不是一般意义上的著书立说,因为中国传统文论并不缺乏这种热情和方法。李长之所说的"著述"是指西学意义上的或者说是现代意义上的学术著作。李长之用西方学术的"著述"标准,衡量中国的传统文论,甚至将中国文论称之为"荒芜、破碎"的不发达的文学批评,"即兴式的、冬烘式的"文学批评方法。李长之的目标,是要建立起一个"严格、精确、体系和深入"的文学批评。②而他的"传记式批评",就是他在文学批评领域所尝试建立的一种完备的著述体系。

其实,李长之的文学家传记与中国古代的文学家传记有着相似或相通之处,二者都属于史传体批评。司马迁的《史记》是二十四史之首,而司马迁的文学批评实际上就是史传体批评。《史记》在提出"发愤著书"的理论之后,逐一概述《史记》每一篇传记的书写动机及要义,如"作辞以讽谏,连类以争义,《离骚》有之。作《〈屈原贾生列传〉第二十四》"。又如"《子虚》之事,《大人》赋说,靡丽多夸,然其旨讽谏,归于无为。作《〈司马相如列传〉第五十七》"。③我们看司马迁的这两篇传记,基本上是围绕着三位作家的文学创作(创作经历、创作心理、作品选录及评点等)展开的,而且篇末的"太史公曰"就是司马迁的文学批评思想的直接呈现。所以我们完全可以说,

---

① 李长之:《苦雾集》,《李长之文集》第三卷,河北教育出版社2006年版,第153页。
② 同上书,第151—153页。
③ (汉)司马迁:《史记》第十册,中华书局排印本1959年版,第3314、3317页。

《史记》的《屈原贾生列传》和《司马相如列传》就是最早的文学家评传,属于史传体批评。到了后汉的班固,在他的《汉书》中,除了继承司马迁的传统为文学家立传(如《司马迁传》、《司马相如传》、《扬雄传》等)之外,还新增了《艺文志》、《礼乐志》这样一类带有文学批评性质的文体样式。两汉之后,历朝历代的史书都有像《史记》和《汉书》这样的传记体批评。

于是,我们从李长之的传记体批评中,看到一种很有趣的现象:为了学习和仿效西方先进的"著述"体例,也为了克服中国传统文论的即兴式、片段式之弊端,李长之尝试用传记式批评,尝试撰写传记体的批评文字。然而,李长之的传记体批评,其撰写思路和核心内容与司马迁所开创的史传体批评并没有本质的区别:同样是对传主创作经历、创作心理的叙述,同样是对传主作品的品评,同样是在评传中呈现作者自己的文学批评思想。据此,我们可以说,当李长之开始从事他的传记体著述时,他恰恰又回到了中国古代文论的史传体批评传统,或者说他无意中采用了中国古代文论文学家评传的言说方式。也就是说,在批评文体的选择上,李长之的"西就"之路实为"东归"之途。

当然,李长之的传记体批评,与《史记》、《汉书》所开创的古代文论的史传体批评有着较大的差异。首先,李长之有着自觉的批评意识,或者说有着自觉的批评文体意识,他是自觉地选用传记这种文体从事文学批评的。而二十四史的撰著者是在写史书,或者说是在史书的撰写过程中顺便涉及作家评论和文学批评。其次,李长之的传记式批评是一部部独立成篇的文本,一部传记就是一个独立的批评文本。而中国古代的史传体批评,是庞大史书中的很小的一部分,是宏大历史叙事中的一些文学批评片段。而正是在二者的差异性之中,我们可以看出:李长之的传记体批评，作为20世纪的一种批评现象或者说一个典型个案，事实上是对西方"著述"体例和中国"史传"传统的一种折中和结合，是李长之游走于中与西、古与今之间的学术创获。

司马迁写《史记》，是要"究天人之际，通古今之变，成一家之言"，而李长之的传记体批评，创造性地吸纳和转换司马迁的传统，以史学精神和叙事话语，整合出现代文学批评的一家之言。以《司马迁之人格与风格》为例，该著标举传主的"浪漫的自然主义"，这在现代的司马迁研究中是"一家之言"，而这一独创性批评思想又是通过叙述的方式追溯、总结并传达出来的。李长之用整整一章的篇幅追叙司马迁浪漫精神的文化渊源及时代语境：叙述楚文化在西汉的胜利，叙述齐学对西汉学术文化的浸润，叙述汉武帝时代的异国情调和经济实力，叙述这个时代形形色色的浪漫人物……

作为叙事者的李长之，兼具史家和文学批评家的双重身份，他既要写下"实然"的史实，又要写出"应然"的理想，这样才能成其一家之言。李长之说："中国的历史家，一方面是要懂得天道，一方面是要知道并非是记录'实然'的史实，而是发挥'应然'的理想。"[①] 而这种对理想的书写，又是建立在对现实生活积极肯定的基础上的。《司马迁之人格与风格》肯定道家的"势"，但又提出因"势"而不"弃世"。在《道教徒的诗人李白及其痛苦》一书中，李长之说："道教的兴趣，无疑是由一种本位文化的意味在内，所以它处处和佛对抗，我觉得它之最合乎中国人的口味者，乃在其肯定生活。道教非常现世，非常功利，有浓厚的人间味，有浓厚的原始味。我说李白的本质是生命

---

① 李长之：《司马迁之人格与风格》，生活·读书·新知三联书店1984年版，第61页。

和生活，所以他之接受道教思想是当然的了。生活上的满足是功名富贵，因此李白走入游侠；生命上的满足只有长生不老，因此李白走入神仙。"① 在李长之的传记体批评中，传主（作家）的人生经历与心路历程，现实遭遇与精神世界，也就是"实然"的史实与"应然"的理想在李长之文字中得到了较好的统一。古典史学精神在李长之传记体批评中的复活，还表现在他的著述既有一种现代性的人文关怀，也有一种深沉的情感体验。温儒敏《中国现代文学批评史》指出，"李长之所看重的是人格与风格的互相辉映阐发，感同身受地进入作家的文学世界中吟咏，把创作看作是作家生命的流露，从而深入把握作家的'独特生命'，把生命的'人格形相'写下来"。②

李长之的传记体批评的另一个重要特征，是用作家逸事与作品互见的方式来阐释作家的人格与艺术风格。这种方法同样与古代文论的史传体批评有关。司马迁《史记·管晏列传》："既见其著书，欲观其行事，故次其传。至其书，世多有之，是以不论，论其轶事。"③ 李长之的批评也是如此。他采用论其逸事的方式，使后人观其行事，他说："因了这作家的一点一滴的表现，由之而理解到广大的一群，在某一时代上是演奏了如何的步调，观察那得失成败，会给现代人类一个极其有益的借镜。"④ 他的《孔子的故事》，写孔子的寂寞，写孔子浴乎沂、风乎舞雩的情怀，写孔子的出走、孔子最后的歌声。他的《陶渊明传

---

① 李长之：《道教徒的诗人李白及其痛苦》，辽宁教育出版社1998年版，第38页。
② 温儒敏：《中国现代文学批评史》，北京大学出版社1993年版，第293页。
③ （汉）司马迁：《史记》第七册，中华书局排印本1959年版，第2136页。
④ 李长之：《我对于文学批评的要求和主张》，载《李长之文集》第3卷，河北教育出版社2006年版，第15页。

论》，写陶渊明身边的人如陶侃和桓玄等对他的影响，以此来塑造陶渊明的个性，并解释他"归去来兮"的缘由。他的《韩愈》，写退之为贪看风景而登临绝顶，到了山顶下不来时竟放声大哭，甚至给家人写下遗书……读李长之的传记体批评，我们总能想起太史公当年写屈原、写贾谊时的"想见其为人"。写逸事，写场景，写情感，写人格等，这些都是古典批评文体的叙事传统。

二　沈从文的"印象式批评"

沈从文（1902—1988），原名沈岳焕，湖南凤凰人，京派小说的代表人物。在中国现代文学史上，沈从文既是著名作家，又是著名批评家。这种作家与文论家的双重身份，与中国古代的文论家是相同的，这也就决定了他的批评文体不可避免地具有诗性特征。另外，沈从文毕竟生活在现代，年轻时代就从遥远的湘西来到北京，后来到过上海、武汉等地，编过现代刊物，还做过大学教师。这些经历使得他不可避免地受到西学影响，受到现代思想的熏染。由于上述两方面的原因，沈从文的文学批评与李长之一样，也游走在古与今、中与西之间。

沈从文选择印象式批评文体，与李长之选择传记体批评一样，其直接缘由均可归结为受现代西学的影响。从字面上看，所谓"印象式批评"是舶来品，19世纪末20世纪初，印象式批评兴盛于欧美诸国，其代表人物阿纳托尔·法朗士有一句非常经典的话："优秀的批评家就是这样一个人，他叙述了自己的灵魂在许多杰出作品中的探险活动。"（《笛师们的争论》）法朗士还讲："很坦白地说，批评家应该声明：各位先生，我将借着莎士比亚、借着拉辛来谈我自己。"关于印象式批评的最权威的定义出自著名文学理论家艾布拉姆斯的《文学术语汇编》："试图用文字描述特定的作品或段落的能被感觉到的品质，表达作品从批评家那里直接得到的反应（或印象）。"[①] 简单地说，印象式批评最为本质的特征就是主观批评，它与客观批评、科学的批评是相对的，或者说是对科学批评或规范化批评的一种反拨。印象式批评又是一种作家批评，它看重的是"印象的复述"，这一特征由直觉感悟、整体把握、描述传达、比较定位等多种层次构成，其中无一例外地烙上"作家"的身份印记。

上面所讲到的印象式批评的主要特征，诸如作家批评、主观批评、批评家的灵魂在杰出作品中的探险等，在某种程度上也是中国古代诗性文论的特征。首先，就批评主体而言，古代文论有"诗必与诗人评之"[②] 之说，诗人评诗、文章家论文、戏曲家品戏，这是中国古代文论的普遍现象。其次，就批评家的书写动机而言，他们写作批评文本与他们创作文学作品，其心理动机并没有质的区别，大体上都是缘于情，都是为情而造文，都是借他人的酒杯浇自己心中的块垒。比如司马迁的传记体批评、司空图等唐代文论家的以诗论诗、李贽、金圣叹、李渔的小说戏曲评点等，都有明显的主观批评的特点。最后，就批评文体而言，中国古代文论大量的诗话、词话、曲话、小说评点等批评文本，其主要特征就是批评家描述自己关于批评对象（作品）的主观印象，也就是艾布拉姆斯所说的"表达作品从批评家那里直接得到的反应（或印象）"。沈从文的印象式批评，从表面上看是学习一

---

① 参见王先霈主编《文学理论批评术语汇释》，高等教育出版社2006年版，第191页。
② （宋）刘克庄：《跋刘澜诗全集》，《后村先生大全集》卷109，《四部丛刊》本。

种西方的批评方法,而实质上依然是对中国古代文论诗性言说方式的继承。沈从文和李长之一样,其"西行"之路实为"东归"之途。

沈从文"东归"式的印象批评,实为古典批评文体的复活,这一点从他的《沫沫集》中可以看出。《沫沫集》初版于1931年,是沈从文文学批评的代表作,所评论的对象均为他那个时代的著名作家及其作品,比如鲁迅、闻一多、郁达夫、徐志摩、冰心、废名、施蛰存、冯文炳等。《沫沫集》的评论文章,总是用一段富有诗意的文字,描绘批评家对批评对象的总体印象。下面略举四例。

论周作人:

从五四以来,以清淡朴纳的文字,原始的单纯,素描的美支配了一时代一些人的文学趣味,直到现在还有不可动摇的势力,且俨然成为一特殊风格的提倡者与拥护者,是周作人先生。(《论冯文炳》)

论落华生的散文:

在中国,以异教特殊民族生活作为创作基本,以佛经中邃智明辨笔墨,显示散文的美与光,色香中不缺少诗,落华生为最本质的使散文发展到一个和谐的境界的作者之一。(《论落华生》)

论朱湘的诗:

使诗的风度,显着平湖的微波那种小小的皱纹,然而却

因这微皱，更见出寂静，是朱湘的诗歌。(《论朱湘的诗》)

论闻一多的《死水》：

以清明的眼，对一切人生景物的凝眸，不为爱欲所眩目，不为污秽所恶心，同时，也不为尘俗卑猥的生活厌倦而有所逃遁。永远是那么看，那么透明的看，细小处、幽僻处，在诗人的眼中，皆闪耀一种光明。(《论闻一多的〈死水〉》)[1]

从上述四条例子可以看出，沈从文的批评策略是"复述印象"：用文学性很强、诗性很浓的文字，原汁原味地描述出批评者对批评对象的体验和印象。中国古代文学批评，从《世说新语》的"品藻"、"识鉴"到钟嵘《诗品》味诗品诗，从唐宋以降的诗话词话到明清以降的小说戏曲评点，文字或短或长，风格或俗或雅，情感或浓或淡，意蕴或显或隐，而"复述印象"的批评方式和话语特色则大体相似。就复述印象而言，沈从文的批评文字颇得古典批评文体之神韵，不同之处只是将古代汉语变成了现代汉语。

沈从文在《〈现代中国作家评论选〉题记》中强调："写评论的文章本身得像篇文章。"[2] 笔者的理解，沈从文所说的"像篇文章"意谓要像一篇文学作品，要有文学性，要有诗意。这一要求在古代文学批评中是不言自明的，因为古代批评文体同时

---

[1] 《沈从文文集·第十一卷·文论》，花城出版社、生活·读书·新知三联书店香港分店1984年版，第96、103、113、146页。

[2] 同上书，第35页。

也是文学文体,如论诗诗、论文赋,还有用骈体文写成的《文心雕龙》,等等。而现代文学批评有了"文学"与"批评"的分工,所以沈从文要特别地提出来,特别地强调出来。我们看前面引述的四段文字,既是文学批评,又是文学散文。或者说,沈从文是用文学性极强的文字,描述了他对于批评对象的体验和印象。

印象式批评并不对作品作高下评判,也不是只给读者交代一个结论。沈从文在《论闻一多的〈死水〉》一文中指出:"一首诗,告我们不是一个故事,一点感想,应当是一片霞,一园花,有各样的颜色与姿态,具各样香味,作各种变化,是那么细碎又是那么整个的美……"[①] 因此,沈从文所描述的印象,既有集合的整体的,又有细碎的片断的。前面谈到沈从文对朱湘诗的整体印象,下面我们来看看沈从文关于朱湘诗的片断印象。他说,朱湘"能以清明的无邪的眼观察一切,能以无渣滓的心领会一切"。[②] 老子说,涤除玄览。"无渣滓的心"是虚静之心,空故纳万境,静故了群动,故能对大千世界的种种"境"与"动"作纯粹的审美观照;庄子说,其嗜欲深者其天机浅。"清明的无邪的眼"是无嗜欲而有天机的,故能发现平常人所发现不了的美。于是,沈从文发现了朱湘《采莲曲》的东方之美:"那种平静的愿望,诉之于平静的调子中","一切东方的静的美丽"[③]。沈从文还发现了周氏兄弟的"中年人"之美以及这种"中年人"的共性与个性之美。沈从文《从周作人鲁迅作品学习抒情》一文

---

① 《沈从文文集·第十一卷·文论》,花城出版社、生活·读书·新知三联书店香港分店 1984 年版,第 151 页。

② 同上书,第 113 页。

③ 同上书,第 118、124 页。

指出周氏兄弟的相同之处："同是一个中年人对于人生的观照，表现感慨。"而周氏兄弟的这种"中年人"的共性与年轻的徐志摩大不一样：徐志摩的创作是以一颗青春的心"对于现世光色的敏感，与对于文字性能的敏感"。另外，同为"中年人"的周氏兄弟又有着各自的个性特征："一个近于静静的独白；一个近于恨恨的诅咒。一个充满人情温暖的爱，理性明莹虚廓，如秋天，如秋水，于事不隔；一个充满对于人事的厌憎，情感有所蔽塞，多愤激，易恼怒，语言转见出异常天真。"①沈从文的这些批评文字虽然未作判断和推理，给予我们的理论信息却是既丰富生动又准确深刻的。

三　李健吾的"随笔体批评"

李健吾（1906—1982），山西运城人，笔名刘西渭，既是作家，又是翻译家，还是批评家。早年就读于清华大学中文系和西洋文学系，20世纪30年代初赴巴黎研究法国文学。李健吾的文学作品有小说、散文、戏剧等，他的法国文学作品如福楼拜、莫里哀、司汤达尔的翻译最为著名，他的文学批评的代表作是出版于1936年的《咀华集》和出版于1942年的《咀华二集》。司马长风认为李健吾是20世纪30年代五大批评家之一，"他有周作人的渊博，但更明通；他有朱自清的温柔敦厚，但更为圆融无碍；他有朱光潜的融合中西，但更圆熟；他有李长之的洒脱豁朗，但更有深度"。②刘锋杰《中国现代六大批评家》也将其列

---

① 沈从文：《抽象的抒情》，复旦大学出版社2004年版，第147页。
② 司马长风：《中国新文学史》中卷，香港昭明出版社1975年版，第248页。

为重要一家。

李健吾有着极高的西方文学及文学理论造诣，同时，又有着深厚的古典文学功底，后者奠定了他对平静、典雅与趣味的价值追求。另外，他与沈从文一样，一支笔既写文学作品又写文学批评。因此，西学与中学的融通，传统与现代的对接，在李健吾的笔下来得更为容易、更为得心应手。我们知道，20世纪三四十年代中国的批评界，其主导趋势是打破传统而不是利用和发展传统。所以，李健吾的文学批评又和李长之一样，是以学习西方、批判传统的姿态出现的；具体而言，又是与沈从文一样，借鉴法国印象派的批评方法及批评文体。当然，在李健吾这里，还有一位西方的"导师"，那就是法国著名散文家蒙田。

前面在介绍沈从文的印象式批评时已经指出，西方的印象派批评在某种程度上与我国传统的诗性批评有相似或相通之处。而李健吾无意之中使中国传统的直觉感悟式批评与西方印象主义批评实现了理论对接。借用严羽《沧浪诗话》的话说，李健吾的批评有别才别趣。比如，他对印象主义诗人波德莱耳和法国批评家布雷地耶的比较：一个不想做批评家，却在真正地鉴赏；另一个想做批评家，却不免陷于执误。一个根据学问，也就是严羽说的"多读书，多穷理"；一个根据人生，也就是严羽说的"非关书也，非关理也"。理论是灰色的，而生命之树长青。文学批评与文学创作一样，首先属于生命，属于生命体。"文体"之"体"，从词源学层面考察和追溯，其最初释义就是人的生命体之总属。因此，李健吾这种与生命体相关的随笔体批评，必然是鉴赏的、美文的，是品味的、识鉴的。如果将批评主体称为"心"，将批评对象称为"物"，那么李健吾的批评文本经由"心物赠答"而臻"心物一体"。这是古典批评文体的最高境界，也就是严羽《沧浪诗话》所极力推崇的兴趣、入神、透彻玲珑、第一义之悟。

《咀华集·爱情的三部曲》写道：

> 当着杰作面前，一个批评者与其说是指导的、裁判的，倒不如说是鉴赏的，不仅礼貌有加，也是理之当然。①

那么，什么是"鉴赏的"？"不判断，不铺叙，而在了解，在感觉。他必须抓住灵魂的若干境界，把这些境界变做自己的。"② 李健吾还认为，一位批评者"他不仅仅是印象的，因为他解释的根据，是用自我的存在印证别人一个更深更大的存在……他不仅仅在经验，而且要综合自己所有的观察和体会，来鉴定一部作品和作者隐秘的关系"。③ 正是因为这种鉴赏的心态，李健吾的批评文字特别的美，你看他的语言：

> 但是，读者，当我们放下《边城》那样一部证明人性皆善的杰作，我们的情思是否坠着沉重的忧郁？我们不由问自己，何以和朝阳一样明亮温煦的书，偏偏染着夕阳西下的感觉？为什么一切良善的歌颂，最后总埋在一阵凄凉的幽喧？为什么一颗赤子之心，渐渐褪向一个孤独者淡淡的灰影？难道天真和忧郁竟然不可分开吗？④

读这一段文字，我们自然而然地想到钟嵘的《诗品序》，想到司

---

① 李健吾：《咀华集·咀华二集》，复旦大学出版社2005年版，第2页。
② 李健吾：《自我和风格》，见《李健吾文学评论选》，宁夏人民出版社1983年版，第214页。
③ 李健吾：《咀华集·咀华二集》，复旦大学出版社2005年版，第24页。
④ 同上书，第37页。

马迁的《报任安书》或者白居易的《与元九书》，因为他们有一个共同的特征：既可以读作文学批评，也可能读作文学散文。

李健吾的随笔体批评不仅优美，而且精练准确：

> 《边城》是一首诗，是二佬唱给翠翠的情歌。《八骏图》是一首绝句，犹如那女教员留在沙滩上神秘的绝句。①

读这一段文字，又使我们想到刘勰《文心雕龙·明诗》篇对嵇康、阮籍的评价："嵇志清峻，阮旨遥深"。用一句话甚至一个词来品点一个作家或一部作品，这也是传统文论惯用方式：一言以蔽之。《咀华》二集中的文章都很短，最短的只有几百字，最长的也不过四五千字，真正是言简意赅、意在言外。温儒敏指出，李健吾的语言方式"显然吸收了我国传统批评语言表达的特点：不重逻辑分析，而重直觉感悟，通过形象、象征、类比等直观的语言方式去引发读者的直觉性思维，由'得意忘言'之途去体悟、把握审美内容"。② 李健吾对批评对象之风格、意境的评析和把握，通常是从整体审美感受入手。因此，他更多的是与读者一起体验和品味作品，而不是对作品下断语、作判断。因此在语言方式上，他实际上是回归了传统，将自己对作品的透彻玲珑之悟表现为一种言外之意。

李健吾的随笔体批评是评点式的：点评沈从文的《边城》"是热情的，然而不说教；是抒情的，然而更是诗的"，点评蹇先艾的小说是"凄清"的；点评萧乾的小说"忧郁"而"美

---

① 李健吾：《咀华集·咀华二集》，复旦大学出版社2005年版，第26页。
② 温儒敏：《批评作为渡河之筏捕鱼之筌——论李健吾的随笔性批评文体》，《天津社会科学》1994年第4期。

丽",点评曹禺的《雷雨》"伟大"而"罗曼蒂克",点评李广田的散文"素朴和绚丽",点评何其芳的散文"凸凹,深致,隽美"等。① 使用描述式而非判断式的评点语言来传达批评对象之神情和韵味,这正是中国古代文学批评的文体传统。

李健吾随笔体批评对古典批评文体的复活,还有一点就是隐喻性言说。比如对萧乾《篱下集》的品评:"《篱下集》好比乡村一家新开张的店铺,前面沈从文先生的《题记》正是酒旗子一类名实相符的物什。我这落魄的下第才子,有的是牢骚,有的是无聊,然而不为了饮,却为了品。所以不顾酒保无声的殷勤,先要欣赏一眼竿头迎风飘飘的布招子。"② 多少年之后,我们或许会遗忘李健吾这篇文章的具体内容,但"乡村新开张的店铺"和"迎风飘飘的酒旗子"这两个比隐,我们无论如何是不会忘记的。这也正是中国古代批评文体隐喻式言说的魅力之所在。

尤为可贵的是,李健吾的随笔体批评还有一种较强的现实感,《咀华集·答巴金先生的自白》指出:"有的书评家只是一种寄生虫,有的只是一种应声虫。有的更坏,只是一种空口白嚼的木头虫。"又说:"批评不像我们通常想象的那样简单,更不是老板出钱收买的那类书评。它有它的尊严。犹如任何种艺术具有尊严;正因为批评不是别的,也只是一种独立的艺术,有它自己的宇宙,有它自己浓厚的人性做根据。一个真正的批评家,犹如一个真正的艺术家……"③ 看看我们今天的文学批评,"寄生虫"、"应声虫"、"木头虫",以及"被老板收买的书评"还少

---

① 李健吾:《咀华集·咀华二集》,复旦大学出版社2005年版,第26、50、46、48、57、82页。
② 同上书,第36页。
③ 同上书,第15、16页。

吗？所以，李健吾对批评"尊严"的呼唤，对批评家独立人格艺术精神的呼唤，有着很强的现实意义。20世纪三四十年代的京派批评家，无论是李长之以传记体写人格、沈从文以印象体写真情，还是李健吾以随笔写人和艺术的尊严，他们重视批评的人格化，重视批评的艺术精神，这些都是古典批评文体的人文传统在现代文学批评书写中的复活。

（原载《中山大学学报》2008年第1期；人大复印报刊资料《文艺理论》2008年第5期）

第十四章

凡客的咆哮：新媒体时代的批评文体

一时代有一时代之文学，一时代也有一时代之文学批评，特定时代的文学文体与此时代的批评文体有着某种必然的关联。在我们这个新媒体时代，随着"网络"越来越成为一个无所不能的定语（网络文学、网络文化、网络政治、网络游戏、网络爱情……），网络批评也越来越成为一种不容忽略的新的批评文体。网络批评以不同于传统纸媒批评的体裁、语式和风格，已经成为我们这个时代"凡客的咆哮"，甚至有可能成为"一时之文学批评"。中国文论历来重视文体的辨析与阐释，子墨子曰："立辞而不明于其类，则必困矣。"（《墨子》卷十一）明人徐师曾也讲："文章必先体裁，而后可论工拙；苟失其体，吾何以观？"[①] 网络批评这一新的批评文体的兴起，并未引起学界的重视，更鲜见系统而深入的研究。本章从对"凡客体"和"咆哮体"这两类网络批评文体的分析入手，阐释网络批评的文体特征，辨析网络批评的文体类型及体貌风格，并在此基础上，揭示新媒体时代网络批评文体的文化价值及其

---

① （明）吴讷著，于北山校点；（明）徐师曾著，罗根泽校点：《文章辨体序说　文体明辨序说》，人民文学出版社1962年版，第78页。

对于中国文学和文化批评的意义。

一 凡客·咆哮·网络批评

2011年7月17日新华网报道《大学校长们的毕业致辞：清华凡客体 北大咆哮体》。该报道列举了清华、北大、复旦、武大等名校校长在各自学校毕业典礼上的致辞，并特别指出清华大学顾秉林校长的致辞是凡客体，而北京大学周其凤校长则是咆哮体。这里说的"凡客体"和"咆哮体"是两种颇有代表性的网络文体，二者不仅缘（源）起各异，而且其体裁、语式及风格迥别。

（一）凡客

"凡客体"滥觞于凡客公司的广告推介，而凡客（VANCL）公司是一家从事服装贸易的IT企业，VANCL的中文名称是"凡客诚品"，故"凡客"有"凡人皆是客"的意思，表明企业对顾客的诚意。凡客公司的产品代言人是青年作家韩寒和青年女演员王珞丹，韩寒的广告词：爱网络，爱自由，爱晚起。爱夜间大排档，爱赛车，也爱29块的T-SHIRT。我不是什么旗手，不是谁的代言，我是韩寒，我只代表我自己。我和你一样，我是凡客。王珞丹的广告词：我爱表演，不爱扮演；我爱奋斗，也爱享受生活。我爱漂亮衣服，更爱打折标签。不是米莱，不是钱小样，不是大明星，我是王珞丹。我没什么特别，我很特别；我和别人不一样，我和你一样，我是凡客。

"凡客体"的基本语话方式在上述两段广告词中形成，那就是，"爱……不爱……是……不是……我是……"上面提到的清华"凡客体"就是指顾秉林校长的毕业致辞中有凡客体句式，比如："在我的眼中，你们爱真理，也爱生活；爱自己，也爱公益；爱机械制图，也爱引体向上……没有什么畏惧与不可能，你们是阳光的7字班！"自2007年开始，"凡客体"在网上迅速蹿红，模拟者众，大有"凡网客皆作'凡客体'"之势。于是，"凡客体"不仅成为众多网客竞相摹写的创作性文体，而且还成为网客们嘲讽调侃各类名人及其作品的批评性文体。或者这样说，当大大小小的文化名人及其作品被"凡客体"时，凡客们的"凡客体"就成了名副其实的批评文体。

（二）咆哮

"咆哮体"最早起源于豆瓣网，为豆瓣网马景涛的fans经常使用。马景涛是台湾影视演员，其表演风格以"咆哮"为名片：夸张的表情，怒吼的台词，满口台湾腔的疾呼式的"有木（没）有"……马景涛的模仿者们，如果他们也是影视演员，则在自己的表演中"咆哮"；如果他们是网客，则在自己的批评文体中"咆哮"。"咆哮体"的文体功能是在回帖时吼叫，或者在QQ、MSN等网络对话中喟叹；"咆哮体"的话语模式为，经常以"有木有"和"伤不起"为句子后缀，表达对某一类人群或某一种职业的同情、悲悯甚至悲叹；"咆哮体"的标志性特征是每一个句子后面均有一连串的感叹号和（或）问号，从而酿成"咆哮"的长度（时值）和高度（音高）。

"咆哮体"的代表作是2007年问世的一篇名为《学法语的人你伤不起啊！》的帖子，自言学法语的千种艰难和万般无奈：人称代词也是琳琅满目啊/主语有六种有木有/直接宾语有六种有木有/间接宾语有六种有木有/介词宾语有六种有木有/反称代词有六种有木有/放到句子里各种排序一二三四五六七有木有有木有……（笔者注：每一个"有木有"后面都有一长串感叹号，为节省篇幅，从略）当然，"咆哮体"不光是同情学法语的，也同情学越南语的，还同情学摄影的文科生和学习飞机制造的女大学生。上面提到的北京大学周其凤校长的"咆哮体"，则是在毕业致辞中不断地对他的学生说：你们一定不会忘记……你们一定要忘记……虽说是长者的耳提面命，倒也是拳拳之心可昭日月。又可见"咆哮体"的文体风格不仅仅是咆哮。

（三）网络批评

"凡客"与"咆哮"均为网络批评，它们既可以是对网络批评主体的界定（"我是凡客"或"咆哮的凡客"），也可以是对网络批评方式的描述（"咆哮"或"凡客的咆哮"），还可以是对网络批评文体的命名（"凡客体"与"咆哮体"）。总之，"凡客"与"咆哮"这两类具有代表性的网络文体，依次从批评主体、批评方式、批评功能、批评生态等不同层面彰显出新媒体时代网络批评的文体特征。

从批评主体看，与传统的纸媒批评不同，网络批评者大多不是专业或职业的批评家，而是在网络世界漫游的网民。"我是凡客"作为对批评主体的界定，有着双重内涵：凡人皆是客，不要问我是谁，也不要问我从哪里来或到哪里去。此其一；我不是教授，我不是学者，我不是理论家，我不是批评家，我是凡客。此其二。去职业化、去精英化、去学院气、去学究气，可以说是网络批评的主体性诉求。就批评主体的年龄而言，网络文学批评呈现出年轻化趋势。年轻人有朝气，有激情，有活力，因而他们的批评文本有批判意识，有先锋意识，有创新意识，虽然在思想深度、理性判断和艺术体悟等方面尚未成熟。

在批评方式上，网络批评一般不作长篇大论，不作高头讲章，更多的是"凡客的咆哮"，这所谓"咆哮"不仅仅是咆哮，而是或啸或默，或动或静，或狂或狷，或冷嘲热讽或一往情深，或锋芒毕露或深不可测……更为重要的是，网络批评改变了传统纸质文学批评那种"一（方）对一（方）"的论战批评模式。在很多时候，对于同一部文学作品、同一个文学问题或者同一个文学事件，网络批评是"N（方）对N（方）：批评者与被批评者，批评者、被批评者与围观者，批评者的正方与反方，被批评者的论友与论敌，围观者的正方、反方、正反方、反正方……这种多维度的互动批评模式，才是真正意义上的"百花齐放、百家争鸣"。这种"N方共存"的文学批评，对作家的启迪、对文学研究的深入、对文学批评的繁荣和发展，无疑是有利无害的。"在互联网上找到合适自己的伙伴，写出来的文章或者段子有人欣赏，有人评论，写作的热情从来没有如此的火热过。曾经那么遥远的文学，还有那些高高在上的作家们，都不再遥远和高深莫测，每个人的才智和本性在网上都能得到充分的展示。"[1] 新的思想和理念，在"N对N"的对话和碰撞中不断深化，网络批评的互动性和开放性为网络批评方式的多样性提供了前提和可能。

从批评功能看，网络批评所强化的是娱乐功能，所强调的是市场功能，所凸显的是便捷功能。我们知道，传统的纸媒批评强调的是政治教化功能，是"微言大义"，是"文以载道"。当然，网络批评也要言志抒情，但这里的"志"或"情"是个人化的，

---

[1] 唐敏：《谁说这是中学生作文》，转引自《一生最美一文·小说卷》，中国工人出版社1989年版，第1页。

最多是行业化的，如"咆哮体"关于某一种职业的调侃式自述。打个比方，如果说纸媒批评属于中规中矩的国宴正餐，需要有正襟危坐的仪式感，那么网络文学批评则更似快餐文化，需要的是后现代精神。后者能让人在品评时轻松舒畅、无所顾忌，或闲庭信步，或挥洒自如，就像在自助餐店里随意品尝食物。我是凡客，凡人皆是客，凡客们之间的相互批评，像是在议论日常生活中的某件事或某个人，能够很好地传达读者在阅读时的意趣、感悟和心情。那种漫不经心，那种自然而自由，颇有"行到水穷处，坐看云起时"的味道。

从批评生态看，在市场经济条件下，网络文化的开放性、兼容性与共享性，使其能以更加平民化的姿态为社会大众所接受；同时，网络语言的多样性、互动性与游戏性，也推助和造就了网络批评的平民化和大众化，使得传统语境下只属于学院小圈子的文学批评，成为凡客即网络大众能够接受、认可并参与的文化活动。诚如里斯曼所说："流行文化实质上是消费的导师，民众是购买者、游玩者或者业余的观察者。"[①] 传统纸媒上发表评论文字需要（编辑—主编—官方）"一审再审"，而这种批评生态在新媒体时代已不复存在。网络上发表文学评论，大多不需要看别人的脸色，也不担心挨别人的剪刀。批评者大体上可以自由而自然地发表自己的观点，抒发自己的情感。网络文学批评有着十分宽敞和自由的发布平台，这使得愈来愈多的"凡客"找到了"咆哮"的机会和场所。

---

① ［美］大卫·里斯曼：《孤独的人群》，刘翔平译，辽宁人民出版社1989年版，第197页。

二　网络批评文体的类型辨析

　　上一节以"凡客体"和"咆哮体"为个案，分析网络批评的文体特征；但网络批评又绝不仅仅只有"凡客"和"咆哮"二体，而是百花齐放，百体争鸣："知音体"、"梨花体"、"纺纱体"在各大网站争奇斗艳，"淘宝体"、"校内体"、"私奔体"在网客之间或独霸一方或各擅胜场，并拥有不计其数的粉丝；"蜜糖体"、"琼瑶体"、"羊羔体"更是你方唱罢我登场，各领风骚三五天……新媒体时代的网络批评，其文体种类之多，其更新速度之快，令人叹为观止。有专家指出，当下可谓批评时代的"百家争鸣"。面对如此繁杂的网络批评文体，一件必要而且紧迫的工作是，如何对网络批评进行文体分类和辨析。

　　文体分类的一个基本原则和方法，就是找到一个统一的标准然后将这种标准一以贯之、一分到底、一网打尽。比如中国古代文学的"文"与"笔"之二分，又比如西方现代文学的"叙事、抒情、戏剧"之三分。可是，既有的关于文体分类的任何一种原则和方法，都不可能将当下网络文体"一网打尽"。比如，以"批评主体"为标准，我们可以分出：青年学子言情的"校内体"，轻薄文人炫艺的"梨花体"，精明商贾销品的"淘宝体"；又比如，以"话语方式"为标准，则可以分出："有木有"重叠、感叹号满眼的"咆哮体"，删简就繁、宁滥毋缺的"琼瑶体"，甜到腻、腻到呕的"蜜糖体"；还比如，以"文体诞生的背景或事件"为标准，可以分出：缘于武汉市纪委书记车延高拿下第五届鲁迅文学诗歌奖（2009）的"羊羔体"，缘于"我爸是李刚"事件（2010）的"李刚体"，缘于腾讯QQ对360公司

"作出了一个非常艰难的决定"（2010）的"3Q体"等。可见，无论我们从哪一种分类标准出发，都不可能将既有的网络批评一网打尽。

正如本章第一节所谈到的，文体特征的形成，既有言说主体的定位（"我是凡客"），也有言说方式的选择（"凡客的咆哮"），还有言说风格的酿成（或"凡客体"或"咆哮体"）。而在文体构成的诸多因素中，文体风格是最为核心最为关键的（在英语中，"文体"和"风格"是同一个词即 STYLE）。对"风格"的界定是，"风格是经过具有创作个性的作家自由运用一定语体并形成特征的结果。"[1] 在这个定义中，"作家"、"个性"、"语体"、"特征"等关键词皆在其中了。由此可见，以"风格"为分类标准进入网络批评的文体辨析，不失为一个好的角度或切入点。刘勰《文心雕龙·体性》篇专论文体风格，"若总其归涂，则数穷八体"；本文从风格辨析的角度切入网络批评文体的研究，可谓"若总其归途，则数穷六体"，而且"六体"之中是两两相对，一分为三。

（一）精约与繁缛："点击体"与"琼瑶体"

网络批评最大的自由是任何人都可以当"批评家"，但能否写出一流的文学批评则是另一回事了。网络文学批评在很多时候，批评者出于时间和自身需要的考虑，留言不会太长，一两句话可以，三言两语也可以，言简意赅，恰到好处，这就是"精约"。而论起"精约"之妙，莫过于"点击体"。什么是点击体？说起来很简单，你喜欢或者厌恶哪部网络文学作品，你去点击支

---

[1] 童庆炳：《〈文心雕龙〉"因内符外"说》，《福建论坛》2001 年第 5 期。

持或者反对它。从某种意义上说,"点击体"基本上脱离了"运用文字去评论文学作品"这种纸媒批评的传统方式,因为你只需要轻轻地用手指在某个固定区域点动鼠标,即可发表你对某部文学作品的好恶和褒贬,这颇似司空图在《二十四诗品·含蓄》中所说的"不着一字,尽得风流"。可以说,"不着一字,尽得褒贬",恰好是"点击体"的神妙之处。

与"点击体"相反的是"琼瑶体"。前者精约后者繁缛,前者惜墨如金后者啰唆成癖。《文心雕龙·体性》篇:"精约者,核字省句,剖析毫厘者也。繁缛者,博喻酿采,炜烨枝派者也。"如果说"点击体"是"核字省句"甚至"无字无句"而只需点击,那么"琼瑶体"则是"炜烨枝派"甚至枝派太多。"琼瑶体"又名"奶奶体",起源于著名言情小说家琼瑶的文学作品以及琼瑶剧的对白。网友将"琼瑶体"的特点总结为语言绝对删简就繁,宁滥毋缺,能绕三道弯的绝不只绕两道半,能用复句结构的绝不用单一结构,能用反问句的绝不用陈述句,能用排比句的绝不用单句,能哭着说喊着说的绝不好好说。比如新月评《仙剑奇侠传4》:"我真的好喜欢菱纱,不管是那个刁蛮任性的菱纱,活泼可爱的菱纱,还是最后楚楚可怜的菱纱,我喜欢的就是菱纱,爱的也是菱纱,我魂牵梦绕的菱纱,我神魂颠倒的菱纱……"

(二) 豪放与婉约:"咆哮体"与"知音体"

前面谈到,"咆哮体"的语体特征是"有木有"、"伤不起"等词语的重复再加上满眼的感叹号和问号。而这种话语方式所形成的风格特征就是豪放。凡客们豪放,文化人也豪放,作家、导演、艺人纷纷加入豪放的"咆哮"大军,就连天后王菲也进来了。"咆哮体"一般出现在回帖或者网络评论的对话中，很多"咆哮体"的粉丝还很注意感叹号的排序，适当的排序可以使"咆哮体"显得美观，而又能表达自己的情感。"咆哮体"使用者激动的时候会觉得一个感叹号不能表达自己的情感，而打出很多感叹号，如 max1025 评《尘缘》："有木有能有一天让我不痛苦地等待更新啊啊啊！！！"对于这种强烈的宣泄情感的批评方式，重庆明亮心理咨询所邱驷医生认为：如果"咆哮体"真的可以成为一部分人减压发泄的手段，也未尝不可。

与"咆哮体"的豪放相对的是"知音体"的婉约。豪放与婉约，常常用来形容宋词的两大风格流派。宋人俞文豹《吹剑续录》有一段经典式描述："东坡在玉堂，有幕士喜讴，因问：我词比柳词何如？对曰：柳郎中词，只好十七八女孩儿，执红牙拍板，唱杨柳岸，晓风残月；学士词须关西大汉，执铁板，唱大江东去。"（俞文豹《吹剑续录》）如今，在网络批评中，"豪放"与"婉约"的古典博弈，演变为"咆哮体"与"知音体"的当代对峙。"知音体"的名称来源于著名杂志《知音》，《知音》多刊登爱情故事，其煽情路线相当成功，它通过对那些据说是真实的情感故事的叙述，以婉约的泪水作为催化剂，赢得了广大读者的青睐因而也占领了期刊市场。读了《知音》的故事，你会产生两种想法，"原来还有比我更惨的人，我要好好珍惜自己的生活"；"原来还有比我活得更精彩的人，我要好好向他们学习"。《知音》一直就在关注一种边缘阶层的生活，让读者觉得生活比电影更精彩。网络流行的"知音体"用煽情的标题和婉约的文字来吸引读者的眼球，它追求的是情绪哀怨和词语悲美，比如小看苍穹评《武林外传》："漂泊多年浪子终回头，你可知痴情老板娘为你一路的默默守望？"

(三) 典雅与通俗:"红楼体"与"梨花体"

相对于纸媒批评,网络批评的总体风格是通俗的、大众的。但是,网络批评文体之中并不乏"落花无言,人淡如菊"式的"典雅体"。从根本上说,人类追求"典雅"的那种古典式情怀不是偶然的,它来自人类对传统文化的迷恋与深爱,也来自平民百姓对本土文化遗产的崇敬与珍惜。中国人从来就不乏"厚古薄今"的情怀,即便是在网络时代,国人对华夏传统文明或多或少有着某种精神皈依和形式向往。市场化大潮中,物欲横流、六根难净,人们多为欲望所囿而心身疲惫,深陷于泥沼而难于自拔。俗话说,缺什么补什么。这个时代缺的是"典雅",因而网络批评文体的典雅风格则成了这个病态社会的一剂良药。例如"红楼体"。"红楼体"的主人把自己想象成清朝才女,恰好是对传统文化的向往和回归。从对"红楼体"的阅读中,我们分明地能感受到那种悠游于古典和现代之间的茕然独步和从容自在,如即若成评《尘缘》:"怎地妹妹倒与我生分起来了,看看就是了,非要回个劳什子帖。真正是把姐妹情分看生分了罢。"

现代白话诗歌作为新文化运动的产物,是要用通俗取代典雅。而网络批评的"梨花体"是此一"进化"的果实。"梨花体"谐音"丽华体",因女诗人赵丽华而得名。"梨花体"因其通俗而现代,因其太通俗而后现代,故而引发争议,被有些网友戏称为"现代口水诗"。"梨花体"诗被人戏谑为具有以下两大特点:其一,随便找来一篇文章,随便抽取其中一句话,拆开来,分成几行,就成了"梨花诗";其二,一位汉语说得很不流利的外国人,也就是一位天生的"梨花体"大诗人。比如樱桃小丸子评《风野七咒》:毫无疑问/我推荐的书/是起点网/最好滴。此外,前面谈到的"羊羔体",其风格特征也是通俗如"梨花"。

当然,网络批评的风格绝非上述三大类,网络批评的文体亦绝非上述六体。然而,由于目前学界对网络批评的研究尚处于"初级阶段",也由于笔者对于网络批评的文体辨析有待深入和拓展,因而只能作出上述"初探"。这也从一个侧面说明,网络批评的文体研究有着广阔的空间,这个领域是大有可为的。

三 网络批评文体的文化价值

刘勰《文心雕龙·时序》篇:"文变染乎世情,兴废系乎时序。"[1] 姚华《弗堂类稿》亦强调:"文章体制,与时因革,时世既殊,物象既变,心随物转,新裁斯出。"[2] 这里的"世情"和"时序"或者"时世"和"物象",其实就是特定时代的文化特征;而"文"的变化与"时"相关,实际上是说特定时代的"文"能体现出特定时代的文化价值:文学文体如此,批评文体亦然。比如,唐宋是一个诗词的时代,故这个时代的批评文体以"论诗诗"和"诗话"、"词话"为大宗,而"以诗论(说)诗"的言说方式即文体样式,正好体现出那个时代诗性文化的内在价值。那么,新媒体时代的网络批评,是如何体现出我们这个时代的文化价值的呢?

---

[1] (梁)刘勰著,范文澜注:《文心雕龙注》下册,人民文学出版社1961年版,第675页。

[2] 姚华:《曲海一勺》,交通书局1942年版,第3页。

（一）"文体自由"和"百体争鸣"的赓续

本文用《凡客的咆哮》作正题，是想传达这样一个文化信息：新媒体时代的文学批评重新获得了"文体自由"，重新迎来了"百体争鸣"。

本来，几千年的中国古代文学批评，批评家从来都是拥有文体自由的，他们可以选用任何一种文体从事文学理论批评的写作。近代以来，随着西方文化的强势进入，随着分科治学的制度化或体制化，"文备众体、百体争鸣"的文学理论批评，逐渐演变为"罢黜百体，独尊论说"：所有的文学理论批评别无选择地选择论说（著）体。改革开放以来，尤其是21世纪以来，国学复兴，传统文化及其言说方式借助现代媒介重新进入人们的视野并深刻影响国人的文化和精神生活。正是在这样一个文化语境下，中国文学批评惯有的"文体自由"和"百体争鸣"的文化传统，随着网络批评的兴起和发展重返吾国吾土；或者这样说，网络批评以"凡客"的主体定位和"咆哮"的语体选择，赓续并弘扬了中国文论"文体自由"和"百体争鸣"的文化价值。

在一个宽泛的意义上说，"凡客"和"咆哮"均具有文化隐喻义。"凡客"，是对网络批评主体的隐喻。网络世界的批评者，他们是非专业的，是凡人；他们又是非职业的，是客人。而正是这种"凡客"身份，使得他们更少羁绊和纠结，更多自由和自然。也正是这种"凡客"身份，使他们的文学批评更多生命的感悟，更多童心和真性。"咆哮"，是对网络批评言说方式及文体风格的隐喻。咆哮是"啸"也是"默"，是"狂"也是"狷"，是"絮语"也是"无言"，是简约如"点击"也是繁缛如"琼瑶"……说到底，"咆哮"是一种自由的心态和自然的言说，而这些正是纸媒批评中那些"一体独尊"的"论说体"所匮乏的。

(二)"批判精神"和"对话意识"的张扬

网络世界的凡客们有着自觉的"对话意识"，因而网络批评有着很强的"对话性"特征。网络批评文体的"对话"是即时的、现场的、短兵相接甚至是火药味十足的，表现一种自觉而强烈的批判精神。

前面谈到"凡客体"的写作有主动和被动之分，而所谓"被动"（也就是"被'凡客体'"），是指网络批评者为其批评对象代拟"凡客体"，从而以此种方式书写自己的批评和理论。比如网客为赵本山代拟的"凡客体"：爱忽悠，爱唠嗑/爱5毛一瓣的铁岭大蒜/也爱20一杯的卡布其诺/更爱15一顶的藏青鸭舌帽/你是凡客，我不是/我是赵本山/我把座驾吹上天/不信，走两步。从文体的语义层看，这仅仅是一个广告文本，为铁岭大蒜、卡布其诺、鸭舌帽乃至赵本山本人做广告；从文体的意蕴层看，这是一个文化批评文本，批判赵本山及其作品的粗鄙、庸俗和忽悠；从文体的修辞层看，这是一个反讽性文本，作者用"凡客体"特定的修辞手法（如广告代言式，"爱……也爱……"、"是……不是……"句式，代拟、调侃、反讽手法等），书写对"赵本山"这一文化符号的嘲讽和批判。

某一新的网络批评文体的诞生，常常与某一文化事件相关；而这所谓"相关"的实质性含义就是"批判"：用这一新的网络文体批评相关文化事件；或者说，这一新的网络文体就是为了批判相关的文化事件而产生的，其批判精神是与生俱来的。诸如"李刚体"、"3Q体"、"梨花体"、"羊羔体"等，天生就带有很强的批判性。正如2009年的"超女"一夜捧红了"绵羊音"，2010年的"鲁迅文学奖"一奖捧红了"羊羔体"。而所谓"羊羔体"又分两类文本，一类是（诗歌）创作文本，一类是（文艺）批评文本。车延高的白话诗《徐帆》是前一类文本的代表：徐帆的漂亮是纯女人的漂亮／我一直想见她，至今未了心愿／其实小时候我和她住得特近／一墙之隔／她家住在西商跑马场那边，我家／住在西商跑马场这边。而网客评《徐帆》则是"羊羔体"批评文本的代表：写诗／其实／很容易／把字／断开／就好了。这两个"羊羔体"文本都是颇有喜剧效果的，只是车延高的《徐帆》让人"忍俊不禁"，网客的评《徐帆》让人"心领神会"。后者的嘲讽式批评，在某种程度上折射出网民对"鲁迅文学奖"这一国家文学大奖之文学性和权威性的质疑。有网客说："如果鲁迅地下有知，他该作何反应？"可以说，正是在批判精神这一点上，网络批评体现出它特有的文化价值。

（三）"文体多媒"和"话语多元"的铸造

网络批评文体的文化价值，除了上述对"文体自由"之文化传统的赓续和对"批判与对话"之文化精神的张扬，还有对"多媒体"、"多元化"之文化特质的铸造。传统的纸媒批评是平面的、单媒的和一元的，而现代网络批评则是立体的、多媒的和多元的。比如，"凡客体"可以是文字的，也可以是图片的：名片式、灯箱广告式、诗配画式等。而"咆哮体"可以用文字（.txt、.doc、.wps等）咆哮，可以用声音（mp3、wma、wav等）咆哮，还可以用电影（mpeg、rmvb、avi，或者GuikeTime等）咆哮。网络上甚至有各种格式的"咆哮生成器"。

五年前，武汉青年胡戈用一个十来分钟的小视频《一个馒头引发的血案》批评陈凯歌的大电影《无极》，成为当时网络批评的著名事件。① 不久前，胡戈新创作出多媒体网络批评文本《咆哮体谍战剧》。导演要在一部谍战剧中植入一个空调清洁剂的广告，试了几种方法都不成功，也就是广告的效果不明显、不突出。最后是导演亲自出马，就在男女主角快要入戏的时候，导演"砰"地一下从柜子里跳了出来："我早就觉得你有别的男人了。告诉我，他是谁？"女主角羞愧难当："他……他是来洗空调的……"于是，导演撇下剧情开始咆哮，而这长达五分钟的"咆哮体"台词全部是关于空调清洁剂的，诸如"矮油，会用某品牌消毒剂的男人上辈子都是折翼的天使啊有木有！！！"显然，胡戈的《咆哮体谍战剧》是嘲讽和批评影视剧植入广告的；可是，颇为吊诡的是，这个《咆哮体谍战剧》真的就是一条广告。这使我们想起周立波《一周立波秀》的一句经典台词："严禁在广告时间插播电视剧"。周立波的清口"咆哮"与胡戈的多媒体"咆哮"，在有一点上是相通的：荒诞式反讽。

新媒体时代的网络批评，作为一种正在兴起的文体样式，既以多媒体的"咆哮"打破了方块汉字在 PAGES 上单媒的平面的组合，又以"凡客"的勇气拆除了横亘于"文学（创作和批评）"与网客之间的门槛。游走在网络世界的"凡客"们，凭借一台电脑一截网线自由地"咆哮"，编织自己的文学批评之梦。当然，也恰恰是因为这一点，网络批评就目前的状况而言大体上是一场狂欢的盛宴。狂欢是诱人的、震撼的，但是，狂欢之后呢？如果说这场狂欢的最大意义，是重新获得了批评者的文体自由，从而撼动并打破了纸媒批评"一统天下"的格局，使网络

---

① 李建中、李小兰：《文学与批评：怎么说比说什么更重要——以几部经典作品为例》，《文艺争鸣》2008 年第 3 期。

批评占据了文坛的半壁江山,那么,接下来的任务恐怕就是如何经营这半壁江山了。因此,网络批评要想获得更进一步的发展,必须理性地审视自身,审视自身目前的发展现状以及遭遇的问题,打破瓶颈,解除桎梏,克服自身的种种缺陷,由"凡客"走向网络批评的"共同体",由"咆哮"走向网络批评的"多声部",从而使网络批评获得充分而健康的发展。既然网络已经"一网打尽世界"[①],那么,生活在新媒体时代的网络批评者,为什么不能期望"一网打尽(文学和批评的)世界"?

(与殷昊翔合著,原载《学术论坛》2012年第4期)

[①] 陈莉:《网络文学批评中的精神维度遗失——以何学威、蓝爱国〈网络文学的民间视野〉为例》,《当代文坛》2007年第1期。

第十五章

他人的主脑:张艺谋大片之文体学批判

《满城尽带黄金甲》(以下简称《黄金甲》)正在全国各大城市热映,据说第一周的票房就已经超过亿元。有幸先睹为快的娱记和影评人,早已将他们的赞美之词抛撒在大大小小的报纸和形形色色的网站上。有人甚至预言:张艺谋大片那种"高票房,低口碑"的历史已经结束,《黄金甲》冲击奥斯卡指日可待。稍微理性一点的影评人可能会指出《黄金甲》的一些小毛病,但马上会宽容地说这不能怪张艺谋,因为他要忙于筹备奥运会的开幕式,没有更多的时间和精力来打磨他的《黄金甲》。言外之意是说老谋子不该为彼"奥"而牺牲此"奥"。当然,也有"恶搞"的,比如讥讽《黄金甲》的众女露乳为"满城尽是大馒头"。此话太过低俗,远没有达到胡戈的"馒头血案"那种水准。我们倒是有些担心:假如有一天真的诞生了胡戈式的掷向《黄金甲》的"馒头",那些大唱赞歌的影评人和娱记们会不会对张艺谋也反戈一击,就像当年对陈凯歌那样?

平心而论,《黄金甲》确实有超出《英雄》和《十面埋伏》的地方:不是指这类大片经常使用的三件"大":大明星、大场面、大色块;而是张艺谋又开始讲故事,也开始刻画人物了。看着银幕上一袭黄金凤袍的巩俐,我们仿佛又看到高粱地里腰系红肚兜的九儿，看到大染房里白衣白裤的菊豆，看到在尘土飞扬的官道上艰难跋涉的陕北大嫂秋菊。不是说大明星巩俐塑造的这些银幕形象有什么共通之处，而是从《黄金甲》的人物和故事中我们似乎看到了20世纪的张艺谋，看到了热衷于拍大片之前的张艺谋。

一　三个"一"

那个时代的张艺谋不带黄金甲，但是有"主脑"。

说起"主脑"，须得从明末清初的李渔谈起。李渔在他那个时代，也算是演艺界的大腕，而且是全才：能编、能导、能演、能评，还是剧团的老板。其《闲情偶记》之《词曲》、《演习》、《声容》三部（后人辑为《李笠翁曲话》），是中国戏曲理论史上的经典之作。湖上笠翁的戏曲理论本色当行、系统周全，因立足于舞台演出（所谓"传奇之设，专为登场"）而独树一帜且影响深远。李渔的戏曲理论是一套三字经，其中最为著名的是"立主脑"三字。何为"主脑"？一般的教科书都解释为"中心思想"，这是不对的。李渔说："主脑非他，即作者立言之本意也。"作家"立言之本意"不一定就是作品的"中心思想"，作品艺术形象大于（或小于）作者创作思想，是常见的现象。但这还不是主要的。李渔紧接着又说："此一人一事，即作传奇之主脑也。"可见李渔所说的"主脑"，至少应包含三个"一"：一意（即作者立言之本意），一人（作品中的主要人物），一事（作品的中心事件）。为说明"一人一事"，李渔举出的例子是《琵琶记》的蔡伯喈"重婚牛府"和《西厢记》的张君瑞"白马解围"，两出戏的人物、事件乃至种种矛盾冲突都是由此而展

第十五章　他人的主脑:张艺谋大片之文体学批判

开的。而且更进一步说,离开了这"一人一事",两出戏的"一意"则无从表现。

西方戏剧理论讲"三一律",李渔讲"三个一",说法不同,旨趣相近:都是强调故事和人物对于表达作者本意乃至作品思想的决定性意义。张艺谋是老导演,可谓深谙此道。他的 20 世纪的作品,如《红高粱》、《菊豆》、《秋菊打官司》、《大红灯笼高高挂》、《活着》等,成功就成功在有"主脑",有"三个一"。比如《秋菊打官司》,从标题就可以看出三个"一":一人,农妇秋菊;一事,打官司,讨说法;一意:底层人通过法律的手段讨回自己作为人的尊严。这三个"一"是互相依存密不可分的,尤其是"一人"、"一事"最为要紧,舍此,如何言说"一意"?当然,这还是在一个浅表的层面讨论问题。往深处说,《秋菊打官司》人物性格刻画的细腻和准确,故事讲述的层次感和起伏感,在张艺谋 21 世纪的大片中再难看到;而《秋菊打官司》对生活原生形态的出色传达,对社会变迁和时代脉动的敏锐把握,对底层民众和普通人命运的真诚关爱,在张艺谋后来的大制作中几乎荡然无存。

张艺谋凭借着前期作品的"主脑"(三个"一"),打动了千千万万普通中国观众的心,也打动了大大小小电影节的国外评委的心。进入 21 世纪,已经是国际著名导演的张艺谋,有太多的事要操心:如何吸引投资,如何赢得票房,如何摘取奥斯卡,如何使得他旗下的庞大的电影机器能日复一日、年复一年地高速运转……他不再关心农妇秋菊的官司能否打赢,不再关心乡村小学的孩子是否一个也不能少,也不再关心城市平民是否有话好好说。这当然不能责怪他,他实在是无暇、无力,亦无心。

二　三件"大"

从学理的层面论，张艺谋 21 世纪的电影，其导演策略发生了质的变化：由三个"一"走向了三件"大"。我们看《英雄》和《十面埋伏》，无论是皇廷、后宫还是沙场、林莽，无论是将士的呐喊还是舞女的弹唱，张艺谋都在不遗余力地追求视觉和听觉意义上的"大"。而本该居于主脑位置的一人、一事、一思，只好退居其次了。严格地说，张艺谋的大片已经没有主脑，《十面埋伏》的"事"已是漏洞百出，《英雄》的"人"和"思"更是频遭诟病。仅仅过去两三年的时间，再来努力地回忆这两部大片，除了《英雄》的黑色（大色块），《十面埋伏》的打斗（大场面），以及李连杰、刘德华、陈道明、章子怡这些大牌明星，我们还能记起些什么？

也许，我们还能记起人民币的运转和流通。先是找到强有力的资助，吸引超大额的投资；然后用这些钱营造大场面、涂抹大色块并延聘大明星；然后再将这些花出去的钱成倍成倍地赚回来；然后用赚回的钱去投资更大的大片，去赚更多的钱……找钱—花钱—赚钱—再花钱—再赚钱，以至无穷。在人民币的循环往复之中，在投资与回报的轮回之中，电影的"主脑"丢失了，电影对人心的感动、对人生的关爱、对人性的探索随之也丢失了。

更为可怕的是，在中国电影界，这并非个别现象。比如陈凯歌，本来是一个很会讲故事很会刻画人物的导演，他的《霸王别姬》，把故事讲得回肠荡气，人物写得惊心动魄，对人性、友谊、爱情的演绎更是淋漓尽致。不幸走上三件"大"的套路之后，就有了《无极》这一大败笔。《无极》的"大"，远胜过

《英雄》和《埋伏》：大明星是跨国界的，大色块是超音速的，大场面是超时空的。《无极》也不是没有三个"一"，片名就是它的"一意"，无欢和馒头分别是它的"一人"、"一事"。只是它的"意"太泛、太虚以致成为毫无内涵的无极叙事，它的人和事也太假、太空以致成为笑柄。后来胡戈正是抓住了这一笑柄才炮制出《馒头》的。再比如冯小刚，是一个更会讲故事也更会写人物的导演，他的贺岁片中的人和事能让你哭让你笑，让你亦哭亦笑。可是，等到他模仿张艺谋和陈凯歌而终于拍出一部《夜宴》时，他的"大"就令观众哭笑不得了。

三　借他人主脑走麦城

陈凯歌、冯小刚尚在为自己的"大"辩护，张艺谋则已有回归之意。其实，早在拍《千里走单骑》时，张艺谋就显露出要重觅"主脑"的意愿。虽然这是一部为高仓健量身定做的作品，但影片中的其人其事其思，仍然有着张艺谋前期作品的某些痕迹。没有任何大的场面，也没有大块的色彩，只是想老老实实地讲一个父亲与儿子的故事。可是，叙述这种跨国界的故事不是张艺谋的长处；或者说白了，张艺谋他本人并没有能力为他所崇敬的高仓健提供"一人"、"一事"、"一思"。他所擅长的是从既成的文学作品中借来"主脑"，像他的前期影片那样。没有了"主脑"，又不便于炫耀大场面和大色块，《千里走单骑》的失败就是意料之中的事了。

看来，张艺谋是回不去了。想当年在西影厂拍《红高粱》，吴天明厂长还能为他拨款种一大片高粱；而在完全市场化运作的电影体制下，离开了三件"大"，张艺谋到哪里去找钱？超强的明星阵容、炫目的武打场面、豪华的皇宫大殿、奢侈的道具服装，凡此种种都是最花钱的，凡此种种又是最来钱的。设身处地为张艺谋想一想，他也是"巧妇难为无米之炊"，总得先有买米的钱吧，烹饪出来的饭菜观众总得爱吃吧；观众吃完了可以埋单走人，可是他自己还得为下一顿更大的大餐筹集更多的银子。

然而，烹饪大师张艺谋终于发现，挑剔的观众在掏钱消费了他的大餐之后，却有"贾不本物"之怨；或者这样说：他花大钱制作的三件"大"，并不能真正地打动感众。长此以往，他的观众或许会流失，他的票房纪录或许会下滑，好不容易打下的天下、占领的市场会落入他人或洋人之手。张艺谋毕竟是"神乎技"的庖丁，面对电影市场这头怪牛，他真的是以神遇而不以目视，是官知止而神欲行了。他的技是什么？一方面，三件"大"不能丢，因为他不能没有投资；另一方面，他要重新找回三个"一"，要认认真真地"立主脑"，因为他不能没有票房。于是，就有了《黄金甲》。《黄金甲》从《雷雨》那里借来了主脑，其人、其事、其思，都是《雷雨》的。

先说其人。周公馆的男女主人公周朴园和繁漪，穿上张艺谋的黄金大袍，摇身一变，成了后唐五代的大王和王后；周萍，是周朴园和鲁侍萍的儿子，是繁漪的养子和恋人，在张艺谋的皇宫里，相应地成为太子元祥；周冲是周萍的弟弟，元杰自然是元祥的弟弟；董事长的男仆鲁贵及其美丽的女儿四凤，也就顺理成章地成为王的仆人蒋太医及其美丽的女儿蒋禅。将《黄金甲》与《雷雨》两剧中的主要人物一一对应之后，我们会发现《黄金甲》里多出一个三太子元成，其实他可以对应鲁大海，因为两人都是叛逆者。不仅人物照搬《雷雨》，很多台词也是照搬的，如"谁指使你这么做的？""母亲不喝药你就一直这样跪着！"当然也有改动之处，如《雷雨》中的周冲是一个阳光男孩，而与之对应的杰王子却清醒得神经兮兮,聪明得稀里糊涂。遗憾的是,导演的这点创意不太容易被发现,原因很简单:周杰伦的歌迷有几人读过《雷雨》?

次说其事。既然两剧的人物如此相似,两剧的故事就很难有质的区别了。《黄金甲》最扣人心弦的无非三件事:一是继母与养子那虽为人不齿却刻骨铭心的爱,二是长兄与妹妹那热情如火却是阴差阳错的爱,三是男主人对自己的妻与子之间乱伦之爱的深仇大恨。这两爱一恨既构成《黄金甲》的叙事框架、情节主线和戏剧矛盾,同时也构成人物性格发展和突变的主要心理动因和情感缘由。倘若没有了剧中主要人物的这两爱一恨,《黄金甲》满城的铠甲、满殿的菊花、漫天飞舞的弯刀和枪戟,铺天盖地的猛男和靓女,就变得毫无意义。可是,这两爱一恨是借来的。当然,《黄金甲》在借用《雷雨》之事的同时也作了一些修改,而这些修改多为败笔,比如大王为娶梁王之女而残害王后及其全家已令人生疑,小王子无端杀死长兄更是莫名其妙,父王鞭打幼子至死尚不肯住手更是匪夷所思。

再说其思。《雷雨》所要表达的,是令人窒息的阴沉和郁热,是撕裂夜空的雷电和骤雨,是一个近乎无解的悖论:爱与恨缠绕交错的雷雨,在撕裂黑夜的同时也毁灭了爱着与恨着的人……凤儿和周冲触电身亡,周萍开枪自杀。青春的第二代全死于雷雨之中,只剩下悲痛欲绝的他们的父母。《黄金甲》有着大体相似的结局,元祥、元杰、元成还有蒋婵,青春的第二代全死了,只剩下他们绝望的父王。

借《雷雨》的"人"和"事",借《雷雨》的人物设置和故事框架,张艺谋是想表现他自己的"思":权力、阴谋和贪欲。他以为将周公馆的故事搬到五代的皇宫,将曹禺的郁热和暴雨改为他的菊花和金甲,就能变《雷雨》的"思"为《黄金甲》的思。然而，他没能成功。

张艺谋所心仪的黑泽明成功过。黑泽明的《乱》用了莎士比亚《李尔王》的人物和故事，但黑泽明烹调出来的不是英国的烤牛排而是日本的生鱼片，两者的味道是完全不一样的。黑泽明只是借用了莎翁的老瓶子，装的是他自己精心酿造的新酒。而张艺谋从曹禺那里借来的，既是瓶子也是酒，只是换了包装和商标。虽然张艺谋在出道之初就学会了黑泽明的大色块，为缝制黄金甲还花重金请来黑泽明的服装师；但是，张艺谋能借来黑泽明的大色块和服装师，却借不来黑泽明的点铁成金、夺胎换骨之术。

《黄金甲》正在热映，一位影院的工作人员说："《黄金甲》影片本身好不好其实跟我们影院关系并不大，从商业的角度来讲，只要能卖钱就是好片。"这是大实话。但是，"《黄金甲》影片本身好不好"跟张艺谋的关系就很大很大了，毕竟，张艺谋不是以"卖钱"为目的的。为打造自己的黄金甲，张艺谋费了不少的银子和心血。周杰伦唱道："菊花残，满地伤，你的笑容已泛黄。"泛黄的何止是笑容？人工打造的"金甲"终究经不住时间潮水的磨洗，终究会褪色甚至会锈蚀。多少年后，谁还会记得那些铠甲、菊花、弯刀、靓女？张艺谋为炫自家"金甲"而借他人"主脑"，那些近乎赝品的"金甲"，还有银幕上的金灿灿、黑压压、绿森森、白花花，终究是过眼云烟。"主脑"，方有其真实的生命和不死的灵魂。

只是，那"主脑"是别人的。这是张艺谋的悲哀，也是当代中国电影的悲哀。

（与李小兰合著，原载《探索与争鸣》2007年第1期；《马克思主义文摘》2007年第3期）

第十六章

娱思(entertain an idea)的文体
——宇文所安批评文体的中国启示

说出来没人相信,当初对宇文所安发生阅读兴趣,是因为封面勒口的"作者简介":在介绍了宇文所安的英文名史蒂芬·欧文(Stephen Owen)和出生地密苏里(Missouri)之后,说他年轻时"初次接触中国诗,虽然只是英文翻译,但他迅速决定与其发生恋爱,至今犹然";在简述其学术经历之后,有一段更有趣的文字:

其人也,性乐烟酒,心好诗歌。简脱不持仪形,喜俳谐。自言其父尝忧其业,中国诗无以谋生,而后竟得自立,实属侥幸尔。①

读这段文字,自然想起明人张岱的《自为墓志铭》:

---

① 宇文所安被译成中文的绝大部分著作,如《他山的石头记》、《中国"中世纪"的终结》、《迷楼》、《追忆》以及《初唐诗》、《中唐诗》等,用的是同一版本的"作者简介"。

> 蜀人张岱，陶庵其号也……好美食，好骏马，好华灯，好烟火，好梨园，好鼓吹，好古董，好花鸟，兼以茶淫橘虐，书蠹诗魔，劳碌半生，皆成梦幻。

怪癖中含有深情，嘲讽中透着执着：两段文字的韵味何其相似。一位21世纪的美国哈佛学者，居然有着17世纪中国绍兴名士的性灵和神韵，此人似非等闲之辈。于是，笔者从图书馆搬来宇文已被译为中文的所有著述。

与宇文相遇是一次颇为惬意的经历，而这种"惬意"首先来自他的文体——笔者这里说的文体兼有 genre（文类）和 style（文风）二义。彦和"六观"首标"位体"，宇文何体？按通行的文体分类法，可分为论文集（如《他山的石头记》、《中国"中世纪"的终结》）和专著（如《追忆》、《迷楼》以及《初唐诗》、《中唐诗》等）两大类。可是，宇文的论文不像论文，宇文的专著也不像专著；或者这样说：读宇文的时候，没有通常读"论文"或"专著"时的感觉。当你打开一部标准的学术专著，等待着你的是什么？宏阔的篇章结构，奢侈的材料引录，似曾相识的观点，不证自明的结论，枯涩的话语，沉闷的风格，还有诸如"时代背景+作者生平+作品分析+现实价值"之类的经久不衰的套路。当你打开一篇标准的学术论文，等待着你的又是什么？同样是似曾相识的观点、不证自明的结论、枯涩的话语、沉闷的风格，不同的是多了"内容提要"和"关键词"，还有就是将专著的"页下注"改为论文的"文末注"。这一类的专著或论文，学术圈外鲜有人问津；圈内呢？恐怕多是翻阅或浏览，会有人耐着性子将这类专著或论文从头读到尾吗？彦和将阅读的快感喻为"春台之熙众人，乐饵之止过客"；如果春台堆满瓦砾，乐饵是一些重弹的老调和馊了的饭菜，则何以熙众人？又何以止

第十六章　娱思(entertain an idea)的文体

过客？

以研究中国文学为业的宇文先生，大概对上面所提及的论文或专著的套路并不陌生，所以，他在《他山的石头记》的自序中委婉地说："我以为，中国古典文学非常需要'散文'，因为它已经拥有很多的'论文'了。"紧接着，他谈到了"论文"与"散文"的种种区别：

> "论文"是一篇学术作品，点缀着许多注脚；"散文"则相反，它既是文学性的，也是思想性的、学术性的。"论文"于知识有所增益，它希望自己在未来学术著作的注脚中占据一席之地；"散文"的目的则是促使我们思想，改变我们对文中讨论的作品之外的文学作品进行思想的方式。"论文"可以很枯燥，但仍然可以很有价值；"散文"则应该给人乐趣——一种较高层次的乐趣：思想的乐趣。①

显然，宇文在这里还只是一般性地对比"论文"与"散文"的差别，故而所提到的"论文"的陋处仅限于"枯燥"。

在我们这个盛产"论文"的国土和时代，"论文"的"枯燥"是表面的；深层次的提问应该是，我们为什么要写"论文"？去掉那些堂而皇之或大而不当的理由，剩下的可能是，为了发表。供发表论文的各种级别的学术刊物，对论文的制作格式有着统一的要求，所以在文体上论文只能千篇一律。这成千上万的已经发表或等待发表的论文，又常常是（用来申请经费的）大项目或（用来申请学位的）大论文的组成部分，所以必须服

---

① ［美］宇文所安：《他山的石头记》，田晓菲译，江苏人民出版社2006年版，第1—2页。

从大项目或大论文的宏大目标：填补空白，建构体系，开辟路径，提出创新，等等。背负着如此沉重的使命，不"枯燥"才怪。

擅长写"论文"的学人（含本人），想得更多的似乎是与"发表"相关的那些事，诸如拿给哪个刊物去发表，发表后哪个刊物会转载或摘登，转载（或摘登）后会申请一个什么项目或奖励，得了项目（或奖励）后又可以生产更多的论文，更多的论文又该拿给哪个刊物去发表……在这样一个循环之中，论文作者收获了名利，学术也喜获丰收，至于宇文所说的"给人（思想的）乐趣"，就管不了那么多了。

同样是研究中国文学的宇文所安，不写论文（thesis）只写散文（essay）。

其实 essay 这个英语单词也可以译为"论文"，只是它不如 thesis 那样正式，那样有明确的学术目的（比如申请学位等），所以 essay 又可以译为"散文"，而 thesis 只能译为"论文"。Essay 的本义是"努力"或"尝试"，因而写 essay 可以努力地尝试各种语体、各种风格、各种言说方式，但写 thesis 只能用一种规定的文体。宇文说"英语的 essay 是一种颇有趣味的形式"，因为它可将文学创作的审美的愉悦性与文学批评的复杂的思辨性融为一体，可以将文学、学术与思想融为一体，"可以把文学、文学批评以及学术研究，几种被分开了的范畴，重新融合为一体"；因而用 essay 这种文体书写文学批评，"作者所面临的挑战是把思想纳入文学的形式，使二者合而为一"。[①] 由此想到中国古代批评家常用的文体，诸如论诗诗、论文赋、诗话和小说评点

[①] ［美］宇文所安：《追忆：中国古典文学中的往事再现》，郑学勤译，生活·读书·新知三联书店 2004 年版，第 1—2 页。

等，不就是宇文说的"把思想纳入文学的形式"吗？宇文在《追忆——中国古典文学中的往事再现》的前言中自谓："《追忆》是尝试把英语'散文'（essay）和中国式的感兴进行混合而造成的结果。"①

宇文的文学批评书写所使用的 essay，与宇文所说的"中国式的感兴"，二者在何种层面相契相合？或者换一句时髦的话说，二者在何种层面具有通约性？

批评文体，兼具 genre 和 style 的批评文体。

文学有文学的文体，批评有批评的文体。而我们的文学研究关心的是文学文体，对批评文体少有人问津。原因很简单：文学文体有 N 种而批评文体只有一种：论文。但是，宇文所安书写文学批评，偏偏不用"论文"而要用"散文"，所以他要关心批评文体，他要为自己辩护：书写文学批评为何要用文学文体。

《他山的石头记》是宇文的学术自选集，但他说这个集子中的文章不是"论文"而是"散文"，并特别强调"散文"是一种"娱思（entertain an idea）"的文体：

> 英文中有一个很有意思的词组："entertain an idea"（直译为"娱思"）。Entertain（娱乐）本是主人对来访的客人应尽的义务：主人在家里接待访客，热情地款待他们，专注地倾听他们的高谈阔论。"娱思"这个词是同样的风味：我们接待一个想法，以同情的态度对待它，把它视为一种可能性，考虑它带来的结果。可以后来再决定应该接受它，抑或拒绝它，抑或修正它，但是在开始的时候，它只是一种令人

---

① ［美］宇文所安：《追忆：中国古典文学中的往事再现》，郑学勤译，生活·读书·新知三联书店 2004 年版，第 1 页。

好奇和着迷的可能。一篇好的散文，应该带给我们这样的想法以"娱"之。①

作为"娱思的文体"，宇文的"散文"为读者所提供的，并非现存的结论以及为了完成这一结论所搭建的体系所点缀的注脚，而是思想的接待站，平等对话的处所，开放的空间，意外的惊喜，诗性与理思相交织的愉悦……

话又说回来，宇文所讨论的对象，无论是唐诗还是《诗经》，无论是《桃花扇》还是《庄子》，也无论是陶渊明还是司马迁，我们都太熟悉了，熟悉得以至于没有了谈兴。可是，宇文竟然在这些太熟悉的对象身上谈出了我们太不熟悉的思想。

这太神奇了。

举例说吧。人人都知道太史公"发愤著书"是为了死后留名（亦即钱钟书先生说的"死人的防腐剂"），但宇文在对太史公的细读中，在对太史公的了解之同情中，发现了司马迁生命与写作之间的弥补性平衡：活着为了著书，著书为了活着。人人都知道是刘勰写了《文心雕龙》，但宇文说《文心雕龙》还有另一位作者：骈体，而且这位作者经常与刘勰发生冲突，甚至想控制刘勰。人人都知道朝代更替与文学嬗变是相对应的，文体与文学史也是相对应的，但宇文借助庄子的"大瓠"寓言，拆解了通行的文学史研究套路……这样一些 Idea，确实能给人 Entertain；"娱思"何为产生？与文体（言说方式）密切相关：上述诸例，其言说方式依次为叙事性言说、修辞性言说和隐喻性言说。

切勿小瞧了言说方式，它会直接影响言说内容。俄国形式主

---

① ［美］宇文所安：《他山的石头记》，田晓菲译，江苏人民出版社2006年版，第2页。

第十六章 娱思(entertain an idea)的文体 ※ 237

义文论有一个著名的观点：表达（怎么说）可以激活思想（说什么），表达在一定程度上具有本体价值，"注重表达自身，更能活跃我们的思想，并迫使思想去思考所听到的东西。反之，那些司空见惯的、呆板的话语形式，仿佛在麻痹着我们的注意力，无法唤起我们任何想象。"① 宇文所安的批评文字之所以能够唤起读者的想象，能够给读者以思想的乐趣，这与他抛弃那种司空见惯的呆板的话语形式不无关系。

宇文有时候也想用"论文"的方式来书写，比如他写《迷楼——诗与欲望的迷宫》，本来是想用复杂精致的理论语言，也就是用"论文"的文体，来讨论学术界普遍存在的西方概念霸权，并且将来自中国传统的迷楼，作为抵抗这一话语霸权的工具。但是，他说他一想到"迷楼"这一隐喻，就抵挡不住"散文"这一"娱思的文体"的巨大诱惑："我就必须放弃那种理论性论述，因为它正好会重新产生出它所要抵抗的霸权话语。迷楼需要乐趣和惊喜。我们可以满怀乐趣地阅读中国诗和英语诗以及其他欧洲诗。"② 对"散文"的迷恋最终影响了他对文体的选择，他放弃了"论文"体语言因而也远离了话语霸权，走进了充满诱惑和欲望，因而也充满乐趣和惊喜的迷楼。他的同行给予《迷楼》极高的评价：耶鲁大学约翰·荷兰德称《迷楼》"采用的完全是诗的形式，因而没有陷入在近来流行的批评理论中常见的那些与诗歌龃龉不合的研究套路"；拉特杰斯大学安德鲁·韦尔许称《迷楼》的风格是"敢于冒险，让你屏息聆听"。

---

① ［俄］鲍里斯·托马舍夫斯基：《艺术语与实用语》，见［俄］什克洛夫斯基等《俄国形式主义文论选》，方珊等译，生活·读书·新知三联书店1989年版，第83—84页。

② ［美］宇文所安：《迷楼：诗与欲望的迷宫》，程章灿译，生活·读书·新知三联书店2003年版，第4页。

谢天谢地，宇文选择了"散文"。如果他用"论文"来写《迷楼》，"迷楼"就将变成"大厦"，一种填充着文学史材料的理论大厦，如同我们在成千上万的论文和论著中所司空见惯的。我们这个时代的"论文"制造者，似乎有一种"大厦情结"，总是想着要建构21世纪的理论大厦，至少要为这座大厦添砖加瓦。本人也做过大厦建筑师：先弄一个屋宇框架，然后为这个框架寻找砖瓦。好在中国古代文论历史悠久、典籍众多，找一些砖瓦并非难事。屋宇造得多了，大家终于发现一个很怪异的现象：无论建造什么性质的屋宇，都能找到砖瓦；甚至构建的是两个完全不同质的框架，也可以在同一部典籍中为这两个框架找到可用的砖瓦。于是，我们开始对这种建构大厦的方式乃至对这种大厦本身的合法性萌生疑窦。

宇文大概也是做过类似于大厦建筑师工作的，否则不会在《追忆》的前言中作如下表白："不是想为奠定中国文学研究这幢大厦添砖加瓦，也不是为修筑它高耸入云的尖顶尽绵薄之力。"他之所以写这本书，"惟一希望的是，当我们回味某些值得留恋的诗文时，就像我们自己在同旧事重逢一样，它们能够帮助我们从中获得快感，无论是经由什么样的道路，要领悟这些诗文，单靠一条路是走不通的"。[1] 当成百上千的当代中国学者都拥挤在"论文"这一条路上的时候，宇文所安找到了娱思的文体，也找到了自己的读者。用《追忆》译者的话说，宇文所安"把文学史当文学作品来写，所以就更有读者"。[2]

先秦儒家的仁爱路径是"老吾老及人之老，幼吾幼及人之

---

[1] ［美］宇文所安：《追忆：中国古典文学中的往事再现》，郑学勤译，生活·读书·新知三联书店2004年版，第9页。

[2] 同上书，第165页。

幼"；宇文所安的文体路径则是娱吾思及人之思，乐吾趣及人之趣。要做到这一点其实很不容易。首先，你自己得有"思"有"趣"；然后，你得忠实于自己的"思"和"趣"，也就是忠实于自己对文学和文学史的真实感受，而不是忠实于那些既成的文学史框架和文学批评轨道；再然后（也是最关键的），你得选择一种最适当的文体（言说方式），将你的思、趣或者感受传达给读者，从而娱读者之思，乐读者之趣。宇文一定是在吟咏中国文学关于"回忆"的诗歌时，找到他自己对"回忆"的感觉。于是，他开始回忆回忆者，他开始回忆自己对回忆者的回忆，然后他将自己的回忆老老实实地告诉读者，像是与老朋友推心置腹，像是与新朋友高谈阔论，没有大厦情结，也没有添加砖瓦的辛劳，只有娱思的欣乐和快感。

（原载《中外文化与文论》第 19 辑，四川大学出版社 2010 年版）

第三编

原"体"

第二章

"神"篇

第十七章

中国古代文体学范畴的理论谱系

本章的问题域关联两大领域：范畴论与文体学。既有的研究，无论是在文体学层面辨析古代文论范畴，还是从范畴论角度切入古代文体学，其基本思路以及显著成就，大体表现为刘勰《文心雕龙·序志》篇所言"论文叙笔"和"囿别区分"，亦即文体形态之分门别类与文体范畴之分类集束[①]。这两条路径的研究，其共通点是将"文体"问题视为"体裁"问题。已有学者指出："将文体问题简化为体裁问题有其不足之处"；即便就体裁研究而言，既有的文体学研究"没有完整把握传统文体学的内涵，相对古人来说，存在着内涵萎缩、简单化、表面化的问题"[②]。为使古代文体学研究走出"文体分类"的既有格局，并由局部扩展为整体、由现象深入本体，本文尝试在汉语词源学与原始儒学的滥觞处，追溯中国古代文体学范畴之"元"（起源与本原），建构文体学范畴的理论谱系，进而揭示其本体论价值。

---

① 关于"文体形态之分门别类"可参见吴承学《中国古代文体形态研究》（中山大学出版社2002年版），"文体论范畴之分类集束"可参见汪涌豪《范畴论》第五章"范畴与文体"（复旦大学出版社1999年版）。

② 钱志熙：《论中国古代的文体学传统——兼论古代文学文体研究的对象与方法》，《北京大学学报》2004年第5期。

白居易《与元九书》曾用"根情、苗言、华声、实义"来描述诗歌创作。作品的文体构成是一棵树，而文体范畴的谱系构成也是一棵树，是一棵参天大树。[①] 文体学范畴的理论谱系，不仅有着地域性（中国与西方）差异，也有着学科域（语言与文学）分野。中国古代文体学范畴的起源与发展，既有着古汉语文字、词汇及修辞演化之动因，亦有着传统文化通变之因缘。因此，就汉语言的文学性书写而言，中国古代文体学范畴的理论谱系可表述为以"體"为根株，以"言"为主干，以"用"为华实。

以"體"为根株，喻指中国古代文体学范畴的理论起源，由古汉语词源学的"體"、原始儒学的"体要"和先秦易学的"体"与"用"整合而成；以"言"为主干，喻指古代文体学的理论本体和结构，包括：由"體"而来的言说主体的"体性"和"风骨"，由"体要"而来的言说方式的"语体"和"体式"，由"体"与"用"而来的言说类型或外观的"体制"和"体裁"；以"用"为华实，喻指古代文体理论在批评实践中的具体应用，分别表现为由"體"、"体性"而来的属于风格批评和意象评点的"体貌"和"体悟"，由"体要"、"语体"而来的属于修辞批评的"辨体"和"尊体"，由"体"与"用"、"体制"而来的属于分类批评和语用分析的"变体"和"破体"。

谱系的建立，其路径是由近而远，由枝叶而根底。本章对中国古代文体学范畴之理论谱系的建构与阐释，由"华实"而"主干"、由"主干"而"根株"（暗合"树"的由枝到根），因而，我们先从"以'用'为华实"谈起。

[①] "谱系"一词的英译可写成 family tree，可见"谱系"与"树"之关联。

一 以"用"为华实

明代人顾尔行万历十九年刻印徐师曾《文体明辨》,其序曰:"文有体,亦有用",主张"体欲其辨"、"用欲其神",并引《周易》"拟议以成其变化",称"得其变化,将神而明之,会而通之,体不诡用,用不离体","不然,而徒曰某体某体,模仿虽工,神情未得,是父老之拟新丰,而优孟之效叔敖也,奚裨哉?奚裨哉?"[①] 文有体,亦有用:文有体,故须明辨;但若辨"体"而不言"用",则无所裨益矣。因而"体欲其辨"最终是为了"用欲其神",明辨文体的目的是掌握文体"神而明之,会而通之"之用,是为了"体不诡用,用不离体"。徐师曾《文体明辨序》有"文章必先体裁,而后可论工拙;苟失其体,吾何以观"[②] 之说,故顾尔行的"体"、"用"之论是对徐师曾文体观的阐发;但归根结底,还是对《周易》"体"、"用"观的赓续。

"体"与"用"是《周易》重要的理论范畴,它们有着两个层面的内涵,用朱熹《周易本义》的话说,一指"道之体用",一指"卦爻之用"。而卦爻乃易之体,故"卦爻之用"亦即"《易》体之用"。当然,"道之体用"与"卦爻之用"在特殊的情况下可以重合,如《系辞》下传第六章:"乾,阳物也;坤,阴物也。阴阳合德,而刚柔有体。以体天地之撰,以通神明

[①] (明)吴讷著,于北山校点;(明)徐师曾著,罗根泽校点:《文章辨体序说 文体明辨序说》,人民文学出版社1962年版,第75—76页。

[②] 同上书,第78页。

之德。"① 这是讨论乾坤两卦的"体"与"用";"一阴一阳之谓道",因而"乾"、"坤"的体与用也就是"道"的体与用。《系辞》上传第五章曰:"一阴一阳之谓道,继之者善也,成之者性也。仁者见之谓之仁,知者见之谓之知,百姓日用而不知,故君子之道鲜矣。"朱熹《周易本义》称:"此章言道之体用不外乎阴阳,而其所以然者,则未尝依于阴阳也。"② 所谓"未尝依于阴阳",也就是第五章说的"阴阳不测之谓神",因此需要用不同的卦爻来神而明之,会而通之。又可知,"道之体用"落到实处(亦即"用"到实处)则是"卦爻之用"。顾尔行《刻文体明辨·序》所引《周易》"拟议以成其变化"出自《系辞》上传第八章,而朱熹《周易本义》称"此章言卦爻之用"。③《系辞》上传第八章一口气举了七个例子,专讲卦爻体之用。第九章承上,总结为"大衍之数五十,其用四十有九";而第十章又将易体之用总括为四:"《易》有圣人之道四焉:以言者尚其辞,以动者尚其变,以制器者尚其象,以卜筮者尚其占。"朱熹《周易本义》称:"此章承上章之意,言《易》之用有此四者。"④ 第十一章又讲"兴神物以前民用","利用出入,民咸用之谓之神"。⑤ 到了这一步,《易》的"道之体用"和"卦爻之用"都实现了。

"文有体,亦有用",说到底是因为"道有体,亦有用"。刘勰《文心雕龙·原道》篇:"故知道沿圣以垂文,圣因文而明

---

① 周振甫:《周易译注》,中华书局1991年版,第266页。
② 同上书,第234页。
③ 同上书,第240页。
④ 同上书,第244页。
⑤ 同上书,第246页。

道，旁通而无滞，日用而不匮。"[1] 易为圣人之文，易之体与用即为道之体与用，而当"道之体用"垂示为"卦爻之用"时，就与后来的文体学范畴发生关联了。或者在某种意义上说，正是《周易》的"道之体用"最终垂示为"卦爻之用"，方能"旁通无滞，日用不匮"：旁通无滞，故能启文体学理论范畴之先；日用不匮，故能明文体学理论谱系之用。

以"用"为华实，是中国古代文体学理论谱系的实际应用即文体功能层面。而这个层面的理论范畴大体上可分为三类：属于风格批评的"体貌"和"体悟"，属于修辞批评的"辩体"和"尊体"，属于分类批评的"变体"和"破体"。风格批评以"人"为主体，其核心范畴是"体貌"和"体悟"，显示出风格批评在两个端点展开：一是看重批评主体的气质个性及其在作品中的呈现（即"体貌"），二是推崇批评主体所具备的文体批评的才情与能力（即"体悟"）。先说"体貌"。《文心雕龙》中"体貌"两见：其一，《时序》篇论及建安文学的三曹七子时，称"并体貌英逸，共俊才云蒸"，此处的"体貌"是对作家个性气质及人格风貌的描述。人有体貌，文亦有体貌，后者便是作家气质个性及人格风貌在其文学作品中的呈现。其二，《书记》篇讨论"状"这种文体时，称："状者，貌也。体貌本原，取其事实，先贤表谥，并有形状，状之大者也。"此处的"体貌"用作动词，可释为对事实情状及本原的体察和描述，属于能力和才情。《四库总目提要》称《二十四诗品》"深解诗理，凡分二十

---

[1] 本章所引《文心雕龙》，均据范文澜《文心雕龙注》，人民文学出版社1958年版。

四品，各以韵语十二句体貌之"①，司空图用心体悟并描述24种诗歌风格和意境，这里的"体貌"也用作动词，意指批评家从事风格批评的特殊才能。故知，人不仅有体貌，还有体貌他人及他物之体貌的才能。而用作动词的"体貌"就与"体悟"相关了。"体"作为动词，本来就有"领悟"、"体察"之意，如《庄子·刻意》篇的"能体纯素，谓之真人"。就文体批评而言，能"体"文体之"纯素"者，岂非文苑"真人"乎？曹植《与杨德祖书》称批评家应具备"南威之容"和"龙渊之利"，否则无权"论淑媛"和"议割断"，其中既包括了作为名词的"体貌"（"南威之容"），也包括了作为动词的"体貌"（"论淑媛"）。二者合起来，便成为刘勰《文心雕龙》所辨析的"体性"所标举的"风骨"。追根溯源，风格批评对"人"的高度重视，源自"軆"这个字的词源义：身体之总属、生命之风骨。

现代语境下的中国古代文体学研究，受到西方文体学观念和方法的影响，在强调修辞功能和语用功能这一点上，中西方文体学或可找到对话之通道。"文体学"的英文译名为 stylistics，由 styl（文体）和 istics（语言科学）构成，因而"文体学"被定义为"用语言学方法研究文体风格的学问"②。中国古代文体学亦强调言辞即语言的功用，《周易》讲"极天下之赜者存乎卦，鼓天下之动者存乎辞"，卦爻为易之体，而易体之用又存乎辞，故"圣人立象以尽意，设卦以尽情伪，系辞焉以尽其言"。③ 在语言学的层面上，"立象尽意"、"设卦尽情（伪）"以及"系辞

---

① 郭绍虞称："司空氏所作重在体貌诗之风格意境。"见郭绍虞《诗品集解·续诗品注》，人民文学出版社1963年版，第1页。
② 刘世生、朱瑞青编著：《文体学概论》，北京大学出版社2006年版，第1页。
③ 周振甫：《周易译注》，中华书局1991年版，第249页。

尽言"实际上是不同的修辞手法。因而，作为文体学之用的修辞批评必然以"语言"为中心。修辞批评的核心范畴是"辩体"和"尊体"，强调修辞批评须在"辩"与"尊"上下功夫。"辩"者，言辩也，辩言也，合起来就是用言辩的方式辨析语言的修辞功能。比如先秦两汉的文体学之辩，《诗》学辨析"赋、比、兴"、《乐》学辨析"声、音、乐"、《辞》学辨析"丽以则"、"丽以淫"，等等。"尊"者，尊体也，尊重文体特定的语言规范和修辞功能，诗就是诗，词就是词，文各有体，体各有语，语各有式，式各有法。不同的文体由不同的语言体式所构成，而这种语言一旦成"式"就具有稳定性甚至恒常性，这也就是《文心雕龙·通变》篇所说"设文之体有常"，故须尊体。而"体"之当"尊"，从根本上说，是因为特定的"体"（语言规范和修辞方式）适合并且擅长表达特定的意旨，亦即《文心雕龙·征圣》篇所言"或简言以达旨，或博文以该情"，"正言所以立辩，体要所以成辞"。振叶寻根，修辞学批评以"言"为本，其根在于《尚书·毕命》的"辞尚体要"。

文体学理论范畴的体之用，最基本也是最常见的功能是分类批评。徐师曾《文体明辨·序》："盖自秦汉以下，文愈盛；文愈盛，故类愈增；类愈增，故体愈众；体愈众，故辩当愈严：此吴公《辨体》所为作也。"徐氏又自谓"是篇所录，唯假文以辩体"[①]，可知"辩体"一事，不仅是"吴公《辨体》所为作也"，亦为徐师曾自己《文体明辨》"所为作也"。从徐氏的这番话中，不难看出分类批评的最大特征，在于文体种类的数量和繁杂随时序而增加，因而辩体的难度亦随时序而增大。分类批评的具体工

[①] （明）吴讷著，于北山校点；（明）徐师曾著，罗根泽校点：《文章辨体序说　文体明辨序说》，人民文学出版社1962年版，第78页。

作是对体制即体裁的囿别区分，其核心范畴是"变体"和"破体"，表明此项工作的着眼点在于体制即体裁的变化（即"变体"）以及后世文体对前代文体的"破"（即"破体"）。文体因时序而通变，所谓"变文之数无方"、"一时代有一时代之所胜"、"兴废系乎时序，文变染乎世情"，故"分类批评"着眼于体制即体裁的变化，着眼于变化中的文体的差异，着眼于后代文体对前代文体的"破"。文体的差异与变化，从根本上说与文体的功用相关，不同的"体"有着不同的"用"，或者反过来说不同的"用"需要不同的"体"。顾尔行《刻文体明辨·序》："体欲其辨，师心而匠意，则逸辔之御也。用欲其神，拘挛而执泥，则胶柱之瑟也。"[①] 无论是辨"体"还是明"用"，都不可"匠意"和"执泥"；若是着眼于"变体"与"破体"，方可免于"逸辔之御"和"胶柱之瑟"也。而这个意义上的"体"与"用"及其二者关联，又源于本文前述《周易》之"体"与"用"及其相互关联。

二 以"言"为主干

刘勰《文心雕龙·原道》篇在引用了《周易》"鼓天下之动者存乎辞"之后感叹："辞之所以能鼓天下者，乃道之文也。"从文体学的角度论，"鼓天下之动"，乃《周易》卦爻体之功用；而卦爻体之所以能"用"，其缘由则"存乎辞"也。因此，文体学范畴谱系的"以'用'为华实"，往下追问，则是"以'言'

[①] （明）吴讷著，于北山校点；（明）徐师曾著，罗根泽校点：《文章辨体序说　文体明辨序说》，人民文学出版社1962年版，第75页。

为主干"。如果说，"以'用'为华实""讲文体理论的实践功能，那么"以'言'为主干"则是讲文体理论自身，讲文体学理论范畴的本体与体系。

中国古代文体学理论是以"體"为元范畴的一整套文学观念和言说方式，因而文体论范畴谱系的主干部分则是以"言"为中心的"言说"系统，其核心范畴包括：言说主体的"体性"和"风骨"，言说方式的"语体"和"体式"，言说类型的"体制"和"体裁"。先讲"言说主体"。严格来说，这里的"言说主体"应有双重含义：一是指文学家，这是文体学的研究对象；二是指文论家，这是文体学的研究主体。好在中国古代两者常常是重合的：文学家同时也就是文论家，他们兼具文论家的思辨、谨严与文学家的性情、才藻，兼具学者和诗人的"体性"乃至"风骨"。在刘勰看来，"体性"问题实际上是一个由主体情理到作品语言的问题，故《文心雕龙·体性》篇一上来就讲"夫情动而言行，理发而文见，盖沿隐以至显，因内而符外者也"。作家"才性异区"，故"言行"、"文见"之后必然是"文辞繁诡"，"体性"之别落到文体的实处也就是文辞之别。因而，刘勰总归并对举"八体"，始终以语言为中心，所谓"文辞根叶，艺苑其中矣"。"八体"之别，两两相对，其中，"（远）奥与显（附）殊"，也就是"馥采典文"与"辞直义畅"之殊；"繁（缛）与（精）约舛"，也就是"博喻酿采"与"核字省句"相舛；"壮（丽）与轻（靡）乖"，也就是"卓烁异采"与"浮文弱植"相乖。这三组（六体）的差异，其实就是文辞或语言的差异。剩下的"（典）雅与（新）奇反"，其"熔式经诰"与"危侧趋诡"之反，则与语言的雅正与奇诡相关。正因为"八体"之别实为语言即文辞之别，所以刘勰讲"摹体以定习"、"因性以练才"："练才"是要解决"辞理庸俊"的问题，"定习"是要解决"体式雅正"的问题。刘勰在辨析"体性"的基础上标举"风骨",其"风骨"范畴时时关联文辞,所谓圆"骨采"、练"风辞",使"情与气偕,辞共体并",终将"藻耀高翔"、"文笔鸣凤"。

言说主体的"体性"和"风骨"兼指文学家与文论家,因而言说方式的"语体"和"体式"亦兼指文学文体与(文学)批评文体。文学作品的"语体"和"体式"谈论者众,已无太大的阐释空间;这里着重讨论批评文体亦即中国古代文学批评的言说方式。宋人真德秀《文章正宗》将文体分为辞令、议论、叙事、诗赋,明人彭时称"天下之文,诚无出此四者,可谓备且精矣"①。真德秀的文体四分,"辞令"属于应用性文体,"诗赋"和"叙事"属于文学文体(当然"叙事"也可以是史学文体),而"议论"则属于批评文体。中国古代文体学对文学文体(诗赋)与批评文体(议论)的区分,早在汉魏之际就已经出现,曹丕《典论·论文》称"书论宜理,诗赋欲丽",陆机《文赋》亦称"诗缘情而绮靡"、"论精微而朗畅"。到了刘勰《文心雕龙》,则有《明诗》与《论说》分述两种文体的体式和语体。就言说方式而言,文学有文学的语体和体式,批评有批评的语体和体式,至迟在两汉之后,批评家们已经有这种自觉的文体意识。但是,颇为吊诡也颇为有趣的是,两汉之后的批评家们并没有将这种文体意识付诸实践,而是违"规"逾"矩",变"体"破"式",用文学文体去书写文学理论和批评,比如陆机以"赋"的体式"论作文之利害所由",刘勰用"骈"的语体"擘肌分理"、"弥纶群言",其话语方式虽说也有"宜理"之

---

① (明)吴讷著,于北山校点;(明)徐师曾著,罗根泽校点:《文章辨体序说 文体明辨序说》,人民文学出版社1962年版,第7页。

处，也有议论的"精微而朗畅"，但其语体和体式终究是骈俪的，是绮靡的。如果进一步追问：他们为何要如此？一个较为合理同时也是让今人羡慕的答案是，中国古代批评家拥有今人所不具备的"文体自由"，他们几乎可以选择自己所擅长所喜爱的任何一种文体来书写文学理论和批评。就"语体"而言，或诗或赋或骈或散；就"体式"而言，或叙事或抒情或议论。真正是"文备众体"。于是，中国文学批评的言说类型才有了论文赋、论诗诗以及诗话、词话、曲话、小说评点，等等。

言说类型的核心范畴是"体制"和"体裁"，上述文学批评的体制和体裁同时可以属于文学创作，如诗、赋、骈、话，等等。因此，对不同文体类型的囿别区分，不能看它是"文学"的还是"批评"的，甚至也不能看它是"抒情"的、"叙事"的，还是"议论"的、"评点"的。看什么呢？或者说，以什么为依据或标准呢？语言，只能是语言。无论是文学家还是批评家，也无论是哲学家还是历史学家，只要他按某类文体的语言规范制"体"和裁"体"，那么他"制"成和"裁"成的作品就应该属于某类体制和体裁。正是在这个意义上，我们说陆机的《叹逝赋》是"赋"，《文赋》也是"赋"，故二者同收于萧统《文选》；杜甫的《秋兴八首》是"诗"，《戏为六绝句》也是"诗"，故二者同入《杜工部集》；司马迁的《廉颇蔺相如列传》是"传"，《屈原贾生列传》也是传，故二者同在《史记》；王充的《寒温》是"论"，《超奇》也是"论"，故二者同存于《论衡》……

中国古代文体论范畴谱系的"以'言'为主干"，其主体、方式和类型三大要素，在唐末司空图的《二十四诗品》那里得到完美的统一。就言说主体而言，司空图同时兼有诗人和文体学家的"体性"和"风骨"；就言说方式而言，《二十四诗品》的

"语体"和"体式"既是偶俪的、协韵的，同时又是有意境的、有韵味的；就言说类型而言，《二十四诗品》的"体制"和"体裁"是四言组诗：二十四首四言诗，既分别创造出二十四种风格意境，即二十四种"体貌"，又是分别对二十四种诗歌风格意境即体貌的体悟和体貌。这三大要素中的六个范畴，紧紧地环绕着一个中心：四言诗。所以，司空图的文体批评与批评文体的中心问题是语言问题；笔者曾将《二十四诗品》称为"中国古代文论的诗眼画境"[①]。据此而论，中国古代文体学范畴谱系的中心问题也就是语言问题，亦即以"言"为主干的诗性言说。

三 以"體"为根底

把握"言"这个文体学范畴的主体或主干，我们离中国古代文体学范畴理论谱系的"根"就不远了。本章第一节讲到文体学范畴谱系"以'用'为华实"的三大分支：风格批评、修辞批评和分类批评。而由这三大分支可以追溯到"以'言'为主干"的言说系统的三大要素：言说主体、言说方式和言说类型。再进一步，由言说系统的三大要素追根溯源，则可将文体学范畴谱系的源起追溯至三个源头：一是词源学的源头，也就是"體"的最初释义；二是原始儒学的源头，也就是《尚书》的"辞尚体要"；三是先秦易学的源头，也就是《周易》对"体"与"用"及其二者关系的论述。三者合起来，便是本节要讨论的"以'體'为根底"。

现代汉语（简体字）的"体"在古代汉语里面读成"笨"，

[①] 李建中：《古代文论的诗性空间》，湖北人民出版社2005年版，第116页。

第十七章　中国古代文体学范畴的理论谱系

字义也是"笨",而繁体字的"體"才是真正的"体":"篆文从骨,豊声。隶变后楷书写作體。如今简化作体,从人本会意。与原本当'笨'讲的'体'(bèn),成了同形字。"①《说文·骨部》:"體,总十二属也。从骨,豊声。"段玉裁注称"十二属"为身体的十二个部分,即顶、面、颐、肩、脊、尻、肱、擘、手、股、胫、足。②可见"體"的原初释义为人的身体之总称、生命之总属,先秦典籍大多是在"身体、生命"的意义上使用"體"这个字的。如《周易·系辞》上传"故神无方而易无体",孔颖达疏"体是形质之称"③;《庄子·天地》"形体保神"成玄英疏"体,质"④;《孟子·告子上》"体有贵贱",孙奭疏"一身合而言之谓之体"⑤,等等。人之生命是外显之"形"与内蕴之"质"的有机统一,段注强调的是生命的外显之形,孔疏和成疏强调的是生命的内蕴之质,而孙疏则是将形与质合而言之。可见,"體"这个文体学元范畴的原初释义中充盈着人的生命感和生命力,而这种生命力灌注并流淌在"體"的词义和词性的演变之中。陆机《文赋》:"體有万殊,物无一量。"李善注曰:"文章之體有万变之殊,中众物之形,无一定之量也。"⑥这里的"體"已不是"人体"而是"文章之体",所谓"万变之

---

①　谷衍奎编:《汉字源流字典》,华夏出版社2003年版,第282页。
②　(汉)许慎撰,(清)段玉裁注:《说文解字注》,上海古籍出版社1988年版,第166页。
③　(清)阮元校刻:《十三经注疏》上册,中华书局影印本1980年版,第77—78页。
④　(清)郭庆藩著,王孝鱼点校:《庄子集释》第二册,中华书局1961年版,第426页。
⑤　宗福邦等主编:《故训汇纂》,商务印书馆2003年版,第2559页。
⑥　(梁)萧统编,(唐)李善注:《文选》第二册,上海古籍出版社1986年版,第765页。

殊"则是极言"體"的多样性和个性化。后来刘勰《文心雕龙·体性》篇"数穷八体"，强调的也是"體"的多样性和个性化。

《文心雕龙·原道》篇："心生而言立，言立而文明，自然之道也。"天地有"体"（所谓"方圆体分"），必然有自己的"文"（所谓"丽天之象"、"理地之形"），这是自然之道；人有"體"，必然有自己的"文"，这也是自然之道。"道沿圣以垂文"，故人之文须以圣文（经书）为本；经书"辞尚体要，弗惟好异"，故人之文必须"体要"，不体要则不能成辞，不体要则文体解散。《文心雕龙》的《征圣》篇不足五百字，竟连续四次提到"体要"一次是征引《尚书》原文，另外三次为："故知正言所以立辩，体要所以成辞"；"微辞婉晦，不害其体要"；"体要与微辞偕通，正言共精义并用"。可见刘勰对"体要"这一文体学范畴是何等的重视。《序志》更是重视"体要"：刘勰在斥责他那个时代"文体解散"的种种弊端之后，紧接着说："盖周书论辞，贵乎体要；尼父陈训，恶乎异端；辞训之异，宜体于要。于是搦笔和墨，乃始论文。"又可见刘勰写作《文心雕龙》的直接动机，就是要借"体要"之圣言以除文学之时弊。

刘勰如此看重"体要"这个文体学范畴，不仅是因为"体要"乃先秦儒学之文体论精华，还因为"体要"是从"经典"之体到"文章"之体的一脉血统。而后者则与"体"、"用"范畴相关。"经典"如何用之于"文章"？体要，亦即《文心雕龙·序志》篇所述"五礼资之以成，六典因之致用。君臣所以炳焕，军国所以昭明"。本章第一节已经谈到先秦易学中的"体"与"用"。先秦文献中用作名词的"体"，其诸多义项中，有"卦体"之释，如《诗·卫风·氓》"尔卜尔筮，体无咎言"中的"体"即指"卦体"。卦体是《周易》所特有的"文体"，

第十七章　中国古代文体学范畴的理论谱系　　257

它包括了卦爻象及其所象征所预言之兆象。卦体是有用的，每一卦有每一卦的用途，而六十四卦作为整体又有着"以言者尚其辞，以动者尚其变，以制器者尚其象，以卜筮者尚其占"之四大用途，即用于指导人们的言辞、行动、制器和卜筮等。先秦时期，一部典籍就是一种文体，如《易》为"卦体"、《诗》为"诗体"、《尚书》为"记言体"、《春秋》为"编年体"，等等；而一体有一体之"用"，如"卦"之"兆象"、"诗"之"言志"、"书"之"记言"、"春秋"之"编年"，等等。更进一步说，一种文化就是一种体，比如礼有礼之体，乐有乐之体。《左传·定公十五年》："夫礼，生死存亡之体也……嘉事不体，何以能久？"颜师古注云："体即礼也，礼与体古本可通。"[①] 礼有礼的用途，乐有乐的用途，故《荀子·乐论》讲"乐合同，礼别异"，《论语·学而》讲："礼之用，和为贵。"还有，《黄帝内经》作为一种养身文化，也有自己的"体"与"用"，《素问·六微旨大论》"有用有变"，张志聪集注："用者，体之动。"又《五运行大论》"夫变化之用"，张志聪集注引玉师曰："用者，动之体。"[②] "用"，既是"体之动"，又是"动之体"；而"体"正是在"用"的过程中方可实现"体要"之目的。于此，汉语词源学的"體"、原始儒学的"体要"和先秦易学的"体"与"用"，三者融为一体，共同构成文体学范畴之理论谱系的根底，并最终形成中国古代文体论范畴的本体论价值。

刘勰《文心雕龙》将文体学研究的方法或路径概括为四项原则："原始以表末，释名以彰义，选文以定篇，敷理以举统。"

---

　　① 杨伯峻编著：《春秋左传注》（修订本），中华书局1990年版，第1601页。
　　② （清）张志聪：《黄帝内经素问集注》，中国中医药出版社1999年版，第253、251页。

既有的文体学研究，在"释名以彰义，选文以定篇"（亦即文体基本理论和文体分类研究）方面已取得可喜成就，而在"原始以表末"和"敷理以举统"（亦即范畴谱系的追寻和本体论建构）方面还有诸多缺憾甚至空白。"振叶以寻根，观澜而溯源"，本文对中国古代文体学范畴理论谱系的研究，借助"寻根溯源"的方法，努力回到滥觞之处，回到语言和文化的历史原生形态。非如此，无以把握中国古代文体学的根本之"体"，也无以阐明古典文体学的历史及当下之"用"。"不述先哲之诰，无益后生之虑"，只有在语言和文化的源头上准确阐释文体学诸多理论范畴，才能追溯中国古代文体学范畴的理论谱系并昭明其本体论价值。

（原载《北京大学学报》2011年第6期）

第十八章

从寄生到弥漫

——中国文论批评文体原生形态考察

中国文学批评史上的"文体研究"由来已久，但所关注的重点是"文学文体"而非"批评文体"。中国古代文论批评文体有哪些不同于西方文论的形态特征①？它们是如何形成的？对于我们今天的文学批评有何意义？学界对这些问题的探究，借用《文心雕龙·序志》的话说，是"并未能振叶以寻根，观澜而索源"。本章寻根索源，着重考察中国文论批评文体的原生形态，并揭示其间所涵泳的理论价值及当代意义。

一 先秦批评文体的寄生性状态

张少康指出："孔子以前，严格来说还没有什么正式的文学

---

① 关于中国古代文论批评文体的民族特征，参见李建中《辨"体"明"性"——关于中国古代文论诗性特征的现代思考》，《华中师范大学学报》2001年第2期。

理论批评。"① 也就是说，现代意义上的"文学批评"尚寄生于当时的"文化批评"之中。我们知道，汉语的"文化"与"文学"，都有广义和狭义之分。广义的"文化"是指人的价值观念在社会实践中对象化的过程与结果，它包括物质制造（技术体系）和精神创造（价值体系）两大部分；而狭义的"文化"则仅指人类精神活动的过程及其结果。② 狭义的"文学"也就是我们今天所说的"语言的艺术"，包括诗歌、小说、戏剧、散文；而上古时期，所谓"文学"还是泛指一切见诸"文"的东西，也就是刘勰《文心雕龙·原道》篇所说的"心生而言立，言立而文明"的"人之文"。这种"人之文"也就是人类的精神创造。可见狭义的"文化"与广义的"文学"是重合的，二者都包括孔颖达所言"诗书礼乐之谓"以及用诗书礼乐化成天下的精神活动即价值体系。当狭义的"文学"从广义的"文学"之中逐渐独立出来的时候，文学与文化的血肉联系已先在地铸成。③ 整个先秦时期，"文学"寄生于"文化"之中，吮吸着文化的营养；与此同时，"批评"也寄生于"文化"或"文学"之中，并吮吸着它们的营养。寄生性，成为中国古代文论批评文体最具原生形态的特征之一。

以文化面目呈现的批评可称为泛文化批评，虽还不能算是真正的文学批评，但它却确定了中国古代一种非常有特色的批评样式：即"批评"以句子的形式存在于文化著作（经、史、子、

---

① 张少康：《中国文学理论批评史教程》，北京大学出版社1999年版，第3页。

② 关于"文化"的定义，参见冯天瑜《中国文化史纲》，北京语言文化大学出版社1994年版，第2页；马敏主编《中国文化概论》，华中师范大学出版社2002年版，第3页。

③ 参见李建中主编《中国古代文论》，华中师范大学出版社2002年版，第2页。

集)之中,在成为文化著作一部分的同时,又可以独立出来作为文学批评的语录或要言。但是,这些具有鲜明的文学批评性质的语录或要言,又不得不以寄存于整部文化典籍中的方式得以保存及流传。否则,一旦脱离了稳固的文本框架和特定的文化语境,那些只言片语就很难存活,何谈流播?我们今天耳熟能详的先秦诸子及诗三百中的文学批评话语,如孔子的"兴观群怨"、"尽善尽美"、"文质彬彬"、"思无邪";孟子的"知言养气"、"知人论世"、"以意逆志";十五国风的"心之忧矣,我歌且谣"、"维是褊心,是以为刺"等,则是借《论语》、《孟子》和《诗经》的文本框架和文化语境,才得以千古流传并惠及后人的。

童庆炳《文体与文体的创造》一书,在对中西方文体理论作出系统总结的基础上,提出对"文体"一词的理论界定:"文体是指一定的话语秩序所形成的文本体式,它折射出作家、批评家独特的精神结构、体验方式、思维方式和其他社会历史、文化精神。"他还指出:文体是一个系统,依次呈现为"体裁"、"语体"和"风格"三大层面。①从理论上讲,中国文化的三大门类(文、史、哲)都应有自己的文体;就"文"而言,文学有自己的文体,文学理论和批评也应有自己的文体。但是,处于滥觞期的中国文学批评史,其实际情况是,所谓"文学批评文体"在体裁、语体、风格层面,不仅与"文学"而且与"史书"、"子书"等各类文化典籍混为一"体"而难解难分。批评文体的这种寄生性,直到文学的自觉时代仍然留有痕迹:比如刘勰和萧统都有自觉的文体意识,但《文心雕龙》这部文论巨著却采用了"骈文"这一纯粹的文学文体,而《文选》则将陆机的文论专篇

---

① 童庆炳:《文体与文体的创造》,云南人民出版社1994年版,第1页。

《文赋》归于"赋类"之下的"论文赋"。至于后来的论诗诗、诗话、词话、曲话等批评文体,或者本身就是文学体裁,或者具备文学文本的语体和风格。

借鉴现代"文体学"的观点和方法来探讨中国古代文学批评文体的原生形态,我们可以看出,在中国文学批评史的滥觞期,文学理论和批评的存在形态非常特殊,它们基本上是以句子的形式寄生于先秦的各类文化典籍之中。先秦的文学批评话语,就像是一群没有家园的孤儿或流浪者,尚缺乏独立生存的能力,故须寄生于经典文本之中以求有立足安身之地。中国文学批评的这种早期形态是一种"没有文体的文体形态",如果硬要从批评文体的角度给它命名,则可称为"寄生体"。

在世界各民族的早期文化之中,文学批评大多经历过"寄生体"这样一种文体形态,比如,柏拉图的《文艺对话录》实际上也是将他的文学理论和批评寄生在"对话体"这一文学文体之中。按照文学理论批评的发展规律,随着批评活动的频繁和批评意识的自觉,批评的文体形态亦逐渐独立。古代西方的文学理论批评就是如此发展的,比如在柏拉图之后,亚里士多德的《诗学》无论体裁、语体、风格,都是严格意义上的文学理论文体,而且,亚氏的理论文体成为西方文学理论和批评的经典样式和传统形态,历经几千年而无所改变。然而,古代中国的文学理论和批评,在文体形态上却走出一条与西方完全不同的道路:在文体模糊的前提下,由消极被动的"寄生"或"共存"走向积极主动的"弥漫"或"生长"。

二　先秦批评文体的弥漫性特征

先秦文论，以一种无文体的形态，以一种"语录"或"要言"的形式，寄生于文化典籍的诸种文体之中。随着批评活动的增多和批评意识的增强，文学批评欲从寄生状态中走出，向外作弥漫性生长，试图获取自己独立的生命和地位。当然，所谓"独立"并不是说文学批评已有专属于自己的文体。直到两汉时期，文学批评仍要借助于"他者"（既有的文体）出场。从文体的外观（外部形态即体裁）上看，两汉文论似乎仍然处于先秦时期的那种寄生状态；但包裹于外观之中的言说内容、方式及风格，较之先秦文论却有了较大的区别。这种不同又分两种情况：一是在他者的文体框架内生长壮大；二是变他者的文体为自己的文体。

两汉文论的存在形式大体上还是寄居于他者之中，但文学理论及批评的言说，已不再是《论语》或《诗经》式的只言片语，也不仅仅是《孟子》、《庄子》式的零星段落，而是能够用相当长的文字篇幅，比较集中地讨论一个或几个文学理论及批评的问题。比如《史记》的《太史公自序》和《屈原传》，前者是在回顾文化发展历史以及叙述自身坎坷经历的基础上提出著名的"发愤著书"说，后者则是对诗人屈原从人品到文品的一个全面总结和评价，这两篇文章所表达出的文学思想及批评实践，因其深刻性和完整性而对后世产生了极大的影响。又如王充《论衡》的《艺增》和《超奇》两篇，虽然不是专门谈文学问题，但前者比较集中地讨论了《诗经》中的夸张和修饰，后者则着重讨论文人（作家）才性的心理构成及品评标准，是可以分别当作

"创作论"和"作家论"来读的。司马迁和王充,一位是史学家,一位是哲学家,但他们已经有丰富的文学批评实践和成熟的文学理论思考,因此才能分别在史传体和子书体中弥漫并生长自己的文论思想。

两汉文论中的《毛诗序》和《楚辞章句序》属于序传体,与前述史传体和子书体一样,也不是纯粹的文学批评文体。序传体的使命是为经书作传注,《易传》是这一文体的典范。中国古代最早以"传"为名称的经注当是《易传》,汉以来都认为是孔子所作。经过现当代学者的研究,可以确定它并非一人、一时所作,其七种十篇大都作于战国时代。不过十翼虽非孔子所作,孔子确曾读过《易经》(见《论语》的《述而篇》和《子路篇》);又《史记·孔子世家》有"(孔子)读《易》,韦编三绝")。汉武帝时儒学被抬到"至尊"的地位,孔子也被当成圣人,如此一来,为先秦典籍作注、作传就因孔子的光环而具有神圣的意义,释经之"传"也就得到了继承与发扬,由此"传"才得以在中国文学批评史上占据显要的位置。

由于秦火焚书之灾,先秦典籍惨遭毁损。幸而中国古代学术有口耳相授、师脉相承之传统,典籍才得以流传。两汉是读经注经的时代,众多知识分子都投身经籍的搜集、整理及注释工作。注经的基本工作及目标,是通过对经籍文献及其文字的考证、疏通及正义,从而尽可能地恢复经籍的原初形态。非如此,先秦文化无法得到最大程度的还原与保存,正所谓"秦火一炬,群经荡然,而今犹得读三代之书者,两汉经师之力也。爰列群经,次两汉之传经者也"。[1] 汉儒传经,或重名物训诂、文字笺疏,或

---

[1] (清)江藩编著,方国渝校点:《经解入门》,天津市古籍书店影印1990年版,第6页。

重微言引申、义理阐发,他们为《诗经》所作的传,孕育出中国古代文学批评的重要文体"序传体"。

中国早期文学批评中最具代表性的序传体是《毛诗序》。汉代传诗者有韩、鲁、齐、毛四家,从受重视的程度来看,汉平帝之前,鲁、齐、韩三家被立为官学,而平帝时,毛诗始立。之后的情形是齐诗久亡,鲁诗不过江东,韩诗亦无传者,只有毛诗郑笺立为官学。为什么四家诗传,前三家都只兴一时,而毛诗却能经久不衰,在唐时仍被立为官学?一方面固然因为毛诗所阐扬的文学主张符合儒家思想,"《诗大序》吸取了传诗经生的意见,阐述了诗歌的特征、内容、分类、表现方法和社会作用等,可以看作是先秦儒家诗论的总结。"① 另一个重要原因在于毛诗的体例,它呈现出一种不同于先秦文学批评仅以只言片语存在于各类典籍之中的体式。"毛诗在每篇之前均有题解,而《关雎》一篇题解前有一篇对《诗经》的总论,后人遂称各篇题解为小序,总论为大序。"② 这样,大序、小序以及对作品之字词句的注释与《诗经》原文构成了一个完整的统一体。

毛传之批评《诗经》,虽然采用的是汉代经学已有的"序传体",但毛诗序的批评文本中实际上已经包孕后世几种主要的文学批评文体:序、诗话、评点。"序"自不必说;将作为批评总纲的大序与具体批评实践的小序集结在一起,就是一篇颇为有形的"诗话";而这种集前有总评、篇前有小评的样式,已经具备后来"(小说)评点"的雏形。由此可见,毛诗序的批评思想

---

① 郭绍虞主编:《中国历代文论选》第一册,上海古籍出版社1990年版,第67页。

② 张少康:《中国文学理论批评史教程》,北京大学出版社1999年版,第66页。

和文体结构,不仅是自成一体,而且有很强的弥漫性和生长力,表明中国文论的批评文体已经由先秦的"寄生"走向汉代的"弥漫",并以一种旺盛的生命力成长于已有的"文体"土壤之中。

汉代经学家通过为先秦典籍作传、注、笺来立言,来表明自己的批评观念和文学主张。因为参与注经的人很多,又是个体性劳作,故一部典籍就会有多种注本。这样,积累到一定程度则需要有人出来做一项工作:将关于某一部典籍中的某个词、句的所有注释都摘录下来并汇集一处,附在该词、句的后面以供后世读者参阅,是为集注。从批评文体的角度论,"集注"可以说是对诸多批评话语的总汇性编纂,它并不直接呈现编纂者的批评观念,而是需要读者在各种注释的互文性之中去建构批评。这种批评形式就是给读者提供互文理解的话语空间。在集注中,先前各家的注释不再是孤立存在的一家之言,而是成为后人对文学文本进行再理解的一种综合性或整体性背景。批评隐藏在文学文本及诸家注释的背后,实现于读者的阅读与建构之中。这样,集注从序传体中发展出来,并成为一种不同于序传体的批评样式。由此可见,集注在形态上也体现了批评文体生长、弥漫的特征。

批评文体积极成长与弥漫的力量还促成了"选本批评"的出现。清代经学家江藩说:"古诗本三千余篇,孔子最先删录,既取周诗,上兼商颂,凡三百十一篇,以授子夏,子夏遂作序焉。"[①] 由孔子删诗可知,"选本批评"的观念在先秦已经产生。孔子说:"《诗》三百,一言以蔽之,曰:'思无邪'。"孔子就是按这一标准来删诗的,择其善者而录之,遂成三百零五篇的版

[①] (清)江藩编著,方国渝校点:《经解入门》,天津市古籍书店影印1990年版,第6页。

本，也因此开选本批评之先河。选本在汉魏六朝得到了很大的发展，集大成者是南朝萧统的《文选》，它保存了从周到齐这一时期的优秀之作，是一部诗文总集。我国古代所谓总集，论其性质，可分为两种类型：一是辑录网罗，偏重保存文献；一是鉴裁品藻，意在去芜存精。顾名思义，《文选》当然属于后者。在此意义上，《文选》成为选本批评。在《文选》序中，从萧统对文学性质的阐释及对文章体制的辨析，可以看出他在魏晋"文的自觉"、"批评的自觉"的大背景中对作品所进行的取舍。

最初以"选"这种行为来进行具体的批评实践，选者的标准和宗旨以及由此反映的文学思想、文学观念还只能依靠读者的心领神会来实现。但在以后的时间里，这种只有"选"的批评行为使得选者常常有意犹未尽的感觉，立言的深层意识使得他们时常觉得自己有话要说，所以选者会自觉地借助一些其他的批评方式，以期更充分、更完全地实现其选诗思想与批评观念，同时也使得其选本更有价值。一些其他批评文体中的因素：如批点和评注及引、缘起、叙、集论、发凡、凡例等都积极向选本弥漫，为其所用。"序和凡例直接阐述选编的缘由、宗旨、标准，甚至选者本人的文学观、批评观……选本的批点和评注部分则是作为批评家的选者与为选本提供作品的作者和阅读选本的读者直接对话、交流的层面……读者通过选者在这一部分的具体指导，也可以更快捷更深刻地把握、了解选取者的文学思想、批评观念，使选本的批评价值获得最充分的实现。"[①] 这一点也在《文选》中得到体现。由于多种批评文体的因素积极向它弥漫，汇聚于其中，使得选本的形式更加灵活，最终发展成中国文论较为常见的批评样式之一。

---

① 邹云湖：《中国选本批评》，上海三联书店2002年版，第9—10页。

三　批评文体原生形态的文化根源

先秦文论批评文体的寄生性特征，与先秦文化形态密切相关。先秦文化，文史哲不分，诗乐舞合一，在这种浑然一体的大文化形态中，"文学"与"文化"尚且难分难解，而所谓"文学批评"只能以寄生的方式存在于广义的"文学"，也就是"文化"之中。先秦大文化最突出的特征之一是政治文化。从周至秦，中国社会处于急剧的变化和动荡之中，文明更替，文化多元。或道或儒，或法或墨，不同的文化流派虽然道统殊异，路径迥别，但对于社会政治的忧虑是相同的。诸子百家对于政治、社会、伦理、道德的关注程度远远高于文学艺术，或者说诸子百家的文学理论思想被笼罩在浓郁的政治意识形态氛围之中。文学艺术是政治教化的工具或手段，文学批评是整个文化批评的一个分支，文学思想是子学思潮的一个部分，关于文学艺术的理论言说只是诸子百家阐述自家政治和学术观点的言说方式之一。在这样一种文化背景下，文学批评文体寄生于文化典籍的各种文体之中就成了中国早期文学理论的必然选择或文化宿命。

从更为深潜的层次考察，先秦文论批评文体的寄生性特征与传统的思维方式密切相关。远古时代，当我们的祖先睁开双眼凝视自身及自身所处之世界时，所看到的是天、地、人的浑然一体，所感觉到的是时间与空间的浑然一体。从远古的"神人以和"到先秦的百家争鸣，中国古代已形成天人合一、心物一体的整体性思维方式。先秦时代，儒、道、名、阴阳诸家都不约而同地强调整体观念，认为宇宙是一个整体，天地人构成一个整体。《道德经》："道生一，一生二，二生三，三生万物，万物负阴而抱阳，冲气以为和。"老子所提出和描述的宇宙模式或图景，强调的是世界的和谐性和整体性，而支撑这一描述的是思维方式的整体性。中国哲学范畴所体现的思维方式的特点是天人交融型的整体性的思维模式，它与西方哲学范畴所体现的主客相分型的分析性的思维模式大不相同。在东西方思维方式与认知方式见出分野之前，天人合一的整体性认知观念早已成为中国人习以为常的思维方式，这不仅影响着中国人自然观和社会观的形成，也从根本上影响着中国文论批评文体原生形态的铸成。

中国古代文论批评文体的寄生性特点，一个最为常见的现象就是批评与文学文本（即批评自身与批评对象）的合一，二者整体性地构成文学批评文本。按照西方近现代学术"分科治学"的规则，文学是文学，批评是批评，文学不能是批评，正如批评不能是文学。但是，在中国古代文学理论的批评文本之中，"批评"可能是"文学的"或具有"文学性"；"文学"可能是"批评的"或具有"理论性"。前者如钟嵘的《诗品》，自觉的批评意识和独到深刻的批评思想，凭借极具文学性的文字出场，其想象之丰富、取譬之奇妙、性情之率真、语句之优美，完全可以当作文学性散文来读。后者如司空图《二十四诗品》，分明是24首四言诗，既有《诗经》四言的方正典雅，又有汉魏五言的自然清丽，还有晚唐七言的哀怨幽深，诗中有画，画中有诗。而司空图的"诗画"或"画诗"其实是在深刻而系统地言说着一个重要的文学理论问题：文学的风格和意境。

当然，在文学和批评都已经"自觉"的六朝和隋唐，人们并不会将钟嵘的《诗品》或司空图的《诗品》视为文学作品；但是，这两个批评文本对"文学"和"批评"的兼容或整合却是不容否认的文体事实。而追根溯源，是中国传统的整体性思维方式影响了文学批评的存在形态。我们从后起的小说评点中亦可见出这一点。小说评点最初是评点者在小说作品之中做眉批、夹批或旁批，小说批评已与小说文本结合。继而出现回前总评（序）、回末总评（跋），这样回前评、回后评、正文评点等与小说原文一起，构成一个有机的整体，从而充分地体现出整体性思维的特征。比如金圣叹的《贯华堂第五才子书水浒传》对小说评点的形态作了三点改造，"一是增加了《读法》，二是将总评移至回前，三是大量增加了正文中之夹批……它融文本赏读、理论评判和授人以作法于一体"[①]，这种整体性的批评方式，是中国传统整体性思维方式在文学批评文体中的具体体现。

（与闫霞合著，原载《华中师范大学学报》2004年第5期）

[①] 谭帆：《中国古代小说评点形态论》，《文艺理论研究》1998年第2期。

第十九章

古代文论批评文体的文学性生成

陈凯歌导演的故事片《无极》公映后，受到各种批评；而针对《无极》的所有批评文本中，影响最大的是在网上发表的《一个馒头引发的血案》。胡戈的这部近乎"胡闹"的小电影，对《无极》的意旨、人物、情节、场景以及细节、台词、道具、服装、画面等，均发表了自己独到的见解。就文本样式（或言说方式）而言，《馒头》与它所批评的《无极》是相同的：电影叙事，而且前者所使用的镜头全部来自后者，只不过按照作者的批评意图重新"蒙太奇"一番。

胡戈用小电影批评大电影的言说方式，实际上是中国古代文论"以诗论诗"的现代视频版。众所周知，中国古代文学批评经常采用与批评对象相似或相同的文本样式，这种批评文体与文学文体的相似乃至同一，从体制、体势、体貌等不同层面铸成古代文论批评文体的文学性。[①] 本章在中国文化史的大背景下追问批评文体的文学性生成，还原此生成过程的历史路径

[①] 关于中国古代文论的言说方式即文体特征，可参见拙文《中国文论：说什么与怎么说》（《长江学术》2006 年第 1 期）；《文备众体：中国古代文论的言说方式》（《文艺研究》2006 年第 3 期）。

并揭橥其当代价值。

一　诗与非诗的界限

乔纳森·卡勒在讨论"文学性"界定之困难时,引用了雅各布森的一句名言:"诗与非诗的界限比中国行政区划的界限还不稳定。"① 在中国文学的滥觞期(先秦时期),文学与非文学的界限是很难划定的。现有的中国文学史教材和专著论及先秦文学,无一例外地要谈到《尚书》《春秋》《左传》《国语》《战国策》,谈到《论语》《墨子》《孟子》《庄子》《荀子》《韩非子》。谁都知道,前一类是历史文本,后一类是哲学文本;但是,谁也不会怀疑二者的"文学"身份。与其说它们是"文学",还不如说它们具有"文学性"。或者这样说,先秦历史文本和哲学文本所具有的"文学性",使得它们在某种程度上获得了"文学"身份。

先秦时期,"文学"尚且与"非文学"混为一体;关于"文学"的理论和批评则别无选择地要与"文学"、"非文学"打成一片了。如果说,先秦文学毕竟还有《诗经》和《楚辞》这两部堪称"纯文学"的文学文本;那么,先秦文学批评则不仅没有"纯批评"的批评文本,而且连"不纯"(或曰"广义")的"批评文本"也没有。郭绍虞《中国历代文论选》先秦部分选录八种,其中历史文本一种,文学文本一种,哲学文本六种,唯独没有批评文本。就"批评文体"这一特定层面而言,先秦文学

---

① [加拿大]马克·昂热诺等主编:《问题与观点——20世纪文学理论综论》,史忠义等译,百花文艺出版社2000年版,第28页。

理论和批评尚未独立成体，还没有出现像后来汉代的《诗大序》和魏晋的《典论·论文》那样称得上"批评文体"的文本。

"诗言志"被称为中国文论开山的纲领，而"诗言志"一语对于中国文学批评文体的诗赋体而言，有着双重内涵。诗所言之志，既可以是关乎家愁乡怨、国痛民瘼的，亦可以是关乎创作宗旨和诗学理论的。也就是说，诗经所言之志，既有个性化的情感之"志"，亦有普适性的诗学之"志"。此其一。就"诗学之志"而言，"诗三百"中的诗论之句，主要讲讽与颂。此其二。

中国古代文论在先秦时期没有自己的批评文体，其文学理论和批评的言说只能寄生于各类文化典籍之中；[①] 而正是这种言说方式的"寄生性"，成全了先秦文论批评文体的"文学性"。《文心雕龙·宗经》篇："扬子比雕玉以作器，谓五经之含文也。"不仅是"五经含文"，先秦的诸多文化典籍，其言说方式或多或少都是"含文"即包含文学性的。抒情言志的《诗经》《楚辞》自不待言，记言记事的《尚书》《春秋》《左传》以及纵论天下道术的先秦诸子，均有各自的文学性言说。《文心雕龙》对先秦诸多典籍的文学性特征有着细致的描述，如《征圣》篇说：《礼记》举轻包重，是"简言以达旨"；《诗经》联章积句，是"博文以该情"；《周易》夬象断决、离象昭晰，是"明理以立体"；《春秋》微词婉晦，是"隐义以藏用"。又如《情采》篇说：《老子》是"五千精妙，则非弃美矣"；《庄子》是"辩雕万物"，是"藻饰"；《韩非子》是"艳乎辩说"，是"绮丽"……

《文心雕龙·征圣》篇称包括《诗》《书》《易》《礼》《春

---

① 关于先秦文论批评文体的"寄生性"，请参见拙文《从寄生到弥漫——中国文论批评文体原生形态考察》，《华中师范大学学报》2004年第5期。

秋》在内的先秦典籍为"圣人之文章",而"圣文之雅丽,固衔华而佩实者也"。"雅丽"、"衔华佩实"是刘勰对先秦圣文之文学性的总体概括,所谓:"精理为文,秀气成采。鉴悬日月,辞富山海。"《宗经》篇更对先秦经典的文学性作出"举理敷统"式的论述:

> 故文能宗经,体有六义:一则情深而不诡,二则风清而不杂,三则事信而不诞,四则义直而不回,五则体约而不芜,六则文丽而不淫。

从情采到风骨,从事义到体性,从文辞到声律,圣人文章的文学性是无所不在的。后人摛文裁章,必定征圣宗经;而征圣宗经之要务,是从圣人文章之中吸纳文学性精华。刘勰将圣人文章对后世文学的影响,极富诗意地表述为"百龄影徂,千载心在","太山遍雨,河润千里"。这里的"心"是"文心",这里的"雨"是文学性甘露。

包括批评文本在内的后世文章,尚能从先秦典籍中吸纳文学性滋润;而直接寄生在这些典籍中的先秦文论,则得天独厚地秉承了母体的文学性。言及乃至讨论文学问题,《论语》《孟子》用对话体,《尚书》《春秋》《左传》用叙事体,《老子》《庄子》用隐喻体和寓言体,《诗经》则用比兴兼理趣的诗歌体。先秦文化典籍的文学性,直接孕育了先秦文论批评文体的文学性;而先秦文论的文学性,又成为后世文论批评文体之文学性生成的文化之根与精神之源。从汉代开始,中国古代文论逐渐有了自己的批评文体。当批评文体终于从母体之中独立出来时,其文学性已先天地铸成了。

二　文之为德也大矣

自从20世纪20年代鲁迅在一次学术演讲中提出"曹丕的一个时代可说是'文学的自觉时代'"[①]，"文学自觉（或独立）于魏晋"便作为一个经典命题被后来的学者反复论证和阐释。可供使用的例证很多：魏晋文学的繁荣、魏晋文人的风骨、魏晋文论的巨大成就，等等。但是，有一个近乎悖论的问题，至今未得到合理的解释：既然"文学"在曹丕的时代（3世纪）就已经独立或自觉了，为什么到了刘勰的时代（6世纪）《文心雕龙》还在一个极为宽泛的领域"论文叙笔"？为什么刘勰要将他同时代人（比如萧统）已经不视为"文学"的诸多文体纳入他的批评视域？

《文心雕龙》的第一句话是"文之为德也大矣"！何为"文"？在刘勰看来，凡以花纹色彩显现自然之道者皆为"文"，所谓"无识之物，郁然有彩；有心之器，其无文欤"，"心生而言立，言立而文明，自然之道也"。一头是美的形式或符号，一头是道的内蕴及彰显，"采"与"道"不可分离地构成"文"的文学性内涵。刘勰判断一个文本有"文"无"文"，就看它是否兼具外显之"采"与内蕴之"道"。比如"诔"这一文类，用我们今天的文体学观念考察，如果不是写成潘岳、元稹或者苏轼笔下的"悼亡诗"，则很难纳入"文学"的视域（如讣告、悼词等）。《碑诔》篇说："详夫诔之为制，盖选言录行，传体而颂文，荣始而哀终。论其人也，暧乎若可觌；道其哀也，凄焉如可

[①] 《鲁迅全集》第3卷，人民文学出版社1981年版，第504页。

伤：此其旨也。"有传记的体制，有颂诗的语体，有凄哀的体貌，还有人物刻画、记言述行、抒情叙事等文学手法……可以说，文学性所应具有的要素，在刘勰所说的诔文中均已具备。

中国古代文论的"文体"，大体上包括三个大的层面：体制或体式（体裁），体势或语势（语体），体貌或体性（风格）。①详观《文心雕龙》的文体论，可见出刘勰之论文叙笔、囿别区分，是既辨其体制，也察其体势，亦明其体貌。刘勰所论及的30多种文体，其中大部分（如公文类的诏策章奏、哲学类的论说辞序、历史军事类的纪传铭檄等）不属于"文学"，或者说在体制（体裁）层面不能归之于"文学"。但是，在这些非文学文本中，其语体和体貌却并不缺乏文学性。或者说，刘勰以他自己对"文"的释名彰义，经由"原始表末"和"选文定篇"，最终"敷理举统"地揭示出诸多非文学文本的文学性。《文心雕龙·序志》篇有"详观近代之论文者多矣"，刘勰所详观的"近代"乃"曹丕的一个时代"，所臧否的十位"论文者"皆为魏晋文人。深谙魏晋文学及文论之精髓的刘勰，并不缺乏那个时代所特有的对"文学"的自觉。刘勰正是从魏晋文学和文论中秉承了"文学"的眼光和胸襟，才可能从诸多非文学文本（包括批评文本）中读出文学性。如果说魏晋是文学的自觉和独立，那么南北朝则是文学性的弥漫和统治——而后者正是刘勰将非文学文本纳入文学批评视域的主要原因。

乔纳森·卡勒认为哲学一类的理论文本也可能具有文学性，"哲学被设想为一种获得文学效果的写作。这并不是说对哲学文本的评注不必要，而是说对这些文本也必须从修辞的角度进行阅

---

① 参见童庆炳《文体与文体的创造》，云南人民出版社1994年版，第10—39页。

读和对此作语境分析,正如我们在阅读文学作品时惯常所做的那样,因此,文学性成分已进入了理论。"① 刘勰以一己之文心精雕文龙,剖情析采,摘风裁兴,对包括批评文体在内的各种文体进行精细的修辞学和文章学研究。因而,我们同样可以说,当刘勰用阅读文学的方法阅读诸如论、议、说、传、注、赞、评、叙、引、序、辞等批评文体时,文学性成分就已经进入刘勰的文学理论。至此,胎孕于先秦文化典籍的中国古代文论批评文体的文学性,到了刘勰时代已臻于成熟。

三 刘勰文体批评和实践的启示

孕育于先秦、成熟于六朝的古代文论批评文体的文学性,在后刘勰时代日趋昭灼。刘勰之前,古代文学批评从寄生、随意地说(先秦),到叙事、抒情地说(两汉),到骈赋、偶俪地说(六朝),批评文体大多具有文学性特征或者干脆就是文学文体。唐代出现"论诗诗",批评文本与批评对象采取了完全相同的文体样式。以诗论诗,文学批评诗性地说,意象地说,诗中有画,论中亦有画,于是论成了诗,批评文本弥漫着文学性,文学性统治着批评文本。这种文学性成分对批评文体的弥漫和统治,我们从后来的诗话词话和小说评点中亦能鲜明地感受到。在中国文学批评史的框架内考察,古代文论批评文体的文学性生成,无论是理论建构还是批评实践,应该说都是由刘勰完成的。

刘勰《文心雕龙·通变》篇说"设文之体有常",特定的内

---

① 乔纳森·卡勒:《理论的文学性成分》,见余虹、杨恒达主编《问题》,中央编译出版社2003年版,第126—127页。

容须安放于与之相应的文体之中，而刘勰以及与他同时代的文论家却要破这个"常"，因为他们将理论和批评的内容安放于文学文体，这叫作"破体"。魏晋南北朝文学批评的破体，破出了批评风格的骈俪和隐喻。当文论家自觉选择用文学性文体来言说文学理论和批评时，他们实际上也选择了对语言风格骈俪化的追求。刘勰一旦选择用"骈文"来结撰《文心雕龙》，同时也就选择了用"丽辞"来展开他的批评思想。在刘勰看来，骈俪并非人为而是自然，所谓"造化赋形，支体必双；神理用焉，事不孤立。夫心生文辞，运裁百虑，高下相须，自然成对"（《文心雕龙·丽辞》）。骈偶是一种最能体现中国古典文学形式之美的语言形态，它把汉语言"高下相须，自然成对"的形式特征以一种特定的文章体式加以表现，它是汉语言之自然本性的诗意化舒张。骈偶是自然的，更是文学的，它是区别文学语言与非文学语言的重要标志。《文镜秘府论·北卷·论对属》："在于文章，皆须对属；其不对者，止得一处二处有之。若以不对为常，则非复文章（若常不对，则与俗之言无异）。"刘勰创造性地使用骈偶，论"神思"则谓"登山则情满于山，观海则意溢于海"，说"风骨"则曰"若风骨乏采，则鸷集翰林；采乏风骨，则雉窜文囿"，谈"物色"则云"一叶且或迎意，虫声有足引心；况清风与明月同夜，白日与春林共朝哉！"这是文论，又是美文，是用美文织成的文论，是用文论充盈着的美文。

一般而论，文学批评的言说应该是哲理的和思辨的。但中国古代文学批评是一种诗性的言说，它的言说风格既是骈俪的又是隐喻的。从根本上讲，汉语言的意义生产和意义表述机制，其主要特征是隐喻化的。汉字的构成，无论是象形还是指事，其能指总是与具体的物或事紧密相连；而汉字的释义，无论是基本型的意象还是扩张式的象征，其所指总是隐喻化的。比如陆机《文赋》，谈创作中的称物逮意之难，用的是"游鱼衔钩"、"翰鸟缨缴"的隐喻，谈创作灵感的开塞之所由，用的是"藏若景灭，行犹响起"的隐喻。又如《文心雕龙·风骨》篇，"风"和"骨"均是隐喻化的：远取诸物则有"风"，近取诸身则有"骨"。《风骨》篇第一节释名以彰义，说"风"则兼举"化感"与"志气"，说"骨"则同标"骨力"与"精辞"。化感之风本于诗之六义，以自然界之"风"能化雨、能润物，隐喻文学的风化及讽喻之功；而志气之风则本于曹丕文气，以气之清浊有体隐喻文人才性有别。"风"的后一种隐喻义实际上与"骨力"相通，因此刘勰又说"骨劲而气猛也"。至于"骨"之隐喻"精辞"，则是取"骨"的"端直"、"刚健"和"清峻"。总之，"风骨"中国文学批评的一个重要理论范畴，它是一种隐喻性构成；而对于中国古代文学批评文体而言，隐喻是一种最具有艺术性和审美性的言说风格及言说方式。

刘勰的文体学思想及文体批评的实践给我们以重要的启示。一个文本是否具有文学性，不应只看它采用了何种体制（体裁），还应看它的语体和体貌。中国古代文论的批评文本，在它的无文体时代（先秦），从寄身其间的各类文本中吸纳了文学性。或者说，在寄生式言说的过程中，生成了自己的文学性。而这种文学性一直保存并生长着，直到晚清，具体地说，一直延续到王国维。他的《人间词话》从体制到体貌，完好无损地保持了古代论批评文体的文学性；其《红楼梦评论》虽说已具备现代学术文体的雏形，但其中的语体（如第一章"此犹积阴弥月，而旭日杲杲也"一段文字）并不乏文学味道，或者说是现代批评文本中的文学性遗存。

现代社会在分科治学的"科学性"统治下，批评文本的文学性消退了。当大学的《文学概论》教材告诫学生，"文学批评"不仅要与"文学创作"严格区分,与"文学鉴赏"也要疆域分明时,各种级别的学术期刊也在用统一的标准定制"文学批评"的写作。另外,当技术化社会用它的高科技软件不分青红皂白地对所有的学科领域实施格式化时,人文社会科学自身也在用量化管理的方式催生着大量无个性无感悟无诗意无生命的文字。茫然无措地徜徉于文学批评之荒原的现代学人,不得不满怀深情地回望古代文学批评的文学性绿洲。

或许正是出于对现代学术之文学性荒芜的警惕,后现代语境下的西方学术开始了自己的文学性复兴。辛普森在《学术后现代与文学统治》一书中,反驳那种"文学被忽略和被放逐到大学边缘"的保守派观点,认为"文学胜利了,文学统治了学术领域"。辛普森指出:"文学可能失去了其作为特殊研究对象的中心性,但文学模式已经获得胜利:在人文学术和人文社会科学中,所有的一切都是文学性的。"[1] 虽然辛普森本人对"文学的胜利"持一种抱怨甚至批判的态度,但自德里达以来西方学界文学话语或文学性成分对非文学领域的渗透乃至统治毕竟是有目共睹的事实。在这样一种学术背景下,回溯并清理中国古代文论批评文体的文学性传统,便是一件颇具当代意义和理论价值的工作。有学者指出:"选择了什么样的叙述方式,现实就按什么样的方式向我们呈现。"[2] 古代文论正是选择了具有文学性的言说方式(文体样式),故其批评对象的文学性方能最大限度地敞开;而当下文学批评的枯涩、板滞和格式化,在某种程度上是由

---

[1] D. 辛普森(David Simpson):《学术后现代与文学统治:关于半一知识的报告》(*The Academic Postmodern and the Rule of Literature: A Report on Half-Knowledge*) Chicago: University of Chicago Press, 1995年,第38页。

[2] 陶东风:《文体演变及其文化意味》,云南人民出版社1994年版,第135页。

批评文体之文学性匮乏所导致的。因此，在文学批评书写这一特定领域，我们应该忧虑的不是文学性的弥漫和统治，而是文学性的缺失和匮乏。

文学批评的春天将与批评文体之文学性的复兴结伴而至。这是值得期待的。

（原载《三峡大学学报》2006年第4期）

第二十章

文备众体：中国古代文论的言说方式

宋人赵彦卫《云麓漫钞》称唐传奇"文备众体，可以见史才、诗笔、议论"[1]；宋人真德秀《文章正宗》将文体分为辞令、议论、叙事、诗赋，明人彭时称"天下之文，诚无出此四者，可谓备且精矣"[2]。真氏的"四分法"若去掉应用性的"辞令"，则与赵氏"三分法"相合。就"体"的文体学释义（体制、体势、体貌）而言，"文备众体"、"备且精矣"既是古代文学又是古代文论的重要特征。古代文论的理论批评文体博采百家之长，兼综众体之优，从先秦两汉的诸子、诗赋和史传文体中，秉承议论、诗笔（诗赋）和史才（叙事），其文学理论批评既逻辑地说，又诗意地说和叙事地说，从而形成诗性与逻辑性、片断性与整体性以及抒情性与叙事性相生相济的言说方式。

---

[1] （宋）赵彦卫著，傅根清点校：《云麓漫钞》，中华书局1996年版，第135页。

[2] （明）吴讷著，于北山校点；（明）徐师曾著，罗根泽点校：《文章辨体序说 文体明辨序说》，人民文学出版社1962年版，第7页。

一 议论、诗笔与史才

中国古代文论的"体"或"文体",较之西方文论的"体裁",有着更为复杂丰富的内涵。童庆炳先生将"体"的含义概括为三个层次:体裁、风格,以及介于二者之间的语体或语势。①曹丕《典论·论文》"文非一体,鲜能备善"说的是体裁,"气之清浊有体"说的是风格,而"唯通才能备其体"的雅、理、实、丽则兼有风格与语体之义。不同文体的囿别区分,说到底是一个"怎么说"即"言说方式"的问题:采用何种体裁或体制,驱遣何种语体或语势,彰显何种体性或体貌。据此可以说,由体裁、语体和风格整合而成的"体"或"文体",也就是本章所说的言说方式。

文学创作和文学理论批评有着各自不同的言说方式,总体上说,前者是"诗"后者是"论"。《文心雕龙》的文体论,言及每一种文体首先要"释名以章义",其《论说》篇释"论"之名,认为先秦典籍中最先以"论"名篇的是《论语》,所谓"群论立名,始于兹(《论语》)矣。自《论语》已前,经无论字";又说"庄周《齐物》,以论为名"。同为"论体",《论语》之"论"与《齐物论》之"论"又有所不同:前者强调的是"论体"的条理性即逻辑性,所谓"论者,伦也"、"伦理无爽";后者强调的是"论体"的辩证性即思辨性,所谓"辨正然否"、"迹坚求通,钩深取极"。二者合起来,便为"论体"之释义:

---

① 参见童庆炳《文体与文体的创造》,云南人民出版社1994年版,第10—39页。

"论也者,弥纶群言,而研精一理者也"。①

早在刘勰之前,汉代刘熙《释名·释典艺》已将《论语》的"论"训为"伦":"论,伦也,有伦理也","《论语》,记孔子与弟子所语之言也"。② 伦,次序、条理,即朱熹所言"伦,义理之次第也"。③《论语》所录孔子语录以及孔子与门徒的对话,既是言之有物又是言之有序的,如《卫灵公》所记孔子关于君子与小人的议论,从各个不同的层面,依次比较君子与小人的区别。又如《季氏》关于君子人格修养的"三友"、"三乐"、"三愆"、"三戒"、"三畏"、"九思",构成一个次第有序的系列。这些地方,均表现《论语》在讨论问题时的条理性即逻辑性。

《论语》之"论"是"伦理无爽",《齐物》之"论"则是"锋颖精密"。虽说整部《庄子》是"寓言十九",寓言体言说占很大比重,但《齐物论》一篇则可以说是"辨言十九",纯粹的思辨性言说占绝大部分。其中著名的段落:齐学派之争的"大知闲闲,小知间间;大言炎炎,小言詹詹",齐彼我(此)之分的"非彼无我,非我无所取"、"物无非彼,物无非是(此)",齐是非之别的"彼亦一是非,此亦一是非"、"是亦一无穷,非亦一无穷"……物之分别肇始于论之分别,故齐物先须齐论,哲学家庄子在形而上层面,对诸论之分别(大小、彼此、是非以及梦觉、生死、有无等)一一齐同之。在这些段落中,没有寓言,也没有重言,有的只是"通道为一"、"得其环

---

① (梁)刘勰著,范文澜注:《文心雕龙注》上册,人民文学出版社1961年版,第326—327页。

② (汉)刘熙撰,(清)毕沅疏证,(清)王先谦疏补证:《释名疏补证》,上海古籍出版社1984年影印清光绪年间刊本,第317、314页。

③ (宋)朱熹:《四书章句集注》,中华书局1983年版,第186页。

中"的辩言或论言。不唯《齐物论》,《庄子》内篇的其他6篇亦可见此类思辨性言说。

包括《论语》和《庄子》在内的先秦诸子,无论是体制(体裁),还是体貌(风格)、体势(语体或语势),均对后世的文论书写产生了巨大影响,或者说成为古代文论批评文体的重要理论资源。《文心雕龙·诸子》篇所论及的诸子百氏之体貌体势,如《孟子》《荀子》的"理懿辞雅",《管子》《晏子》的"事核言练",《列子》的"气伟采奇",《邹子》的"心奢辞壮",《墨子》的"意显语质",《韩非子》的"博喻之富"①,等等,已成为古代文论言说方式的重要组成部分。当然,依照刘勰寻根溯源、宗经征圣的立场,先秦诸子还不是议论体的滥觞,《文心雕龙·宗经》篇将各体文章的源头溯至五经,其中有"论、说、辞、序,则《易》统其首",可见议论体的文体之源是《易经》。从易经到诸子,先秦论体对中国文论批评文体的影响,用《文心雕龙·诸子》篇的话说,是"标心于万古之上,而送怀于千载之下,金石靡矣,声其销乎!"②

古代文论的言说方式是议论的,也是诗赋的,议论体的源头在《易经》,诗赋体的源头则在《诗经》。"诗言志"被称为中国文论开山的纲领,而"诗言志"一语对于古代文论批评文体的诗赋体而言,有着双重内涵。诗所言之志,既可以是关乎家愁乡怨、国痛民瘼的,亦可以是关乎创作宗旨和诗学理论的。也就是说,诗经所言之志,既有个性化的情感之"志",亦有普适性的诗学之"志"。此其一。就"诗学之志"而言,《诗》三百中

---

① (梁)刘勰著,范文澜注:《文心雕龙注》上册,人民文学出版社1961年版,第309页。

② 同上书,第310页。

的诗论之句,主要讲讽与颂。此其二。郭绍虞《中国历代文论选》先秦部分有《诗经》选录,其"说明"指出:"在这三〇五篇诗歌里,有少数作品已经谈到了作诗的目的。在比较明确的十一条中,八例为讽,三例为颂。但不论是讽是颂,实际上都是'诗言志'的具体发展和运用。"①

孔子说"诗可以观"。我们从《诗》中能"观"到什么?不仅观到《生民》、《公刘》式的颂与《民劳》、《板》、《荡》式的怨,还能观到关于此颂此怨的诗性抒写与理性议论。《中国历代文论选》所选《诗经》十一例,大体上有着相似的言说方式:主体部分抒写诗人或讽或颂之意,卒章则显其诗学之旨。如首例《魏风·葛屦》,上下两章对比式地写出"缝之者贱且苦"与"服之者贵且乐",②末章最后两句议论式地点明"为刺"之旨:"维是偏心,是以为刺。"又如最后一例《大雅·烝民》,乃尹吉甫送别仲山甫的诗,全诗颂仲山甫之德以及仲山甫辅佐周宣王之盛况。这首长篇颂诗的最末四句为"吉甫作颂,穆如清风。仲山甫永怀,以慰其心",全诗之创作意旨、艺术风格、心理功能、情感效应等诗学内涵,尽在其中。

有学者指出,《大雅·烝民》在"诗三百"中以说理见长,"以理语起","以理趣胜","哲理性和概括性都很强"③,清代刘熙载甚至借用该诗的"穆如清风"来概括整部《诗经》的艺术风格,其《艺概·诗概》说:"'穆如清风','肃雍和鸣',《雅》、《颂》之懿,两言可蔽。"④《大雅·烝民》虽然不是论诗

---

① 郭绍虞主编:《中国历代文论选》第一册,上海古籍出版社1979年版,第12页。
② 参见陈子展《国风选译》,上海古籍出版社1983年版,第262—263页。
③ 参见程俊英、蒋见元《诗经注析》下册,中华书局1991年版,第896页。
④ (清)刘熙载:《艺概》,上海古籍出版社1978年版,第50页。

诗，但它的"理语"、"理趣"实开后世论诗诗体貌、体势之先。《诗经》之后，用四言诗体讨论文学理论和文学批评问题，前有刘勰《文心雕龙》五十篇"赞曰"，后有司空图24首"诗品"，二者在文体上沾溉《诗经》之风，其体貌典雅润泽，其体势兼综诗性隐喻与理性归纳，实为《诗经》以诗论诗之流调余韵。

以诗论诗，在中国文学批评史上是一种重要的言说方式；而这种言说方式在先秦时代尚未独立成体，而是零散或片断地寄生于非文论文体（如《诗经》）之中。后诗经时代，中国文学批评的"以诗论诗"以两种方式呈现：一是段落式地成为文学批评论著不可分割的一个部分，如《文心雕龙》的"赞曰"；一是独立地成为批评文体，如《二十四诗品》以及唐以后大量出现的论诗诗。无论是哪一种方式，其文体之源都在《诗经》，都在《诗经》以诗论诗的体势体貌之中。

中国古代文论既哲理地说、诗意地说，同时也历史地说、叙事地说，后者的文体源头可追溯至五经中的《尚书》和《春秋》。《文心雕龙·史传》篇溯史传体之源，称古者左史记事，右史记言，"言经则《尚书》，事经则《春秋》"[1]。刘知几《史通·叙事》讨论史官文化的叙事传统及叙事原则，亦视《尚书》《春秋》为权舆："历观自古，作者权舆，《尚书》发踪，所载务于寡要；《春秋》变体，其言贵于省文。"[2]《尚书》是最早的历史文献汇编，《春秋》是最早的编年体国别史，而"务于寡要"、"贵于省文"则是它们的语体特征，这也就是《文心雕龙》反复

---

[1] （梁）刘勰著，范文澜注：《文心雕龙注》上册，人民文学出版社1961年版，第283页。

[2] （唐）刘知几著，黄寿成校点：《史通·叙事》，辽宁教育出版社1997年版，第50页。

论及的《尚书》辞尚体要、《春秋》一字褒贬。《尚书》、《春秋》的体势及体貌，构成中国史官文化的叙事之源。

《文心雕龙·史传》篇在谈到孔子修《春秋》之后，即称"丘明同时，实得微言，乃原始要终，创为传体"，并称《左传》为"圣文之羽翮，记籍之冠冕"。① 《左传》用史实释《春秋》，叙事简洁，描写生动，语言精练含蓄。刘知几对《左传》评价甚高："盖左氏为书，叙事之最。自晋已降，景慕者多。"② 就对中国古代文论言说方式的影响而言，《尚书》与《左传》关于"诗（乐）言志"的记载，实为古代文论叙事性言说之滥觞。语出《尚书》的"诗言志"和语出《左传》的"季札观乐"，都是在历史叙事的语境中出场的。《尚书·尧典》对"诗言志"的记载，有人物（舜与夔），有事件（舜命夔典乐），有场景（祭祀乐舞），有对话（舜诏示而夔应诺），叙事所需具备的元素一应俱全。《左传·襄公二十九年》的"吴公子札来聘"实为"乐言志"，与舜帝的"诗言志"相映成趣。季札观乐而明"乐言志"，也是在历史叙事中生成的。

由《尚书》、《春秋》及《左传》所开创的历史叙事传统，在"史才"（叙事性言说）层面深刻地影响了中国古代文论；而这一影响大体上又可以分为两种类型：实录与说话。前者属于正史系列，是"究天人之际，通古今之变"的宏大叙事，其良史之才、信史之德，施之于文论叙事，便铸成古代文论的用世品质、批判精神，以及尚简、尚质的语言风格；后者则是对正史的

---

① （梁）刘勰著，范文澜注：《文心雕龙注》上册，人民文学出版社1961年版，第284页。

② （唐）刘知几著，黄寿成校点：《史通·模拟》，辽宁教育出版社1997年版，第68页。

民间性或私人性讲述,亦可称为"讲史"或"演义",虽然也有宏大叙事,但更多的是闲适于文、游憩于艺的微小叙事,而正是在"闲适"或"游憩"这一点上,"说话"类史才对古代文论的叙事性言说产生了更大的影响。欧阳修撰《新五代史》和《新唐书》,虽说是以私家身份修改正史,但仍然属于经世致用的宏大叙事;而当他晚年"退居汝阴",在琴、棋、书、醇之间集诗话"以资闲谈"时,六一居士秉承的是"说话"类的微小叙事的传统。欧阳修之后,司马光也同样兼营"实录"与"说话"两类叙事:前者有《资治通鉴》,后者有《温公续诗话》。

中国古代文化历来有"说"(叙事)的传统,经史子集四库,经部有历史叙事(如《书经》和《春秋经》),史部与子部则兼有历史叙事与文学叙事。而正是经史子的文史叙事传统,孕育了集部的文论叙事(如"诗文评"、"词话"以及别集、总集中的文论著作)。尤其是子部中的小说家类与杂家类,成为文论叙事的直接来源。比如宋代以后大量涌现的诗话,是古代文论叙事的最为常见的文体。"诗话"之体远肇六朝志人小说,而"诗话"之名却近取唐末宋初之"说话"或"平话"。"说话"是小说,是文学文体;"诗话"是文论,是批评文体。但既然都是"话",就有一个"说"的方式问题:"民间说话之'说',是故事,文士诗话之'说',也一样是故事;二者所不同者,只是所'说'的客观对象不同而已。"① "说话"与"诗话",虽然叙事内容有别,但叙事方式却是相同的。当然,"说话"(文学叙事)可以完全虚构,"诗话"(文论叙事)则以纪事为主,后者与中国史官文化的信史传统及实录精神血脉相连。

---

① 顾易生、蒋凡、刘明今:《宋金元文学批评史》下册,上海古籍出版社1996年版,第462页。

二　百家腾越,终入环内

中国古代文论历来有尊体、辨体之传统:体之可尊,因其本源于经;体之须辨,因其愈演愈众。刘勰辨体,论文叙笔,对30多种文体囿别区分,敷理举统;刘勰尊体,征圣宗经,将各种文体的源头溯至先秦儒家经典,所谓"百家腾越,终入环内"。就前述三大类别(议论、诗笔、史才)而言,本章所讨论的批评文体,其源头亦在五经:《易》、《礼》统议论之首,《诗》立诗笔之本,《书》、《春秋》总史才之端。

本章借鉴赵彦卫《云麓漫钞》的"三分法",将中国古代批评文体一分为三:论、诗、史;但严格来说,这三体并非三种各自独立的批评文体,而是整合了体制(体裁)、体势(语体)和体貌(风格)的三个大的文体门类,是中国古代文论三种主要的言说方式。刍议历代批评文体,在原其始而尊体之后,还须表其末而辨体。

《文心雕龙·论说》篇在对"论体"囿别区分时指出:

> 详观论体,条流多品:陈政,则与议说合契;释经,则与传注参体;辨史,则与赞评齐行;铨文,则与叙引共纪。故议者宜言;说者说语;传者转师;注者主解;赞者明意;评者平理;序者次事;引者胤辞:八名区分,一揆宗论。[①]

[①] (梁)刘勰著,范文澜注:《文心雕龙注》上册,人民文学出版社1961年版,第326—327页。

陈政、释经、辨史、铨文，是论体的四大功能；由此四大功能而形成论体的四大门类：政论、经论、史论和文论。而议、说、传、注、赞、评、叙、引，则是论之四类所统属的子文体，或者说是具有"论"之要素的文体。宜言（说话得体）、说语（动听服人）、转师（转述师言）、主解（解释为主）、明意（释义昭明）、平理（评理公正）、次事（言事有序）、胤辞（引申补充），等等，则是八种子文体各自所具有的话语方式（语体或体势）。故刘勰的这段话涉及"论体"的两大内涵：子文体和语体。

刘勰将"论体"一分为四，萧统则一分为三：《文选》有"设论"、"史论"和"论"。等到明万历年间徐师曾作《文体明辨》，认为刘氏四品和萧氏三品皆有未尽者，故"兼二子之说，广未尽之例，列为八品：一曰理论，二曰政论，三曰经论，四曰史论，五曰文论，六曰讽论，七曰寓论，八曰设论"[1]。同样是为"论体"分类，明代徐氏广于南朝萧、刘二氏，这是符合文体分类"愈演愈众"之发展规律的。明天顺八年（1464）刊印的吴讷《文章辨体》共分59类；百年之后的万历元年（1573），徐师曾编纂《文体明辨》已增至127类，此所谓"文愈盛，故类愈增；类愈增，故体愈众；体愈众，故辨当愈严"[2]。吴讷、徐师曾之辨体，既严且精，所论及的与"议论"相关的子文体远不止刘勰所说的八种。吴讷《文章辨体》有议、书、记、序、论、说、解、辨、原、题跋、杂著、传，等等，徐师曾《文体明辨》在吴著的基础上又增加了释、小序、引、文、赞、评、

---

[1] （明）吴讷著，于北山校点；（明）徐师曾著，罗根泽校点：《文章辨体序说 文体明辨序说》，人民文学出版社1962年版，第131页。

[2] 同上书，第78页。

志、述，等等。这些以议论为要的文体中，不少与文学批评密切相关。比如"序"，吴讷指出："序之体，始于《诗》之《大序》，首言六义，次言《风》《雅》之变，又次言《二南》王化之自。其言次第有序，故谓之序也。"① 徐师增在"序"之后又增列"小序"，称"小序者，序其篇章之所由作，对大序而名之也"②。《诗》之大小序，为最早的文学批评文本；故"序"之为体，无论大、小，皆为批评文体之正宗。而序之"次第有序"，又是肇自《论语》的"论者，伦也"。

徐师曾《文体明辨》申说刘勰之"论体"，虽然认为刘勰之囿别区分似有未尽，但对刘勰的敷理举统却褒赞有加。刘勰将"论"的语体特征归结为两点：一是"义贵圆通，辞忌枝碎"，二是"论如析薪，贵能破理"。③ 大凡议论体的文学批评，总是要从纷繁复杂的文学现象中，抽绎总括出带有规律性的结论或义理，也就是在弥纶群言的基础上研精一理，故刘勰又讲"圆照之象，务先博观"④。刘勰论文，正是在语体上成功地避免了陆机式的"巧而碎乱"和曹丕式的"密而不周"，才形成一种宏阔大气的整体感和流转自洽的圆融性。

"圆通"或"圆照"讲的是论体的整体性和综合性，"析薪"、"破理"讲的则是论体辨正然否、一语中的的逻辑力量。《论衡·超奇》："论说之出，犹弓矢之发也。论之应理，犹矢之

---

① （明）吴讷，于北山校点；（明）徐师曾著，罗根泽校点：《文章辨体序说文体明辨序说》，人民文学出版社1962年版，第42页。

② 同上书，第135页。

③ （梁）刘勰著，范文澜注：《文心雕龙注》上册，人民文学出版社1961年版，第328页。

④ （梁）刘勰著，范文澜注：《文心雕龙注》下册，人民文学出版社1961年版，第714页。

中的。夫射以矢中效巧，论以文墨验奇，奇巧俱发于心，其实一也。"① 王充、刘勰的"发矢"、"析薪"之喻，意在强调论体的"应理"、"破理"之效。文学批评的议论体如何能势如破薪、一语中的？在语体上务须精微、核要，切忌辞胜于理。陆机《文赋》有"论精微而朗畅"②，萧统《文选序》有"论则析理精微"③，刘勰《文心雕龙·定势》篇有"史论序注，则师范于核要"④，刘熙载《艺概》有"论不可使辞胜于理，辞胜理则以反人为实，以胜人为名，弊且不可胜言也"⑤……可见辞之核要、朗畅，方能诣理之辨正、精微。而论体的思辨性和整体性，与语言风格的简洁、精要、圆融、朗畅密切相关。

按理说，文学创作与文学批评应各有其体，前者应是诗笔，后者应是议论；但这个"理"与中国文学批评史的"实"（批评实践及文体事实）并不完全相符：古代文论的批评文体大多以诗笔见长，甚至干脆就以诗赋为体。中国文学批评这种诗意性的言说传统，其文体之源在于前述《诗经》中以诗论诗的篇什，其主体之由则是文论家并不刻意区分何为创作、何为批评，何为诗赋、何为文论。"所谓'中国古代文论'或'中国古代批评'是现代人具备了文类意识后所作的划分，而古人或许并无此种观念，他们只是变换了陈述对象而已（有的文章描述山水人情，

---

① 黄晖撰：《论衡校释》第2册，中华书局1990年版，第609页。
② 郭绍虞主编：《中国历代文论选》第一册，上海古籍出版社1979年版，第171页。
③ （梁）萧统编，（唐）李善注：《文选》第1册，上海古籍出版社1986年版，第2页。
④ （梁）刘勰著，范文澜注：《文心雕龙注》下册，人民文学出版社1961年版，第530页。
⑤ （清）刘熙载：《艺概》，上海古籍出版社1978年版，第43页。

有的文章描述文章、文学现象），这一变换就产生了批评。也由于这，中国古代文论中的隐喻批评大多是描述性论证，而非逻辑性、思辨性论证。"①

就子文体的种类数量而言，诗笔类少于议论类，前者主要有诗体、赋体和骈体；就语体的丰富性和渗透性而言，诗笔类却大于议论类。诗、赋、骈三体自然是诗笔，而在一些史传体甚至议论体的批评文本中，也常常是不乏诗笔的。如司马迁《史记》的诸多文学家传记以及《太史公自序》，在体制上应归于史传体，但字里行间却回荡着一种太史公所特有的悲怆之情。又如钟嵘的《诗品序》，在体制上应归于议论体，但序中"若乃春风春鸟，秋月秋蝉"一节，叙说感荡诗人心灵的种种自然物色及人生际遇，其体势和体貌均洋溢着画意诗情。这种诗笔与议论的互渗，在《文心雕龙》中表现得尤为显明。就体制而言，《文心雕龙》是骈体文，属于诗笔一类；就体势、体貌而言，《文心雕龙》则兼备"议论"与"诗笔"二体：其擘肌分理、深识奥鉴、条圈笼贯、体大思精，为中国文学批评"议论"体之冠冕；其清声丽色、偶语韵词、声画妍媸、玉润双流，又成中国文学批评"诗笔"体之珠玉。

诗赋体总的特征是诗性，其体势体貌又可分为意象性和隐喻性，前者借诗歌的景语和情语作意象式言说，后者则是用一个或一组隐喻作描述式论证。司空图《二十四诗品》，用24首四言诗描绘出24种意象。《二十四诗品》，品品绘景，品品写人，人有其情，景有其境，在诗情画意中写人，在写人状物中出境，用人、景、情、境意象性地体貌特定的诗歌风格及其诗学内涵和美

---

① 蒋原伦、潘凯雄：《历史描述与逻辑演绎——文学批评文体论》，云南人民出版社1994年版，第60页。

学境界。《二十四诗品》所品鉴的每一种诗歌风格,都与该品所抒写的人、景、情、境血肉相连,我们提起任何一品,就自然会想到该品的人、景、情、境。比如,说到"典雅",我们会想起那位在茅屋中饮酒赏雨的佳士,他的身后是白云幽鸟,他的身边是修竹眠琴,而"落花无言,人淡如菊"既是佳士的隐遁超逸之情,更是该品的幽寂萧疏之境。又如,说到"纤秾",我们仿佛看到那位若隐若现的美人,飘逸于窈窕深谷之中,徜徉于碧桃柳荫之间,纤秀秾华是她的容止,自然真率是她的性情,蓬蓬远春是她的境界,与古为新则是她永远的魅力。"于幽杳之境而睹绰约之姿,何其纤也,亦何其秾也。"[1] 用豁人耳目之景与沁人心脾之情来意象式地展开诗学理论,何其鲜活,何其晓畅。

  隐喻是诗歌创作的主要表现手法,因而也是古代文论"诗赋"体的主要言说方式,历代论诗诗有不少经典性隐喻,如杜甫《戏为六绝句》的"龙文虎脊"、"兰苕翡翠"、"碧海鲸鱼",又如韩愈《调张籍》的"巨刃磨天扬"、"乾坤摆雷硠"、"刺手拔鲸牙,举瓢酌天浆",等等。批评文体中的隐喻,在诗歌中多是单一的或对偶的,在赋或骈文中则是连续的、组合的,如陆机《文赋》论创作构思阶段的物、意、文之关系:

  其始也,皆收视反听,耽思傍讯,精骛八极,心游万仞。其致也,情曈昽而弥鲜,物昭晰而互进。倾群言之沥液、漱六艺之芳润。浮天渊以安流,濯下泉而潜浸。于是沉辞怫悦,若游鱼衔钩,而出重渊之深,浮藻联翩,若翰鸟缨缴,而坠曾云之峻。收百世之阙文,采千载之遗韵,谢朝华

---

[1] 郭绍虞:《诗品集解 续诗品注》,人民文学出版社1963年版,第8页。

于已披，启夕秀于未振。观古今于须臾，抚四海于一瞬。①

倾沥液、漱芳润、浮天渊、濯下泉，以及游鱼、翰鸟、朝华、夕秀，等等，一连串的形象隐喻，构成一种"畅游式的描述"，令人目不暇接。②受陆机影响，刘勰《文心雕龙·神思》篇在论及创作构思及艺术想象时，也使用了一连串的隐喻，比如珠玉之声、风云之色、玄解之宰、独照之匠，等等。

《文心雕龙》还有另一种隐喻：喻体与本体不仅构成修辞学意义上的隐喻关系，而且从根本上说二者是同质同构的。日月叠璧，山川焕绮，虎豹炳蔚，草木贲华……宇宙万物，以它们的沦漪和花萼，以它们的形象与妙奇，以它们变化无穷也是魅力无穷的"文"，有声有色地言说着"道"；作为"五行之秀"、"天地之心"的人，遵循着天地自然的规律，同样以自己的衔华佩实、风清骨峻的"文"和"文章"，声情并茂地言说着"道"。这种言说的过程及实质，就是"自然"就是"道"，所谓"心生而言立，言立而文明，自然之道也"。③可见彦和原道，以天地万物之文对道的显现，隐喻人之文对道的显现。人之文对道的言说之所以类似于天地之文对道的言说，其契合处既是形式或结构的相似，更是意义或价值的相通。理查兹《修辞的哲学》认为有两种隐喻，一种是通过两个事物之间的相似产生的隐喻；另一种是

---

① 郭绍虞主编：《中国历代文论选》第一册，上海古籍出版社1979年版，第170—171页。

② 参见蒋原伦、潘凯雄《历史描述与逻辑演绎——文学批评文体论》，云南人民出版社1994年版，第63页。

③ （梁）刘勰著，范文澜注：《文心雕龙注》上册，人民文学出版社1961年版，第1页。

由于人们对两种事物抱有共同的态度产生的隐喻。① 韦勒克《文学理论》就后一种隐喻举例说："我的爱人像一朵红红的玫瑰"，而"她之所以像玫瑰，并不是在颜色上、肌肤上或结构上，而是在价值上"。② 刘勰"原道"，以天地动植之文隐喻人之文，二者的关联既在价值（自然之道）上，亦在色彩（纹）和结构（体）之中。往深处说，《文心雕龙》的隐喻不仅是一种诗性的言说方式，更是诗性的思维方式及认知方式，或者说，刘勰对文学本体的思考及表述，是通过隐喻式思维和论知来完成的。

古代文论的三大言说方式中，"议论"以逻辑性、思辨性见长，而"史才"、"诗笔"与诗性、文学性相关。大体上说，"诗笔"偏于抒情而"史才"偏于叙事。批评文体之史才，其总的特征是叙事性，具体又可分为历史（真实）性叙事与寓言（虚构）性叙事。前面谈到，中国古代文论的叙事性言说源于先秦的《尚书》、《春秋》以及《左传》；但文论叙事在这些儒家经典中还是寄生地说，片断地说，而从司马迁的《史记》开始，史传体出现了较为完整和独立的文论叙事，如《史记》的文学家列传及其"太史公曰"，《汉书》的《艺文志》，《后汉书》的《文苑传》，《隋书》的《经籍志》和《文学传》，等等。当然，史传体中的文论叙事与历史叙事常常是缠杂交错、难解难分的。

刘知几《史通·叙事》："史之为务，必藉于文。自《五经》已降，三史而往，以文叙事，可得言焉。"③ "以文叙事"，道出了在"叙事"这一点上中国文化"文史不分"的传统，"史"

---

① 参见[美]韦勒克、沃伦《文学理论》，刘象愚等译，生活·读书·新知三联书店1984年版，第343页注36。
② 同上书，第220页。
③ （唐）刘知几著，黄寿成校点：《史通·叙事》，辽宁教育出版社1997年版，第55页。

之叙事必须借助于"文",而"文"之批评和理论又常常寄生于"史"。"史"的叙事者,同时也是"文"(文学和文论)的叙事者,如司马迁、班固、沈约、刘知几、欧阳修、司马光、冯梦龙、顾炎武、黄宗羲、王夫之、章学诚等。他们或者在自己的史书中讨论文学理论问题,如《史记》之《太史公自序》、《屈原贾生列传》等;或者在史书之外另有文学理论的专门著述,如班固之《离骚序》、《两都赋序》等;或者其著作兼有史学(理论)与文学(理论)的双重性质,如刘知几《史通》、章学诚《文史通义》等。章学诚甚至说"六经皆史",六经皆为叙事,而中国古代文论的批评文体,从先秦儒家经典中吸纳的正是历史性叙事传统。

同为叙事,儒家经典以纪实为要,而以《庄子》为代表的道家经典则以虚构为务。儒家文化的纪实性叙事,是叙事在前,明道于后,所谓卒章显其志,见道于叙事之末(如《史记》的"太史公曰")。道家文化的虚构性叙事,则是先已知其道难明,而后外借寓言式叙事。《庄子》众多的寓言故事中,有不少蕴含着丰富的文学艺术思想,在某种意义上可以说是文论叙事,著名的有庖丁解牛、轮扁斫轮、梓庆为鐻、匠石运斤、佝偻承蜩、邯郸学步、忽倏凿窍、象罔得珠、庄周梦蝶……庄子寓言式的文论叙事对中国文论的影响是深刻而恒久的,我们从后庄子时代的文论叙事中,可以经常看到叙事者对庄子寓言的借用、重释或者误读。此外,诗话、词话、曲话及小说评点中的文论叙事,虽然以真实性叙事以主体,却也不乏"说话"体的虚构要素。

三 "诗"与"思"的融合

古代文论诗性与逻辑性相生相济的言说方式，源于先秦文化典籍。刘勰说"论"，视儒家的《论语》和道家的《庄子》为"议论"之始；而《论语》和《庄子》却并不乏"诗笔"，其言说方式表现为诗性与逻辑性的统一。《论语》之"论"，可训为"伦"，是次第有序、逻辑明晰；《论语》之"语"，是语录，是对话，"对话在文学体裁上属于柏拉图所说的'直接叙述'一类，在希腊史诗和戏剧里已是一个重要的组成部分"。① 而且，我们从《论语》的对话中是能看出说话人的个性和身份的，借用李贽评《水浒》的话说，是"各有派头，各有光景，各有家数，各有身份"②。次第有序的理论性与凸显个性的文学性，形成《论语》言说方式的逻辑性与诗性的统一。《庄子》的"三言"，其"寓言十九"为隐喻体，"重言十七"为对话体，"卮言日出"为顺其自然、因物随变之语言风格，是典型的文学性言说；但若从整体上把握《庄子》，则可见其思想体系（如道论、心论、物论）、篇章结构（如内七篇）、论证过程（如齐物之论）等，均具有较高的思辨性和逻辑性，代表了先秦诸子议论体的最高水准。

以《论语》、《庄子》为代表的"诗"与"思"相生相济的

---

① ［古希腊］柏拉图：《文艺对话集》，朱光潜译，人民文学出版社1963年版，第334页。
② 蔡景康编选：《中国历代文论选·明代文论选》，人民文学出版社1993年版，第237页。

言说方式，为古代文论批评文体开辟了一条"诗径"与"理路"相会相通的坦途。先秦时期，尚无文学理论批评专著或专篇，其文论言说寄生于非文论典籍之中，既诗性地说（如《诗经》以诗论诗的语句）也思辨地说（如《周易》关于言象意的论辩），既叙事地说（如《尚书》《左传》的文论叙事）也逻辑地说（如《墨子》《荀子》中的文论），既漫无边际地说（如《庄子》的卮言）也有的放矢地说（如《孟子》的辩言）……两汉之后，有了独立成体的文学理论批评，其言说方式承续了先秦文论诗性与逻辑性相融合的特征，无论是两汉的史传体、序跋体，还是六朝的诗赋体、骈俪体，以及隋唐以后的诗论体、诗话体、评点体，等等，均不同程度地表现出诗性与逻辑性的统一。

"诗"与"思"相融合的言说方式，既是古代文论的总体性特征，又是古代文论经典文本的标志性特色。以《文心雕龙》为例。就体制而论，《文心雕龙》是骈俪体，属于文学体裁；就体势而言，无论是总体结构、篇章次第，还是论证过程、辩说方式，都可以说是典型的议论，属于理论型语体。以偶言丽辞擘肌分理，借隐喻比兴识深鉴奥，在调钟唇吻、玉润双流之际笼圈条贯、弥纶群言，骈俪体制与论说体势的完美融合，最终铸成《文心雕龙》诗与思相交融的独特体貌。这一体貌既见于《文心雕龙》全书，亦见于每一篇的篇末"赞曰"。50篇"赞曰"，50首四言诗，其典雅润泽、铺叙比兴，已沾溉商周篇什六义之神；其敷理举统、精微圆通，又涵泳先秦诸子论辩之力。

议论以逻辑性为要，其立言之体需完整、系统；诗笔以文学性为根，其行文之方常常是即兴的随意的，吉光片羽，弥足珍贵。中国古代文论言说方式之诗性与逻辑性的统一，表现在文体的结撰方式上，则是片断性与整体性的统一。

比如，先秦文论尚未独立成体，不能集中系统地讨论文学理论和文学批评问题，只能片断、随意地说。当然，所谓"随意"并非随心所欲，而是指先秦文论的论者"随"自己或儒或墨或道或法的文化思想之"意"，旁及文论话题。比如《论语》所录孔子师徒的"因事及诗"和"因诗及事"，在孔子的诸多话题中是两个小片段，但在孔子的诗学理论中却是不可或缺的组成部分，看似随意，实则用心。

先秦文论这种片断与整体相契、随意与用心相合的言说方式，成为后世批评文体的一个重要特征。在漫长的中国文学批评史上，像刘勰《文心雕龙》、叶燮《原诗》这样自成体系且体大思精的鸿篇巨制毕竟是少数，就是像钟嵘《诗品》、严羽《沧浪诗话》这样有一定的整体性和层次感的著作亦不多见，大量的文论著述都是以片断、零散、即兴、随意为语体特色。但是，在这种片断、随意的背后，却包蕴着整合、结体之用心。以宋代诗话为例。今存宋人编辑的诗话总集，最为著名的有阮阅《诗话总龟》、胡仔《苕溪渔隐丛话》和魏庆之《诗人玉屑》，"玉屑"与"总龟"，形象地道出这三部诗话片断性与整体性相契合的"丛话"特色。

《诗话总龟》以类编排，沿袭《世说新语》分门旧例；《苕溪渔隐丛话》以人为纲，习染钟嵘《诗品》品藻遗风；《诗人玉屑》则兼采二体：前十一卷次之以"类"，后十卷第之以"人"。《总龟》以材料见长，引书一百多种，"遗篇旧事，采摭颇详"[1]，广收诸家，排比异说，录事录诗，兼收并蓄；《丛话》"取元祐以来诸公诗话，及史传小说所载事实，可以发明诗句，

---

[1] （宋）阮阅编，周本淳校点：《诗话总龟》前集，人民文学出版社1998年版，第3页。

及增益见闻者，纂为一集"①，依次评点自"国风"至"本朝"（南宋）诸多诗人，尤为推重开元之李杜、元祐之苏黄，其中关于杜甫、苏轼的篇幅超过全书的四分之一；《玉屑》"用辑录体的形式，编录了两宋诸家论诗的短札和谈片，也可以说是宋人诗话的集成性选编"②，研精诗理诗法在前，识鉴古今人物于后。可见三部诗话形散而神聚，语碎而意全，其体势、体貌的共同特征为片段之连缀、玉屑之总龟。

诗性与逻辑性的统一是古代文论言说方式的总体特征，而由于逻辑性是任何批评文本的应有之体，因此诗性便成为中国文论特有的文体传统。在古代文论的诗性（文学性）言说之中，叙事与抒情（亦即史才与诗笔）又是统一的。

先秦文论的片断性言说已是叙事（如《尚书》《左传》）与抒情（如《诗经》）并存，而隋唐以后诗话体之叙事与论诗诗之抒情的并存，则是对先秦文论的一种"青出于蓝而胜于蓝"之回响。在这之间，两汉文论的史传体和书信体擅长在叙事之中抒情，六朝的骈俪体和辞赋体则擅长在抒情之中叙事。如司马迁的历史叙事中包含着生动、深刻的文论叙事，而他的文论叙事又伴随着丰富、强烈的情感。又如前面谈到司空图《二十四诗品》以情、景、人、境言说诗歌风格，在绘景写情中塑造出幽人、美人、畸人、琴客、剑士、樵夫，采用的也是将抒情与叙事融为一体的言说方式。

文论家们在叙事中明理，也在叙事中抒情，其事可悲，其情可哀，其理可信。这一类于诗性叙事中出场的文论思想，在它们

---

① （宋）胡仔纂集，廖德明校点：《苕溪渔隐丛话》前集，人民文学出版社1962年版，第1页。

② （宋）魏庆之编：《诗人玉屑》上册，上海古籍出版社1978年版，第1页。

以理服人之前，已经先行地以情动人了。"文备众体"的中国古代文论，其言说方式的独特魅力，正在于诗性与逻辑性、片断性与整体性以及叙事性与抒情性的统一之中。

（原载《文艺研究》2006年第3期；人大复印报刊资料《中国古代、近代文学研究》2006年第8期）

第二十一章

中国古代文论的叙事性言说

叙事是文学创作最为基本的言说方式，按理说应该与文学批评和文学理论无关。然而，这个"理"若放在中国文学批评史领域则扞格难通，因为中国古代文论历来就有叙事的传统，只是这一传统尚未进入学界的研究视域。20世纪以来的中国文学批评史研究，主要关注古代文论说了些什么（这当然是应该的），而不太关心古代文论是怎么说的，不太关心古代文论的"说"与现当代文论乃至西方文论的"说"有何不同。因此，学术界对古代文论的叙事性言说视而不见便是可以理解的了。

一 叙事性言说的类别

《尚书·尧典》的"诗言志"被称为中国文论"开山的纲领"；而"诗言志"是在一种叙事的语境中出场的：有人物（舜与夔），有事件（舜命夔典乐），有场景（祭祀乐舞），有对话（舜诏令而夔应诺）。叙事所需具备的元素，在《尚书·尧典》中一应俱全。《左传·襄公二十九年》的"吴公子札来聘"实为"乐言志"，与舜帝的"诗言志"相映成趣。季札观乐而明"乐言志",也是在叙事中生成的。因此可以说,《尚书》与《左传》的"诗(乐)言志",是古代文论叙事传统之滥觞。①

大舜言诗与季札说乐,大体上是通过记言来叙事,这种叙事方式被后来的《论语》和《孟子》所承续。据刘熙《释名·释典艺》:"《论语》,记孔子与弟子所语之言也。论,伦也,有伦理也。语,叙也,叙己所欲说也。"可见"论语"的意思就是"有条理地叙述自己的话",或者说是"有条理地记叙孔子与弟子的对话"。李泽厚将"论语"译为"孔子对话录"②,而"对话"是一种叙事手法,"对话体"是一种叙事文体。朱光潜在《文艺对话集》的"译后记"中说:

> 对话在文学体裁上属于柏拉图所说的"直接叙述"一类,在希腊史诗和戏剧里已是一个重要的组成部分。柏拉图把它提出来作为一种独立的文学形式,运用于学术讨论,并且把它结合到所谓"苏格拉底式的辩证法"。

朱光潜进一步指出,用对话体这种文学叙述方式讨论学术问题的好处,就在于"不从抽象概念出发而从具体事例出发,生动鲜明,以浅喻深,层层深入,使人不但看到思想的最后成就或结论,而且看到活的思想的辩证发展过程"。③ 我们读《论语》,听孔子与门生的对话以及孔子的自说自话,能真切地感受到对话体叙事的鲜活灵动、深入浅出。孔子师徒谈诗,或因事及诗或因

---

① 若撰写一部叙事体的《中国文学批评史》,那么第一章的标题应拟为《大舜命夔典乐,季札观乐言志》。
② 李泽厚:《论语今读》,安徽文艺出版社1998年版,第25页。
③ [古希腊]柏拉图:《文艺对话集》,朱光潜译,人民文学出版社1963年版,第334—335页。

诗及事,都是既有思想结论也有思维过程的。孔子之后是孟子,就文学思想而言,孟子既继承了孔子的"道",也继承了孔子的"体"。"孟子曰"虽不如"子曰"简洁,却比"子曰"更具文学色彩,《孟子》将"对话体叙事"的传统发扬光大了。虽然先秦之后古文论的叙事传统更多地出现在书信、诗话、评点等批评文体中,但《论语》《孟子》式的记言和对话依然可见。

书信体叙事也可以说是一种对话,如汉代文论名篇司马迁《报任安书》,便可视为作者与朋友的对话。司马迁向老友任安详细地叙述李陵之祸以及由此而酿成的缧绁之囚、宫刑之辱和身心之痛,可谓字字血、声声泪。"悲夫!悲夫!""尚何言哉!尚何言哉!"司马迁的叙事,其意悲远其辞凄切,在一种悲剧性的叙事语境中提出"发愤著书"的理论命题。① 司马迁的"发愤著书",不是书斋里的玄思妙想,亦非哲理思辨或逻辑推演,而是身世之感、切肤之痛,是徘徊于地狱之门的叙事者面对苍天的呼号。在某种意义上说,正因为"发愤著书"形成于叙事(而非论证)过程,《史记》才会有如此强烈的震撼力和如此恒久的生命力。白居易《与元九书》的诸多文论命题及批评观念也是在叙事中出场的,他在痛陈"诗道崩坏"时感叹:"嗟夫!事有大谬者,又不可一二而言,然亦不能不粗陈于左右。"然后开始叙述"家贫多故"之身世及"诗人多蹇"之命途,叙述"时之所重,仆之所轻"的苦闷与孤寂。白居易正是在这种"一二而言"的叙事之中,建构起新乐府运动的诗歌纲领及理论主张。

如果说书信体文论是在叙事中抒情,那么诗歌体文论则是在

---

① 前注所设想的叙事体《中国文学批评史》,写到"司马迁"这一章时将是非常精彩的:用"司马迁寄书任少卿"为中心事件,然后插叙老太史公临终之泣、太史公李陵之祸,插叙西伯拘羑里、孔子厄陈蔡、屈原放逐、左丘失明……

抒情中叙事。《中国历代文论选》称"用诗来说诗,始于杜甫"①,其实李白也有论诗诗,如《宣州谢朓楼饯别校书叔云》和《古风》其一,前者在"壮思"又兼"烦忧"的情感中兼述诗风之峻爽与清秀;后者则以一种"志在删述,辉映千秋"的豪情,叙述自风骚到盛唐的诗歌演变。杜甫的诸多论诗诗,或品藻诗人或评说诗风,大体上都是兼顾抒情与叙事的。如《春日忆李白》,作者对李白其人其诗的思念赞叹之情,是在叙事性诗题下展开的。到唐末司空图作《二十四诗品》,用24首四言诗体貌24种诗歌风格,则将"诗"之写景、抒情、叙事与"论"之评议、品藻、阐释融为一体,使古代文论"论诗诗"的诗性叙事臻于至境。《二十四诗品》之叙事,常常置人于景中,见意于韵外。《冲淡》一品,叙一位冲漠无朕、平居淡素的幽人,恍惚于太和、惠风之中,悠游于独鹤、修篁之间。冲淡之境可遇而不可求,读者只能也只有借助这若隐若现的诗性叙事,才能品味并把握"冲淡"。又如,置美人于碧桃春水之间以写"纤秾",置畸人于清钟畦封之外以写"高古",置佳士于落花飞瀑之下以写"典雅",置狂士于天风海山之中以写"豪放"……

古代文论的批评文体,最为常见的样式是诗话。"诗话"之名虽始见于北宋,诗话之源却在六朝。有论者称,六朝之后的诗话"接过笔记小说的体制,形成了以谈诗论艺为主要内容的笔记体批评样式"②,是颇有见地的。历代诗话的文体源头是六朝笔记小说,故诗话这一批评文体秉有纯正的叙事"血缘"。《世

---

① 郭绍虞主编:《中国历代文论选》第二册,上海古籍出版社1979年版,第132页。

② 赖力行:《中国古代文学批评学》,华中师范大学出版社1991年版,第197页。

说新语》是志人小说，而书中随处可见的诗人轶事、诗坛掌故、诗文赏析之类，若将之另辑成集，就已是典型的"诗话"了。《世说新语》叙事的简洁、灵动、传神等特征，在六朝之后大量的诗话体（包括词话、曲话和小说评点等）批评文本中我们都能见到。《四库全书总目提要》称胡仔的《苕溪渔隐丛话》"琐闻轶句则或附录之，或类聚之"，又称阮阅的《诗话总龟》"多录杂事，颇近小说"。今人校点《诗话总龟》，谓是书"多采小说家言"，而且说"如从事说部的辑佚工作，《诗话总龟》应该算是可供开掘的宝藏"①。就文体样式及其话语方式的叙事性而言，诗话与小说实在是没有多大区别的。研究者可以视诗话如小说，鉴赏者又何尝不是如此？

诗话，是批评文体（文论）中的"小说"；小说评点，则是文学文体（小说）中的"诗话"。叙事性文体的种种言说方式，在小说（包括戏曲）评点中都有体现。以清代小说戏曲理论为例，蒋士铨《香祖楼自序》用对话体，凌廷堪《论曲绝句三十二首》用诗歌体，金圣叹《读第五才子书法》用诗话体，等等。金圣叹的小说戏曲评点，多用叙事手法。《读第六才子书西厢记法》，叙述如何"与美人并坐读之，验其缠绵多情"，如何"与道人对坐读之，叹其解脱无方"。《水浒传序三》自述儿时读书经历，诗四书如何"意惛如也"，读水浒如何爱不释手以至于"无晨无夜不在怀抱者"。我们阅读金圣叹的评点文字，看其波谲云诡，跌宕起伏，既有思想的创获，又有文学的怡乐。这种阅读享受，是那些与叙事绝缘的纯理论文字所无法给予的。

---

① （宋）阮阅编，周本淳校点：《诗话总龟》前集之《前言》，人民文学出版社1987年版，第4页。

二 叙事性言说的源起

笔者曾在一篇文章中说过,中国诗性文论是葱郁茂盛的理论之树,它深深地扎根于中国传统文化的沃土之中。对诗性文论的体式体貌作振叶寻根式的研究,必须回到中国的文化传统,回到中国文化的滥觞之处。从文化源头上看,古代文论叙事性特征的形成,源于两大文化传统:史官文化与寓言文化。

古代文论的叙事传统从述说"诗(乐)言志"的《尚书》和《左传》开始,《尚书》是最早的历史文献汇编,《左传》则是被誉为"叙事之最"的第一部完整的编年史。二者构成中国史官文化的叙事之源,刘知几《史通·叙事》讨论史官文化的叙事传统及叙事原则,就是从《尚书》和《左传》开始谈起的。刘知几指出:

> 史之为务,必借于文。自《五经》已降,三史而往,以文叙事,可得言焉。[1]

"以文叙事",道出了在"叙事"这一点上中国文化"文史不分"的传统。"史"之叙事必须借助于"文",而"文"之批评和理论又常常寄生于"史"。就后者而言,《史记》有文学家列传及其"太史公曰",《汉书》有《艺文志》,《后汉书》有《文苑传》,《隋书》有《经籍志》和《文学传》……历史叙事

---

[1] (唐)刘知几:《史通·叙事》,黄寿成校点,辽宁教育出版社1997年版,第55页。

与文学（理论）叙事缠杂交错，难解难分。在古代中国，"史"的叙事者，同时也是"文"（文学和文论）的叙事者，他们或者在自己的史书中讨论文学理论问题，如司马迁《史记》之《太史公自序》《屈原贾生列传》等；或者在史书之外另有文学理论的专门著述，如班固之《离骚序》、《两都赋序》等；或者其著作兼有史学（理论）与文学（理论）的双重性质，如刘知几《史通》、章学诚《文史通义》等。

中国古代的历史叙事大体上可以分为两大类型：实录与说话。前者属于正史系列，是"究天人之际，通古今之变"的宏大叙事；后者则是对正史的民间性或私人性讲述，亦可称为"讲史"或"演义"。它可以是宏大叙事，如宋代的《五代平话》、《宣和遗事》和明代的"列国系列"、"隋唐系列"之演义；也可以是微小叙事，如宋明两朝大量出现的野史、杂记、小录、郡书、家史等。宏大叙事关乎人伦教化、经世致用，最看重的是"信史"精神，是"实录"原则。班固在评价司马迁的历史叙事时说："自刘向、扬雄博极群书，皆称迁有良史之才，服其善序（叙）事理，辨而不华，质而不俚，其文直，其事核，不虚美，不隐恶，故谓之实录。"[①] 足见"实录"既为良史之德行，亦为修史之标准。为了捍卫叙事的真实性，叙事者甚至可以将生死置之度外，前有不畏强暴、冒死以赴的齐太史和南史氏，后有秉笔直书、绝不讳隐的司马迁。这种良史之才、信史之德，施之于文论叙事，便铸成古代文论的用世品质、批判精神，以及尚简、尚质的语言风格。

正史以"实录"为要，讲史则可"七实三虚"，野史"虚"的程度更高；正史以"简要"为贵，讲史或野史则须"拍案惊

[①] （汉）班固：《汉书》第9册，中华书局1962年版，第2738页。

奇"、"传奇贵幻"。历史叙事的这种复杂状况，从特定角度昭示出叙事方式的多样性与叙事意义的多元化。记事，可以是为了经世、治世、警世、喻世，也可以是为了闲适于文、游憩于艺。而正是在"闲适"或"游憩"这一点上，"说话"类的历史叙事对古代文论的叙事产生了更大的影响。欧阳修撰《新五代史》和《新唐书》，虽说是以私家的身份修改正史，但仍然属于经世致用的宏大叙事；而当他晚年"退居汝阴"，在琴、棋、书、醇之间集诗话"以资闲谈"时，六一居士秉承的是"说话"类的微小叙事的传统。欧阳修之后，司马光也同样兼营"实录"与"说话"两类叙事：前者有《资治通鉴》，后者有《温公续诗话》。司马光《温公续诗话》开章便言：

> 诗话尚有遗者，欧阳公文章名声虽不可及，然记事一也，故敢续书之。

官修正史是记事，私修正史也是记事；实录是记事，说话也是记事。司马光的"记事一也"，既道出两类历史叙事的共同之处，也道出历史叙事与文论叙事的共通之处。就后者而论，我们还可以举出明万历年间的王世贞和李贽：王世贞《弇州山人四部稿》属杂史类，而其中的《艺苑卮言》则是文论名篇；而李贽的文学思想则既可见之于以"文"为主的《焚书》，亦可见之于以"史"为要的《藏书》。

同样是兼营历史叙事与文论叙事的章学诚，说过一句很有名的话："六经皆史。"换言之，六经皆为叙事。先秦儒家经典大体上是一种纪实性叙事，而以《庄子》为代表的道家经典则是一种虚构性叙事。《史记·老庄申韩列传》说庄子"著书十余万言，大抵率寓言也"。据陈蒲清《中国古代寓言史》统计，《庄子》全书的寓言总计181则。《庄子·寓言》自谓"寓言十九",虽然关于"十九"的解释有"十分之九"与"十言九信"之异,但《庄子》一书以寓言为主体却是人所共知的事实。《寓言》篇又谓:"寓言十九,借外论之。亲父不为其子谋。亲父誉之,不若非其父者也;非吾罪也,人之罪也。"父之誉子,诚多不信,故须借外论之;直言其道,俗多不受,亦须借外论之。故郭象注曰:"言出于己,俗多不受,故借外耳。"陆德明释文:"寓,寄也。以人不信己,故托之他人。"① 相对于庄子欲明之"道"而言,庄子的"寓言"是"外",是用以寄寓己意的他者(他人和他物)。道是不可说的,或者说是不可直说、不可己说的,必须"借外论之",这个"外"就是寓言,就是虚构性叙事。

或儒或道,都有自己的"道"。儒家文化的纪实性叙事,是叙事在前,明道于后,所谓卒章显其志,见道于叙事之末(如《史记》的"太史公曰")。道家文化的虚构性叙事,则是先已知其道难明,而后外借于寓言式叙事。涂光社指出:"庄子主要用叙事性语言表述自己的哲思,有时在一段叙述中理论范畴和概念很少或者完全没有出现,尤其是讲寓言故事的时候。"② 不错,庄子是哲学叙事,但《庄子》众多的寓言故事中,有不少蕴含着丰富的文学艺术思想,在某种意义上也可以说是文论叙事,著名的有庖丁解牛、轮扁斫轮、梓庆为鐻、匠石运斤、佝偻承蜩、邯郸学步、忽倏凿窍、象罔得珠、庄周梦蝶……庄子寓言式的文论叙事对中国文论的影响是深刻而恒久的,我们从后庄子时代的

---

① (清)郭庆藩著,王孝鱼点校:《庄子集释》第4册,中华书局1961年版,第947—948页。

② 涂光社:《庄子范畴心解》,中国社会科学出版社2003年版,第328页。

文论叙事中,可以经常看到叙事者对庄子寓言的借用、重释或者误读。

《庄子·寓言》有"寓言十九,重言十七,卮言日出,和以天倪",《庄子·天下》有"以卮言为曼衍,以重言为真,以寓言为广"。《庄子》"三言","寓言"为"寄寓之言"已如前述。重言者,借重先哲时贤之言也,属于庄周寓言中的对话性叙事。卮言者,自然无心之言也,属于庄周寓言中的曼衍式叙事。① 如《人间世》、《大宗师》借重仲尼与颜回的对话讨论"心斋"、"坐忘",《知北游》借重老聃与孔子的对话讨论虚静等,均属"重言"。衡之于历史叙事的真实性标准,《庄子》诸多的重言(对话)完全不同于语孟的对话,前者依然属于庄子的虚构性叙事。但是,"重言"之中的老子、孔子、颜回等,都是真人,他们所讲的那些道理在庄子的思想体系中更是真谛,所以庄子要说"以重言为真"。这是一种虚构的真实,或者说是哲理的真实。郭象注"卮言"曰:"夫卮,满则倾,空则仰,非持故也。况之于言,因物随变,唯彼从之,故曰日出。日出,谓日新也,日新则尽其自然之分,自然之分尽则和也。"② 因物随变,顺其自然,无心之言,新异日出。《庄子》三言,合而言之,是庄子寓言式叙事的总体特征;分而言之,"寓言"是对虚构性叙事的质的规定,"重言"是庄子寓言的主要叙事方式,"卮言"则是庄子叙事的独特语言风格。庄子寓言的叙事方式及语言风格,与庄子寓言的思想内容一样,对后世的文论叙事产生了巨大的影响。

---

① 参见陈鼓应《庄子今注今译》下册,中华书局1983年版,第728—729页。
② (清)郭庆藩著,王孝鱼点校:《庄子集释》第4册,中华书局1961年版,第947页。

三 叙事性言说的价值

金圣叹的《水浒》评点是中国文学批评史上颇为精彩的文论叙事,其《水浒传序三》自谓"吾独欲略其形迹,伸其神理"。何为"形迹"?圣叹自释:"如必欲苟其形迹,则夫十五国风,淫污居半;春秋所书,弑夺十九。"何为"神理"?圣叹强调:"普天下之书,诚欲藏之名山,传之后人。即无有不精严者。何谓之精严?字有字法,句有句法,章有章法,部有部法是也。"由此可见,就文学叙事而言,"形迹"指"说什么","神理"指"怎么说"。金圣叹之评点《水浒》,其理论兴趣的重心显然是在后者:他不关心《水浒》说了些什么,而关心《水浒》是用什么方式说的,亦即小说的叙事方法及技巧。

中国古代文化历来有"说"的传统,经史子集四库,史部与子部自然有历史叙事与文学叙事,经部中也有历史叙事(如春秋经)与文学叙事(如诗经)。而正是文史的叙事传统,孕育了集部的文论叙事(如"诗文评"、"词话"以及别集、总集中的文论著作)。尤其是子部中的小说家类与杂家类,成为文论叙事的直接来源。比如宋代以后大量涌现的诗话,是古代文论叙事最为常见的文体。"诗话"之体远肇六朝志人小说,而"诗话"之名却近取唐末宋初之"说话"或"平话"。徐中玉先生指出:

> 论诗著作之题名"诗话",确自宋欧阳修《六一诗话》始,窃以为诗话之称,其起源与流行于唐末宋初之"说话"

即"平话"之风有关。"①

既然都是"话",就有一个"说"的方式问题;说什么其实并不重要,重要的是怎么说。"民间说话之'说',是故事,文士诗话之'说',也一样是故事;二者所不同者,只是所'说'的客观对象不同而已。"②"说话"与"诗话",虽然叙事内容有别,但叙事方式却是相同的。

"说话"(小说)之"说",其理不辩自明,因为小说这种文体就是讲故事,叙事是手段也是目的;"诗话"(文论)之"说",其因何在?其理何据?除了前文所述史官文化和寓言文化的双重影响之外,还有着文学(创作与批评)自身的缘由。唐末孟棨《本事诗序》曰:

> 诗者,情动于中而形于言。故怨思悲愁,常多感慨。抒怀佳作,讽刺雅言,虽著于群书,盈厨溢阁,其间触事兴咏,尤所钟情,不有发挥,孰明厥义?因采为《本事诗》凡七题,犹四始也。

诗歌创作的发生大多触事兴咏,论诗者若不叙其事,读诗者孰明其义?所以孟棨要做《本事诗》以叙诗之本事,并将本事分为七大类:情感、事感、高逸、怨愤、征异、征咎、嘲戏。注重诗歌创作所本之"事",其间既有孟子"知人论世"的影响,

---

① 徐中玉:《诗话之起源及其发达》,《中山学报》第一卷第一期,1941年11月。
② 顾易生、蒋凡、刘明今:《宋金元文学批评史》下册,上海古籍出版社1996年版,第462页。

又是两汉以来"序（叙）诗传诗"之变体。

孟棨之后，叙述诗之本事的文论著作时有所见，不仅有一家一姓之纪事（如明张溥《汉魏六朝百三家集题辞》、清钱谦益《列朝诗集小传》以及《苕溪渔隐丛话》前集中按诗人姓名分门别类的纪事等），更有一朝一代之纪事（如宋计有功《唐诗纪事》、清厉鹗《宋诗纪事》、近人陈衍《元（辽、金）诗纪事》、今人钱仲联《清诗纪事》等）。陈衍《元诗纪事叙》指出："纪事之体，当搜罗一代传作散见于笔记小说各书者，不宜复收寻常无事之诗。"纪事之体，搜罗裒辑诗之本事，旨在为后世读者解诗还原一种真实的历史语境。语境还原的过程也就是文论叙事的过程，而这种文论叙事因其言之有据、言之有趣，不仅有助于诗歌的传播与接受，而且所叙之本事与所明之诗歌浑然一体地成为审美识鉴的对象。这就像后来的小说评点，其评点文字（文论叙事）与小说本文（文学叙事）相生相济，互文互动，既可以作为文学来欣赏，也可以作为文论来领悟。

古代文论在叙事中说诗，其诗易明；在叙事中言理，其理易晓。与西方文论不同，中国古代文论诸多的术语、范畴、命题，大多不是演绎、归纳、推理、思辨的结果，而是诞生于对话、书信、自述、赠序、闲谈等各种形式的叙事。孔子在与人对话时说诗评诗论诗，并提出"兴观群怨"、"尽善尽美"、"文质彬彬"、"思无邪"等一系列诗学命题；司马迁在痛说家史时，在与友人作生死交谈时喊出"发愤著书"；白居易在向好友倾诉时之不来、人不我知的窘困时，建构起新乐府运动的理论纲领；韩愈在送别即将役使江南的苦寒诗人孟郊时，道出"不平则鸣"的文论思想……钱谦益《列朝诗集小传》说："余列诸贤之诗，都为一集，使后之观者，有百年世事之悲，不独论诗而已。"文论家们在叙事中明理，也在叙事中抒情，其事可悲，其情可哀，其理可信。这一类于叙事中出场的著名的文论思想，在它们以理服人之前，已经先行地以情动人了。当然，文学理论的范畴或命题，可以以叙事的方式出场，也可以以思辨的方式出场，但二者是有区别的：前者是生成的、开放的，后者常常是所谓的"终极真理"；前者是性灵的、鲜活的，而后者常常被烤制成"理论标本"。

古代文论叙事传统的标志性特征，是将"叙事"这一本属于文学创作的言说方式用于文学批评和文学理论，在叙事中行文，文更悦人。古代文论言说方式的叙事性，说到底是一种文学性或诗性，是古代文论诗性特征在言说方式及文体样式上的具体表现。文学性叙事，无论是诗歌散文还是小说戏曲，均要写人、写景、写情、写境。而当古代文论将文学性叙事用之于文学理论和文学批评时，大体上也是"人、景、情、境"皆备的。司空图《二十四诗品》，品品写人，品品绘景，人有其情，景有其境，在诗情画意中写人，在写人状物中出境，用人、景、情、境整体性地描述特定的诗歌风格及其诗学内涵和美学境界。《二十四诗品》所品貌的每一种诗歌风格，都与该品所叙述的人、景、情、境血肉相连。

古代文论的叙事性言说是一种象征性言说，用"诗"的形式（如上述《二十四诗品》以及大量的论诗诗），是立象以见意；用"文"的形式（如诗话、词话、曲话、小说评点以及大量散见于各种文体中的文学批评文字），则是叙事以明理。正如象与意之密不可分，事与理也是密不可分的。以《庄子》的文论叙事为例，没有"轮扁语斤"的故事，何来"言不尽意"的文理？没有"梓庆为鐻"的故事，何来"以天合天"的文理？没有"佝偻承蜩"的故事，何来"用志不分乃凝于神"的文理？在庄子诸多的文论叙事中，文理与故事是浑然一体的，是不可分解的有机生命体。以至于在后庄子时代，人们一讲起庄子的故事，就必然想到庄子的文理；一提到庄子的文理，也就必然想到庄子的故事。被称为"诗话之首"的《六一诗话》也是叙事以明理。比如，欧阳修用孟郊"借车载家具，家具少于车"和贾岛"鬓边虽有丝，不堪织寒衣"的穷愁故事，以明"诗穷而后工"之文理；又如，以王建《宫词》述滕王元婴善画蛱蝶之事喟叹唐诗中的"一艺之善"，以仁宗朝某达官"肥妻子"之事讽刺"俗语入诗"，等等。《六一诗话》的文论叙事，有着笔记小说的简洁、灵巧、诙谐、随意，但同时也并不缺乏历史的真实，它是别一种历史叙事，"历史叙事包含修辞、'阐释'、编排、聚焦，为的是让事实变得有意义和为人所理解。另外，这部分内容是'主观性的'或者在某种程度上是非事实的、非科学的——非认知层面的"。① 而这种"主观性的"、"非认知层面的"历史叙事，正是与诗性相通的。

人们常说"理论是灰色的，只有生命之树常青"。所谓理论的"灰色"常常缘于言说方式的艰涩或晦涩。包括"叙事"在内的中国古代文论的诗性言说方式，正好可以疗救纯科学纯理论言说的灰色病症，从而赋予理论以生命之绿。李贽评《水浒》，第二十三回回评赞叹《水浒》文字之奇，"若令天地间无此等文字，天地亦寂寞了也！"② 古代文论的叙事性言说是天地间别一种文字，其鲜活、灵动、谐趣、自然，其真实与虚构、寄寓与象

---

① ［美］罗兰·斯特龙伯格：《西方现代思想史》，刘北成、赵国新译，中央编译出版社2005年版，第594页。
② 陈曦钟、侯忠义、鲁玉川辑校：《水浒传会评本》上册，北京大学出版社1981年版，第470页。

征、重言与卮言的相生相济,构成此等文字恒久的学理生命和不可抗拒的诗性魅力。现代学术对理论体系的过分偏爱和对工具理性的过分倚重,常常导致一种学术八股。因此,认真清理并创造性转换古代文论的叙事传统,对于打破学术八股,对于重建全球化时代中国文论的诗性魅力,是一件很有意义,很值得尝试的事情。

(原载《福建论坛》2006年第10期)

第二十二章

刘勰"体乎经"的文体学意义

《文心雕龙·序志》篇有"体乎经",周振甫译为"在体制上探源经书"[1],詹锳释为"以经书为主来定体制"[2]。以孔儒之道为人生理想的青年刘勰,为何要从"(文章)体制"的层面宗经?刘勰在《宗经》篇中指出,人们对待儒家经典是"励德树声,莫不师圣;而建言修辞,鲜克宗经",而正是这种态度和行为导致了"楚艳汉侈,流弊不还"[3]。刘勰为"正末归本",为疗救他那个时代的文坛病症,着重从"体"而不是"德"或"道"的层面征圣宗经,充分显示出一位文学理论家的卓识和睿智。

当然,《宗经》篇也讲"三极彝道",讲"恒久之至道",但那多半是一些套话。刘勰之"宗经",落到实处是"尊体"[4],

---

[1] 周振甫:《文心雕龙今译》,中华书局1986年版,第448页。
[2] 詹锳:《文心雕龙义证》下册,上海古籍出版社1989年版,第1925页。
[3] 本章所引《文心雕龙》,均据范文澜《文心雕龙注》,人民文学出版社1958年版。
[4] "尊体"一词有狭义与广义之别:前者特指古代词学理论对词体之本色的执着,后者泛指古代文论对文体(体制、语体和体貌)的尊重和推崇。本文在后一种意义上使用"尊体"一词。

尊重和推崇五经的体制和体貌，禀五经文体而制《文心雕龙》。刘勰理论与实践相结合的"尊体"在两个维度展开：一是"立体"，树立五经之体的"六义"并标举其典雅和风骨；二是"辨体"，区分体制（体裁）类别并归纳体貌（风格）特征。刘勰尊体、立体和辨体之批评意识，不仅直接影响了《文心雕龙》这一批评文本的创制，而且对当下文学批评的书写与批评文体的研究有着重要的启迪和借鉴价值。

一　五经之含文也

《文心雕龙·序志》篇："盖《文心》之作也，本乎道，师乎圣，体乎经，酌乎纬，变乎骚：文之枢纽，亦云极矣。"刘勰的这一段文字，既是写作动机之自白，又是理论体系之总括，还是著述要义之撮举——而贯穿其间的是彦和"贵文"（以"文"为贵）的批评意识：《原道》溯人文之元，《征圣》以圣文为师，《宗经》依圣文制体，《正纬》酌取纬书之文采，《辨骚》考辨楚骚之文辞。《文心雕龙》以"文之为德也大矣"开篇，以"文果载心"终章，足见"文"在刘勰心目中有着何等重要的地位！刘勰"征圣"，最先"征"出来的是圣人的"贵文"：政化贵文，事迹贵文，修身贵文（见《征圣》篇）；刘勰"宗经"，"宗"到最后是总归出"五经之含文也"（《宗经》篇）。刘勰指出，孔圣人无论是"远称唐世"还是"近褒周代"，无论是"褒美子产"还是"泛论君子"，所贵的都是"文"（《征圣》篇）；五经无论是"简言"还是"繁辞"，无论是"昭晰"还是"曲隐"，其魅力之所在都是"含文"（《宗经》篇）。《征圣》篇说："征之周孔，则文有师矣"，"若征圣立言，则文其庶矣"，刘勰从圣人和五经那里看到的是"文",从圣人和五经那里学到的是"贵文"的观念或批评意识;而当刘勰将圣人和五经的"贵文"观念施之于他自己的文体批评和批评文体时,则别无选择地要尊文之"体"。

刘勰因贵圣人之文而尊五经之体,其"尊体"意识成为刘勰文体理论乃至整个文学理论的出发点和核心。《文心雕龙》"文之枢纽"五篇因贵文而尊体已如前述,"论文叙笔"20篇是纯粹的文体批评,而"割情析采"24篇(加上《序志》)广泛地涉及体性、体貌、体势、体制、体式、语体等诸多文体批评的术语、范畴和命题。刘勰以"尊体"为核心的文体理论及实践,大体上可分为两大部分:"文体批评"与"批评文体"——前者着眼于创作而后者着眼于批评,前者为文学写作而后者为批评写作提供文体观念和方法。关于前者,龙学界多有论述且"宏之已精",笔者"就有深者,未足立家"。因此,本章从"批评文体"的角度切入,着重探求刘勰"体乎经"的思想对于批评文体之理论及实践的重要意义。当然,"文体批评"与"批评文体"必定有着内在的关联:前者为后者提供理论支撑,后者则为前者开启新的疆宇,二者是不可能截然分开的。

徐复观《〈文心雕龙〉的文体论》一书言简意赅地指出:"《文心雕龙》,即我国的文体论。"[1] 徐著将《文心雕龙》所论之"文体"一分为三:作为基元层次的"体制"(即体裁)和分别指向实用性的"体要"与指向艺术性的"体貌"。[2] 徐复观

---

[1] 见徐复观《中国文学精神》,上海书店出版社2004年版,第118页。
[2] 同上书,第129页。徐复观"文体三次元"说最遭人诟病的是"体要"这一元。而笔者以为,如果将"体要"理解为对"语体"(即文辞)的最高要求(亦即《尚书·毕命》的"辞尚体要"),则"体要"一元并非与"文体"无关。

的"文体三次元"说从《文心雕龙》文体论的实际出发，借鉴西方文体论的genre（文类）和style（风格）概念，较为深入也较为准确地把握了刘勰的"尊体"意识。前面谈到，刘勰征圣宗经的实质是"贵文"，贵先秦儒家圣人和五经之"文"；而"文"必有"体"，如果离开了徐复观所说的低次元的体制和高次元的体要、体貌，"文"何处可依又如何可察？刘勰在《征圣》和《宗经》篇中将圣人的文章，将儒家的五经褒扬为"含章之玉牒，秉文之金科"、"文章奥府"，"群言之祖"……而这些赞美之词又是要实实在在地落到"文体"层面的。《春秋》"一字以褒贬"，《礼记》"举轻以包重"，《周易》"断决以象夬"、"昭晰以象离"，讲的是经书文辞如何"体要"，可视为五经"语体"分析；《尚书》之"昭灼"，《诗经》之"温柔"，则是对经书"体貌"的高度概括；而"论说辞序，则《易》统其首；诏策章奏，则《书》发其源"云云，又是将后世各类"体制"的源头溯至五经。在刘勰看来：只有在"体"的层面征圣宗经，方能够"穷高以树表，极远以启疆"。刘勰将贵圣人之"文"落实到尊五经之"体"，从而为后世的文体批评和批评文体"启疆"、"树表"。

我们知道，刘勰论"文之枢纽"是从天地自然之文讲到人之文，在天、地、人三才之中，人"为五行之秀，实天地之心"（《原道》篇），刘勰首先是贵"性灵所钟"之人。人岂无文？故贵人者必贵文；文岂无体？故贵文者必尊体；"体"的词源义乃身体之总属、生命之承载，故尊体者必尊人之生命。《原道》篇称人乃"有心之器"；《征圣》篇讲"圣人之情"；讲"千载心在"；《宗经》篇讲"性灵奥区"、"文章骨髓"，等等，均可见出刘勰视"体"如身体和生命，其尊体和尊重生命是完整统一的。刘勰从"贵人"出发走向"贵文"，又从"贵文"走向

"尊体",从"尊体"走向"尊重生命"亦即回到了"贵人"。在这样一个逻辑循环之中,其主线或内核是刘勰文学批评的"尊体"意识。

刘勰"尊体"与"尊重生命"的统一,不仅表现在《文心雕龙》之文体批评的各个理论层面,而且涵泳于《文心雕龙》这一经典批评文本的创造本身。我们知道,《文心雕龙》是用骈体写成的,《文心雕龙》是理论著作,而骈体是文学文体。于是问题就出来了:刘勰已经具备自觉的文体分类意识,《文心雕龙》已将文学性的乐府诗赋与理论性的诸子论说区分得清清楚楚,那么刘勰为何要用文学性的骈体来撰写他的理论性著作?《文心雕龙》专门讨论"骈俪"这一语体的《丽辞》篇,一上来便从"人体"谈起:"造化赋形,支体必双,神理为用,事不孤立。夫心生文辞,运裁百虑,高下相须,自然成对。"人的生命体以左右对称为美,故语体则以骈俪为佳,人体与语体的美统一于"自然成对"。由此可见,刘勰选用骈俪作他的批评文体,既是"尊体",也是"尊重生命",是对二者之统一的自觉体认。往深处说,批评文体的创造,其"体貌"特征缘于文论家的"情性所铄"和"才性异区"(《体性》篇),其风骨清峻又缘于文论家之生命体的"情与气偕"和"文明以健"(《风骨》篇)。文论家的创造力之勃发实乃生命力之张扬,故"登山则情满于山,观海则意溢于海,我才之多少,将与风云而并驱矣";而创造力之衰退首先是生命力之羸弱,故桓谭作《新论》"疾感于苦思",王充写《论衡》"气竭于思虑"。前一类是"神居胸臆",后一类则是"神有遁心"(《神思》篇)。说到底,无论批评文体还是文学文体都是人的生命体,亦即《附会》篇所言"必以情志为神明,事义为骨髓,辞采为肌肤,宫商为声气"。正因为如此,文学的批评和鉴赏才会给人带来一种无以言喻的生命愉悦。所谓"夫唯深识鉴奥，必欢然内怿，譬春台之熙众人，乐饵之止过客"（《知音》篇）。在刘勰看来，无论是"缀文者"还是"观文者"，无论是书写文学文体还是书写批评文体，都是要动心动情，都要有强烈之生命感和旺盛之生命力。

二　文能宗经，体有六义

《文心雕龙》是中国的文体论，而《文心雕龙》这部书则是中国批评文本中的典范。就《文心雕龙》这一批评文本之经典的创造而言，著者刘勰的"尊体"意识是其核心，而"立体"与"辨体"则是尊体意识在不同维度的展开和深化。借用刘勰自己的话说，《文心雕龙》的创造是"禀经以制式"，是根据五经的文体来制定自己批评文本的文体。刘勰尊五经之体，则必然将五经的"体"树立为一种高标或楷模，并以此为出发点来创制自己的批评文本，此乃双重意义上的"立体"。

那么，刘勰是如何"依经立体"的？《宗经》篇曰：

> 文能宗经，体有六义：一则情深而不诡，二则风清而不杂，三则事信而不诞，四则义直而不回，五则体约而不芜，六则文丽而不淫。

刘勰的"体有六义"囊括了批评文体的三大层面："体约而不芜"可视为"体制"的简约、纯正和精确；"风清而不杂"、"文丽而不淫"则是"体貌"的清刚、典雅和明丽；而"情深"、"事信"、"义直"云云则是"语体"所能达到的"体要"之效，也是批评文体的最高境界。《宗经》全篇围绕文体三层面而展开：起首的"三坟"、"五典"、"八索"、"九丘"、"十翼"等等，讲的是历代经典的体制；次节则分述五经的体貌之异和体要之同；再往后，先是将后世各类文体的源头溯至五经，然后依据五经为后世文体制定法式（即"六义"）。《宗经》篇在标举"六义"之前，先用一对隐喻起兴，所谓"仰山而铸铜，煮海而为盐也"。对于后世批评文体而言，先秦五经是富矿是大海，而刘勰炼出来的铜、熬出来的盐则有双重所指：一是五经的文体精华和符采，二是《文心雕龙》这一批评文本在文体的各个层面所取得的成就所达到的境界。

就批评文体三次元来考察，刘勰《文心雕龙》是完全符合"六义"的。或者这样说：因刘勰"文能宗经"，故《文心雕龙》"体有六义"。

先说体制。《文心雕龙》50篇，全部采用纯正而精良的骈体，以骈文体制讨论文学理论问题。美国汉学家宇文所安说《文心雕龙》里面有两个角色，一个是批评家刘勰，一个是属于批评文体的骈文修辞，他称后者为"话语机器"。宇文所安虽然对骈体颇有微词，但还是睿智地指出："在《文心雕龙》话语机器的中心，是'辨'……它和亚里士德式话语十分相似：同样植根于自然逻辑之中，而其论辩程序的确就是一个思想的形式，而不仅仅是思想的表达。"[1] 刘勰的研究对象是复杂而精深的文学理论，他要擘肌分理、深识鉴奥，而《文心雕龙》以"辨"为中心的骈文修辞，正好为刘勰理论目标的实现提供了体制上的便利和保证。刘勰借助骈体的四六句，将繁复宏阔而又精致细密的中国文论简约而明晰地表达出来，不枝不蔓，不杂不糅，不偏

---

[1] ［美］宇文所安：《他山的石头记》，田晓菲译，江苏人民出版社2006年版，第104页。

不倚，不蹠不踔，此所谓"体约而不芜"。

次说体貌。《文心雕龙》的风格特征有二：一是丽以则，二是清以雅。骈语体制自然有绮靡之丽，但刘勰借骈俪而言说文论，无论是原始以表末，释名以章义，还是选文以定篇，敷理以举统，皆能纲举目张，得其环中；又无论是摛神性、图风势，还是苞会通、阅声字，亦能字坚句清，章明篇炳：此之谓"文丽而不淫"。刘勰在"体乎经"这一点上是理论与实践相统一的，他的《文心雕龙》的创造过程，也就是将宗经理论贯穿于批评文本之书写的实践过程。由宗经而贵文，由贵文而尊体，刘勰成功地使得他的《文心雕龙》秉有了先秦五经典雅清正之体貌，此之谓"风清而不杂"。《文心雕龙》体貌的"丽以则"与"清以雅"皆源于五经：前者本于《诗》而后者根于《易》。《明诗》篇曰："若夫四言正体，则雅润为本；五言流调，则清丽居宗，华实异用，惟才所安。"而《文心雕龙》的"丽以则"正是远承《诗经》之雅润而近祧五言之清丽。当然，《文心雕龙》风格的典雅则是整体性地源于先秦儒家经典，亦即《体性》篇所说的"体式雅正"，"典雅者，熔式经诰，方轨儒门者也"。刘勰的风格论虽然总归八体，但以"典雅"为最高，以"风骨"为最美。因而《文心雕龙》体貌的"风清而不杂"（亦即"清以雅"），正是典雅与风骨的完美统一。《风骨》篇讨论风清骨峻，两次引用《周易》的"文明以健"。刘勰贵文，而刘勰自己的"文"（即《文心雕龙》），其体貌则是既光明又刚健的。

末说语体之体要。《征圣》篇四次提到《尚书·毕命》的"体要"，每一次都与"辞"相连："辞尚体要"，"体要所以成辞"，"微词婉晦，不害其体要"和"体要与微词偕通"。足见"体要"与文辞密切相关，是对文辞即语体的最高要求，在"六义"这一文体大系中，则是要求语体达到"情深"、"事信"

和"义直"的效果。青年刘勰在上定林寺的孤寂与苦寒之中,"怊怅于《知音》,耿介于《程器》",自述其志,自白其心。此乃"情深而不诡"也。刘勰是一位有强烈历史感和伟大信史精神的文学理论家,无论是《时序》、《通变》总论文学史之演进,还是自《明诗》至《书记》分叙各体文学之嬗变,刘勰总是致力于对文学史事实及其历史语境的真实把握。此乃"事信而不诞"也。刘勰又是一位有忧患意识和批判精神的文论家,他不仅历史性地褒贬于《才略》和《程器》,而且现实性地针砭近代(即魏晋南北朝)批评文体的种种弊端,诸如"魏典密而不周,陈书辩而无当,应论华而疏略,陆赋巧而碎乱,《流别》精而少功,《翰林》浅而寡要"(《序志》篇)等。而最能体现刘勰批评家之胆识和勇气的,是他直陈"皇齐"文学的言贵浮诡、将遂讹滥、风昧气衰、流弊不还(见《序志》、《宗经》篇)。此乃"义直而不回"也。

看看我们今天的文学批评,其批评文本的书写及批评文体的呈现,在"体制"、"体貌"和(语体之)"体要"三个次元上,均有着明显的弊端。我们知道,中国古代的文学批评家几乎可以选择任何一种文体来书写他们的文学理论和批评,而今天的批评家早已没有这种"文体自由",他们只能用论文(著)体来写作。论文(著)这种批评文体是现代学术制度的产物,它为学术成果的出版和评价带来便利,却也对批评家的文体选择设置了障碍,并在批评文体的层面束缚了批评家的思想言说。批评文本"体制"的单一和板滞还会带来"体貌"的单调和枯涩,千人一"体"势必千人一面,与刘勰所赞赏的那种"才性异区"和"其异如面"已有天壤之别。当所有的批评家都在往一个相同的文体格式里填充思想时,思想也就被格式化了。批评文体的三个次元,"体制"和"体貌"被格式化,(语体之)"体要"又常常要被"事功"或"逐利"所取代，于是批评文本的生命感被销蚀，刘勰所看重的"情深"、"事信"和"义直"也随之丢失。

三 囿别区分与总其归途

刘勰在尊体的基础上立体与辨体，其"立体"的实质是以五经文体为楷模而在《文心雕龙》的创制中实现"体有六义"，而"辨体"的实质则是以五经文体为根底或本源辨析体制和体貌。刘勰的辨体在"分"与"总"两个方向展开：前者是对体制的"囿别区分"，后者是对体貌的"总其归途"；其结果是前者"分"出33类，后者"归"成"八体"。

前面谈到，《宗经》篇敷赞先秦经典是从辨其体制开始的。五经已有文体分类：《诗》有六义，风、雅、颂、赋、比、兴，前三是体制（体裁），后三是语体（修辞）；《书》有六体，即典、谟、训、诰、誓、命；《易》分《经》、《传》，其中《经》分"象"与"辞"而《传》张《十翼》；《礼》有六辞，即祠、命、诰、会、祷、诔；《春秋左氏传》亦有八体，命、誓、盟、祷、谏、让、书、对。刘勰之辨体，首先是"原始以表末"，这个"始"就是先秦儒家经典的文体分类，这个"末"就是后经典时代所繁衍丛生的种种文体。《文心雕龙》上篇"论文叙笔"，分文与笔两类共辨析出33种文体，而这所有文体的本源均可溯至五经：

> 故论说辞序，则《易》统其首；诏策章奏，则《书》发其源；赋颂歌赞，则《诗》立其本；铭诔箴祝，则《礼》总其端；纪传铭檄，则《春秋》为根……

上述五大类之中，第一类（论、说、辞、序）大体上属于我们今天所说的批评文体。《文心雕龙》有《论说》篇专辨"论说"体，其辨体方式有三。一是分辨其功能。"论""说"实为二体："论"体与"说"体，前者是"伦理无爽"地"述经叙理"，后者则是"使时利而义贞"、"飞文敏以济辞"。因而，"论"与"说"的功能是完全不同的：前者是"词深人天，致远方寸"，后者则是"说尔飞钳，呼吸沮劝"。仅就"论"这一体而言，在不同的场合或不同的语境中也是有不同的功能的，所谓"详观论体，条流多品"，"条流"也就是"功能"之分类。《论说》篇将"论"体的功能分为四种：陈政、释经、辨史和铨文，最后一种也就是我们今天所说的文学批评了。《诏策》篇也谈到同一文体的不同功能，如说"命有四品"：策、制、诏、敕。策者，简也。制者，裁也。诏者，告也。敕者，正也。

不同文体之间，既有可分之处，亦有可合之面，前者强调差异而后者强调关联。《论说》篇辨"论"体，既言其"异"亦说其"同"：

> 陈政则与议说合契，释经则与传注参体，辨史则与赞评齐行，铨文则与叙引共纪。

这就是在言及"论"体的四大功能时，谈到它与"议说"、"传注"、"赞评"、"叙引"诸体的关联。《文心雕龙》是骈体，但它每篇的"赞曰"却用四言诗写成。而四言诗并非与骈体没有关联，骈体为"四六句"，是"四言"与"六言"有规律有节奏的组合。而刘勰用"四言"作"赞曰"，既保持了骈体的基本语体，又因为引入《诗经》语体而为骈文这一新的语体平添了几分古朴和典雅。

《论说》篇还在对比中辨体，如该篇"赞曰"就是对比"论"与"说"的不同的语言效果和不同的心理功能。"论"体是由理论之叙述结撰而成的文体，它向外探求天地宇宙的奥秘，向内深入人的精神和灵魂。"说"体则是由雄辩而又令人愉悦的话语打造成的飞钳，它能迅速地将你抓住，并于转瞬之间实现或诱劝或阻止的目标，你无法抗拒亦无可逃遁。我们今天的批评文体若能达到这样的效果，那也就是《神思》篇所说的"结虑司契，垂帷制胜"了。刘勰文体论中的对比式辨体比比皆是，如《铭箴》篇谈到"铭"体与"箴"体的区别："箴诵于官，铭题于器"，"铭实表器，箴惟德轨"，"箴全御过，故文资确切；铭兼褒赞，故体贵弘润"，等等。

刘勰辨"体制"，是推衍的、分析的，所谓"论文叙笔，则囿别区分"；刘勰辨"体貌"则是归纳的、总括的，所谓"总其归途，则数穷八体"。《体性》篇将文章体貌归结为八体：

> 典雅者，熔式经诰，方轨儒门者也；远奥者，馥采典文，经理玄宗者也；精约者，核字省句，剖析毫厘者也；显附者，辞直义畅，切理厌心者也；繁缛者，博喻酿采，炜烨枝派者也；壮丽者，高论宏裁，卓烁异采者也；新奇者，摈古竞今，危侧趣诡者也；轻靡者，浮文弱植，缥缈附俗者也。

就批评文体之体貌（风格）的特定层面而论，刘勰总结出的"八体"有两个要点：一是以儒门经诰为首义，一是以文学性为基础。刘勰胪列八体，而"典雅"冠其首："典雅者，熔式经诰，方轨儒门者也"。批评文体之体貌的形成，与批评家的才气学习密切相关，故刘勰论体貌，尤其强调"功在初化"，"学慎始习"，所谓"童子雕琢，必先雅制，沿根讨叶，思转自圆"，"故宜摹体以定习，因性以练才"。文学批评的写作，入门须正，立志须高，以儒门经诰的典雅之风为核心，便能抓住体貌之关键，从而"执正以驭奇"，形成各种风格的多样统一。[①] 刘勰论体制，有"百家腾跃，终入环内"；刘勰论体貌，有"得其环中，则辐辏相成"。"环内"、"环中"，其意一也：五经既为体式之元，亦为体貌之正。刘勰总归八体以"典雅"为首，也是因了宗经、贵文和尊体。

批评文体的体貌之别，其内在根由是批评家不同的个性气质和习染学养；而显现于外的，则是批评文本的字句毫厘、辞义馥采。后者属于文学性之生成，所谓"文辞根叶，苑囿其中矣"。如果说体制之别关乎声律辞采，而体貌之别则关乎才气学习，前者与"文"相连，后者与"心"相通。文心者，为文之用心也。"心"因人而异，故"文"体貌有别。《文心雕龙》之论体貌，先平议"八体"后高标"风骨"。批评家虽说"才性异区，文辞繁诡"，批评文本的创造若能学慎始习，先得儒门雅制之关键，然后摹体定习，因性练才，则能风清骨峻，篇体光华。刘勰《文心雕龙》的创造如此，中国古代文论经典的创造大多如此。

批评文本之体貌的文学性生成，其标志是"体势"的形成。刘勰论体势，以顺乎自然，即体成势为要，亦即《定势》篇所言"圆者规体，其势也自转；方者矩形，其势也自安：文章体势，如斯而已"。黄侃《文心雕龙札记》："定势之要，在乎随体……知凡势之不能离形，则文势亦不能离体也；……知趣向从违随乎物形而不可横杂以成见也，则为文定势，一切率乎文体之

---

① 参见詹瑛《文心雕龙义证》中册，上海古籍出版社1989年版，第1037页。

自然，而不可横杂以成见也。"① 这也就是《定势》篇所说的"循体而成势，随变而立功"。就批评文体而言，定势之要在乎随体，在乎对文学性的跟随。刘勰之"体势"与现代文体学的"语体"有相关之处，是构成"文体"意义的重要基础。当然，体势之义又不止于语体，所谓"辞已尽而势有余"。

（原载《清华大学学报》2009年第4期）

---

① 黄侃：《文心雕龙札记》，华东师范大学出版社1996年版，第139—140页。

第二十三章

界域·声色·体势
——刘勰文论的文体学诠释

《文心雕龙》以"文之为德也大矣"开篇,以"文果载心"终章,可谓始于"文"而终于"文"。"文",作为《文心雕龙》乃至整个古代文论的关键词,既是刘勰当年精雕文龙的用心所在,更是我们在全球化时代探讨本土文化语境下"文学"外观与内质的枢机或关键。

一 无界有心

关于《文心雕龙》一书的性质,龙学界一直存有"文章学专著"与"文学批评和文学理论专著"两派意见的分歧。① 《文心雕龙》是论"文"的,但刘勰的"文"是"文章"还是"文学"?"文章"不同于"文学",文章学理论不同于文学理论——这似乎是顺理成章的事情。问题是,这个"理"是否符

---

① 参见《文心雕龙学综览》,上海辞书出版社1995年版,第96页。

合《文心雕龙》乃至中国古代文论的理论实际？

"文章"一词，有原始义与后起义之分别。屈原《橘颂》："青黄杂糅，文章烂兮。"文章就是指"青黄杂糅"，这是原始义；曹丕《典论·论文》："盖文章，经国之大业，不朽之盛事。"文章指"文籍篇章"，这是后起义。《说文·彣部》："凡言文章，当皆作彣彰，做文章者，省也。"可见原始义的"文章"是要写成"彣彰"的。何为"彣"？《广韵·文韵》："彣，青与赤杂。"钱大昕《答问八》："彣，即黼黻文章之文。"何为"彰"？《说文·彡部》："彰，文彰也，从彡，从章，章亦声。"《尚书·皋陶谟》"彰厥有常"孔安国传："彰，明也。"《尔雅·释言》"黼黻，彰也"邢昺疏："彰，明也，言文采著明也。"《史记·礼书》："目好五色，为之黼黻文章，以表其能。"可见"彣彰"是指花纹色彩以及这些色彩的彰显著明，如后皇嘉树，如黼黻锦绣。当后来"彣彰"省写为"文章"时，这种黼黻锦绣般的色彩依然鲜艳。

"彣彰"或"文章"的原始义，也就是"文"的原始义。《说文·文部》："文，错画也，象交文。凡文之属皆从文。"例如：斑，驳文也；斐，分别文也；斌，文质貌也，等等。《周易·系辞下》："物相杂，故曰文。"《礼记·乐记》："五色成文而不乱。"上引三条材料中的"文"，均含有"彣彰"或"文章"之原始义。在语言文字以及用文字书写成的文章（"文章"之后起义）出现之前，"文"或"文章"早就存在了。当文明时代的文化人用（原始义之）"文章"来指称他们书写的（后起义之）"文章"时，是要表明他们写出来的文章如后皇嘉树般灿烂炫目、采绘照人。所以，《文心雕龙·情采》篇说："圣贤书辞，总称文章，非采而何？"

这里的"采"，不能仅仅狭义地理解为"文采"或"辞采"，而应广义地理解为"花纹"或"符号"，也就是理解为"文章"的原始义。刘勰论"文"始于"原道"，刘勰原道则始于对道之"文"的诗意描述。道无所不在，从根本上说是因为道之文无所不在：

> 日月叠璧，以垂丽天之象；山川焕绮，以铺理地之形：此盖道之文也……傍及万品，动植皆文：龙凤以藻绘呈瑞，虎豹以炳蔚凝姿；云霞雕色，有逾画工之妙；草木贲华，无待锦匠之奇。

从经验的层面论，刘勰所描绘的道之文，也就是宇宙万物所呈现出的各种各样的花纹、色彩；从哲学层面论，人们所能感知的这些花纹、色彩是道的物质外观或物态化符号。以斑斓之色彩、错杂之花纹，自然而然地显示宇宙天地之道（包括老庄的自然和孔儒的神理），这才是刘勰"文章"的本源和本原之性，或者说是刘勰"文"论的文章性之所在。

《文心雕龙·原道》篇从天地动植的"文"讲到人的"文"，实际上是在讨论"文"的文章性。"夫玄黄色杂，方圆体分"，讲的是"文"的色彩和形体；"心生而言立，言立而文明"，讲的是"文"对自然之道的显现。人所能感知的"文章"（花纹、色彩和符号），无论是自然形态（如南橘）还是人文形态（如黼黻），都是对道的显现，都是道之文。或者反过来说，人们通过对这些符号及其形纹声采的感知，方能体悟道家之自然与儒家之神理。到了刘勰的时代，"文章"一词已由泛指"花纹色彩"，演变为专指"文籍篇章"。外延虽然变化了，但内蕴之文章性并未丢失。细绎《文心雕龙》，我们不难看出：刘勰论"文"，一是强调原道宗经（原自然之道，宗孔儒之经），二是强调文采体势。这两点,正是文章性之关键。

用文章性作为"文"的内在规定,必然形成"文"的两大特征:无界与有心。现代西方文论所定义的"文学"是有边界的,而为了使中国文论适应西方文论的知识谱系,国内学术界曾制造过一个"文学独立"的命题,并将"文学独立"的时期定在魏晋南北朝。考察中国文学和文论的历史实际,所谓"文学独立"是一个后见之明,或者说是一件被追认的事。魏晋南北朝并没有西方现代文论意义上的"文学独立",而只有"文"的文章性生成。凡以花纹色彩显现自然之道者皆为"文",此文何界之有?尚不说天地动植之文,仅就刘勰所说的"人之文"(亦即人文形态的"文")而言,在书面文字出现之前,"文"早已存在,如大量的史前艺术及口传文学;文字出现之后,"文"并不仅仅以"文籍篇章"的样式存在,如传统社会的礼乐制度、民风美俗等。刘勰的"文",一头是美的形式或符号,一头是道的内蕴及彰显,"采"与"道"不可分离地构成"文"的文章性,刘勰乃至中国文论的"文学"便生成于此文章性之中。站在刘勰乃至中国文论的立场看今天,文艺学界正在争论的文学之"破界"与"守界",其实是不成问题的问题。

文对道的垂示是无界的,同时又是有心的。刘勰论文,旨在明"为文之用心",而刘勰的"文心"实有二义:一是《原道》篇的"(人)实为天地之心";一是《序志》篇的"为文之用心",二者分别标举文学的客体之元与主体之由。《原道》篇将天地动植之文与人之文并举,二者的关系并非起兴或隐喻,而是同质或同道:均为对自然之道的美的显现。此显现之过程及其结果是对文学之本元的揭示,所谓"心生而言立,言立而文明,自然之道也"。《序志》篇以"琴心"、"巧心"喻"文心","心哉美矣,故用之焉"。"与'琴心'、'巧心'相连的'文心',

就是文艺家创造艺术美的'心'。"① 《文心雕龙》的最末两句"文果载心，余心有寄"，不仅是刘勰的著书之由，亦可视为文学创作最为根本的心理动因。"文"从何来？在外，是"因文明道"；在内，则是"述志为本"。既明自然之道亦载文士之心，故刘勰心目中的文学是内外打通的文学。以古鉴今，20世纪中国文论步趋西学或"向内转"或"向外转"，在刘勰看来应是可哂之事。

二 清声丽色

用"文章"一语的原始义来界定文学，则必然注重文学诉诸人的感官之美。《情采》篇有形文、声文、情文之别，而"五情发而为辞章"，则"情文"之中自然包蕴"形文"与"声文"。明乎此，便不难理解《文心雕龙》为何用十篇的篇幅来专门讨论文章的声色辞采之美。与西方文论关于文学的定义相似，《文心雕龙》亦视文学为语言的艺术。不同的是，精雕文龙的刘勰所看重的，不是所谓文学语言与非文学语言的区别，而是无界有心的文学所共同具有的语言特征：文章性。

《文心雕龙·原道》篇在谈到天地动植之文与人之文的关系时指出："夫以无识之物，郁然有采，有心之器，其无文欤？"自然与人类都是有"文"有"采"的，自然、人类的"文"或"采"及其对"道"的垂示就是"文章性"。这是刘勰的结论。而刘勰用来支撑这一结论的事例是自然之物的清声与丽色："林

---

① 李泽厚，刘纲纪主编：《中国美学史》第二卷，中国社会科学出版社1987年版，第617页。

籁结响，调如竽瑟；泉石激韵，和若球锽"，清声也；"云霞雕色，有逾画工之妙；草木贲华，无待锦匠之奇"，丽色也。从自然界的林籁、泉韵、云霞、草木，说到人类社会的竽瑟、钟磬、画工、锦匠，二者之间不仅仅是一种修辞学意义上的比兴或隐喻，往深处说是文章性意义上的同质同体。自然与人类都是在以自己所特有的清声丽色言说着道，这是共通的。不同的是，天地动植之文对道的言说过程是纯任自然的，所谓"夫岂外饰，盖自然耳"。而人之文对道的言说，虽然要法自然，要以自然为最高境界，但其具体过程是不得不人为、不得不外饰的。否则，何来"雕龙"之说？

精雕文龙的刘勰，对"文"之文章性的体认与阐释既宏阔大气，又细致入微。在《文心雕龙》之中，前者表现为对宇宙间日月山川动植万品之声色文采的胪列敷赞，后者则表现为对文籍篇什之字词句章、声色辞采的识深鉴奥。《练字》篇："讽诵则绩在宫商，临文则能归字形矣。"字声字形，各司其职。就文学的源起及发生而论，"讽诵"在前而"临文"在后，故"声（音）"在前而"形（色）"在后，所谓"声发由文生矣"。《声律》篇："故言语者，文章关键，神明枢机，吐纳律吕，唇吻而已。"范文澜注曰："此言声音为文章之关键，又为神明之枢机；声音通畅，则文采鲜而精神爽矣。"声音作为文章的关键，向内与神明或精神相通，向外则与言辞文采相连。《声律》篇论清声，有"内听"与"外听"之别，外听易为察，内听难为聪，"故外听之易，弦以手定；内听之难，声与心纷，可以数求，难以辞逐"。听乐器发出的声音，若察其不谐，则可以用手改弦更张，调声定音。此谓"外听之易"；言为心声，文章声调的纷繁复杂与内心世界的复杂纷繁直接相关，逝止无常，崎锜难便，不可手定，更难言宣。此"内听之难"。

"内听"虽然"难以辞逐",毕竟"可以数求"。如何"求"文章的声律之"数"(术)?或者说如何调协文章声律?《声律》篇先诊疗"吃文之病",后标举"和韵之道"。文章声律有飞扬与低沉之别,有双声与叠韵之分,"双声隔字而每舛,叠韵杂句而必睽;沉则响发而断,飞则声飚不还,并辘轳交往,逆鳞相比,迕其际会,则往蹇来连,其为疾病,亦文家之吃也"。吃文为患,病在好诡,逐新趋异,失却自然。根治"吃文之病",必至"和韵之道":"异音相从谓之和,同声相应谓之韵。韵气一定,故余声易遣;和体抑扬,故遗响难契。"若明其难易,晓其曲变,"则声转于吻,玲玲如振玉;辞靡于耳,累累如贯珠","声画妍媸,寄在吟咏,吟咏滋味,流于字句"。这也就是钟嵘《诗品序》所云:"清浊通流,口吻调利。"

好的字句是声画妍媸,好的文章是音形双美,是清声与丽色的谐和统一。《文心雕龙》在《声律》之后有《丽辞》,专论文章言辞的对偶之美。《说文》:"丽,旅行也。"李曰刚《文心雕龙斠诠》:"按:旅行,谓结侣而行也,亦如骈行之义。"[①]刘勰论丽辞,认为文章讲究骈辞俪句有两个源头:一是源于自然;二是源于五经。作文者锤字炼句,结偶成对,看似人为,实则自然,故《丽辞》开篇便言:"造化赋形,支体必双,神理为用,事不孤立。夫心生文辞,运裁百虑,高下相须,自然成对。"人之文有骈俪之美,从本源上说是人法自然的结果。所以,即便是在言辞朴实无文的唐虞之世,亦不乏率然之对,如皋赞之"罪疑惟轻,功疑惟重",益谟之"满招损,谦受益"等。上述两例,均见于《尚书》。五经之中,偶俪时有所见:"《易》之

---

① 詹锳:《文心雕龙义证》中册,上海古籍出版社1989年版,第1291页。

《文》、《系》,圣人之妙思也。序《乾》四德,则句句相衔;龙虎类感,则字字相俪;乾坤易简,则宛转相承;日月往来,则隔行悬合;虽句字或殊,而偶意一也。至于诗人偶章,大夫联辞,奇偶适变,不劳经营。"可见五经之中的骈偶之形色,不仅表现为字辞的相衔相俪,而且表现为章句的妙思佳构。《刘申叔先生遗书·文说·丽采篇第四》:"由古迄今,文不一体。然循名责实,则经史诸子,体与文殊,惟偶语韵词,体与文合……观于文字之古义,可以识文章之正宗矣。况《易》以六位而成章,《书》为四言之嚆矢,太师采《诗》,咸属韵语,宣尼赞《易》,首肇《文言》,遐稽《六艺》之书,半属偶文之体。"[1] 儒家经典之所以被视为文章之正宗,一个重要的原因在于它是包括偶体俪辞在内的文章性之滥觞。

说到"丽辞",我们自然会想到子桓的"诗赋欲丽"和士衡的"诗缘情而绮靡",想到学界几成定论的"(魏晋)文学之独立"。"文学"从何处独立?独立于儒家之经典也。何谓"独立"?纯而不杂也。所谓"独立"的文学,也就是远离儒家经典的骈俪之诗赋。这种"文学独立"论是值得重新审视的。就本章的论题而言,骈文俪辞乃至清声丽色的确是"文学"的重要特征,但这个"文学"不是以西方文学观念(所谓"为艺术而艺术")为圭臬的文学,而是生成于中国本土之文章性的文学,后者才是符合中国文学之实际,也是符合《文心雕龙》之实际的。在《文心雕龙》所论及的30多种文体之中,骈文俪辞清声丽色者绝非仅见于"诗赋"(亦即今人所说的"纯文学"),同时亦见于被今人视为"杂文学"的

---

[1] 詹锳:《文心雕龙义证》中册,上海古籍出版社1989年版,第1291—1292页。

各体文章之中。如《诏策》篇讨论各种诏策文在辞采声色方面的特征：

> 授官选贤，则义炳重离之辉；优文封策，则气含风雨之润；敕戒恒诰，则笔吐星汉之华；治戎燮伐，则声有洊雷之威；眚灾肆赦，则文有春露之滋；明罚敕法，则辞有秋霜之烈：此诏策之大略也。

大体上说，"重离之辉"、"星汉之华"、"秋霜之烈"、"春露之滋"，言其色；"洊雷之威"、"风雨之润"，言其声。在刘勰看来，广泛地存在于各体文章之中的清声丽色、骈文俪辞，是从五经中生长出来的，所以刘勰讨论"丽辞"，首先要举五经的例子。刘勰论"文"，其人思方式是"振叶寻根，沿波讨源"，不回到五经之"根"或"源"，是不可能厘清文章之"叶"或"波"的。正是在这个意义上，刘勰要说"唯文章之用，实经典枝条"（《序志》），"圣人之文章，亦可见也"（《征圣》）。刘勰为何要宗经征圣？一个重要的目的，就是要找到文章及其文章性的本根和来路。

三　循体成势

刘勰论"文"，从文章性出发，辨析文体之同异，所谓"论文叙笔，囿别区分"。刘勰的"文章"是一个大的系统，其中既有体式（体裁）之分，又有体貌（风格）之别，还有体势之有定与无定。"文章学的整体是由各类文体一起构成的，每一种文体在文章学中均扮演着自己的角色，有其各自独特的发展脉络，这是古代文论史材料中所隐括的基本观点。"① 刘勰的文体论，兼营"选文定篇"与"原始表末"，其理论目标是在为每一类文体"释名彰义"的基础上，为整体的文章"敷理举统"，也就是从各体文章的"即体成势"之中概括出"文"之文章性生成。《通变》篇"设文之体有常，变文之术无方"，讲的是文体的变（"名理相因"）与不变（"文辞气力"），前者为体式，后者为体貌；由体式而体貌则成体势。辨"体"明"性"，刘勰之"文"的文章性生成于体式、体貌、体势三者的契合之中。

（一）体式

《文心雕龙》上篇论文叙笔，实则为文章体式之论。徐师曾《文体明辨》："盖自秦汉以下，文愈盛；文愈盛，故类愈增；类愈增，故体愈众；体愈众，故辨当愈严：此吴公《辨体》所为作也。"文章体式之演变，大体上经历了一个由少到多、由简到繁、由粗略到细密的过程。到了刘勰那个时代，文学繁荣，文体繁多，辨体者夥矣。曹丕《典论·论文》和陆机《文赋》均有辨体之言说，而且兼论体式与体貌；挚虞《文章流别论》"溯其起源，考其正变，以明古今各体之异同"②，是专门的文体论之作；萧统编《文选》，其序为文体理论，其集为文体实践，所集各体文章共分三十九类，其中赋类有十五子目，诗类有二十三子目，比刘勰的文体分类更为细密。

---

① 汪春泓：《关于"文章学"与"文学批评"的思考》，《古代文学理论研究》（第二十二辑），华东师范大学出版社2004年版，第212页。

② 刘师培：《中国中古文学史·论文杂记》，人民文学出版社1959年版，第69页。

与同时代的论文者相比，刘勰之论文章体式有两大特征：一是尊体，二是宗经。二者又是互为因果的。所谓"尊体"又有两层含义：一是极其重视文体研究，二是不偏不倚地重视各类文体。《文心雕龙》上篇从《辨骚第五》到《书记第二十五》共21篇专论文章体式，下篇先有《体性第二十七》和《风骨第二十八》标举文章体貌，后有《通变第二十九》和《定势第三十》演绎体势之通（定）与变（无定）。这样合起来，《文心雕龙》整整有一半的篇幅（共25篇）论文章之"体"。《文心雕龙》的文体论涉及30多种文体，刘勰对各类文体的论述，均遵循《序志》篇所制定的四大原则，在称名、理蕴、篇籍、源流等方面囿别区分，考察辨析。刘勰对每一种文体均同等视之，并无抑扬臧否。后人论及刘勰文体论的"文学"内涵，常有广狭或纯杂之争，并由此而生褒贬。这大多是以西方现代文学观矩式刘勰文论，与刘勰文论乃至与中国古代文论并无多少关联。

刘勰之尊体，其文化—心理之缘由是宗经。《宗经》篇将文体分类的源头及各体文章的高标总归于五经，所谓"并穷高以树表，极远以启疆"，所谓"百家腾跃，终入环内者也"。在刘勰看来，既然各体文章均源于五经，何来优劣之分？既然百家之作均不出五经畛域，何来广狭之别？既然文章体势以五经为高标，又何来纯杂之分？刘勰由宗经而尊体，或曰由尊体而宗经，昭示的是文章性生成之途，而非后人所臆造的"文学独立"之径。

（二）体貌

《文心雕龙》对文章体式的囿别区分建立在文章性原则之

上，亦即根据各体文章在声色辞采方面的特征来论文叙笔。体式之别关乎声律辞采，体貌之别则关乎才气学习，前者与"文章"相连，后者与"文心"相通。文心者，文章之载心也。"心"因人而异，故"文"体貌有别。《文心雕龙》之论体貌，先平议"八体"后高标"风骨"。虽说是"才性异区，文辞繁诡"，若学慎始习，先得儒门雅制之关键，然后摹体定习，因性练才，则能风清骨峻，篇体光华。

《体性》篇将文章体貌归结为八体而一一论之："典雅者，熔式经诰，方轨儒门者也；远奥者，馥采典文，经理玄宗者也；精约者，核字省句，剖析毫厘者也；显附者，辞直义畅，切理厌心者也；繁缛者，博喻酿采，炜烨枝派者也；壮丽者，高论宏裁，卓烁异采者也；新奇者，摈古竞今，危侧趣诡者也；轻靡者，浮文弱植，缥缈附俗者也。"从这段话不难看出刘勰体貌之论的两个要点：一是以文章性为基础，一是以儒门经诰为首义。文章体貌之别，其内在根由，当然是作家不同的个性气质、习染学养；而显现于外的，则是文章的字句毫厘、辞义馥采。后者均属于文章性之生成，所谓"文辞根叶，苑囿其中矣"。

刘勰胪列八体，而"典雅"冠其首："典雅者，熔式经诰，方轨儒门者也。"文章体貌的形成，与作家的才气学习密切相关，故刘勰论体貌，尤其强调"功在初化"，"学慎始习"：

> 故童子雕琢，必先雅制，沿根讨叶，思转自圆。八体虽殊，会通合数，得其环中，则辐辏相成。故宜摹体以定习，因性以练才，文之司南，用此道也。

习文者，入门须正，立志须高，以儒门经诰的典雅之风为核心，便能抓住体貌之关键，从而"执正以驭奇"，形成各种风格的多样统一。① 刘勰论体式，有"百家腾跃，终入环内"；刘勰论体貌，有"得其环中，则辐辏相成"。"环内"、"环中"，其意一也：五经既为文章体式之元，亦为文章体貌之正。故刘勰辨体，不能不宗经征圣；而刘勰原道，又不能不兼宗老庄自然与孔儒神理。

（三）体势

《老子》五十一章有"道生之，德畜之，物形之，势成之"。就刘勰的"文"论而言，体势的形成，乃文章性生成之标志。刘勰论体势，以顺乎自然、即体成势为要，所谓"圆者规体，其势也自转；方者矩形，其势也自安：文章体势，如斯而已"。黄侃《文心雕龙札记》："定势之要，在乎随体……知凡势之不能离形，则文势亦不能离体也；……知趣向从违随乎物形而不可横杂以成见也，则为文定势，一切率乎文体之自然，而不可横杂以成见也。"② 这也就是《定势》篇所说："循体而成势，随变而立功。"定势之要，在乎随体，在乎对文章性的跟随。刘勰之"体势"与现代文体学的"语体"有相关之处，是构成"文体"意义的重要基础。当然，体势之义又不止于语体，所谓"辞已尽而势有余"。

如何"随体"？如何"成势"？《定势》篇指出："夫通衢夷坦，而多行捷径者，趋近故也；正文明白，而常务反言者，适俗故也。然密会者以意新得巧，苟异者以失体成怪。旧练之才，则执正以驭奇；新学之锐，则逐奇而失正；势流不反，则文体遂

---

① 参见詹瑛《文心雕龙义证》中册，上海古籍出版社1989年版，第1037页。
② 黄侃：《文心雕龙札记》，华东师范大学出版社1996年版，第139—140页。

弊。秉兹情术，可无思耶！"从否定的方面说，是勿行捷径，勿务反言，勿趋近适俗；从肯定的方面说，是要执正以驭奇，这里的"正"，也就是"以模经为式"，"以本采为地"，而最终"入典雅之懿"。可见刘勰的体势论与他的体式论和体貌论一样，依然坚持宗经立场。

"循体成势"既为刘勰体势论之要，而所循之"体"，有变（不定）的一面，更有"通"（不变）的一面，后者就是体的经典之元。《宗经》篇说："故文能宗经，体有六义"，刘勰这里所说的"体"，是经典之文的总体特征，或者说是文章性生成之中的恒定之性，它既整合了各体文章的体式、体貌和体势，又揭示出刘勰"文"论的文章性之恒资。

（原载《复旦大学第二届中国文论国际学术会议论文集》，中国文联出版社2006年版）

第二十四章

龙学的困境
——由"文心雕龙文体论"论争引发的方法论反思

既是跨世纪又是跨海峡的"文心雕龙文体论"论争,在给现代龙学研究带来繁荣和启迪的同时,也从方法论层面引发关于"龙学困境"的反思。在"百年龙学"的语境下重新考量这场学术论争,可以见出龙学研究的三大困境:哲学的逻辑的方法与诗性文论本体的扞格不入,当下理论判断及体系建构对历史复杂语境及变迁的忽略不计,以及用他山之石(西方观念及方法)攻本土之玉(中国文论)时的事与愿违。

关于"文心雕龙文体论"的学术论争,在时间上跨世纪(从20世纪50年代延续至21世纪10年代),在空间上跨海峡(从台、港波及内地),实乃"百年龙学"的一件大事。[①] 这场

[①] 1959年6月,徐复观先生发表《〈文心雕龙〉的文体论》,在台湾学界引起争议。20世纪后半叶,王梦鸥、虞君质、廖宏昌、龚鹏程、颜崑阳等先生均著有商榷文章,徐先生生前亦有多篇文章回应。内地学界,如张少康、汪春泓、陶礼天合著《文心雕龙研究史》、王守雪《人心与文学——徐复观文学思想研究》、姚爱斌《论徐复观〈文心雕龙〉文体论研究的学理缺失》等,对徐文皆有评骘。

第二十四章　龙学的困境　❖　349

学术论争，从徐复观先生的"主观情性论"文体观，到龚鹏程先生的"客观规范论"文体观，再到颜崑阳先生的"辩证性的文体观念架构"，以其革命性、批判性、辩证性和建构性，对《文心雕龙》的文体论研究乃至对整个中国古代文论研究产生较大影响。本章对这场学术论争的考量和反思，无意于是非功过之臧否，而意在导出一个问题：这场学术论争在给现代龙学带来繁荣和启迪的同时，是否也留下缺憾和警示？就后者而言，似可从方法论层面导引出关于"龙学困境"的反思。

一　哲学的逻辑的方法与诗性文论本体的扞格不入

徐复观先生《〈文心雕龙〉的文体论》（以下简称"徐文"）指出："明、清以来，提到《文心雕龙》的文体的，几乎是无一不错。"① 错在何处？误将"文类"认作"文体"。徐文认为，文类，是一种客观存在，与主体情性无涉，而是由语言文字的多少长短排列而成，由文章的题材性质之不同而决定；文体，则出于主观情性，出于心灵而反映心灵，是由人之情性所决定的文学的艺术性的形相，文体论的根本功用就是培养与塑造文学心灵。徐文自始至终强调"文体"与"文类"主客二分的不同属性，而且花大量篇幅论述主体情性对文体的决定作用，故可将徐文的"文体"观归结为"文体非文类"说的"主观情性"论。徐文甚至认为，"文体"与"文类"的这种主客二分且不容混淆，是整个六朝文论的共识。

---

① 徐复观：《中国文学精神》，上海书店出版社2004年版，第125页。

然而，我们从《文心雕龙》乃至六朝文论对文体的论述中，很容易发现"体"与"类"实际上是不可分割的，或者说常常是浑然一体的。从曹丕《典论·论文》的"奏议宜雅"① 到陆机《文赋》的"诗缘情而绮靡"②，从刘勰《文心雕龙》的"章表奏议则准的乎典雅"③ 到钟嵘《诗品》"皆就谈文体不显优劣"④，六朝文论家大多是将"类"与"体"放在一起说，并不强作区分。为什么徐文要冒着曲解典籍的危险将它们强行分开呢？其实，徐复观先生已经觉察到将"类"与"体"强行分开并不妥帖，否则他不会这样提问："不过，既是体与类这样的关联密切，又为什么体与类不可混淆呢？"⑤

问得好！其实可以这样问：既然文体与文类密不可分，为什么要将它们强行分开呢？徐文的回答："除了上述的观念上的问题以外，还有事实上的问题。即是每一类中，其所要达到的目的虽大概相同，而所形成的形相则并非一致。"⑥ 这显然是说不通的。我们以陆机的"赋"为例。按徐文的说法，陆赋应是"一类"；但陆赋这"一类"之中，有缘情的，有体物的，有拟古的，有论文的，形相并非一致，目的也完全不同。可见所谓"事实上的问题"并不存在；那么，剩下的就只有"观念上的问题"了。

---

① 郭绍虞主编：《中国历代文论选》第一册，上海古籍出版社1979年版，第158页。

② 同上书，第171页。

③ （梁）刘勰著，范文澜注：《文心雕龙注》下册，人民文学出版社1958年版，第530页。

④ （梁）钟嵘著，陈延杰注：《诗品注》，人民文学出版社1980年版，第4页。

⑤ 徐复观：《中国文学精神》，上海书店出版社2004年版，第128页。

⑥ 同上。

徐文首先是在哲学的层面讨论"类"与"体"这两种"观念"的区别:"类是纯客观的存在,类的自身无美恶可言;体则是由人的创作而来,离开了作者主观的各种因素,便无所谓体。"①"类"与"体",一是客观,一是主观,中间有一道不可逾越的鸿沟,怎么能够混为一谈?又怎么能够混为一体?"体"是主观的,是由情性决定的,绝对不可能,也不应该与属于客观范畴的"类"相混淆。徐复观先生甚至认为,将"文体"与"文类"混淆,是龙学研究的一个"死结",他的使命就是要解开这个"死结"。而实际上,只要征之于六朝文论的文本真实,则不难发现所谓"死结",是徐文对六朝文体观念的"哲学虚构"与"逻辑强求"。又可见所谓"观念上的问题",实为徐文以哲学的和逻辑的方法对六朝文论"类"与"体"这两个文体观念强作区分所引起的。

在众多与徐文商榷的文章中,龚鹏程先生《〈文心雕龙〉的文体论》(以下简称"龚文")与徐文针锋相对:徐文说文类不是文体,龚文说文类就是文体;徐文说从明朝到民国关于"文体"的解说都是错的,龚文说没有错,错的是徐复观自己;徐文说"文体"是主观的,是由主体情性决定的,龚文说文体是客观的,与主体情性毫无关系……龚文以"客体规范论"反击徐文的"主体情性论",使用的也是哲学的和逻辑的主客体切割法。只是龚文反过来,认为"文体"就是客观存在的语言结构和形式规范,也就是被徐文所认定为"纯客观存在"的"类"。

龚文专辟一节"六朝人对'体'的看法",摘引十多条《文心雕龙》语录,以证明"体"是"客观规范"②。有趣的是,当

---

① 徐复观:《中国文学精神》,上海书店出版社2004年版,第183页。
② 龚鹏程:《中国文学批评史论》,北京大学出版社2008年版,第128页。

年徐文也是从《文心雕龙》之中摘引语录,以证明"体"是"主观情性"。同一位刘勰,同一部《文心雕龙》,居然同时为观点完全相悖的正方和反方提供支撑材料。难道刘勰自身就是矛盾的?作为这场论争的第三方,颜崑阳先生看出了这一点:

  然而,这是不是显示《文心雕龙》的文体观念有矛盾?假如我们从西方逻辑性、封闭性、体系性的知识论来检察《文心雕龙》,或许会作出以上的批判……在以辩证圆合为性格的中国文化脉络中,许多学问的合理性,实不应以逻辑性的知识论作为判准。①

颜崑阳《论文心雕龙"辩证性的文体构架"——兼评徐复观、龚鹏程〈文心雕龙的文体论〉》(以下简称"颜文")接着指出,以往对《文心雕龙》"文体观念"的诸多诠释,常落在抽象的逻辑概念上,而甚少人注意到它辩证性的观念架构。由于中国学问的经验归纳性质(这也是诗性特征之一),因此我们很难从假设、推论、结论这些形式逻辑的思想方法去理解它。颜文这些观点,无疑触到了问题的要害。

学术研究缺少了哲学的逻辑的方法是万万不能的,但哲学的逻辑的方法对于学术研究并不是"万能"的,尤其是对于中国古代文论研究。从本质上说,包括"文心雕龙文体论"在内的中国古代文论是诗性的,或者说是诗性与逻辑性相交融的。② 中

---

① 颜崑阳:《六朝文学观念丛论》,台湾正中书局1993年版,第99页。
② 关于中国古代文论的诗性特征,请参见拙著《古代文论的诗性空间》(湖北人民出版社2005年版)和《中国古代文论诗性特征研究》(武汉大学出版社2007年版)。

西文论有着共同的诗性智慧之源,自轴心期时代起,当西方文论走上哲学化、逻辑化之路时,中国文论却依然保持着自己诗性与理性相融和的传统。仅就被徐文视为"死结"和"不可逾越"的文学主客体关系而言,若以哲学的、逻辑的眼光来审视,二者的确是界限分明而不容混淆;若以中国古代文论的诗性眼光来观照,二者则有如庄周梦蝶不知何者为周何者为蝶。《文心雕龙·物色》篇谈文心与物色的关系,既可"与心徘徊",又可"随物宛转";既有"情往似赠",又有"兴来如答"。① 深谙"中国艺术精神"的徐复观先生,为何偏偏要尝试以哲学的逻辑的方式进入中国诗性文论?

这种尝试有时是很危险的。《文心雕龙·情采》篇:

> 夫铅黛所以饰容,而盼倩生于淑姿;文采所以饰言,而辩丽本于情性。②

这是一段极富诗意也是极富艺术精神的文字,有比兴有隐喻,有典故有声律,有诗情有理趣。可是,徐复观先生为说明"情"与"采"的主客二分,硬是把这段诗性文字绑架到哲学和逻辑的砧板上作"主体"与"客体"的切割:"铅黛"是"客观因素","淑姿"是"主观因素";"文采"是"客观因素","情性"是"主观因素"……③且不说这种切割式的逻辑分析有多么的机械板滞,多么的枯涩乏味;即便从逻辑上讲,这种切割也是

---

① (梁)刘勰著,范文澜注:《文心雕龙注》下册,人民文学出版社 1958 年版,第 693—695 页。
② 同上书,第 538 页。
③ 徐复观:《中国文学精神》,上海书店出版社 2004 年版,第 186 页。

说不通的:"盼倩"是什么?是主观因素还是客观因素?"辩丽"又是什么?是主体还是客体?

儒道释文化的诗性精神及其人格诉求,与汉语言特有的诗性品质及其言说方式,共同构成了中国古代文论的诗性空间。在这个"诗性空间",心物赠答,主客交融,三才一体,情文一体。尤其是当古代文论家自由而自然地选择用文学文体来表述这一"诗性空间"时,古代文论的诗性特质便经由"主体"至"文体"的途径宿命般地铸成。言说方式的文学化、语言风格的美文化和理论形态的艺术化,使得古代文论这一诗性本体很难成为哲学和逻辑的分析对象。问题其实并不复杂。只需设身处地地想一想:当陆机用"赋"、刘勰用"骈"、杜甫用"诗"、白居易用"书信"、欧阳修用"诗话",以及历朝历代大大小小的文论家用各类体裁、各式体貌的文学文体书写文学理论和批评时,他们何曾有哲学的筹划或逻辑的算计?而那些浑然天成的文论经典,哪里是哲学的和逻辑的切入对象,又如何经得住哲学的和逻辑的切割?

二 当下理论判断及体系建构对历史复杂语境及变迁的忽略不计

龚文与徐文,标题虽同,论点却相异;论点虽异,方法却相似。二文方法论的相似处,除了前述以哲学的逻辑的方法切入诗性文论本体之外,还有对历史文本之原意及语境的忽略。龚文以"客观规范论"颠覆徐文的"主观情性论",其逻辑前提与徐文一样:"客观规范论"的文体观念亦为六朝文论的共识。龚文指出:"其实古来对文体的解释并无错误,文体本来就是如挚虞

《文章流别论》所说的,指语言文字的形式结构,是客观存在,不与作者个人因素相关涉的语言样式。"① 按照学术论文的惯例,龚文既然有"如挚虞《文章流别论》所说的"云云,接下来就应该引用挚虞的原话了。奇怪得很,龚文一句也不引。

其实,挚虞《文章流别论》的确有龚文所说的"(文体)指语言文字形式结构"那层意思,比如谈到诗体时,挚虞称"古诗率以四言为体";又称:"四言为正,其余虽备曲折之体,而非言之正也。"② "四言为体"指语言形式,"曲折之体"指声律结构,二者均属于"客体规范"。但是,挚虞论"体"又绝非"不与作者个人因素相关涉"。比如谈到颂体时,挚虞说:"昔班固为《安丰戴侯颂》,史岑为《出师颂》、《和熹邓后颂》,与《鲁颂》体意相类,而文辞之异,古今之变也。"③ 这里的"体意"与"文辞"相对,偏重于作品旨意及作者情志倾向。可见挚虞论"体",既有主体情性之"体意",又有文字声律之"体制"。挚虞《文章流别论》谈到"哀辞"一体时指出:

哀辞之体,以哀痛为主,缘以叹息之辞。④

一体之中,既有哀痛之情,又有叹息之辞。二者如何分得开?又何必分开?挚虞反对"四过",亦是强调情与辞的和谐统一。这些论述,龚文为何视而不引呢?

徐文在将"体"与"类"强行二分时,对《文心雕龙·定

---

① 龚鹏程:《中国文学批评史论》,北京大学出版社2008年版,第127页。
② 郭绍虞主编:《中国历代文论选》第一册,上海古籍出版社1979年版,第191页。
③ 同上书,第190页。
④ 同上书,第192页。

势》篇中的一句话也是"视而不引"的。徐文先引"章表奏议，则准的乎典雅；赋颂歌诗，则羽仪乎清丽……"然后将"章表奏议"、"赋颂歌诗"等释为"文类"，将"典雅"、"清丽"等释为"文体"。有趣的是，徐文没有引用这段话的最后也是最为关键的一句："此循体而成势，随变而立功者也。"①刘勰的意思很明白，"章表奏议"是"体"，而"典雅"是"势"，所谓"定势"者，就是要循章表奏议之体而成典雅之势。而徐文的意思也很明白：如果不将"循体而成势"一句省略掉，那么"章表奏议"并非"文体"的话就说不通了。龚文举《文章流别论》而引题不引文，徐文引《文心雕龙·定势》篇而省略"循体而成势"，虽是"文辞之异"，却也"体意相类"：都是为了把自己的话说圆。

龚文不引挚虞，引的是刘勰。龚文在引用了《文心雕龙·乐府》篇"故知诗为乐心，声为乐体"一段文字后，便断言："文体专指声辞曲调而说，不涉及作者心志内容，至为明显。"②仅就龚文所引用的刘勰这段文字而言，"体"确有"声辞曲调"之义。而且不仅仅是《乐府》一篇，刘勰在不少的篇章中谈及"体"与语言文字、声律曲调的关系，所以龚文能从《文心雕龙》中找出十来条语录以证"文体专指声辞曲调"。龚文又断言："体，依《文心雕龙》，是指文章的辞采、声调、序事述情之能力、章句对偶问题的。"③龚文的这两句"断言"，前一句中的"专指"和后一句中的"体"，都是不加任何限定的全

---

① （梁）刘勰著，范文澜注：《文心雕龙注》下册，人民文学出版社1958年版，第530页。
② 龚鹏程：《中国文学批评史论》，北京大学出版社2008年版，第127页。
③ 同上书，第128页。

称判断,这显然有悖于《文心雕龙》文体论的原意及语境。说刘勰论"体",有时(如上篇"论文叙笔"和下篇"阅声字")是指文章的语言结构、辞采声调;或者说,刘勰所论之"体",含有辞采声调、语言结构之义,均可成立。但说成全部的"体",而且是"专指",恐怕就不是"《文心雕龙》的文体论"而是"龚鹏程的文体论"了。徐文和龚文,对《文心雕龙》文体论的理解和阐释,为自圆其说而各取所需,难免"各照隅隙,鲜观衢路","所谓东向而望,不见西墙也"。

龚文还有一句"断言":"刘勰绝对不是由才性规定文体,实可断言。"① "断言"得如此"绝对",让人惊讶;更让人惊讶的是,这句断言,居然是建立在对《文心雕龙·体性》篇"八体屡迁,功以学成,才力居中,肇自血气"一句的分析之上的。当年徐文断言"文体出于主观情性",主要的根据就是《文心雕龙》的《体性》篇,而且也引用了"八体屡迁,功以学成"这段话。如今龚文引用《文心雕龙》同样篇章中的同样句子,却得出与徐文截然不同的结论。这就奇怪了:是徐复观先生错了?还是龚鹏程先生错了?抑或刘勰自己错了?

错,或者不错,刘勰的话都在那里,看你怎么引用怎么分析。龚文强调的是"功以学成","学"的是客观存在的语言规范,所以文体与主观情性无涉。最为关键的是,龚文将《文心雕龙·体性》篇这段话的后两句给省略掉了:"气以实志,志以定言。吐纳英华,莫非情性。"② 有了这两句,徐文才能理直气壮地说"文体出于情性",因为"这两句是对文体与情性的关系

---

① 龚鹏程:《中国文学批评史论》,北京大学出版社2008年版,第133页。
② (梁)刘勰著,范文澜注:《文心雕龙注》下册,人民文学出版社1958年版,第506页。

加以总结"①；而没有了这两句，龚文的"刘勰绝对不是由才性规定文体"的"断言"方可成立。同样的两句话，对于徐文而言，必须有；对于龚文而言，可以没有。这实在是一件颇为"吊诡"的事情。

中国古代文论的诗性特征，决定了它并不擅长哲学思辨和逻辑演绎。中国古代文论的诸多术语、概念和范畴，在其诞生之初，本来就缺乏明确的内涵界定和严格的外延限制；而后，在其发展演变的漫长过程之中，历朝历代的使用者和阐释者，在缺乏辨析和限定的前提下，不断地添加或删削内涵，不断地扩展或减缩外延，从而使其意蕴渐趋复杂，使其义项渐趋多元。由此，又给后来的阐释者同时带来两种完全相反的效应：更加艰难与更加容易。所谓"艰难"，是指研究者很难用思辨（即哲学和逻辑）的方式进入中国古代文论，那些以思辨为唯一方法的研究者，越是执着地追求逻辑的严密和体系的严整，就越是远离中国古代文论的理论实际，从而遮蔽古代文论的真实价值。所谓"容易"，是指研究者在给古代文论的术语或概念定义定性时，或者在建构范畴和理论体系时，如果对复杂多变的历史语境忽略不计，则可以很轻松、很愉快地从文论典籍中获得自己所需要的材料。这里的"容易"还有另一层含义：当你准备反击某一种观点或摧毁某一个体系，你同样可以很轻松、很愉快地从相同的文论典籍中获得你所需要的材料。就本文所讨论的这场学术论争而言，徐文以哲学的和逻辑的方式无法进入中国古代的诗性文论，此之谓"艰难"；徐文与龚文借相同的材料支撑起相互悖立的观点并建构起相互对峙的体系，此之谓"容易"。

仍然以"文心雕龙文体学"为例。刘勰所使用的"体"这

---

① 徐复观：《中国文学精神》，上海书店出版社2004年版，第148页。

个范畴，早在先秦时期就已经存在并被广泛地使用。在诸子蜂起、百家争鸣的历史语境下，"体"的定义和定性复杂多元。从汉语词源学层面论，"体"指身体，属于"在我者"，也就是《说文解字》所说的"总（人之身体）十二属也"[①]；从原始儒学层面考察，"体"指本体，属于"在物者"，故《易》有"卦体"，《礼》有"礼体"，《乐》有"乐体"。而"体"在用作动词时，又有着儒、道两家的区别：《尚书·毕命》讲"辞尚体要，不惟好异"[②]；《庄子·刻意》则讲"能体纯素，谓之真人"[③]。"体要"者，强调文辞对内容的准确表达，强调著者对规范的遵从和恪守，这也就是后来龚文所说的"客体规范"；"体纯素"者，则有体察、体会、体悟、体味之意，这也就是后来徐文所说的"主体情性"。以"宗经"、"征圣"为己任的刘勰，在撰《文心雕龙》以论古今文体时，自然要追溯并承续"体"的各项经典释义。而刘勰又是一位既有经典意识又有现实情怀的文论家，魏晋人的情性和风骨早已化为青年刘勰的文心和才性，而南朝绮靡采丽的文风又不可避免地染成刘勰的雕龙风习。因此，刘勰文论的"体"，除了赓续周秦诸子的廓大与多元，又浸染了魏晋南朝的深情与丽采。今人研究《文心雕龙》的文体论，在阐释理论范畴并建构理论体系时，如果对复杂的历史语境缺乏细致而深刻的辨析，对曲折的时序变迁缺乏从整体到细部的悉心体察，那么，所谓"理论判断"则难免成为"主观妄断"，而所

[①] （汉）许慎撰，（清）段玉裁注：《说文解字注》，上海古籍出版社1988年版，第166页。

[②] （清）阮元校刻：《十三经注疏》上册，中华书局影印本1980年版，第245页。

[③] （清）郭庆藩著，王孝鱼点校：《庄子集释》第3册，中华书局1961年版，第546页。

谓"体系"又难免成为"沙器"。

无论是徐文、龚文还是颜文，都有一种"理论建构"的愿望。较之徐文的"阶层式"体系和龚文的"圆整式"体系，颜文的体系有着明显的长处：以其"辩证式"避免了徐文和龚文的片面、牵强和妄断。而且，颜文的体系直接导向对《文心雕龙》"文体观念"的定义与定性，"这实是一主与客、形式与内容辩证融合的文体观念"。① 然而，就当下理论判断及其体系建构与《文心雕龙》文本原义及其历史语境之高度契合而言，颜文所架构的《文心雕龙》文体观念体系仍有可商榷之处。颜文用"《文心雕龙》辩证性的文体观念架构"来回答"文体是什么"，而颜文的这个带有总括性和根本性的"架构"，是建立在对《文心雕龙·宗经》篇"文能宗经，体有六义"这一段话的细读之上的：

情深而不诡，风清而不杂，事信而不诞，义直而不回，体约而不芜，文丽而不淫。②

颜文指出，在这六个句子之中，"情"和"风"是"主观材料"，"事"和"义"是"客观材料"，四者均属于"材料因"；"体"是指"体裁"或"体制"，"文"是指"辞采"和"修辞"，二者均属于"形式因"；而六句中的六个"A而不B"则统统是"体要"，意指形式与内容之间达到辩证融合，故属于"动力因"及"目的因"。于是，"情"、"风"、"事"、"义"、

---

① 颜崑阳：《六朝文学观念丛论》，台湾正中书局1993年版，第180页。
② （梁）刘勰著，范文澜注：《文心雕龙注》上册，人民文学出版社1958年版，第23页。

"体"、"文"六项，经"体要"的有机统合之后，整体表现为作品的"体貌"；但因为"体貌"是个别性的，千差万别，故要归纳形成具有普遍规范性的"体式"。因而，"体式"是刘勰文体观念架构的最高层次的概念。①

说《宗经》篇中的这段话指向"体要"是没有问题的，因为刘勰的"宗经"落到文体论的实处就是"辞尚体要"；但"体要"如何表现为"体貌"，"体貌"又如何归结为"体式"，《宗经》篇并未论及，而且《文心雕龙》的其他篇章也没有论及。考察《文心雕龙》的文本实际，"体要"、"体貌"和"体式"这三个概念，刘勰最看重的，也谈得最多的还是"体要"。因而，徐文将"体貌"抬到三次元的最高层次明显有悖于刘勰的原义，而现在颜文用"体式"来取代"体貌"的最高地位，亦缺乏足够的材料支撑。

进一步说，既然颜文能够依据《宗经》篇的一段文字（"体有六义"）架构出一个文体观念体系，那么，别的论述者用《文心雕龙》别的篇章的文字也可以达到此项目的：比如龚文用《乐府》篇的"声为乐体"，徐文用《体性》篇的"数穷八体"。再换了别的论者，还可以用《情采》篇的"三文"、《熔裁》篇的"三准"、《知音》篇的"六观"或者《序志》篇的"四项基本原则"……既然我们能够用《文心雕龙》中不同篇章的不同的文字建构出不同的文体论体系，那么这诸多体系之中究竟哪一个才是刘勰的呢？如果都是或者都不是，那么这种"建构"的意义又何在呢？

---

① 颜崑阳：《六朝文学观念丛论》，台湾正中书局1993年版，第144—180页。

三　用他山之石攻本土之玉时的事与愿违

颜文评骘徐、龚之争，有一颇有味道亦颇有深意的结尾："说他们'近乎是'，因其所见未全非。然而相反的也可以说他们'近乎非'，因其所见未全是。"[1] 虽然颜文自称无意于"调和"徐文与龚文的悖立，但我们从颜文的结尾乃至颜文的整个论述中还是可以发现刘勰式的"擘肌分理，惟务折衷"。当然，这种"折衷"或"调和"是既非"雷同"亦非"苟异"的。在方法论的意义上说，颜文正是因为"折衷"才成功地避免了徐文和龚文的片面、牵强和妄断，从而"近乎是"。

前面说到颜文根据《宗经》篇"体有六义"建构《文心雕龙》的文体观念，而此一体系中的四大因素（材料因、形式因、动力因和目的因）则来自亚里士多德的《形而上学》。颜文在其注释中说："亚氏'三因'（实为'四因'——笔者注）之说，是形而上学的理论，本文只借用以解释文体的构成因素。与亚氏原意不尽相同。"[2] 这是大实话。比如，亚里士多德"四因"之一的"形式"，是形而上的，是超验的，相当于黑格尔的"绝对理念"，与我们所理解的文学作品的"形式"已无甚关联，与《宗经》篇所标举的约而不芜之"体"、丽而不淫之"文"亦无甚关联，二者并不在同一个领域。与"形式因"相关联的"材料因"、"动力因"和"目的因"，其"材料"、"动力"、"目的"等，与文学理论所说的"材料"、"动力"、"目的"等亦无

---

[1]　颜崑阳：《六朝文学观念丛论》，台湾正中书局1993年版，第182页。
[2]　同上书，第186页。

多少关联之处。研究《文心雕龙》的文体学而借鉴外来观念及方法，当然是可行的，也是有益的，所谓"他山之石，可以攻玉"。然而，就颜文"借用以解释文体的构成因素"之目的或愿望而言，用亚氏"四因"这一他山之石攻"文心雕龙文体论"这块本土之玉，则多少有些"事与愿违"了。

　　再回到徐文。徐文一上来就表明要"通中西文学理论之邮"，可见其自觉的"中西对话"或"中西比较"的方法论意识。徐文有两处用到了"中西比较"：一是在严格区分"文类"与"文体"之时，一是在认定"明、清以来，提到《文心雕龙》文体的，几乎是无一不错"之时。当然，这两个问题之间有着显明的因果关系：因为"文类"与"文体"不容混淆，所以明、清以来混淆"文类"与"文体"的全都错了。徐文的这个逻辑本身并没有问题，有问题的是支撑这个逻辑的"逻辑"：为什么"文类"与"文体"不容混淆？因为 genre 和 style 不容混淆。徐文以汉语的"文体"比附西文的 style，以汉语的"文类"比附西文的 genre，认为"genre 与 style 有不可逾越的一条界线。因为 genre（类）是纯客观的存在，谈到文章的 genre 时，可以不涉及作者个人的因素在内，所以 genre 的形式是固定不移的。而 style（体）则是半客观半主观的产物，必须有人的因素在里面。因而他的形式也是流动的"。① 读了这段文字，我们便可以明白：徐文之所以对"主观情性论"的文体观情有独钟，对"文类"与"文体"之二分坚信不疑，乃至于对《文心雕龙》之中与徐文观点相悖立的文字视而不见，一个非常重要的原因就是对 genre 与 style 之中文释义及区分的无条件信任。但是，徐文的"中西比较"，既缺少对 genre 和 style 的词源学和语义学的辨析，

---

① 徐复观：《中国文学精神》，上海书店出版社 2004 年版，第 127 页。

也缺少对 genre 与"类"、style 与"体"之关系的具体分析,而是如有学者已指出的,"以论断代替论证,缺少足够的学理依据","试图在误解双方的基础上通中西文学理论之邮",结果是"削《文心雕龙》和六朝文体之'足',以适西方语体学(Stylistics)之'履'"。①

徐文不仅坚信西方的 Stylistics,而且坚信研究 Stylistics 的日本学者:"日本数十年来,凡是研究西洋文学的,用到'文体'一词时,意义皆与中国文体的本义不谋而合;研究中国文学的人,用到'文体'一词时,则几乎都蹈袭了明、清以来的错误。"而徐文要纠正"明、清以来的错误",自然就要以西方的 Stylistics 为标准了。徐文还认为,西方学者与明、清以来的中国学者关于"文体"的分歧,影响文学辞书的编撰:"此一分歧,更影响到文学艺术的辞书上,由研究西洋文学艺术者所编的,在解释此词时是正确的;由研究中国文学者所编的,便多是错误的。"②殊不知,正是西洋文学的"正确"导致了徐文的"错误",而且是徐文之中最受人诟病的错误。

Stylistics 这个词的构成是 Styl(文体)+ istics(语言科学),故也可以译为"语体学",足见西方的文体学与语言学有着某种天然的联系,Stylistics 甚至可定义为"用语言学方法研究文体风格的学问"③。这门学问可追溯至古希腊古罗马时代的修辞学,而它成为一门独立的学科,则是在受到索绪尔所开创的西方现代

---

① 姚爱斌:《论徐复观〈文心雕龙〉文体论研究的学理缺失》,《文化与诗学》2008 年第 2 期。
② 徐复观:《中国文学精神》,上海书店出版社 2004 年版,第 125 页。
③ 刘世生、朱瑞青编著:《文体学概论》,北京大学出版社 2006 年版,第 4 页。

语言学的巨大影响之后，或者说是在采用了现代语言学的方法之后[①]。中国内地学界文体学研究于20世纪80年代的兴起，就是由语言学尤其是外国语言学导夫先路的[②]。因此，徐文试图借用西方Stylistics的概念和术语来支撑其"主观情性论"的文体观，实在是找错了对象。

相比之下，龚文的"客观规范论"文体观，倒是与西方的Stylistics有某种层面的相通之处。龚文对文体构成中语言形式因素的强调，诸如"一切情理，都须收束、隐括在语言形式中，一切语言形式也规定、控引了情理的生发与表现"[③]这类论断，颇具有西方Stylistics的味道。从龚文对徐文的批判中，从龚文对语言"控引"及"表现"功能的强调中，我们不难发现20世纪西方哲学和文艺学语言学转向的影响。徐文曾发誓"现在要把文学从语言、考据的深渊中挽救出来，作正常的研究"，并说"这才是一条可走的大路"[④]。可是龚文又把文学放进"语言"的"深渊"中去了。或许，龚先生认为那不是"深渊"而是"绿洲"，是西方语言哲学所向往的人类诗性的精神家园。《文心雕龙》的文体观念之中，确实有看重丽辞、声律、练字、章句的一面，确实有看重客观语言规范即"雕缛成体"的一面。但这仅仅是其中的"一面"，即"雕龙"的一面。还有"文心"呢？如果龚文真的要借Stylistics来说刘勰的文体观，同样是难以说圆的。

[①] 申丹：《西方现代文体学百年发展历程》，《外语教学与研究》2000年第1期。

[②] 关于文体学研究的语言学路径，请参见拙文《文体学研究的路径与前景》，《江海学刊》2011年1期。

[③] 龚鹏程：《中国文学批评史论》，北京大学出版社2008年版，第132页。

[④] 徐复观：《中国文学精神》，上海书店出版社2004年版，第166页。

作为本文所讨论的这场学术论争的历史语境，整个20世纪的中国文学和文论研究，有一个贯穿始末的方法：拿西方的观念说中国的事情。比如，20世纪三四十年代，用戈蒂叶的"为艺术而艺术"，在中国文学史上制造出一个"文学的自觉时代"；20世纪五六十年代，用马克思的阶级分析方法，硬是从中国的山水田园诗中分析出"阶级性"，甚至将诗圣杜甫定性为"地主阶级"的诗人；20世纪七八十年代，用西方自然科学的新三论（控制论、信息论、系统论）研究中国古代文学理论……这种研究的结果是可想而知的。虽说是"他山之石可以攻玉"，但"可以"一词暗示事情的成功只是一种可能，而相反的可能也是存在的：如果我们事先没有弄清楚"石"与"玉"的不同性质与功能，也没有掌握"攻"的方略与路径，那么事倍功半乃至事与愿违就是必然的结果了。

论及"他山之石"与"本土之玉"的关系，刘勰的经验或许值得注意。刘勰生活在一个外来佛家文化渐趋强盛而本土儒家文化相形趋弱的时代，而且中国历史上很少有哪一位文论家能像青年刘勰那样在一个纯粹的佛学环境（上定林寺）浸淫十多年。在佛华冲突的文化背景下，精通佛学的刘勰，并未用佛学的方式进入本土文论（比如用佛学术语比附中国文论范畴），当然也没有去排佛斥佛。刘勰以弘扬本土文化为己任，以儒、道思想作文学的本原、本体之论；同时也从佛学这一异质文明中获取精神世界的广袤性，并内化外来佛学的系统思维及分析理论，从而铸成《文心雕龙》的体大思精[①]。由此可见，刘勰在攻"本土之玉"时借用了"他山之石"，而且刘勰的"攻玉"是事半功倍：《文

---

① 关于刘勰对待外来佛学之态度以及《文心雕龙》中佛学与本土文化之关系，请参见拙文《论〈文心雕龙〉"青春版"之创造》，载《中州学刊》2011年第1期。

心雕龙》并无"佛"语,却是处处有"佛"。就本章的论题而言,刘勰"攻玉"的成功实践是值得我们借鉴的。颜崑阳先生因为借鉴了刘勰的"擘肌分理,惟务折衷",便成功地避免了徐复观和龚鹏程两位先生的"各照隅隙,鲜观衢路";而我们在面对复杂的中外文化冲突时,总结并借鉴刘勰处理佛华冲突的经验,岂不是可以由"事与愿违"走向"事半功倍"?

在这场关于"文心雕龙文体论"的学术论争中,颜崑阳先生称徐复观先生的文章"无疑地具有革命性的创见",又称龚鹏程先生的文章是对徐文的"革命式地批判";而"鹏程之革命是否成功,仍有待将来学者之继续的讨论"[①]。

显然,"革命"尚未成功,"龙学"仍需努力。

(原载《文艺研究》2012年第4期)

---

① 颜崑阳:《六朝文学观念丛论》,台湾正中书局1993年版,第95—96页。

后　记

　　《庄子·达生》有"孔子观于吕梁"的叙事，说孔子在吕梁见一男子跳入几十丈深的瀑布，误以为此人有苦而欲死，急忙派学生去拯救。后来才搞清楚，这人是在激流中游泳。这位蹈水丈夫，散发行歌，自得逍遥，孔子叹为鬼神，上前请教蹈水之道，于是吕梁丈夫发表了一通"始乎故，长乎性，成乎命"的高论。我也爱游泳，几乎每天都要游一两个小时。虽不能"散发"（必须戴泳帽、泳镜），更不能"行歌"（室内泳池禁止喧哗），但毕竟是资深泳者，或多或少能悟出一点蹈水之道。

　　我的蹈水之道与"体"相关。人这一辈子，为"体"所耗费的时间可能是最长的。人生的三个阶段，孩童时代被父母精心喂养，无非是为了有个好的身体；退休之后被孩子悉心照顾，也是为了一个好的身体。即便是中间二三十年有效的工作期，对"体"亦不可以掉以轻心：静，包括夜寐、午睡、病卧、闲憩等等，是为了"体"；动，诸如锻炼、旅游、下厨房、看医生等等，更是为了"体"。无怪乎老子要叹曰："吾何患之有？患吾有身。"

　　每日蹈水的泳池在武汉体育学院，"体育学院"自然是以"体"为关键词。在这里，我能欣赏到高手的泳姿泳态，也能与泳友切磋泳技、泳道。游泳这项体育活动，是在一个特殊的空间

(水中)，对"体"的形而下锤炼与形而上言说。就后者而言，游泳就是呼吸，就是对"气"的吐纳、掌控与运行。曹丕《典论·论文》以"气"论"体"，讲"气之清浊有体"，讲"引气不齐，巧拙有素"，说的是文学，也适用于游泳。游泳又是舞蹈，是用诸如节奏、韵律、造型以及动静、张弛、刚柔等各种复杂的舞蹈语汇，对"体"的形而上诠解。因而，游泳不仅是练"体"，而且是说"体"；不仅是在言说身体或体魄，而且是在言说精神或心灵。无怪乎老子要叹曰："营魄抱一，能无离乎？"

我把"体"称为"中国文论元关键词"，这里的"元"有多重含义。刘勰讲"文能宗经，体有六义"，"体"的源头在先秦五经及诸子，中国文化元典中"体"字常见：或说"人"或说"文"，既可"名"亦可"动"。元者，原始也，此其一；王国维说："一时代有一时代之文学。"此语实谓"一时代有一时代之文体"，中国文学史说到底是文体的演变史。西方文论讲"文学是语言的艺术"，中国文论或可讲"文学是文体的艺术"。元者，本元也，此其二；《四库总目》说："文体渐备，论文之说出焉。"文学理论和批评的诞生，缘于"说'体'"之需要。从纪晓岚到徐复观，均将《文心雕龙》视为"'体'论"之巨制。"体"说清楚了，其他的问题就会迎刃而解。元者，元亨也，此其三。这本书，是将近几年说"体"的论文辑为一册，分上、中、下三编：上编"尊体"以重建批评文体意识；中编"破体"以重识批评史嬗变规律；下篇"原体"以重塑"體"之生命和风骨。本书对元关键词"體"的解诠，旨在为陷入困境的中国文论之现代转换重开理路和诗径，亦为中国文学及文化的关键词研究提供一种"词以通道"的路径和方法。但愿这不是奢望。

本书的前期辑录由武汉大学中国文学批评史专业博士生潘链

钰同学承担，中国社会科学出版社李炳青先生为本书最后的编辑及刊行亦付出辛勤劳动，后期校订由武汉大学文艺学专业研究生袁劲、郭帅帅、陈舒楠、熊均同学承担。在此一并致谢。

李建中
甲午（2014）孟夏于东湖名居心远斋